本书系国家社科基金一般项目"新文化运动以来的汉语译诗与译者写诗研究"（19BZW131）的阶段性成果

论1919年以来的中国新诗

现代性的追寻

张枣 著

亚思明 译

四川文艺出版社

图书在版编目（CIP）数据

现代性的追寻：论1919年以来的中国新诗/张枣著；亚思明译. —成都：四川文艺出版社，2020.8
ISBN 978-7-5411-5761-5

Ⅰ.①现… Ⅱ.①张…②亚… Ⅲ.①诗歌研究—中国—现代②诗歌研究—中国—当代 Ⅳ.①I207.22

中国版本图书馆CIP数据核字（2020）第126217号

XIANDAI XING DE ZHUIXUN: LUN 1919 NIAN YI LAI DE ZHONGGUO XINSHI
现代性的追寻：论1919年以来的中国新诗

张　枣　著　亚思明　译

责任编辑	梁康伟
封面设计	叶　茂
内文设计	史小燕
责任校对	段　敏
责任印制	喻　辉

出版发行　四川文艺出版社（成都市槐树街2号）
网　　址　www.scwys.com
电　　话　028-86259287（发行部）　028-86259303（编辑部）
传　　真　028-86259306
邮购地址　成都市槐树街2号四川文艺出版社邮购部　610031
排　　版　四川胜翔数码印务设计有限公司
印　　刷　四川机投印务有限公司
成品尺寸　145 mm×210 mm　开　本　32开
印　　张　12.75　字　数　330千
版　　次　2020年8月第一版　印　次　2020年8月第一次印刷
书　　号　ISBN 978-7-5411-5761-5
定　　价　58.00元

版权所有·侵权必究。如有质量问题，请与出版社联系更换。028-86259301

张枣关于现代诗的空白练习

钟 鸣

已故张枣先生既写得手好诗,像他谦逊时说的"并不常常",又远虑母语的变迁,再敏锐反观民族的现代性和书写的可能,由此训练自我平衡——浪漫主义时代被视为综合的精神,迄今回想起来,仍让人感到欣慰。他的论文因涉诗的"现代性",又涉语言变迁,叙不同时期众多个体,牵扯颇繁,便有些复杂。而我则又属由着兴致胡乱阅读冥想之人,未专门着力于此,也未想耗力到气绝,便觉得黑格尔的话极妙:这里有蔷薇,就在这里跳舞吧!所以,论及故人大著,也只能就知道的,读到的和想到的说说而已,或可做别人的材料。

就诗的写作,我直觉他正想通过一首抵近"史诗"级的东西(指未完诗《看不见的鸦片战争》),并不靠好大喜功的"长度",而是据更深刻的伴信的世界、丰富的情趣(是由《镜中》和《卡夫卡致菲丽丝》两种样式开始其内在试验的)和高妙的音韵系统来浓缩、容纳我民族多灾多难,既溃渤幻想,也多颓唐、宿弊的命运。他为这积攒情绪和手艺已久,而且,历史和同代语用两种语境(缺一不可),也有助于这点。应该说,这是有涵养和现代意识的诗家,竞相认同也难以回避的渊薮,即旧时所谓"夏夷嚆矢"之变,在我们"生意的中国"(取契诃夫"生意的俄国")一切都来得太快、湮灭迅猛之际,"物有本末,事有始终,知所先后"(《大学》)便成为一个诗家的基本素质。我相信他的诗和内心的演练,支撑我的这些看法,但需另辟篇章来谈。

这篇论文,虽着力新诗跨世纪的"语言实践",但,拉通看,无非仍是"国语的文学",但又涉时代变迁和思想反应。所以,据他自身的语言"苗头"(在张枣,表现出"层累性"来),追溯或反省,便孳乳"先验"的一面,既神秘,也不神秘,尤其在他清醒意识到之前就出现在自己的作品中时,遗憾的是,他灵动的生命戛然而止。这方面,我是很悲观的,有时会生出"宿命感"来,尽管好意提醒过不少较近的人,包括张枣本人,但"宿命"问题,自我族1840年(道光二十年)被西洋、东洋打败以来,除了"解放"的意识形态,文人诗家,随意给人民灌输得太多了些,孳乳惰性和思想的阴影几多,也未可知,所以,也一直认为,在"自戕"或变形的"独断自讼"文化本有语境中,但凡戳到时代"痛处"者——他特别喜欢这个词(涉生理、性灵、国祚),都会夭折,很少幸免于难,其实,每个人——"无论是坏蛋或正人君子,无论是英雄还是昆虫",不用"解嘲"的方式,而就着小范围,琐事,直接体验其"湮灭性",互戕或自戕,或即陀思妥耶夫斯基的"庸俗和不道德",就不难理解我说的这番话。在吾民的语境中,这些才是大谜,看他自己是怎么说的:"我有一道不解的谜/是不是每个人都牵着/一个一模一样的人"(《惜别莫妮卡》),尤其,在心魔把我们自己一览无余囊括进乖舛的命运时,立即就会明白那莫名毁灭的力道,很长时间,或被精英叙诸"种族气质",梁漱溟的"漠视公法之徇情","人皆小皇帝",辜鸿铭之"群氓",卡夫卡之"实用的精明",等等,或又因了鲁迅的"聪明人",溃散为"苦闷的象征",恰好,张枣这篇论文,由特别的角度,有所叙述,可和诗篇相印证,为破解长期困惑我们民族的迷信,生成不少线索和注解。

有他,有他的诗文行思相伴,那拮据、慌张的岁月,似乎显得不那么慌张,人文转型砥砺下来,人皆伤痕累累,那诗界一向的误读、追名逐利、横蛮，也不显得有多野蛮、荒芜，或惨不忍睹。尽管曾一度相近而活着的人，关于他，或"滴水不漏"，或以为遇了"浪荡子"，或得"妙处"，暗诋也烈，都要看事由。而史家所言"事由"，恰好在他诗中比比皆是。许多效仿者，尽管阴用其言，阳更其貌，明翻其说，暗剿其意，终不得要领，也在于此。并非因他先我们而去，大家心有愧疚——当然，也包括毫无愧疚，我才来说漂亮话，至少在余是没有的，他尚存时，余就写过其专论，屏绝"集体叙述"，是他在世时的首篇。中国人活着时，自惭形秽，遂好强词，说服，对自己，很难恰当，更遑论他者。在他最后为"时代病"（独断的、风流倜傥的）遭遇离间、嗔怪时，也唯余敢做诤友，破坏佳话（那是我们的最后一面），而也讨厌鬼祟小人。好在，总体上，我和张先生都相信诗歌和作者本人，除了生成历史进程中的述说与倾听，没有别的。在不看好自己一代人这点上，余或更甚。所以，某种程度，余绝非这篇论文"佳话"方面最好的诠释者。但我的观点是，有话就说，有屁就放，一代人活着必解决一代人的问题，最好不留遗憾，免得后学再来猜忌费口舌。

  我特别这样说，乃因为他是诗人，但更是普通人，他在生活里或意识中犯的错，遭遇的尴尬，不比我们少，染"种族痼疾"也不比谁浅，或更深。"聪明"这玩意，也解决不了人生大多问题，故和所有生者一样，他或也会务实，伶俐，或避实就虚，指东说西，或偶尔撒点善意的谎，也不无遮蔽……但相对而言，他诗的"诚实"程度却是同代人最高的，把自我经验作为诗的"独特性"（这恰好也是他论文的主要特征），正好可让人领略写作的癖性，或波德莱尔以来的"新奇"——或这交融，也就涵盖了一代人的现实感、认知、陋习与虚名，逼迫着调适以迎合威权社会，虽他违逆自己相对较少——乃因南方诗氤氲独特不久，他便开始了自己跨语境的写作实践，较其他人更有运气。所以，在他对别人自我介绍说"我是诗人"时，或书信中呢喃"亲爱的",不觉得别扭。最幸运的是,就书写形式和内在历练而言,他不光经历了自胡适倡白话诗以来,语言形态的巨大变更,也融入了从古典主义的完整性到"后现代"碎片化写作这一漫长过程,显然,他更青睐前者。这点,"术语形容化的批评"未曾注意到。但从同代的写作感知,和文学与时代的断裂,勿用费劲即可看出,就算从他设定的1919年以来,他恐怕也是自己看好的那帮人——鲁迅、梁宗岱、闻一多、卞之琳、冯至、穆旦(或也包括后来发掘的吴兴华)……最直接的继承者。倒不是因为他和我们一样,一直在使用汉语,或沿民国遗绪写了商籁体,而在于,他刻意要把自己塑造为保持"古典姿态"的"现代诗人"。冷静地想,这在1949年后的语境,固然是一种奢求,但,正是这点激起了我的兴趣,毕竟那是泰西人文和自我教育的结果,而更多,则是数代诗家标新立异带来的问题的复杂性,包括了思想和行动的异化,甚至连张先生也难以回避的"巧智因素","自古已然,于今为烈",这些,都还不曾进入批评的眼界。

歌德曾言,作诗有两种江湖:一种是忽视必不可少的诗的技巧的人,他以为只要表现了精神与感情,便算是诗;一种是只想借诗的技巧写诗的人,他虽然得到了艺术家的熟练技巧,却没有一点灵魂与内容。他还认为,前者对艺术危害最深;而后一种人,却害了自己。这应该是古典时代,还没出现索绪尔、弗洛伊德、瑞洽慈、阿多诺、福柯、海德格尔、德里达,甚至批评家乔治·斯坦纳、诺思洛普·弗莱、哈罗德·布鲁姆这些人时的化约说法。据 R. 韦勒克之见,那时或还没有"critic"(批评家)这个词。但有了刚提到的这些"现代人",事情或可反着看:无力表现说教,缺乏吸引力,遭人嫌弃,浪费"好思想"(仍是歌德说法),是害自己;而片面追求技术和最高成就,以牺牲他者(鲁迅时代就概谓"取彼")为代价,掩饰事由本末,混淆语言现实,动物似的拓其生存空间,满脑壳"虚假意识",则贻害匪浅。德国史家梅尼克就此曾说过,歌德时代那种较过去"高一级的理性",在后来的技术时代,很快就被巧智和强人所取代,"神圣自私主义"的换位,生成了"群众的马基雅维利主义",而最有意思的是,"理性"这个词,竟常挂在希特勒嘴边。"理性"的负面(一种算计功能),韦伯也强调过。如果说"在德国,希特勒时代的民族性格之成为可能,是由于自从歌德时期以来灵魂的力量之持续不断换位的结果",那我们的民族,从孔子时代的礼仪诉求,到周秦霸天下取"蜀荆之材",从19世纪的"东亚病夫",再到庚子年的"新型冠状病毒",一切文化的嚆矢,又经历了怎样的精神换位?至少,由了匹夫眼光来看,吾等社会,哪一代并不重要,还从未像今天这么明显地,在广泛匮乏的基础上,以高技术凸显其力量,造成表面的进步和"技术自恋",出现了偏差,令人咋舌!而在这一过程中,不幸的是,诗也无独多耽溺"先锋",让敏锐者注意到"巧智"和"冷酷"的并生现象,早非悠悠空白、净地,也非唯那"醉眼的蒙眬"。旧时被革命和文学动摇着的智识阶级,在今天,也仍被利益和权力动摇着,虽然,新诗曾孳乳的"平民性和贵族",于景观精英社会有所转换,但由它流露的民族感情,施展的魅力,也未必全是对现代性的健康诠释。

尤其在各位写手,辨识风向,一味迁就着"政治传统中一向弥漫的反智的气氛"这一惯性时,诗学的清高或绥靖,才落了浮光掠影的圈套,愉悦着大家,尽管夸夸其谈就没少过"多元性""历史记忆"一类。为避免这些习惯,新批评一般还会把文学视为人之身份综合得以揭示的场域,或空间。至于作者和诗、语言的关系,也即和精神样式的关系,甚至包括狭义的意识形态,都该据相同语境不同的视角来判别,概属于斯坦纳说的"奢侈的激情",奥登则比喻为:"诗人是其诗作的父亲,母亲则是语言。"而这"语言",更接近自然有机体,庶难拆分,多数时候,会被误解为固定财产似的"个人风格"去了,所以,弗莱才说:"不存在个人的象征主义。个人象征主义这个词没有意义。"日常现实里,余曾时闻"一个人的抗战""一个人的诗歌"之类,就像说"一个人的天气""一个人的清流"(美之为美,斯恶矣,没污浊,又如何知清流),"一个人所批的'武汉糟糠'(乔伊斯语)",都将遭遇尴尬,或每每和国家摩擦得来生出老茧,却又叙之"和国家没有张力",等等,都属于悟空金箍棒画出恕难防御的"大话系统"。

诗人的自大,更是耸人听闻,近似玩具,既乏味,又无脑,都侥幸于批评、读者未窥破实质,或有失于公正、良知。诗人表达什么,或自以为发明了什么,其实,都关联先驱者生成的语境,或刺激,好听一点。自哈罗德·布罗姆"影响的焦虑"问世后,有不少诗作的生成和批评叙述,如何理解、阐释,都成为问题,除非不觉。所以,一个诗人,边思考,边写作,若有余力,再考竟源流,知其所以然,结果勿论,也要归于对思想健全的诉求,也符合这篇论文捎带的德国哲学的传统:"现代文化天生就是一种反思性的文化。"尽管稍简陋了些。我一直很好奇的是,在张枣学习德语的过程中,究竟,荷尔德林(他在信里谈过)、里尔克、海德格尔、卡夫卡——甚至是卡夫卡的布拉格外表,这些对他有过怎样的掺杂、熏染,虽说是个颇有难度的话题,但并非没有意义,希望有人来做。特别是里尔克《杜伊诺哀歌》中所叙"关联"章句,包括"俄耳甫斯"或吐出的果核捎带果肉一类,当然,也少不了与他平行的同侪的各种语言神话(这点为一般研究家忽略,张先生也未必看透),这神话,正好延伸着畸形的民族志和解放意识形态下的写作习俗,形成某种偏移。他最出众的诗篇,恰好是在他伴随德语学习和论文的形成之间,也正因为这点,才值得我们今天来咀嚼。这些微妙的组合,带来非同一般的历史循环,和我们可称之为"文学"的结构,不存在外在、内在,而就是一个千疮百孔的平面。

因为这篇论文的轴径,是汉语白话诗,自新文化运动以来,不断通过"主体性表达"而充盈现代性,就必然牵涉"自我认同"一类老话,但也很管用,因为,只要大家声明叙述的是现代性,就不能不置身于一种对话性的关系,而非腾说,"一个人不能基于他自身而是自我",这也就是我为什么经常嘲笑某些诗人的行径,犹如拧了自己的头发说离开了地面,太多太多了。所以,弗莱说"一首好诗就是一个民主国家",就是创作行为关系的全部,审视各家诗文之妙,也应在这些方面。恰好张枣的论文所涉(包括看得见和看不见的),为他构成了这样的关系:通过作者的叙述,能观察今天诗人的历史意识,他采了哪种视角,甚至策略,对过去的什么更感兴趣,或偶然漏掉了什么,或故意回避了什么。虽然,作者避开了难度最大的,"新文体"(谭嗣同、梁启超语)形成之初的变法语境(历史文学双向叙述忒难),即宗白华《新诗略谈》所叙:"中国文艺界发生了一个大问题,就是新体诗怎样做法的问题……或好的真的新体诗?"各种力道汇聚一块,使社会濒临崩溃,就非啻语言文学了。对这些,我们仍有记忆,旧时史家多把"戊戌维新运动"视为近代文学之始,乃因为"时势思潮互为影响",所以才孳乳了"文学革命""诗界革命""独辟新境""革命者当革其精神",诸如此类。故张枣所择叙述时间段落不同,也并非没有交错,就像是要来回答这些问题似的,至少是触及这些问题,让"语境效用"稍微清晰。

在他叙述这些"他者"的关系时,聪颖的读者毫不费力,就能察觉作者的观点、思索、意图,甚至隐隐约约的"技术自恋"。他突出鲁迅,嫌弃胡适,即陌生"国故""学衡"派,也忽略"左翼"一路,尤其是创造社那帮人(和《语丝》派之争,生成了"革命文学"的问题),只在"反派人物似的"叙述中一笔带过。辩证二分法导致解放的意识形态又何止他们,更浅薄和高明的他也没看出来,好在他倒也不是为了擦亮新的"左右",而是西方现代主义视野下的"语言奇迹"。但把"文学革命"全寄放在语文学上,把"语言鼎革"又单薄寄放在"隐喻"和"象征"手法上(却又略了李金发、徐志摩、朱湘等），哲学思辨托于"我"的衍变（尤其涉朦胧诗部分敷衍最明显），不太合今日社会学和哲学的叙述路径。但总体看，还是讨论的姿态，毕竟不是假精英或伪君子们画地为牢的"门槛""难度"和成功的姿态等。即便如此，也多蹈袭别人的试验，是狡黠的"无政府主义"和"意识形态互戕"的双面料，其实只泥近权力、"阶级文学"（还谈不上中产）和"威权新八股"。骨子里也还是 T. S. 艾略特在《荒原》里叙及的"不真实"。

  论文所涉时间，限于1919年之后，不是旧时诗界习惯的1917年（胡适、陈独秀在《新青年》倡"国语的文字"），耐人寻味，因此时间段，正是五四运动发生的一年，也是史家"文学革命"衍为"革命文学"的转捩点，草川未雨《中国诗坛的昨日今日和明日》叙之"进步时代"，也有叙"解放的时代"。显然，为去芜杂，他更关注相对而言的成熟期，而非所谓"萌芽期"和"草创期"，伴随变法或立宪危机，生出"文学改良"（胡适语）和将来的危机。新诗的精神端在创造，所以，语言作为文化表述的悲观结果，一种衍变，本来，在这时间的框架内，人人皆知，中国万般思虑中最突出的就是"解放的意识形态"，它充塞了"革命文学"，或"进步文学"，但作者却并没特别地将其擦亮，做个了断，或捅个窟窿，留下遗憾。不过，时至今日，对诗歌现代性诉求的追溯颇丰，参照的多样化，技术日臻完善，与他撰论文时的20世纪90年代，已不能同日而语。但这篇论文，其独特就在于作者自身就是"现代语境"的实践者，从"解放意识形态"拼命出来，既精进，也沉沦，并怀疑，倒很像论文明显的主角鲁迅——也即旧时所叙的"第二种人"，所以才承前启后，得转捩之功，意义不在世俗眼目中，他是多大的一个诗人。"燕子返回江南"，他是多大的一只燕子呢？记得梁实秋先生写过篇散文，"一叶知秋"，那是多大的叶子呢？"有缺点的战士"，那是多大的缺陷呢？

  从知道他写论文到今天，快30年了，托亚思明女士的翻译，我也才第一次读到，想人也不在了，不胜唏嘘！这无论就今后对他个人的研究，还是对汉语现代诗衍变迄今的观察，既是文学的，也是社会的，包括批评调适之症结，都是珍贵的材料，读者可自去碰撞，形成反诘，才会有文学的进步。正因为如此，关于它，我才觉得有必要，也有责任和义务，谈谈自己的看法，作些解释，有助不了解情况又有兴趣的读者备份。同时，也澄清些事实，因诗界曾有过流言，说这篇论文是别人的代笔，越传越走调，有的属不知事由，当闲话摆，还情有可原；而有的，我看有所用心，而且，诗界在现实语境中，许多年来，远的不说，近则20世纪80年代以来，就一直有股"有所用心"的力量，不贵人道、认知，而贵党锢、私心、虚名，甚至不惜借谗言、离间、浑水摸鱼，饰非文过，破坏着诗歌生态。这种生态，伴随的也是国民今日所享有的生态。就事论事，起因应该是我过去曾有文章，以及公布的一批张枣先生的书信，涉及此事。公布的原委，是想为今后可能的研究，提供当时诗人生存环境真实的材料，其中一封，恰好有张枣吁请我"代笔"的文字。但许多人并未细读，包括我的附言。现在一并结集出版，可一目了然。

这封信写于1990年11月10日，那段时间前后，他的生活，我在《旁观者》第2卷中交代过，又要读书、上班、准备论文，还要挣钱养家，养精蓄锐写诗，一边忙活《今天》编务，频繁给朋友写信，有点像卡夫卡了，或刘易斯·卡罗尔，后者就曾戏谑"人是写信的动物"。张枣也的确写过卡夫卡，一边还得和失眠、忧郁症、吸烟、酗酒搏斗。疏通知远，书教，诗教，颇费心血。当然，这也是对寂寞的报答。我个人认为，他后来的病灶就是那时积下的，而且，他对自己的早逝也有预感，他的宿命感忒强，但也幸得未丧失幽默感和内在的诗意性，以及对朋友的关心和鼓励，这些，全凝结在了他的诗中。当然，他也焦虑于母语的进化和这几代人的表述，在和现实的冲突下，有多大的可能，即使写了漂亮的诗句，也并非有把握，从他诗中大量为幽默掩盖了的讥讽,可以想象他有多悲观。这些消极性,促成了书信的某种叙述方式。最遗憾的是,还有许多过渡性的信件,我在《旁观者》中曾称之为张枣的"蓝色时期",不光是因为他受了些海德格尔笔下的荷尔德林的影响,而且,他写信的纸张,有段时间,好用蓝色的格子纸,因常习外语,字迹怪怪的,介于两者之间,很难认,作诗,写信,多不落日期,记得,胡适先生晚年特别强调过此问题。关键是,这些信,我还特别集中起来,用袋子装了,放在父母家保存,最后,高堂数次搬迁,也不知怎的,就都遗失了,所剩寥寥,成为憾事。

再说说那时我们写信,就当时语境,但凡叙事,议论,涉人涉事,因是朋友私密性的,故掏心掏肺,嬉笑怒骂,不无夸诞,多此一时彼一时的成分,常宏论而无下文,也包括"善意的指责",比如,"骂"一下北岛的"不争气",但其实,张枣是敬佩他的(成功的角度),虽不大看得起他的诗,这个问题,记得信里有过议论,"北朦胧"好以格言警句敷衍、塑造诗的句型和思想,显然是毛时代文学叙述的特征,沿用迄今,难逃旧窠。而在南方,很早开始,就被许多诗家打骨子里给鄙弃掉了,无须采用低俗的手法,而是借鉴西方的现代诗,回溯更早些的人文传统,也正是他论文所涉及的部分内容。但在做论文时,张先生仍循规蹈矩,叙其"朦胧魁首"的价值,世俗也确有价值,这就是"惯性",尤其在1980年代末后以北岛为魁的"流亡话语"的叙述上,作者不无"诡辩"之嫌,把语言和现实语境割裂开来,故也难免荫庇投机者。这种叙述,揭橥诗学批评,把一切寄托于语言和观念层面的风险,和他的人文素养自相冲突,概属"国光"。读读布罗茨基的《我们称之为"流亡"的状态,或浮起的橡实》,或更容易明白这个问题。张枣心里其实是明白的,他的视野不可能不比我更宽。

所以,想来有时就真闹不明白了——庶几可谓"后不明白"(曾有学院翻译把英文的"后朦胧诗"译成"后不明白诗",是那时代最大的反讽),人为什么不能真实地写自己思考的东西,判断的事实,或即黄遵宪所倡的"我手写我口""不避流俗"。那时,书信乱七八糟的玩意颇多,有时,也不乏"善意的谎言"和文学的噱头或恶作剧一类,比如,顾彬和张枣约定相互翻译彼此的作品,并撰诗评在两边出版,顾彬做了这事,但他并不清楚张枣的能耐,也未必弄得懂他诗歌的语境和各意象之间的内在关联,要概述他的风格,怕一时无从下手。那时没人研究张枣,中国人好盖棺而论,活着时,都不当回事。于是,张枣让我言简意赅地先写篇概述他诗歌的文章,"哄"我说要收入诗集作序言。我想,顾先生的德文翻译,我写什么序言,遂明白是张先生要拿去给顾先生"垫背",但为了友谊,还是写了。后来,他给我看过顾彬这篇文章的译文,想刊在《今天》里了,通过顾先生的叙述,言国内如何说一类,便知借了口气。文中,他托词张枣的诗很难,而我倒以为,张枣的诗,是最浅显易懂的,深也可深,看针对何人而言。有意思的是,张枣从未送他的德文版诗集给我。他知道,我也不会在乎。

所以,他在信里"作古正经"让我代笔,也可视为同样的情况,并非说,他没能力组织自己的论文,想省些事而已。信里也说得很清楚,主要原因是缺乏资料。记得,后来,学校还曾托他回国顺便购买些相关的书籍,没准,和张枣的论文以及随机引发的某项建议相关。德国大学在图书馆建立"中国现代诗歌书系"是完全可能的,就像荷兰汉学家柯雷,很早就开始为莱顿大学汉学院建立"民间诗刊档案数据库"相似。第一批材料,也是我捐赠给他的。何况,张枣自己就想回国前(他很早就想象自己的"彻底"回国)一网打尽西方毕生所需"诗集雪藏",他在给我的信里,谈过此事。他会不会也曾建议过德国大学图书馆这么做呢?两全其美。

具体说来,他信中吁请我的,也只是"九叶集诗人现代主义的倾向"这个"主题",篇幅就十来页,或是他整体构想中的局部。我了解他的状况,想他也常为我和柏桦的拮据,催讨《今天》有上顿没下顿的稿酬,并一直操持我们访问德国的事宜,所以,也就在那封信的当年,"义不容辞"写了3万字左右的"材料",结尾稍显仓促,因搞了半个多月来不起了。现在,论文摆在这里,一眼即可知,都是张枣亲力所为。鉴于论文正式动笔大概在1994年,我写的那部分,究竟起了怎样的作用、刺激,不得而知。过去,胡适先生和顾颉刚、罗尔纲间,也有类似的事,帮着搜集材料,加以适当的分类,做做卡片,都属正常,"代笔说"是站不住脚的。

我更想补充的是,这篇论文,可说是张枣先生的苦命文章,挣扎了10年,在德国回头做中国诗歌的学问,说明问题。之所以说"苦命",是因为,那年代出国的人一向有种压力,不弄出个名堂,似乎没法给家人或国内的朋友做交代,虚荣害人。所以,习惯上,也都说些佳话,避讳劣境,书信也能一窥。在国外做国内学问,是生活学位所迫,非内心绝对所需,和他终生做诗人的设计冲突极大,所以也叫苦不迭。他后来返国工作,也说明生活的窘迫和内心的纠结,不是外人以为的回来捞一把,要知道,很长时间,他都是失业者,听他亲口叙过,返国找份工作,把钱(救济金?)留给那边家用,这很真实,也很可爱,不似真回来"捞一把"的那些诗家。

当然,要说论文和他内心的需求丁点关系也莫有,也不客观,因为,从他所有遗留的文字看,他一边作诗,一边是很深地思考过母语和现代社会关系的,并纳入了写作实践,回过头看,建树颇多。可以说,现代诗歌——即从浪漫主义和古典主义跨入传统意义的现代诗,其内在秀美,而隐喻性语言演绎完整的风格,在民国,通过朱湘、闻一多、吴兴华、穆旦、卞之琳、冯至,甚至梁宗岱等,有过很短而水平很高的表现,而在我们这两代(50、60年代)只是回光返照了一下,就陷入了碎片化写作,拼凑,诗歌制造和"中国制造"并驾齐驱,最后,津津有味地殁于样式主义,融入解放的意识形态,也不乏,此过程很清晰。一个时代,有一个时代文学,此话颇有道理,不光涉及语言的制约,主要还是族群思维的制约。张枣于此过程深具代表性,乃在于我说过的,他是传统现代诗最后的继承者,这并不是说,其他诗家没有传统性,而是中国语境,给他们造就了更多"后现代"的元素,如安德鲁·本尼特概述的"不确定性""一种新启蒙"、技术性"拼贴"等,当然,还得前缀"中国式的"。任何划分,都不是严格意义的,比如在碎片化的"小叙述"方面(对个别事件和现象提供一种局部的解释),他就胜过其他许多人。但,其风格表现了更深层次的连贯性,非唯思想推衍,附带章句,仍拘囿传统的起承转合,而是像弗莱说的:"知识的连续性乃是教育的主要特征。"用"碎片化"为"知识贫乏"遮丑的写作大把大把的。这正是,虽多遗憾,但我仍看重它的理由所在。

不过,论文终归是历史或文化叙述的一种,牵扯到价值判断,故离不开质文递变,知往告来,权而为论,这是汉语思维的传统。但,很早,孔子也说过,俗人不能为史。因著史非兼有"史才""史学""史识"(刘知几语)三长。诗史自当也不能例外。诗在旧的文化结构中,属六经之一,而六经皆史,史叙方式虽分六家,但其叙述都无非关联到事与言。而现代诗的经验框架,则更为复杂,牵涉面颇多,人物也多,而且,语境风格各个不同,没长期的准备,是不大可能的。但就我所了解,在作者生前,我也认为,并在最早的纪念文说过,张先生的长处是写诗,而非著文章,尤其是学究式的文章,枯燥乏味,吃力不讨好,非他所长,和能力没多大关系,是由性格决定的。文章不光需要激情,更需要逻辑,连贯性,材料的核实,事实,价值判断,内在线索,话语坐标,再综合而论,全由趣味和情绪支撑,显然是不行的,论述和事实不合,出入太大,都会出问题。从他另外两篇文章,《诗人与母语》《朝向语言风景的危险旅行——中国当代诗歌的元诗结构和写者姿态》,也能看出相似的问题:轻盈有余,严谨不足,也不无任性、偏颇。作为个人思考,给现代诗提供反应的样本,也无可厚非。

关于其价值,除前面交代的,就不深说了,读者自己去判断,这里,恕我直言可再讨论的地方。其一,论文在设计"诗歌现代主义"的问题时,未能概全西方在做同类文章时涉及的问题,即所涉前提非充足性。比如,一般涉文学现代习性,语言也好,内在价值判断也罢,既然关联社会的进程,或现实,就必然要区别现代性、现代化、现时代、现代主义,至少得有所交代,否者,后面展开的许多问题,都会陷入条件不充足叙述的局面。而张先生在展开时,把现代性单独地压在了"自我性"上,那么,周秦的"自我"是什么?唐代的"自我"是什么?战败后的民族认同和自我又是什么?我们能说,民国以前,汉语诗人没有"自我"吗?其实,这个框架本身没错,但按西学传统,恐多半要关联信念和道德的换位,包括交往行为(察诗人此方面表现,最见现代性之不存在),天赋人权,毕竟古典时代和现时代,大为不同,更不消说,一切泰西理念,按新文化传统,都务必要经过本土语境的阐释、转换,正是这个问题,让中国近世学术人仰马翻。看得出,民国间,不少高人耕耘过,近时,余英时先生贡献不少,虽挂一漏千。就"自我"语境,西方的批评叙述,现在通常会设计在"疏离""浓缩的城市经验""陌生化""异化""人格分裂""电子媒介效应"诸如此类的参照上,遂才又生成"传统和现代""公众和大众""精英和其他阶级""人伦道德和政治"等次一级的问题。就那时已有文本,并非未深涉,如俞平伯之"进化还原",周作人之"向善",宗白华之"新诗人人格""哲理修养",都引向了"我"这一指称之外,数不胜数,而且,越往后也越丰富、精密。或因为篇幅,张先生只能蜻蜓点水,把一个大写的"我"字,贯通到社会政治的层面,或新旧个性的反应方面,语用过程的问题也多归在"象征"名下,用夏志清、李欧梵二先生在同样语境表达的观点看,其中,便颇多主观感受性的东西。

比如"颓废",作为个体主观感受、行为,或作为风格化,就极不明朗,何况在东西方语境,区别也很大,甚至恰好相悖。比如,"颓废"在张枣特别推崇的柏桦的作品中,作为一种风格特征,就很明显,这种主观性的表现,恰好多由旧传统塑造,而绝非现代性。再如,现代主义一开始就表现出的蔑视权威,而在许多诗人(包括张枣自己),则多潜移默化为威权社会互为补充的"精英意识",这个问题的严重性却一直为批评误读,因为张枣骨子里也有这些传统,所以,在对时代价值方面多有混淆、误判。这应该说是对文学的现代性最大的考验,包含了我们对现实语境的认知,而中国现代性关联最大的现实,就是迄今我们的社会,是不是已过渡为现代性的社会?而且,张枣自己,在其他闲话中,也提出这个致命的问题:在没有现代化的国家,有没有现代诗?就像说,阙失资本工业化阶段,我们的现代化出了那么多问题还是不是现代化?就诗而言,我们的回答当然是有,但,是怎样的一个有法?怎样的一种反应、表现,或局限,这才是关键所在。在论文中,张先生却并未循此逻各斯,许多地方,仍按部就班,而真正的现代主义,却要求我们打破陈规陋习,化腐朽为神奇。就个人的写作而言,现代意识拯救张枣的恰好是他未谈及的"阶级的疏离感"。所以,我说,张枣的诗比他的行事、闲话和文章,更具现代视角。我再重申"理性的综合精神",于现代性,主要表现于"自由"和"反省",其他好看不中用的"帽子"都很可疑。

或正因为上述问题复杂性招徕的头疼,也就引来了论文的第二个头疼,即鲁迅《野草》在现代诗的地位(此"座次"概念,本身就有问题),篇幅之大,和另一篇论文叙"柏桦式的"一样,出乎"偏爱",不可小觑。而只需读读相关叙述,就会明白,差异有多大。其实,即便鲁迅最早蜚声文坛的《呐喊》《彷徨》,在夏志清和过去现在的左翼阵营读来,也颇为不同。先声明,我个人是偏爱"鲁迅式的",就像"普鲁斯特式的""乔伊斯式的",或"卡夫卡式的"……如果说,"卡夫卡之后,所有文学都变成卡夫卡式的",那么,汉语境或也可说:鲁迅之后,所有的文学姿势都成了鲁迅式的。但切记,卡夫卡的作品,在消除任何把自己看作历史人物的念头,而鲁迅倘若真沾了尼采则非。关于"现代生活的英雄""小皇帝""小鲁迅",尤该小心。在无时间、范畴截断的叙述平面,就像我们平时唠嗑说谁比谁的诗更凶(蜀语"凶"表程度,有"好、卓越、突出和杰出"义),我或可以同意张先生的看法,《野草》在通过语言实践现代性的自我方面,较了其他白话先驱,其强度,更突出,也最具特征,这没问题。尤其在"现代性"大多接受波德莱尔描述的特征,即"过渡的、短暂易逝的、偶然的",后现代的"碎片化写作"也就承载的这个意思,故传统文学整体性所掩映的不甚明了的迷人线索,瞬间图像,在《野草》诸篇,有惊艳的表现。说实在的,那个时代,"就个体而言,鲁迅已做到了最好"。但,在填这"语言奇迹"的空白时,非拉了胡适做比较、陪衬,以显褒贬——为突出大先生,便生疑窦,先不说立不立得住脚。我们知道,左翼意识形态化的鲁迅一直伴随我们的语境,在张先生这里,看得出这种影响,尽管并非其初衷,但惯性却有碍于此,不光有以后识附会前学之嫌,也涉叙述的逻辑性、时间、范畴,终归谓"历史语境"。就像我现在说,余庚子年所作《镜中世界》比鲁迅1925年写的《看镜有感》高明多了,那是没有任何意义的。

  如果都拿严格意义的诗,有何不可!若就《中国新文学大系》诗歌卷内所载,虽都未必选得妥当,但,也看得出,鲁迅作"白话诗",和胡适相比,即便俗气地说,也占不了上风。看时间,胡适作白话诗,1916年便写了《蝴蝶》,《野草》就算我们说的诗,第一篇《秋夜》写于1924年。凡写作者都知,8年时间对不同的接受者和写作者意味着什么,即便写家自己的8年之变,怕也没有可比性。今天的中学生怕也比二位写得好，幸好胡、鲁二氏后来都未做专门的诗人。废名在《论新诗及其他》中，恰好叙及《蝴蝶》的传播神话，包括对他自己的震撼，不止一人叙及，正反影响都大，非亲临者难以想象。又说"自我性"，回到张先生的话题，废名的眼光极独到，赏析《尝试集》他情有独钟的除《蝴蝶》等，还有《四月二十五夜》。这首诗后来被胡氏自己删掉了，但废名却认为，句子，才情，了得！竟有"我羡慕不置。真是'即使杀了我，我也做不出来'"之叹！其况味，也是我们今天难以想象的。

何况，废名先生还有未到之处。哈贝马斯在《现代性的哲学话语》中，曾举黑格尔，叙现代性和自我理解、确证的关系，主体性是现代的原则，但因优越与危机、进步和异化并存，所以，主体性的自由，也多取决于反思。借了看自家历史语境，这反思，就书写而言，便包括了新旧时代，自我煎熬的文体、风格变异，包括"母语"在印刷术回传时代的新媒介咨询，"副刊""小品文""杂文"应运而生，取代了官样"邸报"，喝洋墨水的胡先生看得很清楚，才有"从'文的形式'方面下手"之言。而且，众所周知的是，文言白话之冲突，胡先生叙之"放脚的痛苦"，并于诗文，率先士卒，完全够得上张枣论文的定义："一种存在的、语言反思和批判立场，使得写者面对创作过程以及自身姿态的意识都得以强化，这是现代诗的最显著的标志之一。"而且，较其同伙（若钱玄同所倡废汉字而兴罗马符），还更多"理性"的一面，故文章能动摇天下智识者，就看废名叙及的诗篇《四月二十五夜》中："我待要起来遮着窗儿，推出月光……我整日里讲王充，仲长统，阿里士多德，爱比苦那斯，……几乎全忘了我自己。"这里积淀的信息，又岂止西学东渐语境的"自我"，这是文史家没怎么注意的。就那时的语境习惯，"口水话"能不能入诗，怕不似今日喝杯星巴克往电脑里戳几个字那么容易，我看，与后来卞之琳的"想上高楼读一遍《罗马衰亡史》，忽有罗马灭亡星出现在报上"有异曲同工之妙。而《上山》一首，那"猛省的奇景"，最抵近现代主义所叙的"奇异性"，更不消说，胡先生在《易卜生主义》中所倡个人主义，意义更是重大，即便今日来看。

另外，《尝试集》就当时语境，仍有风格的可取之处，若《湖上》之"轻巧"，《四烈士冢上的无字碑歌》"简单而有力量"，颇多微言大义，都可以别解，引申出去，若《孔丘》所用"反讽"，《威权》所叙东亚"政治组织之结构"，金字塔效应，自始至终，未得变革，遂遭"威权"现实的报应。那"奴隶做了一万年的工"，怕是讥那荒诞和轮回的，与卡夫卡《中国长城建造时》所叙不谋而合。张先生的"自我性"，赞闻一多时，谈到过"二重我"，我看，适之诗里也未必少，《蝴蝶》即是，《老鸦》的聒噪也有。本在结构论文时，用用"《尝试集》之后"即可圆满解决，叙现代意识承前强化，白话诗技术更趋完善，也最妥帖。胡适恰好这方面最有自知之明，《尝试集》四版自序就有坦陈。而张先生却顾着平面作结，一时忘了时间节点，非把前面的拉到后面来说，认定胡先生的诗莫有"自我性"。技术稚嫩，修辞强度如何，和有没有"自我"是不同的层面，若拿了胡先生的《蝴蝶》和鲁迅先生的《梦》《爱之神》《桃花》一类比比又如何呢，岂不是"左脚打右脚，尾巴铲脑壳"（蜀人言扇耳光，曰铲耳屎，或铲耳光，故知铲脑壳）。

所以，我说，张先生浓墨重彩拿了《野草》要把《尝试集》赶下擂台，成为"白话诗现代性的真正的奠基人"，忘了一点，即"散文诗"和"诗"还是有区别的，旧时著史，叙"散文诗"多取焦菊隐的《夜哭》，和后人回看"散文诗"如何重要、新颖，如何比诗更富诗意，更自由，鲁迅如何高明，技压群雄，都没有关系。论文硬伤是明显的，若列胡适"算不上新文学传统的创立者"时，举"过失"之一即"未把散文体和诗歌文体区分开来"，而为证鲁迅的"纯诗""元诗"，则又举《野草》"散文诗"。这同篇论文自相冲突的"实用的精明"有损于张先生。其实,西方叙现代主义时也注意到了"散文诗"类型,波德莱尔即是,那就单独谈这个好了,换条立论轴线,岂不更显周氏比胡氏高明,况鲁迅也恰好有译文《出了象牙之塔》叙过"essay",说明他于文体的自觉,有所准备和辨识,故多发明,又何苦非让"轻量级"和"重量级"作不公平的拳击赛呢!因为,这就又牵扯到白话文运动语境下,小说、散文和诗的前置条件和成就的不成比例。夏志清《中国现代小说史》恰好谈到了这点:

> 随着胡适以后,不少当初提倡白话文的人都试着用白话文来写新诗,成就均不理想。这倒是可以料得到的事。这跟用白话文来写小说不同。白话小说本来就有很长远的传统,因此在吸收西方小说的新技巧方面比较容易。可是中国旧诗的传统中,能够对新诗人有所帮助的地方就不多了。

所以,鲁迅先生因小说、杂文优胜(不当和《尝试集》比),理所当然,是文学史和社会一系列文质衍变的结果,也得于个人造化。张枣先生因太着力"诗歌框架"内的"语言奇迹""立异",便忘了各坐标——包括《野草》自身构成的特征和叙述的合理性,所以,视《野草》为"鲁迅将生存之难等同于写作和言说之难",遂挪语言的十八般武器,诉诸现代性必需的"自我重建"云云……就语言层面恍惚地看,也没啥毛病,但,关联《野草》本身和鲁迅写作的实际历程,便不能忽略一些基础情况。哎,诗人为什么就不多动动脑筋呢!

关于《野草》,迄今实在是有太多的文本,就胡乱捡来便有冯雪峰《回忆鲁迅》中的《关于野草》,钱理群《与鲁迅相遇》,李欧梵《铁屋中的呐喊》,汪晖《反抗绝望》,夏志清《中国现代小说史》……即便挑肥拣瘦阅过,也会生出印象,觉得不同时代会给它扣不同的"帽子",在冯雪峰那里是"悲观思想",到了汪晖,便提拔成荒诞、反讽,尼采云云,海德格尔云云。许寿裳视为"鲁迅的哲学",钱先生则叙之"强大的主体精神",李欧梵叙之"潜意识超现实世界的文学结晶……试验性力作"。鲁迅自己则视为"废弛的地狱边沿的惨白色小花"。张枣当然迷恋的不是里面某篇写了枣树(主观形容化的描述就免了),而是"技术自恋"折射的"纯语"(语言纯粹、元诗)问题。凡对鲁迅人生、作品稍事了解者,便知,《野草》1927年在广州编定出版时,是由1924年9月至1925年底所撰杂文挑选集成的。冯雪峰分为三类,后说均据此稍有变化,说明各篇事由、心境不尽相同。鲁迅自己后来在英文版序言中也有分类,里面还含了首失恋的诗。读日记即知,有的性情甚好,或又都是"在纷扰中寻出一点娴静"作的。那时,先生已大名鼎鼎,名流书信往来,访者若流水,连胡适有时也打他那里借书,而他也由胡适结识有珍藏的人,如晚清大族公子玄伯(李宗侗)。坊间多仰慕,送点板鸭、梨儿、山珍类也繁。先生居京畿间,爱逛古肆,喜购碑拓、铜镜、箭弩、陶偶,古玩行话所言"小件""墨老虎"(后沪上转为木刻、版画),常夜晚把玩愉悦。所藏典籍惊人,爱吃鱼,好近青年,女青年也蛮好,闲言碎语实没道理。鲁迅是人,非僧,又何苦没点情欲,爱美之心。他也爱看电影,撰《野草》中《希望》篇当日,便有"伏园邀午餐于华英饭店,有俞小姐姊妹,许小姐及钦文,共七人。下午往中天看电影,至晚归"。回家便叙寂寞、已耗的青春,唱衰老经,遂有了《希望》。这伴了美人后的太息,诗家最明白其中况味,要统归到"生存之难"怕有些困难。况届《野草》时代,先生收入蛮高(有人做过专门研究),未愁饭钱、书钱,列出书账,吓死你。往来也无白丁,傻瓜偶有,也无非膜拜。诸家稽考,前后虽有兄弟翻脸(大病一场,迁西三条胡同,《野草》诸篇多写于此)、介入学潮、军阀据京畿各事,文学盟友星散,暂失职务,很快又恢复过来。但凡常人所遇烦恼,先生也临,常人所求娴静,先生也求,毕竟浑噩俗世,"无声的中国"。尤其写作之人,谁不明白,忧伤、敏感久而久之成了财富,诗家便佯信愤怒出诗人,甚至连自杀也是想到过的,最后,久病成医,竟"能够做到细嚼黄连而不皱眉了"。"我喜欢寂寞,又憎恶寂寞"成为常态,故知形而上之愁苦,与形而下之日常龌龊、愤怒,是有区别,转换的,就像他形容的"灵魂里有毒气和鬼气",两相纠葛,会让自我憎恶,也会反向憎恶自我。其间他也正译着日本作家厨川白村的《苦闷的象征》,便不能不有情绪上的转移、影响,李欧梵以为是有的,论文也用了这材料。余未专门研究,这里啰唆一下,倒不是为"扬鲁抑胡"打抱不平,而关心的倒是张先生,辨《野草》采"集束式"评价,脱节出来,以为是个"新起点",再附会中国新诗蜕变,近于"新神话"。其实,鲁迅自己就否认《野草》是他创作的一种新的文学体裁,"有了感触,就写些短文,夸大点说,就是散文诗,以后印成一本,谓之《野草》。得到较整齐的材料,则还是做短篇小说"。这种"小感触",细致的文学史家、研究家,没有不认可是 1919 年的延续。事实上,鲁迅除杂文,更在意小说,其最早东搞西搞失败后,终得大名,也在小说。要说语言试验,风格一类,通过《野草》前的《狂人日记》(1918)、《孔乙己》(1919)、《药》(1919)、《阿 Q 正传》(1921) 等,伴随大量辛辣的杂文,就已奠定完成了。用夏志清的话说:"1918—1920 冬,鲁迅已成了名作家。"鲁迅 1936 年去世,1938 年就出了全集,明摆着的,他的"语言自觉"或"自我性"不可能在生命最后 10 来年才冒出来。

所以,我个人的看法是,论文的观念很新颖,文学史也不是不可重写,但张先生非把《野草》纳入"新诗现代性框架内的自我",近于"伪陈述"——莫理解成"虚伪的陈述",而是瑞洽慈说的 Pseudo-statement,一种有别于"科学陈述"和"感情陈述"的一种"诗的陈述",接近今天的"虚拟",也不完全。伪陈述,在这里生成的是"佯信的观念",要看在哪种框架、语境来讨论或接受。仅"鲁迅式的"

而言，就余的阅历、见识，怕还有许多方面可重新谈论，但，首先要考虑"解放的意识形态"化后的"祛魅"，否则，便难有"真文学"。张枣先生看中《野草》，也多基于过去的研究，现代性、自我性，解脱抑郁、虚无，再度成为坚强的战士，并不新鲜。反而是强调语言技术，视其为"现代诗"进程的一个标志，还没人这样另类过。或和他喜欢法国诗人夏尔是分不开的，因夏尔的诗就多散文写法。记得，张枣曾寄给过我他作品的复印件，并十分推崇。关键是他在论述过程中，多以主观性认知和技术标准，忽略了其他情况。先与后，重要不重要，都要建立我们主观认知之外的坐标，尤其还牵涉胡适。

　　从客观性看，胡适为新诗第一人，作为标志，有三个方面的不可违：其一，时间的客观性。过去废名的《论新诗及其他》，周作人的《中国新文学的源流》，草川未雨的《中国新诗坛的昨日今日和明日》，陈子展《中国近代文学之变迁》，以及其他许多著述，都交代得很清楚，毋容赘言；其二，内心深刻与否、表现技术完整与否，作为后人的评价，都是主观性的，要有充足的前述条件，方可进行。就像我说，胡适先生濡染杜威人文主义和进化论化入他《尝试集》中的蝴蝶，较之鲁迅愤懑的野草，反更见现代性些，那我们又依据什么来判断此说法的客观性呢？相反不亦如此？而且，作为语境，胡适所倡开放"尝试"的精神，作为现代主义的基本戒律和标准，在波德莱尔、T.S.艾略特、批评家弗莱那里，或所有现代文学代表性的作家那里，都有标志性的事件、人物、信件，或作品，作为客观载体，载入史册；其三，就个人语境看，胡适和鲁迅后来都没有再写诗，所以抒不抒情和诗作多寡不能算数，而胡适架构的广义的文学和行为，包括身体力行的教育和扶持青年一代，以及反省精神，此精神恰好是西方人文主义和社会进步的根本，今天也越加明显地关键了。相较鲁迅大先生，这和我们个人喜不喜欢他，受不受他精神或风格的影响，没任何的关系。显然，大先生的精神构架更传统，更宿命，消耗也最烈，即日本学人所谓的"人神鬼"间，或"末世论"，而且，台湾学人研究现代文学的材料更丰富，显然，内山完造的军阀背景和关于周氏二兄弟的谋略，于左翼和中国文化的格局，有更深远阴暗的考虑，鲁迅先生固然有自己的操守、化解法，也多从另外的角度看待中国的命运，但这些，却是这边同领域学者所欠缺的，更何况做苦命文章的张枣先生，就更难周全了。

主要的说完，最后，这篇论文，余以为，多少还流露出过去做学问的残痕，对于有海外语境的张枣，本来是可以避免的，尤其关于"朦胧诗"部分，瑕疵最多，未脱当时文坛乃至汉学时弊。就我所知，那时各方材料已露面不少，张先生也并非无闻，即便戊戌后的"诗界革命""白话诗"，由民国的研究，也足够一窥。任何文学运动，造势，都是一社会的整体酝酿，尤其中国文化的深层结构，即便革命，也都呈边缘往中心蔓延，最后又由中心摘取一统天下的趋势。记得20世纪80年代，台湾的孙隆基和大陆的杨东平二先生，就涉及此领域。比如，辛亥革命第一枪，并非武昌打响，而在四川，即便张枣厌恶的郭沫若也谈过此事。至于70年代"民主墙"时期，"地下诗"以至街头，公开向威权宣读的"第一诗篇"（黄翔之《火神交响诗》）震撼京畿，均出自贵州的"启蒙社"，而"今天"，就具体时间而言，也是紧随其后。故有顾城叹服曰"英雄"，黄翔有记，作为经历者，北岛等也有各叙，或不叙。而"贵州五人展"也比"星星画派"更早走向街头，而这些却是许多正史俗史好蔑历的。即便受余影响（尤其《旁观者》），论文有所改进，对早期诗人有所交代，但近红墙蓝血的郭路生和黄翔，仍有本质不同，倘若知前者直到1997年仍把语言当子弹听令，便知解放的意识形态和意识形态之解放迥别，牵涉诸多大问题，张枣未纳入视野，或可推诿难以展开，但却并非不知。

余纳闷的倒是，此论文撰写时间，大致是从1994年到2004年，据译者说，答辩前也做过修改，当在2004年前。论文主体，完成于世纪之交。再察论文所引书目，有余 2002 年出版的随笔集《徒步者随录》，却独不见出版于 1998 年的《旁观者》。凡阅过的人，便知内容所涉。关于此书，记忆是很清晰的，当年未完稿之际，张先生就函告"海外风闻"云云。刚付梓，就寄过一套给他，他的信也有叙，后还要我再寄一套，说要送某某，余觉得是诳话，但还是寄了。观其论文，尤其"朦胧诗"部分，余以为许多内容，是仔细揣摩过的，若黔地黄翔之史事，凡过来人怕都知，余为诗史之真相最早呼吁、记录，《旁观者》有叙。但论文里，功劳却归到京畿唐先生那里去了。是粗心吗？不仅如此，即便余所撰他的专评《笼子里的鸟儿与外面的俄耳甫斯》（1992），所涉"影响的焦虑""俄耳甫斯"等，论文均涉及，尤其罗列性的"词条手法"，借用于解析北岛，均有痕迹，但张先生却未列参考篇目。

　　知己不怨，怨也未必不正经。张先生于诗，喜欢传统"趣味""漂亮"更"像诗"的，三分新七分旧，非相反，余有数。"朦胧"各家，也习惯按名头大的来说，就汉语境，也无可厚非。再如，叙"四川五君"全受了梁宗岱的影响，我看，这并非事实。柏桦也就那么一点，而且也是翻译的波德莱尔，不是梁先生本人的诗，这种以点代全，以一概十的叙述，不合规范，倒也明苦命文章的缺陷。另外，在为说明其主旨列举的作品或诗家，或"种群思维"方面，就诗内在的现代性而言，恰恰张先生本人或比他们都更具说服力。好在，叙自己，名字带过，也算合规范。按西方规则，严格的论文，造学叙自己时代，撰家是不能神侃自己的，就像编诗集，编者不能编入自己的作品，此谓"避嫌"，虽叙他者——就现在的眼光看，不无差池，怪癖的本质，巧智、取彼语境都未得识破，但至少做到了君子化。过去，诗家著群论编诗集，多列自己在灿烂位置，实际上又不是那么回事，还顺及裙带、私货。而张先生若存若亡，较了大笑者，自当高明些。类似的美德、优点和叙述方法的问题，材料运用得当与否，就不一一举例了。就余今日的眼力，章句过筋过脉，稍据逻辑审文脉，倘若较真，定会遭遇哲学错综复杂的无限性，但，这不是我的目的，也非本文能胜任。我只是想让读家知道，舞文弄墨有多难，身陷自戕文化语境，人的交流，未能绝圣弃智，大盗乃止，诗也恕难干净，或早已就死掉了。记得，张先生其他两篇诗学文章，都立竿见影传播刊发过，而这篇论文，在现代小说繁多研究后，兴许填了空白，或余孤陋寡闻不知。张枣自己生前，也似乎并没有急于刊布，这点是值得注意的。但，恰恰又正是这点，勿论毛病如何，此论文显示其独特的意义：即它代表着这两代诗人的性格、历史意识、话语方式、书写水平，朝着未来过渡，记忆现代性的艰难历程，与社稷同，所以，也不可小觑。

2019 年 9 月初稿，2020 年 5 月修订于成都

本文主要参考书目：

张枣德国图宾根大学文哲博士学位论文《现代性的追寻：论 1919 年以来的中国新诗》，亚思明译，打印本。
张枣. 张枣的诗，颜炼军编. 人民文学出版社，2010.
张枣. 张枣随笔选，颜炼军编. 人民文学出版社，2012.
钟鸣. 旁观者. 海南出版社，1998.
鲁迅. 鲁迅著译编年全集，止庵、王世家编. 人民出版社，2009.
夏志清. 中国现代小说史，刘绍铭译. 复旦大学出版社，2012.
周作人. 中国新文学的源流. 上海书店，1988.
陈子展. 中国近代文学之变迁. 上海书店. 1982.
草川未雨. 中国新诗坛的昨日今日和明日. 海音书局，1929.
废名. 论新诗及其他，陈子善编订. 辽宁教育出版社，1998.
徐芳. 中国新诗史. 台湾秀威咨询科技有限公司，2006.
李何林编. 中国文艺论战. 上海书店，1984.
胡适. 胡适学术文集：新文学运动卷，姜义华主编. 中华书局，1993.
［美］李欧梵. 铁屋中的呐喊，尹慧珉译. 三联书店香港分店，1991.
［美］李欧梵. 现代性的追求. 生活·读书·新知三联书店，2000.

余英时. 历史与思想. 台湾联经出版公司, 2014.

［英］戴维·弗里斯比. 现代性的碎片：齐美尔、克拉考尔赫本雅明作品中的现代性理论, 卢晖临、周怡等译. 商务印书馆, 2016.

［加］查尔斯·泰勒. 自我的根源：现代认同的形成, 韩震等译. 译林出版社, 2001.

［美］查尔斯·拉莫尔. 现代性的教训, 刘擎、应奇译. 东方出版社, 2010.

［德］于尔根·哈贝马斯. 现代性的哲学话语, 曹卫东译. 译林出版社, 2004.

［美］彼得·盖伊. 现代主义：从波德莱尔到贝克特之后, 骆守怡、杜冬译. 译林出版社, 2018.

［加］诺思洛普·弗莱. 批评之路, 王逢振、秦明利译. 北京大学出版社, 1998.

［美］R. 韦勒克. 批评的诸种概念, 丁泓、余徵译. 四川文艺出版社, 1988.

胡适. 尝试集（增订4版）. 人民文学出版社, 1998.

冯雪峰. 回忆鲁迅. 河北教育出版社, 2002.

钱理群. 与鲁迅相遇——北大演讲录之二. 生活·读书·新知三联书店, 2003.

汪晖. 反抗绝望：鲁迅及其文学世界. 河北教育出版社, 2003.

瑞洽慈. 科学与诗, 徐葆耕编. 清华大学出版社, 2003.

朱自清编. 中国新文学大系·诗. 上海文艺出版社, 1981.

郁达夫编. 中国新文学大系·散文. 上海文艺出版社, 1981.

［英］安德鲁·本尼特. 关键词：文学、批评与理论导论, 汪正龙、李永新译. 广西师范大学出版社, 2007.

［德］梅尼克. 德国的浩劫, 何兆武译. 生活·读书·新知三联书店, 2002.

歌德. 歌德谈话录, 朱光潜译. 人民文学出版社, 1988.

梁漱溟. 中国文化的命运. 中信出版社, 2010.

［法］夏尔·波德莱尔. 美学珍玩, 郭宏安译. 译林出版社, 2013.

［奥］里尔克. 里尔克《杜伊诺哀歌》述评, 刘浩明译、著. 上海文艺出版社, 2017.

_ 目录

前　言 / *001*

「第一章」
中国新诗现代主义的发展与持续（1919—1949）/ *009*
　　第一节　诗人流派的惯常划分 / *009*
　　第二节　我们的新视角：四代诗人 / *011*
　　第三节　"新月派"：浪漫的象征主义者 / *022*
　　第四节　30 年代的"现代派"诗人 / *026*
　　第五节　冯至与"九叶派"诗人 / *032*

「第二章」
鲁迅：《野草》以及语言和生命困境的言说 / *040*
　　第一节　"怎么写" / *040*
　　第二节　"一株是枣树，还有一株也是枣树" / *047*
　　第三节　"我自念：这是病叶呵！" / *053*
　　第四节　"但是，那前面的声音叫我走" / *057*
　　第五节　"阿唷！哈哈！Hehe! He, hehehehe!" / *063*
　　第六节　"我将向黑暗里彷徨于无地" / *067*
　　第七节　"无数美的人和美的事" / *075*

「第三章」
闻一多：介于纯诗与爱国之间
　　——将精神追求的进退维谷作为抒情主题 / *085*

第一节　"可是还有一个我，你怕不怕？" / 085

　　第二节　美与爱 / 097

　　第三节　闻一多作为现代恶魔诗人 / 100

　　第四节　"人类同情"与爱国 / 107

　　第五节　富有创造力的不相容性 / 109

　　第六节　奇迹，唯有语言才能召唤 / 118

[第四章]

梁宗岱与象征主义诗学 / 124

　　第一节　梁宗岱和瓦雷里 / 124

　　第二节　梁宗岱关于瓦雷里诗学的诠释 / 132

　　第三节　象征主义、传统和"宇宙意识" / 138

　　第四节　陶渊明、波德莱尔和象征 / 145

　　第五节　梁宗岱诗学的影响 / 156

[第五章]

传统与实验：卞之琳和冯至的客观化技巧 / 161

　　第一节　极端主体性的背离 / 161

　　第二节　传统与"历史的意识" / 173

　　第三节　"水"作为客观化的宇宙意象 / 182

[第六章]

从地下文学到"朦胧诗"

——20世纪70年代前后的现代主义诗歌复兴 / 194

　　第一节　"假大空"诗学 / 194

　　第二节　另类的诗学 / 205

　　第三节　黄翔与郭路生：两个永远的局外人 / 215

第四节　重估价值判断的诗学 / 224

「第七章」
北岛与"词的流亡" / 241

　　第一节　可疑之处：写作危机与"朦胧诗"的再出发 / 241

　　第二节　"抒情我"作为语言风景的探寻者 / 246

　　第三节　"世界的语言"与"诗的语言" / 253

　　第四节　"词的流亡"作为去政治化的、文学内在的对现代性的追寻 / 259

　　第五节　陌生化的另一个"我" / 266

　　第六节　流亡在途作为写作的隐喻 / 274

　　第七节　打开内部空间的钥匙 / 278

「第八章」
"后朦胧诗" / 285

　　第一节　南方的太阳和"后朦胧派"身份 / 285

　　第二节　日常的太阳：诗人间的一场批判性的互文对话 / 290

　　第三节　朝向语言风景的危险旅行 / 311

　　第四节　"来敞开领域，朋友" / 328

参考文献 / 338
译后记 / 360

前　言

中国现代文学最重要的标志就是一种新的、前所未见的主体性的表达。这种主体性从文言文的束缚中挣脱出来，自1917年以来在白话文中找到了新的文学媒介。不同于传统文言的文化守成主义，现代白话更具兼容并蓄的开放姿态，既能从过去的文言经典和白话文本摄取养分，又可转化当下的日常口语，更可通过翻译来扩张命名的生成潜力，借鉴外国语种——尤其是现代西语之优长。

新诗人自觉且自信地利用白话汉语的生机勃勃的开放状态。他们将这种开放理解为提升创作的历史机遇，在批判性地接受影响的同时努力发出自己真实的声音，塑造新诗主体性，以及极具个性、独一无二的"抒情我"（ein lyrisches Ich）的形象。本论文一方面在共通的历史条件下，在被视为写作典范的诗人身上寻找其诗学理念、元诗意图，以及文本实践；另一方面，又结合他们各自的个性来理解和阐释这些作品。这两个层面是一个整体意义上的、不能分割的白话文本生成过程的"原状态"的组成部分。

在外来影响面前保持开放，实为新诗最重要的历史条件之一。从这一视角出发进行审视，可以确证，中国新诗与西方现代派的相遇要比迄今研究所认为的要广泛、大胆、持久和自觉得多。特别是波德莱尔以降的象征主义，历经法语文学的马拉美、瓦雷里，英语文学的叶芝、艾略特、奥登，德语的里尔克，俄语的勃洛克、茨维塔耶娃、曼德尔施塔姆的后续发展之后，成为不可或缺的重要资源。而上述作者——广泛意义上被认为是现代派或者现代主义诗人，正如本文即将展示的，已经成为"新文化运动"以来中国历代诗人的秘密的先师，吸引他们前赴后继——即以一种变形的形式，建立自己的诗的现代性。其中，"我"的塑造、审美的立场、关于语言和写作过程的元诗式的反思，都被导向一种新的创作模式。也是在此影响的背景之下，个人和集体开始踏上追寻诗的现代性的征程，以找到一种真实的表达"抒情我"的诗的可能性。这种追寻在白话诗中是持续性的。发掘这种持续性，并予以关注，对于中国新诗的本质的阐释可谓意义重大。迄今为止，由于文学批评惯常的流派划分，1949年前诗人之间的代际传承遭到了漠视①。但只要我们将这种划分弃之不顾，转而以时间顺序重新排列诗人之间的代际关系，或将他们视为新诗现代性进程的先后接力者，其间的持续性便会凸显，同时一种新的历史视角也会形成。所谓的持续性不一定意味着线性的进步，后一代写者也不一定超越前辈，甚至今不如昔也有可能。持续性更应理解为一种展开、反反复复的寻觅，探求新的可能性，将传统与实验、中文与外语、艺术自律与社会参与、主观性与超越个人的"我"之间的诗的不谐和音言说出来。通过文本特征，以及作者明确表达的诗学意图来证明这种持续性的存在，构成了**第一章**的研究内容。

　　一种存在的语言反思和批判立场，使得写者面对创作过程以及自身姿态的意识都得以强化，这是现代诗的最显著的标志之一。这一标志并未出现在公认的首部白话诗集——胡适的《尝试集》中，而是鲁迅的《野草》。**第二章**致力于重新阐释这部作品，认为它是第一代白话诗人追寻现代性的代表性例证，并尝试将《野草》的生成解读为作者对生存危机的语言上的、象征主义的克服。《野草》将无言写成语言，而鲁迅对失去声音和自我——消极主体性的恐惧，虽然被理解为

---

① 早在1935年，《中国新文学大系·诗集》的编选者朱自清就将诗坛分为三派：自由诗派、格律诗派和象征诗派。中国大陆、中国香港以及海外编选的文学史上的著名新诗选集似乎也普遍认同这种处理方式。参见朱自清《导言》，《中国新文学大系·诗集》，上海良友图书印刷公司1935年版，第15页。

社会困境的镜像,在鲁迅的其余文体中也是以社会批判的笔调来处理,但到了《野草》集,却渗透着纯粹的诗性和元诗的审美,以及语言的幻景和希望。鲁迅将生存之难等同于写作和言说之难。为克服失语所进行的文字择拣和语词锤炼的过程被视为自我的重建,以修复在社会现实中受到伤害和分裂的精神主体。《野草》中的鲁迅如履薄冰地寻词造句,仿佛他命悬于此。凭借无与伦比的博学多才,他随意遣用现代西方文学的多种表现手段:赫尔墨斯主义、暗隐喻、消极性观念、语言的自我中心主义、不谐和音、梦境结构,等等,其中有很多都被纳入西方现代派的诗学范畴,正如胡戈·弗里德里希(Hugo Friedrich)与米歇尔·汉伯格(Michael Hamburger)在其著作中所描述的那样①。鲁迅不仅仅是现代中国的小说艺术之父,同时还可被称作白话诗现代性的真正的奠基人,其论述将在第二章展开。

不过,鲁迅唯有在《野草》阶段才遵循现实消融于语言的纯粹、绝对之诗的前提,其余时候他更是一位积极参与社会的文学工作者,也不必忍受进退维谷的痛苦:一方面深信现代的审美观念,另一方面却怀疑词是否真能改变世界。这里出现的矛盾往往通过重返传统基本价值理念得以和解或者消除。闻一多是第二代白话诗人中的典型范例,其诗学策略在于,化内心纠结为创作对象。他最好的诗在主题上包含了这种高度自觉的困境及语言克服的尝试。**第三章**用比较文学的方法考察了闻一多的元诗意识,探究他如何随着生命的成长,迟至诗集《死水》问世,发现了双重"我"的诗性,并从中获得创造力的提升,将精神追求的对立冲突转变为诗歌写作,在社会内涵、时代批判与语言的考究、形式的整饬之间达到平衡。由此通过纯粹抒情诗的表达来针砭时弊,在不伤害自己的诗学信条的同时,还能产生美与诗

---

① Hugo Friedrich, *Die Struktur der modernen Lyrik*, Reibek b. Hamburg: Rowohlt, 1970; Michael Hamburger, *The Truth of Poetry: tension in modern poetry from Baudelaire to the 1960*, London: Methuen, 1982.

意,以及他所追求的现代性。

第四章阐发并重估梁宗岱作品及其象征主义诗学。时至今日,梁宗岱在中外学界均未得到应有的重视,但他无疑是最为谙熟现代西方象征主义、在融汇中西诗学方面有着独特创见的中国诗人。梁还是法国象征派大师瓦雷里的密友。当他还在巴黎留学,开展法语诗写作的年代,就与瓦雷里来往密切。梁利用这种便利,问疑解惑,偷师学艺,探讨古诗今译和他本人的诗歌问题,引起了瓦雷里的兴趣。1930年代初,梁宗岱回国,与其他诗人同行相比,他不仅关注波德莱尔、兰波和魏尔伦等早期法国象征派——其作品所塑造的现代社会内心分裂的抒情"我"的形象极大地影响了中国象征诗派的世界观和技巧,并激发他们勇于创新和实验——而且直至以瓦雷里为代表的后期象征主义者,梁宗岱也尝试把握其整体发展脉络。他们的创作更复杂,也更均衡,"抒情我"呈现出一种客观化的面目。以此为基础,梁宗岱考察象征主义的"我"与世界、形式和内容之间的关系,阐明"纯诗"、宇宙意识、灵感与创作,而在此之前,首先要做的是探究实验与传统的相互作用。梁希望是以如诗如画、优雅感性的笔调来写他的诗学文章,而不必是严格意义上的理论著述,更不是罗曼语言文学的研究成果。这些论文其实更像是一位诗歌写者的文学评论,类似于瓦雷里阐述他人作品的"作者诗学",其主要的兴趣点不在于学理判定,而是以此来反观自己的创作。结合这一背景,这一章旨在澄清梁的诗学思想,对已有概念作出更为清晰的界定,并评估他为象征主义的本土化所做的贡献。

正如迄今中国文学研究严重低估了 1949 年前的白话诗人对西方现代派影响的接受,自闻一多以来的许多作家所做的融传统于新诗的努力也同样未能得到应有的重视。梁宗岱等人从欧洲象征派大师那里了解到,激进的诗学实验并不一定与传统构成断裂,而是既承前启后,又自辟一个境界,也因此才有貌似悖谬的"古典主义先锋"之称。如何移传统之花,接现代之木,这正是新诗为了清除自身阻碍而必须学习借鉴之处。一些重要的诗人,其中包括卞之琳和冯至,认同梁宗岱的观点,并在创作实践中予以贯彻。由此而发,**第五章**将以这两位诗人作为第三代及第四代诗人的表率来进行示范性论证①。需要分析的是,他们如何背离先前的极端主体性,转而实现一种更为成熟的、具"历史意识"的非个人创作。一方面,他们受到了艾略特(卞)和里尔克(冯)的影响;另一方面,又回到了自身的历史文化传统。关于一些诗歌概念的阐释,如艾略特的"客观对应物""历史意识",里尔克的"如其所是的述说""变形""咏物诗"等,他们寻找着与古典诗学和传统哲学的契合之处,如"无我之境""情景交融""生生不息""天人合一"。他们相信传统与实验、自身与陌生的相互作用,希望创造一种中西合璧的诗,其元诗意识既有世界性的开放,又有中国性的特质。

卞之琳和冯至的写作不仅展现了他们各自诗艺的圆融,同时也预示白话文作为一种语言的成熟,足以承载众多诗人共同肩负的文学现代性的重任。然而,这种前途远大的对于"现代我"的真实表达的追寻在1949年后突然中断。诗歌不再建构真情实感的"抒情我",创作过程也不再是主体的真实反思和发声尝试,而是艺术再现一个被思想改造和异化的自我,根本无法按照设计自行描画"日常的美好现实"。作为"革命诗歌"的标配,一个意识形态化的"大我"被激情幻化而出,代表着集体、阶级。语言也被普遍去隐喻化,据智识水平进行自洁和简化,通俗易懂,消解自我,以符合一个可靠、可控的"集体我"(ein kollektives Ich)的标准。

---

① 卞之琳自认为是"第三代诗人"。早在1925年,年仅19岁的冯至就发表了他的处女作,本应属于第二代。但由于他最重要的作品《十四行集》产生于20世纪40年代,并被认为是这一时期的文坛最具代表性的收获,因而我们在此将他作为第四代诗人的典范来进行处理。

在这一历史背景之下,"假大空"诗学开始盛行,诚如**第六章**所描述的,现代诗歌的短暂而引以为豪的传统逐渐没落。"文革"前后,"另类的诗学"和"重估价值判断的诗学"发展起来,以地下文学的形式重续先前的现代性追求。为了澄清"地下写作"的内在机制,本章以参与者和观察者的视角切入这一历史进程,以此呈现:年轻的诗人如何要比迄今所认为的更早、更具冒险精神地组建地下文化沙龙;成员之间的关系又是怎样——鉴于他们大多出身于文化干部家庭,其父辈早已否认或背叛了过去曾担负过的"新文化"健将的角色;他们又在"文化大革命"中有过怎样的遭遇,如何通过禁书这一渠道获得秘密的文学资源。

所有的这些行为都导向 20 世纪 70 年代诞生于京城的"朦胧诗"的创作模式。后者旨在重新赢得抒情的主体性。这类诗歌通常将"我"的能力提升至完胜的、神奇的高度,以此来制服压缩在以"太阳象征"为中心的话语之内的语言暴力。围绕着这个"我",也是用以对抗的最重要的反词,早期的"朦胧诗人"并未发展出足够多的语言手段,来彻底拆毁统治意识形态领域的二元对立思想体系。他们还是以依赖对手为生,肯定对手所反对的,反对对手所肯定的。这套二元对立的体系内部无疑发生了一种价值判断的重估,也给 20 世纪 80 年代以前的地下诗坛带来了活力和光彩。诗人们通过一些反义的词语组合,如:好/坏,我/太阳,光明/黑夜,真/假,推陈出新。不过,那些在二律背反中保留下来的二元论思想却成为 80 年代诗艺进一步发展的桎梏。

在诗歌评析的基础上,**第七章**描述了"朦胧诗"的写作危机及再出发。"朦胧诗人"认识到,在 20 世纪 80 年代变化了的历史情境下,自己早期文本的思想性和政治性表露无遗,甚至一部分作品作为"时代诗歌"被工具化。他们决心追求审美自律和"语言创作",开始将诗写得更为隐秘,远离意识形态之争,在元诗的维度下以真实的

"我"的复杂性及语言的自反性为主题。流派解体,每一个人都有自己的诗学纲领。很多先前的词汇被废弃,二元对立的思维方式转为对无法言说之物的洞察。甚至不再与"太阳象征"为敌,不再视之为僵化的意识形态的诗学规训,而是隐喻的冒险亟待开拓的一片处女地。"朦胧诗"的新征程迄今尚未进入研究者的视野,这一旅程的展开要比朝向语言风景的词句的探索更具元诗意识。诗是"孤独且在路上的"——恰如策兰(当今中国最重要的诗歌偶像之一)对自己创作的描述。在对很多代表性的晚近"朦胧诗"文本(1984年以来)的"内在"分析中,本章得出结论:与文学批评和研究中普遍政治化的解读相反,这一时期的"朦胧诗"是精神和美学的流亡,"词的流亡",所呈现的自我反思的主题若非异域飘零,便是留守者的内心流浪。

伴随着"朦胧诗"1984年后的再出发,年轻一代的"后朦胧诗"也尘埃落定,并且从一开始就是以独立自主的语言批判为创作目标。正如"朦胧诗"是对"假大空"诗学的价值重估,不妨声称,"后朦胧诗"并非源自变化了的现实,而是文本的产物,是与"朦胧诗"语言辩论的结果。新生代诗人拒绝与声名显赫的前辈写的一样,而是自立门户。**第八章**探究的是,这种新的元诗意愿如何成为一种决定性的创作动机,不可避免地导向与"朦胧诗"之间的一场批判性的、互文性的对话。一位写者愈是具有隐喻意识,就愈是要影射家喻户晓的"朦胧诗"名作,以示刻意与之拉开距离。这一进程在大多数诗中表现为一种解构性的"怀柔",与同时代的诗歌论争相比,往往显得悄无声息而又细致入微。不过,他们意欲克服"影响的焦虑"的意图,以及对前辈"弱点"的超越——从语言上远离意识形态的权力场域,这在20世纪80年代表现得尤其明显。这种意图直接构成了创作的对象,并带来了被贴上"后朦胧"标签的杰作。

普遍存在的元诗语素、对语言的自我反思,以及语言反思作为文本内容，被提升到一种不容欺骗的现实应对机制的重大意义之所在——所有的这些都标志着一种审美的意愿，要让语言在政治观念的渗透面前保持纯粹，而这一切唯有通过严格意义上的元诗手法才能实现。"后朦胧诗"的主要特征也体现在许多"朦胧诗人"那里，如北岛、多多、杨炼和顾城等人20世纪80年代中期以后的作品。他们纷纷转向一种新型创作，主题包含了一些自我反思的元素，并将成诗过程写出。除了个人风格的不同，这种写作与"后朦胧诗"文本并不构成实质上的区别。因此，"朦胧诗"与"后朦胧诗"的概念界定对于1980年代末以后的中国诗歌阐释已经失去意义，这两大流派之间再无本质区别，合流为一股诗潮。相应地，几位重要的诗评家也就将1980年代以来的这种诗歌统称为"先锋诗"或"实验诗"[1]。

---

[1] 译者注：例如唐晓渡称"朦胧诗"是实验诗的"开先河者"；陈超认为先锋诗是对"朦胧诗"的超越（包括"朦胧诗人"后期创作的自我超越）。参见唐晓渡《实验诗：生长着的可能性》，《唐晓渡诗学论集》，中国社会科学出版社2001年版，第43—48页；陈超：《中国先锋诗歌论》，人民文学出版社2007年版。

「第一章」
中国新诗现代主义的发展与持续（1919—1949）

第一节 诗人流派的惯常划分

　　长期以来，1919年至1949年的中国现代白话诗人通常是按时间顺序，参照艺术特性被划分成各个流派，这在汉语文学评论界已是司空见惯的做法。早在1935年，《中国新文学大系·诗集》的编选者朱自清就将诗坛分为三派：自由诗派、格律诗派和象征诗派[①]。自由诗派包括胡适、俞平伯、康白情、刘大白和其他一些代表性诗人，他们主张在诗中保留语气的自然节奏。持对立立场的"新月社"成员被列入格律诗派，领军人物有闻一多、徐志摩和朱湘，他们发展了一种新的诗歌文体，严格用韵来写诗。象征诗派则是指李金发、戴望舒、王独清、冯乃超、穆木天，以及效仿法国象征派的追随者们。
　　不过，这样的划分也很成问题。一些特立独行、有时往往也是最具禀赋的作家被边缘化了。一个很好的例子是鲁迅，他那部横空出世的《野草》就很难被归入三派之中的任何一类。另一个例子是陆志韦——一位另辟蹊径的诗人，他在口语入诗方面的认真而又值得钦敬

---

① 朱自清：《导论》，《中国新文学大系·诗集》，上海良友图书印刷公司1935年版，第15页。

的探索，为后来形式主义者的诗学实验开了先河①。此外还颇具争议的是，郭沫若早期的那些作品，集美国惠特曼、德国表现主义，以及科学实证主义等诸家影响为一身，真的可以被纳入浪漫派麾下吗？上述的种种流派划分不仅对个别作家而言有失公正，更危险的是，它导致了我们的一种盲视，对潜藏于同一文学时期的不同派别之间的精神统一性视而不见。

然而，继朱自清之后，更多的诗派划分应接不暇，如：现代诗派、国防诗歌、革命诗歌和九叶诗派。中国大陆、中国香港以及海外编选的文学史上的著名新诗选集似乎也普遍认同这种处理方式。相形之下，我们要做一个有趣的改变，就是将这一历史时期视为一个有机的整体，每一个单独的个体只是共同的时代精神主宰之下的宏图远略的组成部分，他们目标一致地探寻着合适的方式，来表达一种变化了的、前所未知的主体性。这种新的主体性的否定的功效不应被过分强调。声势浩大、破除旧习的五四运动同 19 世纪以来的西方文化逆流一样，释放出强烈的毁灭的激情。即使二者之间的文化差异巨大，"打倒孔家店"也依稀恍若"上帝死了"的尼采宣告的回响。由此带来的个性解放挣脱了保守的、传统的价值体系对人性的束缚，但同时也引发了一些致命的副作用，如精神空虚和自我异化。每一个曾经乐观地视西方为圣地，想要去到那里寻求心灵依托的人早晚都会感到幻灭，因为他所能汲取的一切营养无异于鲁迅所说的"'世纪末'的果汁"②。内含的虚无主义的态度，空虚的深谷，即所谓的"负超越"（negative Transzendenz），其哲学源起，据克劳德·韦勒（Claude Vigee）的说法，早在文艺复兴之后的斯多噶派和人文主义传统中就已初现端倪，"笛卡尔主义"和"无神论"对此有了进一步

---

① 陆志韦提出过"舍平仄而采抑扬"，详请参见丁瑞根《陆志韦〈渡河〉与新诗形式运动》，《中国现代文学研究丛刊》1988 年第 1 期。
② 鲁迅：《〈中国新文学大系〉小说二集序》，《鲁迅全集》（第六卷），人民文学出版社 1981 年版，第 243 页。

的阐发，随着浪漫主义的推波助澜直至 19 世纪才获得真正的影响力[①]。而中国新文化运动的结果实际上是陷入了一个哲学上被称作是 Aporia[②] 的迷阵，所谓"避开雨淋，又遭檐水"。

第二节　我们的新视角：四代诗人

在我们看来，比划分新的诗歌流派更有意义的做法是将 1949 年以前的白话诗人分为四代，他们既具个性又有共性地探索着新的诗歌形式，来配合他们的诗的主体性的表达。第一代诗人由早期的文学先锋组成，其中包括鲁迅。第二代囊括了李金发以及其他的一些象征主义者和形式主义者，如谙熟德语文学的冯至。第三代包含了戴望舒、卞之琳、废名、何其芳和其他的"现代派"。第四代主要由 1940 年代的诗人构成：穆旦、郑敏、陈敬容等等。第三代和第四代诗人对大多数学者而言毫无疑问是与现代主义挂钩的，至于前两代诗人与之有无关联，则要画一个问号，或者干脆予以否认。但是我们不想从一开始就排除早期诗歌所潜藏的现代主义的可能性——尤其涉及一些已被认可的名篇，而是更多地去考察，是否在代与代之间有着一种指向现代主义的渐进式的发展，直至官方的文化政策将之压制，1960 年代以后才继续复兴。

以现代白话汉语作为新主体性的表达媒介，好处在于其开放性。这主要存在于三个方面：白话汉语既可以从以往的文言经典，又可以从现存的白话文本获得滋养。此外，书面白话还能通过日常口语丰富自身。第三，也许也是最为关键的一个方面，现代白话更可吸收多国

[①] 参见 Claude Vigee, "Metamorphoses of Modern Poetry", in: *Comparative Literature* 5 (Spring) /1955, pp. 97—99.
[②] 译者注：Aporia 来源于希腊语，亚里士多德用它来指那些与不相容性相关的困惑。关于这个词的定义，一直是西方哲学具有争议的问题。

语种的优长。恰如胡适所言，它是"活"的，因为它完全不同于传统的书面汉语，仅仅依靠过去为生，它还能接受外来影响，同欧洲语言一样具有创造力。

胡适是众所周知的白话新诗的发起人。但由于他并没有成功地以隐喻和象征的尺度为标准，将诗歌语言同日常语言，散文文体同诗歌文体区分开来，还算不上是新文学传统的创立者。《文学改良刍议》中所提的"八不主义"只是表面上受到了"意象派"诗歌运动宣言的影响——考虑到胡适将庞德的现代诗歌主张缩减成了语言改革的工具。也恰恰是因为如此非诗的接近，新的主体性所体验到的现实才无从把握，与之相应的是，《尝试集》里诸多所谓"写实"的诗作亦被时代的大浪淘尽。

正如胡适的评价，"新诗中的第一首杰作"当属周作人的《小河》。这首诗最早于1919年2月15日发表在《新青年》第六卷第二号的头条，可见出版方曾对之寄予厚望。周作人在诗中加了一小段前言，解释说，这种诗体与法国波德莱尔提倡起来的"散文诗"略略相像[①]。这表明，象征和隐喻正是强化诗感的一种手段——虽然从更为深入的诗学理念来说，这样的说法略显夸张。由此一来，诗中的小河、树木和麦田不再只因"拟人化"而生灵活现，更被视为是在一个晦暗的精神危机时代的心理冒险。周作人是中国作家当中阐释法国象征主义的符号功能的第一人，并试着将之与中国传统诗歌的中心技法"兴"两相对照，彼此强化。"兴"的起源可以追溯到《诗经》，周写道：

> 新诗的手法我不很佩服白描，也不喜欢唠叨的叙事，不

[①] 参见胡适《文学改良刍议》，转引自司马长风：《中国新文学史》（上卷），昭明出版社1980年版，第42—43页。

必说唠叨的说理,我只认抒情是诗的本分,而写法则觉得所谓"兴"最有意思,用新名词来讲或可以说是象征。让我说一句陈腐话,象征是诗的最新的写法,但也是最旧,在中国也"古已有之",我们上观《国风》,下察民谣,便可以知道中国的诗多用兴体,较赋与比要更普通而成就亦更好。譬如《桃之夭夭》一诗,既未必是将桃子去比新娘子,也不是指定桃花开时或是种桃子的家里有女儿出嫁,实在只因桃花的浓艳的气分与婚姻有点共通的地方,所以用来起兴,但起兴云者并不是陪衬,乃是也在发表正意,不过用别一说法罢了。①

周作人将"兴"或者象征的使用视为纠正早期新诗形式散漫的有效手段。他的诗集《过去的生命》实践了这一设想。甚至他还有权声称自己是最早开始译介果尔蒙、魏尔伦等法国象征派诗人作品的译者之一。

20世纪20年代,上述西方象征主义诗人的译作以及评论文章频现于几乎所有重要的文学杂志。波德莱尔、马拉美、耶麦、梅特林克以及魏尔伦等人的鼎鼎大名开始令中国读者如雷贯耳。② 这不仅给诗人们带来了创作的冲动,还从整体上提高了新诗阅读者的文学品位。必须指出,那一时期近乎所有受到公认的佳作或多或少都呈现出象征主义的倾向。下面我们来看一看俞平伯题为《偶成两首》之二的这首短诗:

什么是遍人间的?

---

① 周作人:《〈扬鞭集〉序》,收入陈绍伟编:《中国新诗集序跋选(一九一八—一九四九)》,湖南文艺出版社1986年版,第174—175页。
② 参见孙玉石《导言》,《象征派诗选》,人民文学出版社1986年版,第1—8页。

> 一个笑，一个恼，
> 一个惨且冷的微笑；
> 只是大家都默着。
> 什么是遍人间的？①

这首诗在风格上非常近似当时风靡一时的诗体"小诗"，寥寥数言，其实很难真正完成象征。相同的首句和末句仿佛一对括号，将更多的画面和一个简短有力的确证囊括其中，表达出诗人对悲惨人间的激愤。"只是大家都默着"，暗示这一确证已为人所心知肚明，不必再直言不讳地挑明。另一首品质相仿，但更为神秘的短诗是沈尹默的《月夜》：

> 霜风呼呼的吹着，
> 月光明明的照着。
> 我和一株顶高的树并排立着，
> 却没有靠着。②

诗人故意在这里描绘出一幅人与自然彼此分离的画面，与现实脱节的失落通过惯常的肢体动作（"立着"或者"靠着"）表现出来。然而分离和失落却以想象的方式获得补足。在第三句中，抒情的"我"将想象的"我"（他的影子）投射到一株树上，"并排立着"，象征着人与自然之间的亲密关系。但这仅仅是想象之中的，因为就第四句来看，二者在身体上并没有接触。这种通过想象来寻求弥补、替代业已失去的世界的诗学表演很快就成为白话诗人的重要文学主题。他们的

---

① 俞平伯：《偶成两首》，乐齐、孙玉蓉编：《俞平伯诗全编》，浙江文艺出版社1992年版，第152—153页。
② 舒兰编：《五四时代的新诗作家和作品》，成文出版社1980年版，第18页。

诗歌越来越个人化，美学特性也越来越显著，以此来与新主体性所感知到的存在的空虚、精神的荒芜构成一种对位。其中，徐玉诺是最早将诗艺作为一种仪式表达出来的诗人之一。这首题为《诗》的作品充满了庄严的仪式感：

> 轻轻的捧着那些奇怪的小诗，
> 慢慢的走入林去；
> 小鸟们默默的向我点头，
> 小虫儿向我瞥眼。
> ……
> 看呵，这个林中！
> 一个个小虫都张出他的面孔来，
> 一个个小叶都睁开他的眼睛来，
> 音乐是杂乱的美妙，
> 树林中，这里，那里，
> 慢慢都是奇异的，神秘的诗丝织着。①

在俄耳甫斯的神话里，诗是一门艺术，可以穿透黑暗的自然，点化周围的一切事物，使之重新获得一种存在的秩序。几乎就在这首诗诞生的同一时期，德语诗人里尔克也正在创作《致俄耳甫斯的十四行诗》，在第一部第一首诗中，里尔克也展现了类似的崇高肃穆的氛围，他写道：树木升起来了，动物们自兽穴被引出，因为它们听到俄耳甫斯在吟唱！② 虽然徐诗就深度和密度而言还无法与里尔克的作品相提并论，但二者还是拥有一个共同点，即：相信写诗是一种生活的行

---

① 徐玉诺：《诗》，《将来之花园》，商务印书馆1922年版，第91—92页。
② R. M. Rilke, *Duineser Elegien und die Sonette an Orpheus*, Frankfurt, Suhrkamp, 1974, S. 51.

动,奇幻而富有魔法的想象可以改变世界。

毫无疑问,徐玉诺的这首诗已经呈现出象征主义的特征,不过,在《将来之花园》这本集子里,类似的诗并不多见。这在一定程度上也是那个时代的症候:好诗极难找到,一旦发现一首,也是拜象征主义所赐。假如从一开始就能谨慎而又系统地翻译和引进西方象征主义,那么中国新文学发端所能留下来的传世之作一定要比现在的更多。为什么象征主义的影响力最终相对有限?原因之一大概是第一代中国现代诗人有一种心理上的不安全感,他们并不确定,他们私密而又隔绝的内心世界,甚至有些病态的主体性的幻想花园真的能以白话的形式呈现。他们只敢尝试短诗,或者多少带点散文风格的诗——朱自清312行的长诗《毁灭》也许是个特例。这些白话新诗的先锋们所带来的少量的好诗是迈向现代主义的第一步,虽然为数不多,依然构成了好几代人的现代中国文学传承的起点。

对西方象征主义诗歌的学习,以及对其艺术特征的借鉴起到重要推动作用的当属"创造社"的三名成员:穆木天、冯乃超和王独清。他们不仅留下了蹈袭早期法国象征派路线的有趣的诗集,而且还和他们的老师颇为相似,相信外界与内心互相感应契合,有意将诗引向人的心灵世界。作为理论家,他们也曾在公开发表的书信《谭诗》《再谭诗》中,针对诗歌创作提出过几点纲领性的要求,相当于是为中国象征诗派立此存照。这几点要求在诗学起源上无疑是指向法国象征派:强调诗的表达方式的独特性,将"诗的世界"与"散文的世界"区隔开来;认为诗应尽量排斥文学意义,向音乐靠拢,实现"暗示性"的增强;并将梦幻的追求、奇特的想象和颓废的情调视为诗的基本要素。这些主张也被穆木天、冯乃超和王独清全部应用到诗歌写作之中,其中穆和冯在文学实验上走得更远,甚至放弃使用标点符号。但这种改变并非马拉美式的摧毁,而是建设性的,通过不同长短的句式——从二到二十四个音节,营造乐感,增进活力。

除了穆、冯和王之外,在中国诗人与西方象征主义的相遇中扮演过重要角色的另一位诗人是梁宗岱,而他对深化中国作家关于象征主义的理解所做出的杰出贡献尚未得到学界充分认可。作为诗人、文学批评家和翻译家,梁展示了他极高的外语语言才能,学贯中西博通古今。此外,他还以与象征派大师瓦雷里交好而著称。当梁宗岱论及他对艺术与美、理想与"纯诗"的至高无上的信仰,并阐发他所理解的思想与感觉、个性与共性、小我与宇宙、传统与现代的关系时,确是深得马拉美和瓦雷里的精髓。他捍卫诗的形式、结构,诗意背后有意的探寻、思想的揉折,以及反复推敲、精打细磨的艰苦的劳作,这与浪漫主义的灵光一现、一气呵成形成了鲜明的对照。梁宗岱相信,象征主义是永恒的现象。同周作人一样,他也是在传统的深渊中去追踪那些沉思的灵魂的坠落。他的主要理论著述——后收入文集《诗与真》——曾激励"新月派"诗人倡导新诗的形式革命,并对20世纪30年代最有才华的诗人之一卞之琳产生了重大的影响,又在四十多年以后令"后朦胧诗派"的主将之一柏桦深深地为之折服。这里引出梁宗岱关于"纯诗"的定义,不难发现,他比任何人都更具有法国象征主义的倾向:

所谓纯诗,便是摒除一切客观的写景、叙事、说理以至感伤的情调,而纯粹凭藉那构成它底形体的原素——音乐和色彩——产生一种符咒似的暗示力,以唤起我们感官与想象底感应,而超度我们底灵魂到一种神游物表的光明极乐的境域。像音乐一样,它自己成为一个绝对独立,绝对自由,比现世更纯粹,更不朽的宇宙;它本身底音韵和色彩底密切混合便是它底固有的存在理由。[1]

---

[1] 梁宗岱:《谈诗》,《诗与真·诗与真二集》,外国文学出版社1984年版,第95页。

关于现代主义的表达模式的早期探索在20世纪20年代中期达到了高潮,以鲁迅和李金发的诗作为代表。二人从某种意义上来说都是另类,并无师承,他们将自己对这个现代世界的主观感受以一种极为坦率的方式呈现出来。在他们笔下,生命是一种诅咒、一个陷阱,个体因生存或毁灭的双向要求被拖来拽去。他们似乎是以一种波德莱尔的矛盾修辞法的形式,如"废弛的地狱边沿的惨白色小花"①,或"生命便是/死神唇边/的笑"②,将诗歌建构在消极的范畴之内。按照胡戈·弗里德里希(Hugo Friedrich)《现代诗歌的结构》③,以及米歇尔·汉伯格(Michael Hamburger)《诗的真相》④ 里的说法,这些范畴包括:虚无主义、不谐和音、反常性、空性超越、丑陋的美学、语言魔术、自我同一性的缺失、梦境结构等等。

1927年9月,在散文诗集《野草》完成大约一年之后,鲁迅在一篇题为《怎么写》的文章中提到了他写这部诗集的缘起,内含重要的启示。他写道:

> 我靠了石栏远眺,听得自己的心音,四远还仿佛有无量悲哀,苦恼,零落,死灭,都杂入这寂静中,使它变成药酒,加色,加味,加香。这时,我曾经想要写,但是不能写,无从写。这也就是我所谓"当我沉默着的时候,我觉得充实,我将开口,同时感到空虚"。⑤

---

① 鲁迅:《〈野草〉英文译本序》,《鲁迅全集》(第四卷),香港文学研究社1973年版,第281页。
② 译者注:李金发《有感》,《为幸福而歌》,商务印书馆1926年版,第107页。
③ Hugo Friedrich, *Die Struktur der modernen Lyrik*, Reibek b. Hamburg: Rowohlt, 1970.
④ Michael Hamburger, *The Truth of Poetry: tension in modern poetry from Baudelaire to the 1960*, London: Methuen, 1982.
⑤ 鲁迅:《怎么写》,《鲁迅全集》(第四卷),人民文学出版社1981年版,第19页。

结尾的这一句，正是鲁迅《野草》的开头，从而也形成一个很有趣的推断，即：鲁迅显然是将写作的两难与存在的痛苦相连。更确切地说，生命危机与语言危机在他看来是一回事儿。这或许是受到了日本文学评论家厨川白村的影响——鲁迅在写作《野草》的同时恰好也在翻译厨川白村的《苦闷的象征》。鲁迅想通过"艺术地'改装打扮'"来战胜他的精神危机，也就是说，"将个人经验的原始材料创造性地调整为象征的结构"①。我们认为，这的确意味着鲁迅在语言功能问题上有了一个新立场，并被提升到了形而上学的层面。也是以此为出发点，鲁迅将《野草》创作成了一部纯现代主义的文学作品。

鲁迅的现代是真真切切的现代，这不仅表现在他无与伦比的犀利文风和诗性文体，同时也因为"存在的两难"正是他一以贯之的文学主题，以及令人感到喘不过气来的虚无主义，直接导向《野草》中的那种自成一体的象征主义的创作方式。身陷博爱与个人主义、传统与现代、私人与社会、希望与失望的道德冲突之中，鲁迅将他经验世界里的相互对立的两极转化为一连串的对称的符号，如：空虚与充实、开口与沉默、死与生、生长与朽腐、黑暗与光明、做梦与觉醒。② 他本人并非摇摆于两个极端之间，为自己的两难处境寻求一个解决途径，而是更多地作为"不谐和音的结构原则"去保留这种不相容性，这同时也标志着文学上的克服内心痛苦的努力。上面提及的《野草》的开头，确定了言说的矛盾，是鲁迅在完成文集所收录的 23 篇作品之后补写的《题辞》中的一句，揭示了一种深刻的洞见，即：心中的隐痛往往无从说起。抒情的"我"在种种相互作用的悖论的旋涡里坠入虚空、毁灭的深谷，以及彻底的绝望和自我同一性缺失的真空之

---

① ［美］李欧梵：《铁屋中的呐喊——鲁迅研究》，尹慧珉译，岳麓书社 1999 年版，第 104 页。
② 参见［美］李欧梵《铁屋中的呐喊——鲁迅研究》，尹慧珉译，岳麓书社 1999 年版，第 110 页。

中。那个失去的"我"似乎在字里行间忽隐忽现,成为"彷徨于无地"的影子,"只有我被黑暗沉没,那世界全属于我自己"①;而在《秋夜》里,真实的镜框之内呈现的是主观的情绪,新的狂想的自由有了一种超现实主义的转变,"我"消失在自身之中,被一只"夜游的恶鸟"唤回到现实。文章接着写道:

> 我忽而听到夜半的笑声,吃吃地,似乎不愿意惊动睡着的人,然而四围的空气都应和着笑。夜半,没有别的人,我即刻听出这声音就在我嘴里,我也即刻被这笑声所驱逐,回进自己的房。灯火的带子也即刻被我旋高了。②

随后又有慰藉与希望的火花再次在"我"心中燃起。这一次,缺失的自我同一性是以逝去的青春的形象出现,幻化为身外的世界。然而,就连这样的幻想也很快就破灭了——当"我"意识到,那些使人年轻的身外之物并不能给人带来希望:

> 我早先岂不知我的青春已经逝去了?但以为身外的青春固在:星,月光,僵坠的胡蝶,暗中的花,猫头鹰的不祥之言,杜鹃的啼血,笑的渺茫,爱的翔舞……。虽然是悲凉漂渺的青春罢,然而究竟是青春。③

自我同一性的缺失同样也是李金发文学创作的重要主题。他的早期诗集与鲁迅《野草》基本上是同步发行。两人都蔑视真实的自我,具有一种自毁的倾向。然而,与鲁迅相比,李金发是以另一种方式失

---

① 鲁迅:《影的告别》,《鲁迅全集》(第二卷),人民文学出版社1981年版,第166页。
② 鲁迅:《秋夜》,《鲁迅全集》(第二卷),人民文学出版社1981年版,第163页。
③ 鲁迅:《希望》,《鲁迅全集》(第二卷),人民文学出版社1981年版,第177页。

去了他的自我同一性——虽然他们都有着一种共同的幻想，以为自己是对抗恶魔势力的牺牲品。不同于李金发，鲁迅在个人不幸的背后总能看到一种社会背景，并相信个人的病灶能够通过社会改良得以治愈。相形之下，在李金发笔下，祖国和法国，或者任何一片自我放逐的流亡之地，不外乎一种隐喻，成为难以承受的个人痛苦的一个主观宣泄口，而他则心安理得地躲进审美的象牙塔，否认一切社会责任和道德义务。李金发的诗带有自传的性质，暴露出一种无论身处何地——欧洲异乡还是母国文化，都如影随形的无根感和疏离感。他的文字渗透着一种古怪的负罪情结，也许是源于他那分裂人格的自私，毫无顾忌地就流露出对经验自我的厌恶感——就好像他还能突破重围，寻找一个更好的自己似的。在这种意义上，他那冷言冷语的自嘲又是和自怜联系在一起的。在李金发身上，既没有波德莱尔异常尖锐、毫不留情的自我审视和自我剖析，也少了鲁迅鞭辟入里的极端厌世的精神。事实上，李金发的局限性也正是他的魅力所在，即以一种非常主观的视角来观察生活，从而遁入超现实主义的自动写作的避难所中，结构上也严重失衡。这导致了非同寻常的激情的爆发——不是像浪漫主义那样寻求外部世界的和谐共建，而是普遍意义上的现实的崩塌。李金发看待生活的方式是碎片化的、无序的、不统一的，这是他的不足之处。不过，混乱的感受的主体同时又以一种自相矛盾的方式带来了斑驳陆离的意象的画面，不少糟糕透顶的信笔涂鸦焕发出一种奇异的美感。例如这一首《如其究心的近况……》：

——我从隙处望见
荆棘满径，
死叶匍匐在沟里，
钥子失掉了，
且稍等片刻。

呵不！钥子死了，

你何以延她

到荒凉之地去。①

第三节 "新月派"：浪漫的象征主义者

在新诗现代性的发展过程中，"新月派"诗人主要起到的是承上启下的作用。因此，他们更适合被称为"浪漫的象征主义者"，其次才是"形式主义者"。这种过渡性既体现在他们个人风格的建立——远比评论界刻板的类别划分"浪漫主义"要复杂得多，同时也表现在他们所扮演的历史角色，使之成为 20 世纪 30 年代中国现代派的"黄金时代"的先驱。这一时期的几个代表性诗人包括：卞之琳、何其芳和戴望舒。"新月派"一方面还深陷备受诟病的浪漫主义；另一方面却也不容忽视：他们受到了法国象征主义和英美现代主义的影响。此外，值得注意的还有，"新月派"顶礼膜拜的浪漫主义诗人首先是那些在美学风格上较为"现代"的一支，如：叶芝、布莱克、柯勒律治和爱伦·坡，其作品无论从哪个角度来看都已显出现代主义的萌芽状态。最后，不能被置若罔闻的一个事实是，维多利亚时代的诗人其实就"消极主体性"的表现而言已经相当现代了——正是他们当中的成员赋予过"新月派"诗歌创作的灵感，也正是他们创造了那个时代普适性的唯美主义。因此，这一派中国诗人已然开启了新诗现代性的发展之路，特别是当徐志摩后期转向波德莱尔式的"新的战栗"，也不必特别惊讶为什么会有人为之喝彩，并称他是真正的中国的象征主义者。

---

① 李金发：《如其究心的近况……》，《李金发全集》，四川文艺出版社 1987 年版，第 372 页。

在徐志摩发行《诗刊》期间,也显现出其选稿趣味,多少有些偏爱那些带点儿象征主义风格的作品,所谓"性灵的抒情的动荡,沉思的迂回的轮廓,天良的俄然的激发",正是他所译介的波德莱尔所具有的文学品质①。在徐所刊发的诗稿中,有一篇是闻一多独白式的长诗《奇迹》,在中国文坛引起了旷日持久的争议。这也是闻一多继《死水》之后,三年不鸣,又一鸣惊人的一首带有象征主义美学技巧的力作。徐本人也留下了一些风格转向之后的实验性诗作,如:《我等候你》《翡冷翠之夜》《婴儿》等等②。另一些诗学实验来自朱湘——"新月派"的三大诗人之一,以"文字之优美精致,情调之从容宁静"而著称,他的作品有着意象派、象征派,甚至唐诗经典的多种手法的综合运用,由此才有了《雨景》这样的好诗:

  我心爱的雨景也多着呀;
  春夜春梦时窗前的淅沥;
  急雨点打上蕉叶的声音;
  雾一般拂着人脸的雨丝;
  从电光中泼下来的雷雨——
  但将雨时的天我最爱了。
  它虽然是灰色的却透明;
  它蕴着一种无声的期待。
  并且从云气中,不知哪里,
  飘来了一声清脆的鸟啼。③

---

① 参见徐志摩《波特莱的散文诗》,原刊1929年3月《新月》第2卷第1期。收入《徐志摩全集》(第三卷),香港商务印书馆1983年版,第156—160页。
② 更多的举例详请参见蓝棣之《导言》,《现代派诗选》,人民文学出版社1986年版,第7页。
③ 朱湘:《雨景》,《朱湘诗集》,四川文艺出版社1987年版,第77页。

以"雨景"来烘托特定氛围,抒发主观心情,令人想起魏尔伦的一首诗《泪流在我心里》①。但不同于魏尔伦,朱湘并非以此来澄清他的心境,而是通过一连串快速切换的景观画面,以类似蒙太奇的手法来表现情绪的变幻不定。这使得他的诗歌染上了一种意象主义的色彩。而最末的一句又完全是唐诗的调子。朱湘在他后期的作品中更加细化了这种写作方式,句法更为复杂,色调愈加阴郁,象征也极为个人化。

总而言之,"新月派"诗人算得上是"不可教训的个人主义者",各有各的思想路数,各有各的生活方式,胡适将之比作独来独往的老虎或狮子,不像狐狸和狗那样喜欢成群结队地乱跑②。然而,这种不言而喻的个人主义很难和那个内忧外患、腥风血雨的动荡年代相容。此外,他们所追求的唯美主义也与中国知识分子精英所期待的爱国主义格格不入。他们的诗所反映出来的那个"我"呈现出一种双重人格,所遵循的道德准则也是两极分化。闻一多在《死水》诗集的序诗《口供》中承认了自己的两难困境:

口供

我不骗你,我不是什么诗人,
纵然我爱的是白石的坚贞,
青松和大海,鸦背驮着夕阳,
黄昏里织满了蝙蝠的翅膀。
你知道我爱英雄,还爱高山,
我爱一幅国旗在风中招展,

---

① 译者注:参见〔法〕魏尔伦《泪流在我心里》,收入梁宗岱《梁宗岱译诗集》,湖南人民出版社1983年版,第52页。
② 转引自陈敬之《"新月"及其重要作家》,成文出版社1980年版,第4页。

自从鹅黄到古铜色的菊花。
记着我的粮食是一壶苦茶!

可是还有一个我,你怕不怕?——
苍蝇似的思想,垃圾桶里爬。①

  这首诗表现了闻一多在惊世骇俗的"恶魔诗人"与满腔爱国的知识分子、颓废消极的听天由命与理想主义的干预生活之间的内心挣扎。闻一多能够清楚地感知内心饱受这两种互为背反的冲动的煎熬:究竟他是应该写诗给他至爱的缪斯,颂扬至高无上的"纯形"之美呢,还是应该讴歌他所热爱的祖国和人民?他在《死水》集中收录的28首杰作从内容上反映了这种矛盾,具有"元诗"的特点,呈现出灵魂的焦灼与不安,但从美学角度来看极具创造力。也正因如此,这些作品的现代性是独一无二的。它们产生于北京西单辟才胡同富有异国风味的文化沙龙里,人们常常将之与马拉美在巴黎罗马街寓所的"周二聚会"相提并论。从这些诗也能看出闻一多努力在形式美感和道德良知二者之间找到一个新的平衡点:一方面将诗歌主题放置在现实的、社会的背景之中;另一方面不着痕迹地将语言提升至一种炉火纯青的境地。在作品《一个观念》和《奇迹》中,他甚至采用了17世纪英国玄学派诗人的技巧,将看似互不搭界的奇思妙想杂糅在一起,植入一个有机的整体之中,借助的又是象征主义常常用到的文学符号:以一个陌生而神秘的女性代表纯粹的理想。如瓦雷里的《年轻的命运女神》,或者俄罗斯象征派勃洛克笔下的《陌生女郎》,引导着诗人将所有与此岸世界格格不入的东西都超度到彼岸。

---

① 闻一多:《口供》,《闻一多全集》(第三册),生活·读书·新知三联书店1982年版,第171页。

第四节　30年代的"现代派"诗人

　　第三代诗人,即在20世纪30年代及抗日战争时期写诗的一代,将中国的现代主义推向了一个黄金时代。其间的文学作品主要是以《现代》杂志为发表园地,评论界也因此而将这份杂志的核心作者命名为"现代派"。除了左翼阵营的宣传性出版物,那一时期的几乎所有文学期刊——即使昙花一现或者籍籍无名——都曾蹈袭《现代》开辟的现代主义道路。总的来说,那是一个以现代主义的雄心壮志为标志性的时代,虽然中日战争迫在眉睫,暴力革命从未间断,却并没有动摇他们对唯美主义的艺术的独立品格的坚守。即便是一些与《现代》圈子算不上是过从甚密的外围作家,也时而会来杂志社投稿,遵循的也是"现代派"提出的纯文学路线。《现代》主编施蛰存申明这个杂志"不预备造成任何一种文学上的思潮、主义或党派",刊物的撰稿者"并没有共同的政治立场"①。这样的一种"兼容并包,新鲜活泼"的办刊理念反而将各门各类的踌躇满志的写者集结到了一起,无论"左翼"还是"右派",都不因政治倾向而受到排挤。《现代》的历史功绩还在于,它体现了中国现代主义的连续性。施蛰存提出的文学作品的本身价值,也是《现代》杂志所刊载的文章的标准,这在当时非比寻常,首先要求的是文学形式和写作手法的创新,相应的还有文学主题的拓展,以适应都市化和工业化所带来的现实生活的改变:

　　《现代》中的诗是诗。而且是纯然的现代的诗。他们是现代人在现代生活中所感受的现代的情绪,用现代的词藻排

---

①　译者注:施蛰存《重印全份〈现代〉引言》,《施蛰存序跋》,东南大学出版社2003年版,第5页。

列成的现代的诗形。……所谓现代生活,这里面包含着各式各样独特的形态:汇集着大船舶的港湾,轰响着噪音的工场,深入地下的矿坑,奏着Jazz乐的舞场,摩天楼的百货店,飞机的空中战,广大的竞马场。……甚至连自然景物也与前代的不同了。①

第三代诗人认为,生活状态既已发生变化,诗人的想象力就应以现代化了的诗的形式体现这种变化。诗坛的先驱如卞之琳、何其芳和戴望舒,以及先前的"新月派"成员主导了一次挑战他们先师的革命,其结果却是自相矛盾的:因为与前辈诗人相比,他们继承的东西显然要远远多于他们的自创。卞之琳和林庚继续在写闻一多倡导的"新格律诗",尽管在音律和节奏上更加发展细化了。戴望舒、艾青、废名和其他一些诗人虽然嘲笑"豆腐块体",也试图跳出韵律的框框,却从未从根本上反对先前新诗的形式和结构。他们革新的目的只是为了追求一种更为灵活的诗体,不必囿于同样的规则,以便与时俱进地呈现内心世界的复杂性。

不过,单凭对"语言的自律"的信任,就足以使"现代派"诗人不合时宜地站到了社会舆论的风口浪尖。因此,他们尝试着在个性化与社会化之间达成一种微妙的妥协。在这一方面,我们不难发现他们的作品都有一个突出的特点:通过面具或表象的使用来完成主体性的位移和物化,以此来超越虚构的他者所带来的自传性的不足——虽然他者的视角可以扩大真实的视野。上述技法常见于艾略特、里尔克和瓦雷里的作品,而对于中国诗人来说更多的是出于审美的需要。当内心的天平在艺术追求与社会参与的取舍之间相持不下、左摇右摆之时,他们用这种方法来缓和道德冲突,获得心理慰藉。例如戴望舒常

---

① 施蛰存:《又关于本刊中的诗》,1933年《现代》第4卷第1期,第6—7页。

说，诗应该有自己的特征，但你须使它有普遍性，两者不能缺一—①。在诗作《夜行者》的第二节中，他这样写道：

> 夜的最熟稔的朋友，
> 他知道它的一切琐碎，
> 那么熟稔，在它的熏陶中，
> 他染了它一切最古怪的脾气。②

"夜"在戴望舒的诗中是一个普遍的意象，承载了生命的消极性。通过在"夜行者"与"夜"之间建立自然的同一性，让作者得以将暗示他本人糟糕处境的一切迹象都投射到这个具有普遍意义的象征符号里去。这种将个人私密物化的现象是一种意义重大的文学趋势，也绝非这一首诗或戴望舒一人所独有。另一个令人印象深刻的例子是何其芳，他早期的作品如《预言》《画梦录》充满了凄清的哀怨和幽深的惆怅。他懂得不让这种锥心刺骨的忧伤的调子变成一种纯粹的个人情感的抒发，而是让他周围的整个世界都染上忧郁的色彩，有时甚至就像艾略特在《荒原》里所做的那样，将分裂的自我具象化，使之等同于历史、文学或神话中的某个人物。例如《风沙日》中的这一节：

> 放下我的芦苇帘子
> 我就像在荒岛的岩洞间了。
> 但我到底是被逐入海的米兰公，
> 还是他的孤女美鸢达？③

---

① 参见戴望舒《望舒诗论》，原载于1932年《现代》第2卷第1期，收入1933年《望舒草》时更名为《诗论零札》。
② 戴望舒：《夜行者》，《戴望舒诗全编》，浙江文艺出版社1989年版，第85页。
③ 米兰公和美鸢达都是莎士比亚戏剧《暴风雨》中的人物。

美鸾达！我叫不应我自己的名字。
忽然狂风像狂浪卷来，
满头的晴朗变成满头的黄沙。
这难道是我自己的魔法？①

在诗的后半部分，这个抒情的"我"随后又将目光从莎士比亚戏剧主角那里转移到中国古典文学作品人物身上。诗中所描写的北京沙尘暴象征着混乱的符咒和时代的无望，其间，诗人试着将他想象的性格特质组装入不同的个体体内，这种尝试生动地表明了他想要确认自己的自我同一性的愿望。当他意识到，这种魔幻现实主义的语言的魔力并不能真正带给他安慰——借用奥登的话来说，"诗什么事也干不了"（poetry makes nothing happen）②，他便埋葬了所有他所虚构的"自我"，放弃了现代主义的写法。随后，他步鲁迅及其身后的许多作家的后尘，转向了现实主义，希望通过社会参与重建新的自我同一性。

现代主义诗人以面具的手法来隐藏个人存在的两难，这在卞之琳的作品中有更多的体现。卞本人坦言："我总怕出头露面，安于在人群里默默无闻，更怕公开我的私人感情。这时期我更多借景抒情，借物抒情，借人抒情，借事抒情。"③通过强化文本的非个人化的声音，采用独白、对话和反讽等一些戏剧技巧，将氤氲造氛的技法与结构精妙的抒情巧妙地交织在一起，他的诗显得格外张弛有度、含蓄内敛。卞之琳称得上是一位诗学题旨的隐藏大师。他沿袭了闻一多创始的格律特点，未做过于明显的改动，基本上遵循着日常语言的自然韵脚，以二字"顿"或三字"顿"为组成单位来凸显新诗的节奏感，使之更

---

① 何其芳：《风沙日》，《何其芳文集》（第一卷），人民文学出版社1982年版，第50页。
② W. H. Auden, "In Memory of W. B. Yeats", in: Hieatt / Park (Hrsg.): *The College Anthology of British and American Poetry*, Boston: Allyn and Bacon, 1972, p. 624.
③ 卞之琳：《雕虫纪历》（增订版），三联书店香港分店1982年版，第4页。

加符合现代汉语声韵的内在规律，而不必刻意押韵。就诗歌主题而言，卞有意贴近貌似波澜不惊的生活的表层，引发关于生命状态的哲思和追问。他甚至故意隐藏那些组成他作品基本框架的二元结构，如：时间与空间，人际关系的远与近，梦想与现实，自我与世界，这些悖反的概念在卞之琳的诗中似乎永远不会针锋相对。卞之琳应是以梁宗岱的古典象征主义为基础，进一步发展了上述的诗学观念，与鲁迅、郭沫若和李金发等早期象征主义诗人相比，其主观主义和自我中心主义的局限性已经有了很大的改观。

在卞之琳的笔下，抒情的"我"极少以同样的身份重新登场，而是被分配给无足轻重的不同角色，或是戴着形形色色的面具出现，如：游客、裁缝，或者路边的商贩。有时，例如在短诗《断章》中，"我"是隐身的，就像唐诗中那样，但闻其声，不见其身，由此而获得了一种置身事外的立场：

断章

你站在桥上看风景，
看风景人在楼上看你。

明月装饰了你的窗子，
你装饰了别人的梦。①

卞之琳使用面具的手法如此之精湛，以至于延安时期的《慰劳信集》都没有流于平庸。例如他歌颂英雄的《前方的神枪手》和《〈论持久战〉的著者》也可以被解读为一首写给诗人的赞歌——他对语言

---

① 卞之琳：《断章》，《雕虫纪历》（增订版），三联书店香港分店1982年版，第64页。

的征用正如神枪手一样，稳，准，狠。而潜藏在每一张面具之下的高超的技艺一方面将他从弱化了的真实自我中解放出来，另一方面也妨碍了他的审美自我与意识形态体系融为一体。

卞之琳的作品代表了西方象征主义诗艺与中国古典文学瑰宝的精妙合成，从精神血缘上来看，应该属于那些接纳了道家和禅宗思想影响、导向玄学之境的诗人一脉。从某种意义上来说，卞的象征主义甚至可被称作是"传统派"，因为就本质而言，中国古典诗学与象征派有着相通之处，二者都很重视"诗家语"的"象外之象""景外之景"，在可能的情况下，进入一种"气韵生动"的美学境界。"中国最早的思想家们从物质和精神意义的'气'出发，提出了生命世界是统一的有机体的观念，在生命世界中一切相连，相辅相成。气是基本单位，同时，它持续激活着生命世界中的所有生命存在，将它们连结到一个巨大的行进着的生命网络之中，这个生命网络就叫作'道'。"[①]同样，卞之琳隐形式和结构于无形的美学旨趣也反映了传统诗文追求浑然天成、尽脱匠气的艺术的至臻之境。但毫无疑问，卞之琳依然是一个现代主义者，这主要源于他诗中存在的一种微妙的张力——一部分来自传统熏养的诗的敏感性，还有一部分则是传统未知的现实生活的"非诗"的内容。这种张力，也为卞的同代诗人所感知，废名将之定义为"诗"，并认为"旧诗之所以成为诗，乃因为旧诗的文字，若旧诗的内容则可以说不是诗的，是散文的"，因此，"新诗要别于旧诗而能成立，一定要这个内容是诗的，其文字则要是散文的"[②]。废名本人的作品就证明了这一点，他成功地让他的诗看上去很"现代"，尽管他完全是用祖上秘传的佛教文化和禅宗精神来建构他的诗学主体。必须指出，20世纪30年代的"现代派"与他们的自身传统之间

[①] 译者注：[法]程抱一《美的五次沉思》，朱静译，人民文学出版社2012年版，第105页。
[②] 冯文炳（废名）：《谈新诗》，人民文学出版社1984年版，第231—232页。

已经发展出了一种新型的创造性的关系，由此开发的古今融通、中西合璧的可能性的资源到今天为止还远未被穷尽。作为例证，这里附上一首废名写给卞之琳的短诗《寄之琳》。可以看出，类似于古典诗词里常见的天人合一的主题，这里有一小段情景交融的幻想中的自我沉浸，作者用一种平静而淡定的语气幽幽诉说，这样的沉浸终是倏忽即逝。由此一来，这首诗通过制造"不谐和音"获得了诗的现代性，一方面与传统保持着很好的承接关系，另一方面，在基本姿态上却呈现出很强的疏离感：

寄之琳

我说给江南诗人写一封信去，
乃窥见院子里一株树叶的疏影，
他们写了日午一封信。
我想写一首诗，
犹如日，犹如月，
犹如午阴，
犹如无边落木萧萧下，——
我的诗情没有两片叶子。①

第五节　冯至与"九叶派"诗人

20世纪40年代的中国诗坛产生了一种新的诗学意识，以别样的眼光来审视现实与生活，"抒情我"显得更为精练和纯化，并最终相信现代白话汉语是演绎现代中国主体性的适宜的媒介。这样的一种新

---

① 译者注：废名《寄之琳》，《废名选集》，人民文学出版社2007年版，第217页。

的定位给诗歌带来的内在活力令人印象深刻——正如冯至和"九叶派"诗人的作品所呈现的那样。顾名思义,"九叶派"是指九位诗人,其萌蘖、集聚与生成,是一个长期的过程。其中有些成员,早在20世纪30年代,就曾在戴望舒等主编的《新诗》杂志上发表过诗歌作品。到了40年代,先后分别在《诗创造》(1947—1948)和《中国新诗》(1948.6—1948.10)这两份刊物上集聚,所以又有"中国新诗派"之称。1981年江苏文艺出版社出版《九叶集》,选入这九位诗人的作品,自此得名"九叶诗派"。他们大多受过良好的教育,精通西方哲学,文学功底扎实。其作品尝试将内心世界与现实的日常经历以一种高度的艺术形式合二为一,并对生活基本持积极态度。穆旦的长诗《赞美》传达了这种新的声音:

> 我有太多的话语,太悠久的感情,
> 我要以荒凉的沙漠,坎坷的小路,骡子车,
> 我要以槽子船,漫山的野花,阴雨的天气,
> 我要以一切拥抱你,你,
> 我到处看见的人民呵……①

这种"指点江山,激扬文字"的陈述方式令人不禁想起里尔克在《杜伊诺哀歌》中对尘世欣喜若狂的赞美,如:

> 或许我们在此,为了言说:房子,
> 桥,井,门,水罐,果树,窗子,——
> 顶多说:圆柱,钟塔……可是言说,懂吗,
> 哦,如此言说,大概连事物也从无此意,

---

① 译者注:穆旦《赞美》,辛笛等著:《九叶集》,作家出版社2000年版,第256页。

仿佛内向地存在……①

在穆旦那里，可以看出，与抒情的"我"相对立的"你"第一次以一个集合名词的面目出现——"人民"，而且，纯粹作为审美符号、作为"大我"出现，充满了博爱的温情，而免于政治意识形态的含义。这个"我"不再以被集体孤立的姿态戴着面具跑来跑去，而是赤裸着，"再一次相信名词，溶进了大众的爱"②，"在麦浪里/我看不见自己"③。在爱的仪式里，通过将自我投射到多样化的、物质化的形态里，这个"我"溶解了自己，也易于为人所接受，以此与世界达成了和解。此处的穆旦似乎在对里尔克关于存在之价值的中心设问做出回应。里尔克问道："歌唱是存在。这对神轻而易举。/可我们何时在？他何时转动/地球和星辰，转向我们的存在？"④ 当然，穆旦的回答并非里尔克式的，而是一个现代中国知识分子，在对新主体性开启的虚无主义感到厌烦，并有意重建失去的自我同一性之时，与世界重新进行接触的尝试。20世纪40年代诗人最为显著的精神共性之一在于：他们再次敢于建构一个新的、积极的、完整的"我"。然而，抗战喘息未定，内战接踵而至，诗人上进的努力在真实的生活打击面前并不持久，因此他们常常后退到一个与世界、人性和自我保持距离的消极立场。如若不是这种矛盾的存在，他们作为中国现代主义诗人的意义恐怕是会大打折扣。下面我们来看看穆旦的这几句诗：

---

① R. M. Rilke, *Duineser Elegien und die Sonette an Orpheus*, Frankfurt: Suhrkamp, 1974, S. 51. 汉译参见 [奥] 里尔克《杜伊诺哀歌》，收入 [奥] 里尔克、勒塞等著：《〈杜伊诺哀歌〉与现代基督教思想》，林克译，上海三联书店1997年版，第35页。
② 译者注：穆旦《赞美》，辛笛等著：《九叶集》，作家出版社2000年版，第257页。
③ 译者注：辛笛《刈禾女之歌》，辛笛等著：《九叶集》，作家出版社2000年版，第4页。
④ R. M. Rilke, *Duineser Elegien und die Sonette an Orpheus*, Frankfurt: Suhrkamp, 1974, S. 74. 汉译参见 [奥] 里尔克《致奥尔弗斯的十四行诗》，收入 [奥] 里尔克、勒塞等著：《〈杜伊诺哀歌〉与现代基督教思想》，林克译，上海三联书店1997年版，第49页。

> 这是一个不美丽的城,
> 在它的烟尘笼罩的一角,
> 像蜘蛛结网在山洞,
> 一些人的生活蛛丝相交。
> 我就镌结在那个网上,……①

里尔克在 20 世纪 40 年代的中国备受推崇,其炙手可热的知名度特别要归功于冯至——也堪称里尔克星座下的诗人之一。自 20 世纪 20 年代以浪漫主义和象征主义风格闪亮登场之后,冯至于 1930 年底暂别文坛,留学德国,攻读文学、哲学和艺术史。他在海德堡以诺瓦利斯为研究对象撰写博士学位论文,后又转至柏林,集中阅读歌德和里尔克的作品。其间他停止了自己的创作,或许是被里尔克诗文所震慑。不过,不同于梁宗岱——后者从未从瓦雷里的身影中走出。1939 年末,冯至来到了昆明,出任西南联大外文系德语教授,他进入了人生第二个极富创造性的阶段。他所创作的 27 首十四行诗,既展示了他对里尔克的依赖,也显现了与之决定性的分离。他向里尔克学习,恰如里尔克向罗丹学习,以原初的方式观看世间万物是何等的重要,由此才能揭开灵魂的面纱,理解客体的样态。对一名诗人而言,就是通过深入的、忘我的工作去观察事物,从不可见的真实之中发展出真正的洞见。在《〈十四行集〉序》中,冯至指出,他的新诗正是多看多想的结果。1941 年他住在昆明附近的一座山里,每星期要进城两次去上课,走去走回,是很好的散步:

> 一个人在山径上、田埂间,总不免要看,要想,看的好像比往日看的格外多,想的也比往日想的格外丰富。那时,

---

① 穆旦:《有别》,李方编:《穆旦诗全集》,中国文学出版社 1996 年版,第 332 页。

我早已不惯于写诗了,——从一九三〇到一九四〇十年内我写的诗总计也不过十来首,——但是有一次,在一个冬天的下午,望着几架银色的飞机在蓝得像结晶体一般的天空里飞翔,想到古人的鹏鸟梦,我就随着脚步的节奏,信口说出一首有韵的诗,回家写在纸上,正巧是一首变体的十四行。①

在第二十首十四行诗中,冯至描述说,过往人事的印象重现,成为自身的组成部分。就像里尔克在《马尔特手记》里所写,记忆本身并不要紧,"只有它们在我们身上变成血液,变成目光和手势"②,只有这时,诗的时刻才会发生:

> 有多少面容,有多少语声
> 在我们梦里是这般真切,
> 不管是亲密的还是陌生:
> 是我们自己的生命的分裂,……③

但在这首诗的末尾,冯至以一种完全个人的、神秘的视角展现了人与人之间的关系:

> 我们不知已经有多少回
>
> 被映在一个辽远的天空,

---

① 冯至:《〈十四行集〉序》,《冯至选集》(第一卷),四川文艺出版社 1985 年版,第 256 页。
② R. M. Rilke, *Die Aufzeichnungen des Malte Laurids Brigge*, Frankfurt: Insel Taschenbuch, 1982, S. 22.
③ 冯至:《十四行二十七首·二十》,《冯至选集》(第一卷),四川文艺出版社 1985 年版,第 142 页。

给船夫或沙漠里的行人
添了些新鲜的梦的养分。①

这种虽不可视，却很温暖的人际关系在第十八首十四行诗中有了更为细致的表达，外部世界变得生意盎然，人类历史也活力四射：

闭上眼吧！让那些亲密的夜
和生疏的地方织在我们心里：
我们的生命像那窗外的原野，

我们在朦胧的原野上认出来
一棵树、一闪湖光、它一望无际
藏着忘却的过去、隐约的将来。②

冯至的诗中始终保有这种人性的温情，或许是对儒家的君子之道——温良恭俭让的现代阐释，这与里尔克——特别是《新诗集》时期的里尔克有着显著的不同。在这部诗集里，有关真正的人类之爱的主题要么缺失，要么被否定，取而代之的是冷静的自我审视。归根结底，冯至从未真正认同过里尔克关于"咏物诗"的理论。尽管十四行诗中的里尔克比较喜欢征用诸如艺术品、历史人物以及动物之类的题材，但其实并非典型意义上的"咏物诗"。对于后者而言，虽然诗的客观性占了上风，自我隐匿无踪，但内中暗含的其实是诗人自己的影子，或者他对诗歌事件的处理方式。冯至对里尔克式的元诗的自恋采

---

① 冯至：《十四行二十七首·二十》，《冯至选集》（第一卷），四川文艺出版社1985年版，第142页。
② 冯至：《十四行二十七首·十八》，《冯至选集》（第一卷），四川文艺出版社1985年版，第140页。

取了拒斥的态度,他通过真正参与人世而激发想象力。郑敏和陈敬容也创作过一些具有"咏物诗"风格的作品,也像她们的老师冯至那样对其形式有所修正,虽然保留了雕塑般的精准,"抒情我"却始终在场,并对整首诗的内部运作全盘在握。显然,与里尔克相比,冯至与"九叶派"更想清楚地表明一个"我",这个"我"深深地爱着他的国家和人民。

在第四代诗人当中,一个力排众议的愿望是建立一种新型的现代主义。他们越来越反感西方象征主义者的消极、虚无和宿命论,批评后者不注重伦理学,只发扬审美的艺术。他们开始独辟蹊径,偏离自波德莱尔以来的"纯粹"或"绝对"的诗学信仰,并同 20 世纪现代主义的个人主义前提区分开来。在他们看来,走过了风云变幻却不乏希望的 40 年代,社会责任和历史意识已经深植心中,而诗学内部自成一体的象征系统和韵律结构应该与之相得益彰。

这种诗学观念是奥登二元论的演绎。奥登一方面扬言:"艺术并不等同于生活,/当不了社会的接生婆"①;另一方面却称:"我们必须相爱要么就死亡"②。除里尔克之外,奥登也是那一时期备受尊敬的诗人。前者教导中国作家要越过人声鼎沸的社会活动,潜入一个更加静谧深沉的内心世界;而通过后者,他们发现只要广泛地关注现实,就不乏激情洋溢、朝气蓬勃的美。由此一来,他们扭转了过去几十年里中国现代主义的狭隘的唯美主义,而导向一种新式的、开放的世界观,走"现实、象征与玄思"相结合的道路,就像袁可嘉在《新诗戏剧化》中所指出的那样③。这种新诗有其实质性的配方:在理性

---

① W. H. Auden, "New Year Letter", in: *Collected Poems*, New York: Random House, 1979, p. 162. 汉译参见[英] W. H. 奥登《新年书简》,《奥登诗选: 1927—1947》,马鸣谦、蔡海燕译,王家新校,上海译文出版社 2014 年版,第 312 页。
② W. H. Auden, "Sept. 1, 1939", in: *Selected Poems*, New York: Vintage Books, 1979, p. 88. 汉译参见[英] W. H. 奥登《一九三九年九月一日》,《奥登诗选: 1927—1947》,马鸣谦、蔡海燕译,王家新校,上海译文出版社 2014 年版,第 306 页。
③ 参见袁可嘉《新诗戏剧化》,《诗创造》1948 年 6 月第 12 期。

中融入生动的感性，非诗内容叠加敏感的心理活动，现代的都市生活与思乡情结糅合在一起。

无须赘言，虽然有了较强的社会参与度，20世纪40年代现代主义诗人的作品绝不等同于同期较为活跃的左翼文学家的创作。二者对于想象力以及真实性的看法是截然不同的。即便是以内战为主题，现代主义诗作也与党派斗争或意识形态的宣传保持距离，因此绝不能被视为简单的"战歌"。无论投身于怎样的事业，他们的诗歌依然是在生活的戏剧中探讨人性。这或许可以解释，为何到了1949年以后，这些诗人会突然一致地，而且似乎是主动放弃了写作的延伸。因为他们看上去真的相信，社会现实已经出现了符合知识分子道德良心的主观愿望的变化，现实超越了隐喻，写作的虚构超度力量再无必要，理应弃之。这是中国现代主义者最大的死穴之一。他们既不像马拉美或曼德尔施塔姆那样，把语言当成绝对的现实，而创作是唯一的存在方式，也不相信文本能够完全无涉于真实世界独立存在。因此，只要他们认为，现实已然按照他们的意愿而改变，他们几乎真的可以为了现实而放弃诗。

「第二章」
鲁迅:《野草》以及语言和生命困境的言说

第一节 "怎么写"

1924年至1927年①，鲁迅正在经历一场深刻的语言危机，他自己也很清楚。一个以写作为生的人，连续写了那么多年，却发现自己无话可写，无话可说，这是怎样的难堪的痛苦？因此他在1926年8月南下厦门时，曾暗自决定"沉默"两年②。令人奇怪的是，这一事实迄今尚未引起学界的充分重视。少数的几位研究者似乎注意到了言说的危机，可惜也未能认识它对语言内部机制的重大意义所在。而这一点对于理解鲁迅作品，特别是生成于这一时期的《野草》起着关键性的作用。也就是说，在语言困境与克服困境的强大意志之间产生了一种独特的互动关系，正是这种互动连同其他因素一起，造就了鲁迅的伟大及其文学的现代性，长期以来却一直受到遮蔽。

语言困境之所以被视而不见，也许是因为这一时期的鲁迅并不低产。恰恰相反，与20世纪20年代早期或者30年代相比，鲁迅不仅笔耕愈勤，就文类的多样化和成果的重要性而言，也是更胜一筹的。

---
① 这一时期也见证了《野草》由始至终的整个创作过程：开篇的《秋夜》鲁迅写于1924年9月15日的北平，最后一篇《野草·题辞》写于1927年4月26日的广州。
② 参见王晓明《无法直面的人生——鲁迅传》，上海文艺出版社1993年版，第128—143页。

很多方面他都算是著述颇丰:日记、信件、翻译,以及多种主题表现手法的诗性小品文,此外,他还出版了第二部短篇小说集《彷徨》,其中收录了他最广为人知的一些名篇,如:《伤逝》《祝福》《孤独者》《在酒楼上》。另一部集子《朝花夕拾》内含 10 篇艺术水准极高的回忆性散文,生动再现了作者青少年时期的生活。这还不是全部:1924 年至 1927 年间完成的 24 篇散文诗,先在《语丝》杂志上发表,1927 年 7 月以《野草》为题汇集出书。这是一部公认的杰作,同时也是阐释者的噩梦。如此短的时间之内,便有如此活跃的创造,如此斐然的成就,这是马拉美一生都不敢梦想的事情。语言危机又从何谈起?又抑或存在着一种语言危机,并非导致言说的中断,或者沉默的无望,而是悖论式地提升创造力?对此,霍夫曼斯塔尔要说"不",瓦雷里、里尔克、艾略特和其他许多现代主义宗师恐怕也要赞同"钱多斯爵士"①。不过,鲁迅的情况却是出人意料的"是"。

王晓明算是论及鲁迅"无话可说的困境"② 的少数研究者之一。困境的存在为他所确认无疑,源头据他分析则要追溯到五四运动失败之后,从启蒙者的悲观和绝望,从对尼采和绥惠略夫的共鸣和认同,鲁迅一步步走进了虚无主义。王感兴趣的主要还是社会历史动荡,以及趋向厌倦、失望、复仇欲和孤独感的心理因素,它们在 20 世纪 20 年代的后半段令鲁迅的世界观和生命感受发生了蜕变。王令人信服地指出,由于人生理想的幻灭,以及对自己文学言说的怀疑,鲁迅受到

---

① 参见 Hoffmannstal, "Ein Brief", Prosa 2, S. 7—20. 译者注:1902 年 10 月 18 日,霍夫曼斯塔尔在柏林发行量很大的《日报》(*Der Tag*)发表短篇小说《一封信》(*Ein Brief*),或称《菲利普·钱多斯爵士致弗朗西斯·培根》。小说采用书信体形式,寄信者是文艺复兴时期的文人钱多斯,这一人物在历史上无从考证,收信人则是英国哲学家培根。钱多斯的信是对培根来信的复函,解释自己休笔两年的原因。他从语言危机和感知碎片化谈起,一方面沿用培根的疾病推断逻辑,称之为病态;另一方面而可拒这位父亲般朋友的治疗建议,宣告这种状态将长此以往,此"病"不可愈。他的这封信随之成了沉默之宣言,具有自白和辩护词的双重性质。参见杨劲《深沉隐藏在表面:霍夫曼斯塔尔的文学世界》,北京师范大学出版社 2015 年版,第 30 页。
② 王晓明:《无法直面的人生——鲁迅传》,上海文艺出版社 1993 年版,第 136 页。

了社会排斥并深感痛苦。尽管通过详尽的传记史料搜集和阐发,王为我们洞开了一个观察鲁迅小说创作和《野草》发生史的视角,鲁迅文学作品与语言困境之间的文本内在关系还是没有得以澄清。

通常人们只是负面评价作家的语言危机,以为这将导致创造力的损毁、精神的颓靡。论及鲁迅,特别是他的《野草》,也并未认识到其中蕴藏的感官的、动态的和辩证的语言增殖力。由此一来,危机与克服危机的意志、失语与对词语的重新命名、"我"的隐退与其可视化、缺席与再现、梦想与形式之间的紧张关系所产生的不谐和音,以及其中所暗含的精辟的诗意也就遭到了漠视。《野草》源自这种紧张关系,同时将不谐和音转化为一种象征主义的自成一体的创作内容。因此相应地,我们也就尝试去对这些作品做元诗意义上的解读,并相信正是元诗的语言反涉和反思特性赋予了自身一种诗的现代性。

1927年9月23日,当鲁迅"无话可说"的内心苦闷严重到无以复加的时候,他在广州写下一篇题为《怎么写》的文章,以此用言辞来表达,他什么也不能说。这其实是一项不可为的行为,就像是一个沉睡之人,不可能告诉一个问他在干什么的人,他正在睡觉一样。但是文学却包含着一种语言的力量,内蕴着自我反思的空间和元语言的运作维度,因此有时类似于白日梦,竟能从沉默中发声。鲁迅深知如何调遣语言的优长为他所用,相应地将那一时期"无从写"的痛苦转化为散文诗集《野草》:

> 我靠了石栏远眺,听得自己的心音,四远还仿佛有无量悲哀,苦恼,零落,死灭,都杂入这寂静中,使它变成药酒,加色,加味,加香。这时,我曾经想要写,但是不能写,无从写。这也就是我所谓"当我沉默着的时候,我觉得

充实,我将开口,同时感到空虚"。①

这段话体现了鲁迅元诗写作、同时也是《野草》惯用的典型策略:将"不能写"的焦虑物化。道出一件事物、一个场景或者一种心情,以此作为书写之中的"前语言"事实,同时评论说,所要表达之意很难或者根本不可能尽言。而言说的过程其实已经发生,即使已经阐明的可能还会被更正,或者被否定,那种似乎只可意会不可言传的东西至少暂时从"前语言"状态脱胎而出了:它变成了词——即使还有润色的必要。在上述被援引的段落中,鲁迅首先构筑了一种情境,"我靠了石栏远眺",内心感到一种渴望,想要书写远方,可是,怎么写?

鲁迅在此以元诗的手法切入,不断用一个词连续性、决定性地替代另一个词,保留并丰富它的原意。首先,鲁迅指明了"四远",对他来说是前语言的,不可言说的。随后,他进一步表示,"无量悲哀,苦恼,零落,死灭",被写进人世。这个世界,众生籍籍无名,无言的痛苦是一片"寂静",其中缺少一种声音,一种打破沉默的声音,去命名和应对这种消极真实。不在场者被隐喻和物化为一种"药酒",内含药效和治愈功能。这种酒生成于消极与无言,通过"加色,加味,加香"的发酵过程具有对抗现实的效力。于是,"药酒"成了"充实",从生存的深处获取诗意的丰盈。鲁迅选择了"充实"一词,意思是"填充"或者"充满",既可以指涉物,也可以用于人。由此他暗示,这种"充实"对于诗人来说既是外在的也是内在的。客观上来说,诗人内在而沉默地体会这个世界的"充实";主观上却感到内心沉静的诉求,要将这种无言的"充实"付诸言说。这种充盈诗人内

---

① 鲁迅:《怎么写》,《鲁迅全集》(第四卷),香港文学研究社1973年版,第15—16页。

心的"充实",便是在者(Seiend)最原初的"充实",与诗人的创作冲动有着天人合一的默契:

> 当我沉默着的时候,我觉得充实,[……]

鲁迅承认"充实"的存在,这表明即使是在颓靡之时,他似乎也毫不怀疑诗歌命名的本体论能力。《野草》作为他对抗"无话可说"的胜利果实,来自诗人感知的这种不能言说的诗意的"充实",通过美学意志、风格策略、元诗迷宫以及语言魔术从不可名状中强迫发声。只要美学实践的个体在纯语言的自治领域忠实于这种"充实",这种发声便会发生。然而,一旦他从主观上开始扮演先知和社会角色,并公告他人,他便功亏一篑:

> 我将开口,同时感到空虚。

哪怕只是一个倾诉衷情的尝试,或者与人交流沟通,都将导致失败,这样的一种失败对于鲁迅来说便是"空虚"。因此,鲁迅写作《野草》是对以往文学观念的质疑。鲁迅曾经抱着"启蒙主义"的信仰,以为文学必须是"为人生",而且要改良这人生,取材多在揭出病苦,引起疗救的注意;而语言好比刺向恶势力的投枪和匕首。此种文学重在启蒙、教育和意思的传达[①]。不过,到了他被边缘化的时期,关于言说的社会和交际功效,鲁迅深表怀疑。他也有意识地将《野草》同其他作品区别开来,这在文体上也有所体现。同样主题(例如:失语)在同期创作的杂文中,其处理手法显然更为锋芒毕露,

---

① 参见鲁迅《我怎么做起小说来》,《鲁迅全集》(第四卷),香港文学研究社1973年版,第392—395页。

也更加单刀直入。隐喻所指的"四远",在个人意义上象征着他的语言危机和失语状态,而到了杂文《无声的中国》,就直接成了"中国",社会批判和愤怒之情也昭然若揭。相形之下,《野草》更倾向于一种美学上的赫尔墨斯主义(Hermetismus),一场私人的对话,自我与本我的探讨,也是一种维修和康复被耗损的精神主体的活动,所表现出来的是对社会的死心和失望。正如他在给许广平的信中所写:"我现在愈加相信说话和弄笔的都是不中用的人,无论你说话如何有理,文章如何动人,都是空的。"①

从这个意义上来看,这个著名的"充实—空虚"警句所蕴含的失败是指:一旦要让所命名的世界在其消极性上去做语言之外的改变,失败便无可挽回。鲁迅深知,原初性的创作冲动越是充实,"为人生"的创作实践就愈将惨败。由此一来,写作本身和写者的存在理由便受到了根本性的质疑。他有意以"充实—空虚"的对比句式来表达这种质疑,也是导致语言危机的原因,但同时也孕育了《野草》的诞生。

这句话也作为《野草·题辞》的开篇之言,提纲挈领地开启了整部书稿的诗意之旅。鲁迅希望将之视为一句诗歌艺术的格言,以元诗结构来映射"怎么写"的主题。显然,他也想要为他的《野草》读者构筑一架理解的桥梁,通过公开表态,宣告作者的基本立场,意思是说:这里收录的诗篇展示了充实与空虚的诗学之争。由此,作者将钥匙交到读者手中,提醒他们,审视语言与写作主体之间的紧张而又彼此依存的关系是理解这部作品的关键。

《野草·题辞》写于1927年,比《野草》集中其余23篇散文诗的全部完成晚了一年,稍早于《怎么写》。不同于鲁迅其余文集的前言,这段文字并非作者本人自传体式的评论,也不涉及自己文章的形成历史,或者相关生活状况的回顾,而是同样以散文诗的形式写成,

---

① 鲁迅:《两地书》,《鲁迅全集》(第十一卷),人民文学出版社1981年版,第74页。

与整部作品浑然一体,甚至可以说,《野草》共由24篇组成。就诗性和语言的隐喻性来看,除了《墓碣文》,或许还有《复仇》及《复仇(其二)》,《题辞》的文字最是凝练,言简而意繁。

对于这段前言,通常的解读方式是将文本中的象征内容与作者履历和作品的现实相关性一一对应[①]。我们另辟蹊径,参照雪莱的《诗辩》(*A Defence of Poetry*),或者韩愈的序文,将这篇自序看作是个人独树一帜的诗学理论的自我辩护。

既然是《题辞》,大标题便与整部《野草》同名,作为元诗的引子也相当于前奏,对于自身以及诗集其余部分做出了一种诗学阐释:"生命的泥委弃在地面上,不生乔木,只生野草。"野草,"根本不深,花叶不美",所谓"不美",是指:没有浪漫主义的美化修辞,但也不必纯然便是自然主义,自有它自己的矛盾修辞意义上的美学,类似于波德莱尔的《恶之花》。事实上,鲁迅在别处也称"野草"为"废弛的地狱边沿的惨白色小花"[②]。作为自然的馈赠,野草极为接近消极现实,"吸取露,吸取水,吸取陈死人的血和肉,各各夺取它的生存",它是现代世界里中国"荒原"的典型性代表。借此,鲁迅也表达了他对语言的疑虑:他的野草,他的声音,是不能被传达出去的。尝试的努力还是不免失败,"空虚的诗学"还是会占上风,野草当生存时,"还是将遭践踏,将遭删刈,直至于死亡而朽腐"。不过,这一切也理所当然。尽管如此,到了文末,他仍然给出一道元诗的指令:"去罢,野草",去向人类,去向失败,"连着我的题辞!"

[①] 作为这种解读方法的代表性范例,参见孙玉石《〈野草〉研究》,北京大学出版社1982年版。
[②] 鲁迅:《〈野草〉英文译本序》,《鲁迅全集》(第四卷),香港文学研究社1973年版,第281页。

第二节 "一株是枣树，还有一株也是枣树"

"充实—空虚"的基本法则贯穿于《野草》的整部文本。与此同时，还有很多成对的概念，"其主要的结构原则包含着对立的两极的相互作用，即'对称和平行'"①：

> 天地有如此静穆，我不能大笑而且歌唱。天地即不如此静穆，我或者也将不能。我以这一丛野草，在明与暗，生与死，过去与未来之际，献于友与仇，人与兽，爱者与不爱者之前作证。②

在明与暗、生与死、我与天地之间，或许在一切对立的两极之间，所谓的中间地带其实不是什么地带，只是诗的"无地"（鲁迅的新造词，见《影的告别》）。它超越于不可抵达和不可言说之上，赋予了语言和极致想象力一种可能性的空间，去无限地接近"无地"。在这种情况下，语言的潜力必须要被充分发掘。这在《野草》中随处可见：句法和文体均已展现极高的技巧和难度。"我"对天地的"静穆"心怀敬畏，不能"大笑"而且"歌唱"。天、地和其他的非有机的宇宙现象在《野草》中均代表无言的他者，却通过拟人化手法与"我"的真实主体建立了紧张的对话关系，激起了"我"的表达欲望直至精疲力竭。例如在《秋夜》，即《题辞》之后的下一篇中，"天空"以及它的冷和"奇怪而高"都映衬出抒情主体所固有的对语言的绝望：

---

① Leo Ou-fan Lee, *Voices from the Iron House*, Bloomington: Indiana University Press, 1987, p. 92. 译者注：汉译参见 [美] 李欧梵《铁屋中的呐喊》，尹慧珉译，岳麓书社 1999 年版，第 110—111 页。

② 鲁迅：《题辞》，《鲁迅全集》（第二卷），人民文学出版社 1981 年版，第 159 页。

这上面的夜的天空,奇怪而高,我生平没有见过这样的奇怪而高的天空,他仿佛要离开人间而去,使人们仰面不再看见。然而现在却非常之蓝,闪闪地映着几十个星星的眼,冷眼。他的口角上现出微笑,似乎自以为大有深意,而将繁霜洒在我的园里的野花草上。①

在中国传统宇宙观里,天代表着最高法则。《庄子·知北游》曰:"天地有大美而不言,四时有明法而不议,万物有成理而不说。"《论语·阳货》也写道:"天何言哉?四时行焉,百物生焉,天何言哉?"显然,此处,鲁迅利用了"天"这个意象,却剥落了高尚的面纱:"天空"在这里是模仿人的(而不是天经地义的相反),看上去是恶意的、傲慢的,多少有些不祥。他还是一个赐予者的形象,却不一定总是带来美好,"而将繁霜洒在我的园里的野花草上"。从现在起,"野花草"在严冬将临时节是感到寒冷的潜在的元诗语素。在他们内部沉睡着一支歌,一旦你正确地说出他们的名字,就像德国诗人艾兴多夫(Eichendorf)所设想的那样②,魔法就会被解除,事物就会苏醒过来。而鲁迅唤醒的是一幕相似的情境:

我还不知道那些花草真叫什么名字,人们叫他们什么名字。我记得有一种开过极细小的粉红花,现在还在开着,但是更极细小了,她在冷的夜气中,瑟缩地做梦,梦见春的到来,梦见秋的到来,梦见瘦的诗人将眼泪擦在她最末的花瓣上,告诉她秋虽然来,冬虽然来,而此后接着还是春,蝴蝶乱飞,蜜蜂都唱起春词来了。她于是一笑,虽然颜色冻得红

---

① 鲁迅:《秋夜》,《鲁迅全集》(第二卷),人民文学出版社1981年版,第162页。
② 参见 Eichendorf, "Wünschelrute", in: *Joseph Freiherr von Eichendorf, Ausgewählte Werke*, Köln, 1984, S. 93.

惨惨地,仍然瑟缩着。①

鲁迅用一种温暖的、父爱的、动情的,甚至近乎同情的语调谈及他笔下的个别事物,这是极其罕见的,只有花草、植物、"英雄"般的小青虫,或者病而飘零的"腊叶"才有此待遇。他写到它们的时候,似乎这些小东西唤起了他的无限爱怜和保护欲。之所以如此偏爱,也许是因为它们对于鲁迅来说不仅仅是一些事物,同样,它们还是符号。它们是物词一体的。它们是语言治愈的希望所在。它们属于"充实的诗学"。在它们内部隐藏着词的雏形,有一天会汇成完满的、赞同生命的言说。诗意的充实象征性地出现在它们的梦境:"而此后接着还是春,蝴蝶乱飞,蜜蜂都唱起春词来了。"虽然不免时间和空间的消极性,春天总归还会来的。不过,渺小而脆弱的它们必须经受此时和此地的严峻考验。

在《野草》中,为了表示他的独立,鲁迅不得不忍受"我"与世界的分离,可是,他对所有的这些做着梦的细小植物的形象塑造同时也传达着一种诗意的温情,令人不禁想起古典诗学里的"情景交融"。作为象征,其中有一个镜像,映射出鲁迅被弱化的内在心像,他的如履薄冰的发声的恐惧和尝试,他的自哀自怜的怀旧的柔情与抒情。然而,还有一个更为坚强、抵抗困境的自我画像,代表着他的不屈不挠,以及不被打断的表达意志,这在《秋夜》中是借两株枣树的意象予以呈现。这也是《题辞》中所正面命名的"乔木",连同极细小的花草植物一起,它们都站在"充实的诗学"那一边,与之一起渴求着一种语言发展的实现:"他知道小粉红花的梦,秋后要有春。他也知道落叶的梦,春后面还是秋。"受了皮伤,落尽叶子,脱了果实,说着它们的语言,而非它们的表达意愿。它们默默地矗立着,骄傲而又

---

① 鲁迅:《秋夜》,《鲁迅全集》(第二卷),人民文学出版社1981年版,第162页。

有男性气概,却用"最直最长"的几枝树干,"铁似的直刺着"奇怪而高的沉默的夜空:

> 他简直落尽叶子,单剩干子,然而脱了当初满树是果实和叶子时候的弧形,欠伸得倒很舒服。但是,有几枝还低亚着,护定他从打枣的竿梢所得的皮伤,而最直最长的几枝,却已默默地铁似的直刺着奇怪而高的天空,使天空闪闪地鬼䀹眼;直刺着天空中圆满的月亮,使月亮窘得发白。①

除了枣树,夜鸟也是一个非常重要的意象,象征着克服语言危机的积极尝试——尽管他的出现只是转瞬即逝,仅被一笔带过:"哇的一声,夜游的恶鸟飞过了。"在迄今为止的解读中,他是常常被忽视的,或者作为一个负面形象,单只是因为一个"恶"字就备受误解。② 不过,在《野草》全书之中,"恶鸟"事实上代表着一个最强有力的、最戏剧性的声音,代表着一种业已失去的,却被希望再度找回的枣树和"我"的声音。随着这首诗的后续发展,这个声音打碎了"分裂的我"的幻梦,唤醒"我"成为自己,并重新回到室内工作。这个声音,这个可怕的、骇人一跳的、令人警醒的、迫使全世界都听到的声音,因其矛盾多义而显得气场强大,对于鲁迅来说,这正是他一直找寻的最完满的诗歌的声音:"只要一叫而人们大抵震悚的怪鸱的真的恶声在那里!?"③ 在与徐志摩的一次诗学论辩中,鲁迅如此表达了他对这个声音的渴望。鲁迅批判徐志摩,将自己的矫揉造作的软

---

① 鲁迅:《秋夜》,《鲁迅全集》(第二卷),人民文学出版社 1981 年版,第 162—163 页。
② 参见孙玉石《〈野草〉研究》,北京大学出版社 1982 年版,第 198 页。
③ 鲁迅:《音乐?》,《鲁迅全集》(第七卷),人民文学出版社 1981 年版,第 54 页。

弱的声音乱入波德莱尔的诗歌①。

继续回到房中——主体性的内部空间,词的生成之地②,事实上,也正是《秋夜》文本的元写作的场所。在那里,"我"像枣树一样想要摆出写作的姿势,用笔尖指点江山。此刻,"空虚"似乎又占了上风,表达的意愿渐趋颓靡,言说的失败挥之不去。这时,从"充实"之诗领域赶来一些信使:"我打一个呵欠,点起一支纸烟,喷出烟来,对着灯默默地敬奠这些苍翠精致的英雄们。"这里的"英雄们"是指一些"小飞虫"。通过对它们命名并加以详尽的描述,就像以前的花草与枣树那样,典型的鲁迅的元诗时刻便会发生。细节性地呈现某个事物的周边环境(在这个例子中是小飞虫),从不起眼处着手,仿佛只是偶然,被命名的无言的事物向着"我"的地平线走来,与此同时,主体的失语被可视化了,对失语的克服也正在进行。请看,对小飞虫的描写是如何帮助应对语言困境的:

> 后窗的玻璃上丁丁地响,还有许多小飞虫乱撞。不多久,几个进来了,许是从窗纸的破孔进来的。他们一进来,又在玻璃的灯罩上撞得丁丁地响。一个从上面撞进去了,他于是遇到火,而且我以为这火是真的。两三个却休息在灯的纸罩上喘气。那罩是昨晚新换的罩,雪白的纸,折出波浪纹的叠痕,一角还画出一枝猩红色的栀子。
>
> 猩红的栀子开花时,枣树又要做小粉红花的梦,青葱地弯成弧形了……。我又听到夜半的笑声;我赶紧砍断我的心绪,看那老在白纸罩上的小青虫,头大尾小,向日葵子似

---

① 参见鲁迅《音乐?》,《鲁迅全集》(第七卷),人民文学出版社1981年版,第53—54页。
② 自鲁迅以来,以内部空间作为写作地点的参照一再出现在新诗之中,例如:闻一多、北岛、海子和欧阳江河。

的，只有半粒小麦那么大，遍身的颜色苍翠得可爱，可怜。[①]

就直观化而言，上述描写非常成功地捕捉到了一个瞬间，生动呈现了一个主体内在博弈的微观世界，将诉说的意愿与缄口不言、语词与沉默、"充实的诗学"与"空虚的诗学"之间不可窥见的中间地带进行一种可视的物化。潜藏在小青虫"苍翠精致"的外表之下的心甘情愿的自我献身精神是英雄主义，也是精力充沛的表现，总是听凭自己的内心召唤行事。就像语词一样，它们冒失地尝试着在一种无以言表、漆黑一团的内在混乱中去克服障碍、冲破狭门，为了让澄明之光照亮正确的命名，以此来实现自身的使命。鲁迅似乎是在借"火"的隐喻来象征意义生成的一瞬（当一只小飞虫投身于火焰），词的物质性陨灭了，转而变成了纯粹的语意。这与道家诗学的语言规则存在着相通之处，所谓"得意忘言，得鱼忘筌"，也是摒除一切政治或社会含义的纯本体论认知，令意识形态化的解读方式显得陈腐不堪。因此也就不必惊讶，为何鲁迅没有用悲壮的语调，而是以一种略显自嘲的口吻谈到飞虫扑火："而且我以为这火是真的。"

关于鲁迅的语言困境的言说策略，还有一种出人意料的诗歌手段不得不提及，这便是说话的声音（speaking voice）。正如之前所指出的，"夜游的恶鸟"发出一声戏剧性的叫声，强化了紧张的氛围，唤醒了"我"的自我意识。此外，文本中还嵌入了另外两种不同的声音：抒情的和叙事的。抒情的声音温情而怀旧，代表着"野花草"和"小飞虫"所映射出的"我"的内心。叙事的声音使得"我"的语气显得平静而合乎散文的逻辑，例如："枣树"正是以这样的调式被描述得异常细致入微，读者注意到，此处说话者的语速都已放缓。所有的声音叠加在一起，在一个秋夜花园的微缩宇宙里，以一种另类的方

[①] 鲁迅：《秋夜》，《鲁迅全集》（第二卷），人民文学出版社1981年版，第163页。

式提升了元诗对于言说以及失语的激发。在如此紧凑的篇幅之内使用这样三种声音,并且相互之间紧密交织,套用艾略特的理论来说便是"诗的三种声音"(The three Voices of Poetry)①。这样的一种和弦式的说话方式表明,鲁迅是如何努力地刻意重视他的语言状态,如何通过变幻的风格去抵御失语的威胁,又如何将从失语到言说的过程作为他创作的对象。

第三节 "我自念:这是病叶呵!"

抒情的"我"从自身出发,指涉自己的失语。这在《野草》中不仅表现在反复出现的"无言"二字,还包括一系列的近义词组,如:"无语""沉默""寂静"等等。还有一些则是以隐喻的形式,通过意象进行暗示,例如《秋夜》里的"小飞虫""野草花""枣树""天空"以及"后园"。而在几乎所有的其余篇章里,用物化意象或者生活场景来做类似指涉的现象也屡屡可见。这一方面表明,鲁迅对于自己精神状态的不谐和音完全自知,而且正是要以这种不谐和音来作言说之要义。另一方面,也形成一种标记,意味着从此处开始,他要去做元诗手法的处理。这种连续不断的指涉,无论直白还是潜隐,都构成了一种元诗的结构,一种文体的统一。一些诗篇,如《死火》《好的故事》《这样的战士》,元诗以及语言本体论的结构如此明显,不难从中辨认《秋夜》里的"失语—言说"模式。一开始是言说者宣布自己的无言,以此为生发点,发展出他对无言的战胜,再将这种战胜的尝试直观化地呈现出来。

其中,鲁迅用到了一种感性特写的技巧,以此来展示以无言为表

---

① 参见 T. S. Eliot: "The three Voices of Poetry", in: T. S. Eliot, *On Poetry and Poets*, London: Faber and Faber, 1979, pp. 89—102.

征的丰富的内心世界。他将这种内在的、极其微妙的运作机制混入对事物、动物以及场景的细致入微的观察之中。不仅《秋夜》,这在其余的很多尤其是晦涩难解的《野草》诗中也非常普遍。由此,可以说,这种形式组合上的持续性也是一种贯彻全篇的物化。牢记这种持续性,将有助于解读所有的这类文字。

例如当描写被冰谷围困的"死火"时,上述以隐喻的手法形塑四处乱转的"小飞虫"的技巧也隐约可见。鲁迅同样也视"死火"为"无话可说"的象征,借此来将自己的内心困境投射到明察秋毫的注视之中:

> 上下四旁无不冰冷,青白。而一切青白冰上,却有红影无数,纠结如珊瑚网。我俯看脚下,有火焰在。
> 这是死火。有炎炎的形,但毫不摇动,全体冰结,像珊瑚枝;尖端还有凝固的黑烟,疑这才从火宅中出,所以枯焦。这样,映在冰的四壁,而且互相反映,化为无量数影,使这冰谷,成红珊瑚色。
> 哈哈![1]

火被困在冰的世界里,在那儿,"绝对无"(absolutes Nichts)的不能言说的空虚统治着一切,"有炎炎的形,但毫不摇动,全体冰结,像珊瑚枝"的火仿佛意欲表达的舌头,突然被失语的空虚冻结成一个尝试的姿势。就像曼德尔施塔姆诗里的妙句:"我躺在大地深处,嘴唇还在蠕动"[2]。此处,对于深陷冰牢的"死火"的感性描摹折射出被失语所困的旁观的"我"的形象:使尽浑身解数,想要说出内心感

---

[1] 鲁迅:《死火》,《鲁迅全集》(第二卷),人民文学出版社1981年版,第195页。
[2] 译者注:参见[俄]奥西普·曼德尔施塔姆《我躺在大地深处》,王家新译,载《我的世纪,我的野兽:曼德尔施塔姆诗选》,花城出版社2016年版,第197页。

受,却只能发出空洞而无意义的"哈哈"一笑。然而,通过之前的描述,他的"哈哈"大笑已被实体化了,获得了一种实质性的内容,也只有经过这段前奏才能成为可能。由此一来,"哈哈"作为一种无法言传的主观态度的符号,实际上要比一声貌似空洞的笑声传达出更多的东西,因为它包含着之前所描述的"死火"的充实的反光。

这种将内在危机的物化变成隐喻的客体化艺术普遍见诸鲁迅的名篇。这种艺术的风格绝不抽象,而是感性的具象化,也表现了鲁迅将语言困境物化的倾向,即把它当作一种实实在在的可感可知的存在来进行描写,也是《野草》最令人印象深刻之处。下面,我们还要再举两个例子,来说明客体化的艺术如何促成了实质性的表述。

《腊叶》中,一个对语言感到绝望之人将他的精神隐忧①、自怜自爱的心理转变,像一张油画的幻灯片一般投射到一张干枯的叶片上:

> 他也并非全树通红,最多的是浅绛,有几片则在绯红地上,还带着几团浓绿。一片独有一点蛀孔,镶着乌黑的花边,在红,黄和绿的斑驳中,明眸似的向人凝视。我自念:这是病叶呵!便将他摘了下来,夹在刚才买到的《雁门集》里。大概是愿使这将坠的被蚀而斑斓的颜色,暂得保存,不即与群叶一同飘散罢。②

关于《腊叶》,参照鲁迅本人的一则注释,应是一首情诗,"是为

---

① 李欧梵也谈到,隐藏在腊叶"这镜子似的双重形象的相互注视后面的,是诗人自己的有病的、萧瑟的情绪"。参见〔美〕李欧梵《铁屋中的呐喊——鲁迅研究》,尹慧珉译,岳麓书社1999年版,第108页。
② 鲁迅:《腊叶》,《鲁迅全集》(第二卷),人民文学出版社1981年版,第219页。

爱我者的想要保存我而作的"①。而在文本中，"经验我"（ein empirisches Ich）与"抒情我"（ein lyrishes Ich）却是彼此分裂。"抒情我"扮演的是一个爱者或保护者的角色，他以这样的口吻说话，略带一种自怜的情绪，谈论的对象则是病叶——"经验我"，有着一种"被蚀而斑斓的颜色"，也是每况愈下的辉煌之秋的颜色，其中不乏静寂宇宙的病态之美。病叶代表着"充实的诗学"被削弱的能量。就像"死火"一样，叶片的形状也宛如舌头，上面"独有一点蛀孔"。它躺在那里，缄默无言，以一种拟人化的等待的姿态，"明眸似的向人凝视"，仿佛是在寻求帮助、对话和理解。

另一个例子表明，即便他所描述的对象并非实物，而是抽象的概念，在他笔下也是感性弥漫，意象纷呈。《希望》是一篇独白：因为活力四射的歌声不再，心灵也变得空虚。这种感受被鲁迅转化为可视的画面：

> 这以前，我的心也曾充满过血腥的歌声：血和铁，火焰和毒，恢复和报仇。而忽然这些都空虚了，但有时故意地填以没奈何的自欺的希望。希望，希望，用这希望的盾，抗拒那空虚中的暗夜的袭来，虽然盾后面也依然是空虚中的暗夜。然而就是如此，陆续地耗尽了我的青春。②

心灵曾经充溢过歌声的交响乐与激昂的陈词：富有战斗精神、强大的威力和青春的激情。如今里面空空如也，仿佛一个被弃置的荒凉的房间。空虚好比一支敌军，从四面八方发动突袭。空虚在此处被提升为可感可知之物，被赋予了"暗夜"这个词的色相，就好像空虚是

---

① 鲁迅：《〈野草〉英文译本序》，《鲁迅全集》（第四卷），香港文学研究社1973年版，第281页。
② 鲁迅：《希望》，《鲁迅全集》（第二卷），人民文学出版社1981年版，第177页。

一具肌肉发达、沉重、黝黑的肉体。唯一的一张盾牌——希望所配置的盾牌，只够应对一面的攻击，却无法抵御从四处涌来的空虚的军队。这里，对无声的存在所感到的绝望得到了精准无比的可视化的表达。这里，"空虚的诗学"获得了意义。

鉴于隐喻被绝对化，不再指向语言之外的现实世界，只是在诗歌文本内部彼此作用，对其进行的阐释也应尽力找出核心隐喻之间的相互关联。一些宇宙元素，如植物、花草、树木、叶片、火焰、天空、大地，属于这类核心隐喻，它们不断地出现，彼此之间辨明内涵，增补意义，丰富色彩。这既可以集中反映在单篇作品里，如《秋夜》，也从结构上连续贯穿整部《野草》。由此一来，说话的"我"所呈现出的姿态是一个虽然身处语言困境，却在始终尝试自我改良和完善的"我"的形象，通过整部文稿的持续书写，达到最终的、清楚的陈述。从元诗角度可以说："我"苦于失语；"我"必须通过不断的命名来让"我"的失语获得理解；"我"必须走出"我"的失语。在某种意义上，甚至貌似冗长无聊的同义反复都变成了一种参差对照的修辞法，例如："在我的后园，可以看见墙外有两株树，一株是枣树，还有一株也是枣树。"[①] 这其实是站在鲁迅诗学之内，从边缘出发所进行的一种观察。而他的诗学是一种持续不断、相互补足的元诗的语言艺术。

第四节 "但是，那前面的声音叫我走"

《死火》是整部《野草》最难懂的诗篇之一，其中，"火"的象征已在前面的两个文本——《题辞》和《秋夜》里获得了意义的引申和集中的诗化。在鲁迅笔下，"火"被看作是反抗生命消极性的激情四

[①] 鲁迅：《秋夜》，《鲁迅全集》（第二卷），人民文学出版社1981年版，第162页。

射而又强悍的对手,其内涵基本是被积极设定的。作为一种原力的符号,它属于"充实的诗学",是"刚健不挠"的"新声"①,正如《题辞》的描述:

> 地火在地下运行,奔突;熔岩一旦喷出,将烧尽一切野草,以及乔木,于是并且无可朽腐。②

这是对诗歌充分发展到最高境界的预言,"火"也将毁灭词的物质性("野草"和"乔木")。这一下场我们已从投身烈焰的"小飞虫"的画面中可以想见,在《秋夜》中有更清楚的表现:"小飞虫"扑火的一瞬,象征着某个时刻,词变成了意义。它的实体性被放弃了,它的物质性转化成了纯粹的语义,从而成为一种看不见的精神性。鲁迅的语言本体论因《死火》而增添了更新的视角和更深的内涵。被动的、本能的,以及看上去是偶然的联系在这里被坚定的意志和存在主义的必然性所替代。《秋夜》里的"火"现在成了主体性极强的自信的"死火"。就连"小飞虫"也变成此处心意坚决的"我"——一失足坠入冰谷,就无论如何也要冲出重围,并愿意携带"死火"而去。这个"我"希望借一己之体温恢复"死火"的生机,这也正是"死火"所渴求的,却在一刹那燃尽。他也想逃出冰山的囹圄,重获自主的自由,自行选择了"真正"的死,通过燃烧兑现了存在的意义。

尽管先前被困于失语的冰封境遇,"死火"依然不失为原初的、富有自然力的诗的标志。其主体性赋予了他自我意识、意志和前景,也由此而获得了决策和选择的自由,这些正是生命的重要价值所在。

---

① 鲁迅说:"新声之别,不可究详;至力足以振人,且语之较有深趣者,实莫如摩罗诗派。……凡立意在反抗,指归在动作,而为世所不甚愉悦者悉入之,为传其言行思惟,流别影响,始宗主裴伦,终以摩迦(匈牙利)文士。"参见鲁迅《摩罗诗力说》,《鲁迅全集》(第一卷),人民文学出版社 1981 年版,第 63—100 页。

② 鲁迅:《题辞》,《鲁迅全集》(第二卷),人民文学出版社 1981 年版,第 159 页。

相应地，他心甘情愿地接受自我物质性的销毁，将之视为是从物质性到纯粹的、本质的精神性的转化过程（相形之下，《秋夜》里的"火"囿于物的客体性还没有意识到这一点）。在"死火"看来，自我牺牲同时也是生存意义的自我实现：

> "唉，朋友！你用了你的温热，将我惊醒了。"他说。
> 我连忙和他招呼，问他名姓。
> "我原先被人遗弃在冰谷中，"他答非所问地说，"遗弃我的早已灭亡，消尽了。我也被冰冻得要死。倘使你不给我温热，使我重行烧起，我不久就须灭亡。"
> "你的醒来，使我欢喜。我正在想着走出冰谷的方法；我愿意携带你去，使你永不冰结，永得燃烧。"
> "唉唉！那么，我将烧完！"
> "你的烧完，使我惋惜。我便将你留下，仍在这里罢。"
> "唉唉！那么，我将冻灭了！"
> "那么，怎么办呢？"
> "但你自己，又怎么办呢？"他反而问。
> "我说过了：我要出这冰谷……。"
> "那我就不如烧完！"①

"我"与"火"一起构成了普罗米修斯式的诗人形象。这类新诗人将生命或者书写看作是"自焚"，并颇有远见地认识到，自然力的开发是有时限的，正如生命的发展有起点也有终结。往往最圆满最高潮之处，也是衰落的开始，就好像作家是把身家性命也写进去了，"自焚"就是去死。鲁迅在其他场合也多次证实了写作与死亡的关联。就在《野草》创

---

① 鲁迅：《死火》，《鲁迅全集》（第二卷），人民文学出版社1981年版，第117—118页。

作的同期，他集杂文而名之曰"坟"①。《野草·题辞》也透露出他"希望这野草的死亡和朽腐，火速到来"②。

写作（创作、言说）在生命中出现，与死亡共同组成一个整体。这种以写作为生的构想，以及将写作充分展开、甚至不惜迎向死亡（自焚）的意愿不应想当然地被视为悲剧，也并不一定指向虚无主义。自焚虽然意味着生命的最终耗尽，但只要是自觉自愿地发生，就符合"火"的本性。因此，"火"不仅仅将自焚看作是生命价值的实现，同时也为死亡的意义做了铺垫。引申到诗人身上，也就是说：写作一方面让生和死都有了意味，另一方面，也是对无言之存在的消极性的破解（好比"死火"冲出冰谷）。这并非自然状态，而是自我发展的一个过程，其探索和努力只能辅以强大的意志，以及对于美的不懈追求。

关于自己的写作或者生命哲学，鲁迅在《野草》的一部诗剧中做了相当透彻明晰的呈现。其中，火与诗人合二为一的形象是以一个过客的身份登场的。他在一间土屋的门前稍事休息，向一位老翁和他的孙女讨水喝，并打听前面的路。当被问及如何称呼时，引出了过客与老翁的一段对话。过客的回答显示，他对于生命以及自己的存在有着包罗万象、存在主义、郁郁寡欢和无法言表的体验。正因如此，对于他来说，用一个名字来称呼自己不可能也并不重要：

> 客——称呼？——我不知道。从我还能记得的时候起，我就只一个人。我不知道我本来叫什么。我一路走，有时人们也随便称呼我，各式各样，我也记不清楚了，况且相同的称呼也没有听到过第二回。

---

① 鲁迅：《写在〈坟〉后面》，《鲁迅全集》（第一卷），人民文学出版社1981年版，第283页。
② 鲁迅：《题辞》，《鲁迅全集》（第二卷），人民文学出版社1981年版，第160页。

翁——啊啊。那么，你是从哪里来的呢？

客——（略略迟疑）我不知道。从我还能记得的时候起，我就在这么走。

翁——对了。那么，我可以问你到哪里去吗？

客——自然可以。——但是，我不知道。从我还能记得的时候起，我就在这么走，要走到一个地方去，这地方就在前面。我单记得走了许多路，现在来到这里了。我接着就要走向那边去，（西指）前面！①

过客要去的地方，也同样没有名字，只是一个地方，"就在前面"，就像普遍存在的消极的不可名状之物一样无法言说。然而，随着剧情的进一步发展，这个地方，这个以无名的状态存在之地，却是被一种从无名中发出的——或可称之为不可名状之敌所指定：声音。正是这个声音，呼唤着过客（不断出发和继续前行）。他的所有的追寻都是来自这个声音，生和死的意义也因此而被确定（追寻，正如文中所述，向西）②。现在，寻寻觅觅的前方被一个名称所标记："声音"。通过他，过客也有了一个名字："诗人"——并非个人指涉，而是就使命而言。按照鲁迅的意思，不妨进一步说，对于这个声音的追寻等同于是对写作或者生命的充分发展的追寻，同时也是对"充实的诗学"的追寻。这对诗人来说是绝对必然之事。

翁——那么，你，（摇头）你只得走了。

客——是的，我只得走了。况且还有声音常在前面催促我，叫唤我，使我息不下。可恨的是我的脚早经走破了，有

---

① 鲁迅：《过客》，《鲁迅全集》（第二卷），人民文学出版社1981年版，第189—190页。
② "西方"参照中国古代的宇宙哲学也是死亡之地。

许多伤,流了许多血。(举起一足给老人看)——因此,我的血不够了;我要喝些血。但血在哪里呢?可是我也不愿意喝无论谁的血。我只得喝些水,来补充我的血。一路上总有水,我倒也并不感到什么不足。只是我的力气太稀薄了,血里面太多了水的缘故罢。今天连一个小水洼也遇不到,也就是少走了路的缘故罢。

翁——那也未必。太阳下去了,我想,还不如休息一会的好罢,像我似的。

客——但是,那前面的声音叫我走。

翁——我知道。

客——你知道?你知道那声音么?

翁——是的。他似乎曾经也叫过我。

客——那也就是现在叫我的声音么?

翁——那我可不知道。他也就是叫过几声,我不理他,他也就不叫了,我也就记不清楚了。

客——唉唉,不理他……(沉思,忽然吃惊,倾听着)不行!我还是走的好。我息不下。可恨我的脚早经走破了。(准备走路)①

鲁迅似乎终于成功地明确说出,何谓"消极意识之内的救赎诗学",何谓《怎么写》中"药酒"的隐喻,以及《死火》里云遮雾绕、闪烁其词背后的东西。这便是:同一性、意义、从哪儿来到哪儿去的本体论的回答、生命的原力、走出孤独痛苦之路,最首要的是:从存在的不可名状中解放的希望——所有的这一切,似乎都藏匿在不可言说之中,因此,首先便是对藏匿之物的追寻,以及——可能也是对藏

---

① 鲁迅:《过客》,《鲁迅全集》(第二卷),人民文学出版社1981年版,第191—192页。

匿之物的发现,即:对不可言说的战胜并非是从对面攻克,而是在其内部化解,内在地去谋求。

第五节 "阿唷!哈哈!Hehe! He, hehehehe!"

在《野草》24篇散文诗之中,据称有三篇——《我的失恋》《狗的驳诘》和《立论》是属于少数通俗易懂的,有着滑稽和讽刺的内容。这一类文体旨在直接、高效地进行沟通,而尽量避开其余文本所大量采用的隐喻、象征的创作手法。单从表面上来看,似乎确实如此,这几篇短文共有的轻松畅快的可读性也通常造成误导,以为与《野草》其他篇章相比,它们在风格上另成一派,也特别具有时代批判性[①]。不过,《野草》作为极有诗学企图的一部著作,鲁迅对其一体化的结构布局表现出前所未有的关注。他本人也很钟爱这部诗集,曾对萧红、萧军提及"《野草》的技术不算坏"[②]。如此看来,可以说,迄今为止对这部独一无二的作品的研究太过偏重于社会意义,却对贯穿其中的元诗构思的苦心孤诣完全视而不见,而元诗既从主题上构成了创作的对象,又从形式上营造了结构的统一。

这三篇文章事实上与其余部分共同构成了一部伟大而统一的杰作。其中,作者的语言困境通过对社会荒诞、道德沦丧的尖锐嘲讽得以物化和客体化。而在其他各篇,客体化的实现是借助于对具体事物的投射。这种统一性也表明,鲁迅在《野草》阶段希望将他对社会和政治的鞭挞、他的自责、自我赎罪,以及他的著名的"国民性"批判都看作基本上主要是以语言危机为缘起,而且是源自他个人的语言困境。个人困境的阴云以这样或那样的方式环绕在他所处理的几乎一切

---

① 参见孙玉石《〈野草〉研究》,北京大学出版社1982年版,第289页。
② 转引自王晓明《无法直面的人生——鲁迅传》,上海文艺出版社1993年版,第197页。

主题之上。例如《风筝》一文,从题材上来看,应是反思人间的宿怨与宽恕,结果却是内疚的一方"无怨可求",受伤的一方"无怨可言"。这个故事以"我"的口吻道来,讲述封建道德和专制制度下的"我"出于暴虐和愤怒,毁坏了小兄弟亲手制作的美丽的风筝,只因这种行为是对他的禁令的公然违抗。若干年后,当兄弟俩都已成年,长兄旧事重提,相信幼弟的宽恕的话语终能让他从负罪感中获得解脱。然而弟弟却无从说起,因为他已经什么都不记得了。"全然忘却,毫无怨恨,又有什么宽恕之可言呢?"

与《风筝》和《野草》集中的一些散文诗相比,上述遭到误读的三篇文章其实单就题目而言就更为明晰地呈现了元诗的语言反思的内容,却一直遭到研究者的漠视。《我的失恋》还有一个不太起眼的副标题:"拟古的新打油诗",表明这首诗的含义是基于互文性,从传统和现代角度,以元诗的方式参与当时有关恋爱问题的讨论。这一首有意不以真实经历为模板,而是模拟东汉张衡的《四愁诗》格式,选取几个求爱的典型事例,插科打诨,辛辣讽刺。字里行间渗透着《秋夜》里那只"夜游的恶鸟"一样独特、凌厉、毫不伤感而又元气淋漓的声音,也是鲁迅所提倡的现代诗学的前提[①]。

解读《立论》("立论"的字面含义是提出自己的见解和主张,这是传统官员作文应试的必备技巧之一),也应以元诗的方式进行。在这篇文章中,鲁迅认为社会盛行的伪善之风要归咎于中国文学语言缺乏求真的勇气。梦里,他戴着一个小学生的面具出现,初学如何表达观点,却不得要领,以此折射自己的失语之痛,以及他在那样一个时代寻找自己声音的深切绝望。

---

① 鲁迅自己说:"因为讽刺当时盛行的失恋诗,作《我的失恋》。"参见鲁迅《〈野草〉英文译本序》,《鲁迅全集》(第四卷),香港文学研究社1973年版,第281页。

立论

我梦见自己正在小学校的讲堂上预备作文,向老师请教立论的方法。

"难!"老师从眼镜圈外斜射出眼光来,看着我,说。"我告诉你一件事——

"一家人家生了一个男孩,合家高兴透顶了。满月的时候,抱出来给客人看,——大概自然是想得一点好兆头。

"一个说:'这孩子将来要发财的。'他于是得到一番感谢。

"一个说:'这孩子将来要做官的。'他于是收回几句恭维。

"一个说:'这孩子将来是要死的。'他于是得到一顿大家合力的痛打。

"说要死的必然,说富贵的许谎。但说谎的得好报,说必然的遭打。你……"

"我愿意既不说谎,也不遭打。那么,老师,我得怎么说呢?"

"那么,你得说:'啊呀!这孩子呵!您瞧!多么……。阿唷!哈哈!Hehe!he,hehehehe!'"[①]

另一篇无疑具有社会批判性的散文诗《狗的驳诘》也可透过元诗视角来进行诠释。这篇文章呈现了"我"的失语状态("我一径逃走,尽力地走",无言以对在后面"大声挽留"的狗)。这种失语是拜一只狗所赐,因为他给道德低下、蔑视动物的人类上了讽刺的一课。

---

① 鲁迅:《立论》,《鲁迅全集》(第二卷),人民文学出版社1981年版,第207页。

狗的驳诘

我梦见自己在隘巷中行走,衣履破碎,像乞食者。

一条狗在背后叫起来了。

我傲慢地回顾,叱咤说:

"呔!住口!你这势利的狗!"

"嘻嘻!"他笑了,还接着说,"不敢,愧不如人呢。"

"什么!?"我气愤了,觉得这是一个极端的侮辱。

"我惭愧:我终于还不知道分别铜和银;还不知道分别布和绸;还不知道分别官和民;还不知道分别主和奴;还不知道……"

我逃走了。"且慢!我们再谈谈……"他在后面大声挽留。

我一径逃走,尽力地走,直到逃出梦境,躺在自己的床上。①

散文诗《求乞者》按照传统的阐释不属于易懂的那类文体,不过,无论就主题还是风格而言,并不与上述三篇文章大相径庭。在这首诗中,求乞者的形象令鲁迅的无言以对重现眼前——这也证明他在结构稳定性上所做的不懈努力。文中描写了"我"与一个乞儿的相遇,他"拦着磕头,追着哀呼",想要求得一点救济。而"我"非但不予同情,并且无动于衷,甚至觉得"烦腻,疑心,憎恶"。这种负面情绪的强烈表达与鲁迅别处"救救孩子"的激情呐喊形成鲜明的反差,若用一种完全不同于社会批评的方式来解读此文,例如从"元诗

---

① 鲁迅:《狗的驳诘》,《鲁迅全集》(第二卷),人民文学出版社1981年版,第198页。

构思"的角度出发,会更有意义。这里的求乞者又是另一个语言能力被削弱的"我",发不出真实的声音,因此并不奇怪,"我"的注意力何以突然从乞儿那里收回,落回到说话的"我"的身上。从句法与符号关系的一一对应来看,第二部分说话的"我"正是第一部分的他者(乞儿)——也是作者创造的"旧我",而所有强硬和消极的情绪都是针对那个"旧我"而言的。

> 我想着我将用什么方法求乞:发声,用怎样声调?装哑,用怎样手势?……
> 另外有几个人各自走路。
> 我将得不到布施,得不到布施心;我将得到自居于布施之上者的烦腻,疑心,憎恶。
> 我将用无所为和沉默求乞……
> 我至少将得到虚无。
> 微风起来,四面都是灰土。另外有几个人各自走路。
> 灰土,灰土,……
> ………………
> 灰土……①

第六节 "我将向黑暗里彷徨于无地"

1925年3月18日,正是鲁迅集中写作《野草》的日子,这一天,他给许广平写了一封信。许曾做过他两年的学生,后来成为他的终身伴侣。在信中,鲁迅谈及他的作品——显然是指《野草》,属于消极的范畴(黑暗与虚无)。此外,他还提到世界观的矛盾性以及"偏激

---

① 鲁迅:《求乞者》,《鲁迅全集》(第二卷),人民文学出版社1981年版,第167—168页。

的声音":

> [……]我的作品,太黑暗了,因为我只觉得"黑暗与虚无"乃是"实有",却偏要向这些作绝望的抗战,所以很多着偏激的声音。其实这或者是年龄和经历的关系,也许未必一定的确的,因为我终于不能证实:惟黑暗与虚无乃是实有。①

由此可以想见,鲁迅明知自己的声音偏激,但他有意为之,以此来对抗包围着他的"黑暗与虚无"。这样的一种声音导向表明,鲁迅有意剑走偏锋,来应对千疮百孔的生活。20世纪20年代,对他来说,艰难险阻无处不在,危情之下,他不得不用声音来做保护心灵空虚的盾牌,以抵抗从四周涌来的黑暗的敌军(参见《希望》)。无论在这场战事里他的立场如何正义,他对自己的获胜没有把握。他最大的恐惧之一是失去他的声音。这个声音,不过几年之前,还是先知式的,充满了自信,其振聋发聩的"呐喊"将无数人从昏睡中唤醒,并给他们指引了新的精神方向。但现在他必须变得偏激,正是通过语言资源的极端化运用,如:歧义、晦暗、"苦闷的象征"②,他试着去言说消极,卸掉强大的伪装。如此一来,"我"对于自我同一性的缺失非常敏感,被塑造成了一个精神分裂者,呈现出自我分裂的状态:不再是脚踏实地,而是感到原本的自己正在变成一个从自我分裂出去的、充满敌意的、夺去"我"的存在和语言的他者,一个"影子一你":

> 人睡到不知道时候的时候,就会有影来告别,说出那些

---

① 鲁迅:《两地书》,《鲁迅全集》(第十一卷),人民文学出版社1981年版,第20—21页。
② 鲁迅在创作《野草》的同期,也正在翻译日本作家厨川白村的文艺评论集《苦闷的象征》。鲁迅似乎赞同厨川的说法,认为文学创作是为战胜精神危机而生。

话——

> 有我所不乐意的在天堂里,我不愿去;有我所不乐意的在地狱里,我不愿去;有我所不乐意的在你们将来的黄金世界里,我不愿去。
>
> 然而你就是我所不乐意的。
>
> 朋友,我不想跟随你了,我不愿往。
>
> 我不愿意!
>
> 呜乎呜乎,我不愿意,我不如彷徨于无地。①

这个"影子—你"开始以"我"的口气说话,成为他的声音,令他失语,将他变成一个被夺去声音的"你"。如此偏激地再现消极,映射出鲁迅失去自我的内心隐痛:五四运动失败之后,从四面八方突然袭来的没完没了的暴风骤雨使他变得沉默起来。

首先,鲁迅因为在"女师大风潮"中支持学生运动而被卷入政治斗争的旋涡,失去了他自 1912 年以来在教育部担任的职位。虽然,他一直以为与官方的冲突不可避免,但如此突然地丢掉饭碗还是给了他当头一棒。单靠"卖文"为生,在他看来很难养活自己和家人。自此,国仇家恨付诸文字,笔端便流露出几分存在主义的焦虑。而在知识分子圈里,他也陷入孤立。一开始只是影射、嘲讽,后来反对他的声音越来越高亢,质疑他在文学、学术和道德上的诚信。这些批评者多为"现代评论"派的学者型作家,其中包括陈源、胡适、徐志摩、顾颉刚和梁实秋②——其共同的特征是留学英美、博学多才、交游广阔,追求所谓的自由与公平,一些人还和当政者有着很好的关系。这

---

① 鲁迅:《影的告别》,《鲁迅全集》(第二卷),人民文学出版社 1981 年版,第 165 页。
② 参见陈思和《鲁迅的骂人》,《思想的境界》1999 年第 22 期。

是一场混乱的"声音的战争"①，一直持续到 30 年代，不断有新的文学个体或流派卷入其中。其中不乏理智、文明的批评，但后来慢慢失去节制，转为琐碎无聊的个人攻击。鲁迅几乎是一人独战群雄。通过这场论争，他的杂文艺术在"一个也不原谅"的口号下不仅发挥到了外科手术的精准程度，成功地将大多数对手逼进哑口无言的绝境，而且还发展成了现代中国文学最为成熟、备受欢迎的文类。只是鲁迅本人同时也受到了永不愈合的伤害：他失去了他的多声部的声音，其复调结构大大受损，这让他陷入了一场深刻的危机。众所周知，自 1927 年之后，他几乎不再从事虚构性的、隐喻的文学创作，而是完全投入单一的杂文写作。

伤害他的声音的还有其他一些因素。例如：他的孤独感。从前的一些朋友，有些做了官，有些做了隐士，而鲁迅总是"罪孽深重，祸延自己"，"每每终于发现纯粹的利用，连'互'字也安不上，被用之后，只剩下耗了气力的自己一个"②。他的"呐喊"变成"自言自语"③。曾以先锋自居，如今落魄不堪，只能写诗自嘲："两间余一卒，荷戟独彷徨"④。随后，又发生了鲁迅与周作人之间的反目，原本亲如手足的兄弟彻底决裂，更令他变成孤家寡人。至于个中缘由，哥俩均守口如瓶。或许是因家庭琐事引起了激烈的口角？为什么在《风筝》一文，他将负罪感的解脱寄托于言语上的宽恕？这些疑问不得而知，全凭主观臆测。不过，可以肯定的是，鲁迅在《野草》中表现出了解锁这些秘密的倾向。

此外，还有最严重的一种伤害，即：关于年轻一代的知识分子，

---

① 关于鲁迅在二三十年代的文坛论战，陈村称之为"声音的战争"，参见陈村《声音的战争——鲁迅的论争》，《西北风》1998 年第 8 期。
② 鲁迅：《两地书》，《鲁迅全集》（第十一卷），人民文学出版社 1981 年版，第 97 页。
③ 鲁迅：《自言自语》，《鲁迅全集》（第八卷），人民文学出版社 1981 年版，第 91—96 页。这组散文诗共有 6 篇，写于 1919 年，其中《我的兄弟》《火的冰》可以看作是《风筝》和《野草·死火》的雏形。
④ 鲁迅：《题〈彷徨〉》，《鲁迅全集》（第七卷），人民文学出版社 1981 年版，第 150 页。

他的幻想破灭了。他曾信奉历史进化论,对青年有着理想化的想象。在他看来,他们是未来的化身,无论如何都比现在要好。他们当中最杰出的代表有着直面现实的勇气,敢讲真话,本能地抗拒僵化和压迫,浑身洋溢着热情:"是的,青年的魂灵屹立在我眼前,他们已经粗暴了,或者将要粗暴了,然而我爱这些流血和隐痛的魂灵,因为他使我觉得是在人间,是在人间活着。"① 这些鲁迅所认为的,青年们所具备的品质,正是中国所缺乏和必需的。因此,"青年们先可以将中国变成一个有声的中国"②。这声音是他在《秋夜》中小粉红花的梦里所唤起的,体现着春天的充实;这声音也让中国重新变得健康、年轻,重获曾经失去的强大和骄傲。他也很想让自己的声音与这声音汇成交响乐式的希望大合唱,形成对话,发出新的"呐喊"。然而,1919年五四运动之后,他不得不看到现实中的青年的另外一面:颓废,自私,权力欲等等——普遍的人性弱点,不断地卷土重来,永远伴随着我们。这种"永远重来"令他深感震动,改变了他对历史的线性发展进程的信仰,打碎了他那独特而又天真地难以想象的青年神话。1932年,他与青年一代的关系经历了一次考验:

[……]我一向是相信进化论的,总以为将来必胜于过去,青年必胜于老人。对于青年,我敬重之不暇,往往给我十刀,我只还他一箭。然而后来我明白倒是我错了。这并非唯物史观的理论或革命文艺的作品蛊惑我的,我在广东,就目睹了同是青年,而分成两大阵营,或则投书告密,或则助官捕人的事实!我的思路因此轰毁,后来便时常用了怀疑的眼光去看青年,不再无条件的敬畏了。③

---

① 鲁迅:《一觉》,《鲁迅全集》(第二卷),人民文学出版社1981年版,第224页。
② 鲁迅:《无声的中国》,《鲁迅全集》(第四卷),人民文学出版社1981年版,第15页。
③ 鲁迅:《三闲集·序言》,《鲁迅全集》(第四卷),人民文学出版社1981年版,第5页。

不仅仅是震惊和怀疑，还有无法用言辞形容的深深的痛苦和愤怒——当他某日出乎意料地遭受年轻作者的炮轰。围攻者主要来自左翼文学阵营的"太阳社"和"创造社"，以郭沫若、成仿吾等不乏才华和活力的作家为首。他们称自己为"五四"新文化运动精神的真正代表：毫不妥协、彻底革命、坚决支持无产阶级，骂他是"封建余孽""二重的反革命""法西斯主义者"[①]！这些攻击对他造成的心理阴影从他的私人信件可见一斑。值得注意的是他对人身伤害的隐喻性描述：

> ［……］我先前何尝不出于自愿，在生活的路上，将血一滴一滴地滴过去，以饲别人，虽自觉渐渐瘦弱，也以为快活。而现在呢，人们笑我瘦了，除掉那一个人［许广平］之外。连饮过我的血的人，也都在嘲笑我的瘦了，这实在使我愤怒。[②]

这些隐喻的笔法，如：苦痛、流血、衰老、瘦弱、痉挛、身体的孱弱、垂老直至死亡，也见诸《野草》散文诗《颓败线的颤动》。文章讲述了一个年迈的妓女母亲，被她毫无感恩之心的孩子从自己家中驱逐的故事。她"遗弃了背后一切的冷骂和毒笑"，在深夜中走出，"一直走到无边的荒野"，也可以理解为无边无语的荒野。怀着巨大的悲痛，她尝试以"人与兽的，非人间所有"的"无词的言语"，在命运面前摇撼沉默着的无动于衷的宇宙。鲁迅用一种振颤的语言描绘出一幅强大而负面的激情画面，内心颤动的母亲的情绪爆发和身体战栗被刻画得力透纸背。"人与兽"的"无词的言语"也是人性灾难，让

---

① 参见王晓明《无法直面的人生——鲁迅传》，上海文艺出版社1993年版，第148页。
② 鲁迅：《两地书》，《鲁迅全集》（第十一卷），人民文学出版社1981年版，第249页。

人联想起世界末日。母亲的外在形象和内在心情宛如雕塑一般得以立体呈现：

> [……]她赤身露体地，石像似的站在荒野的中央，于一刹那间照见过往的一切：饥饿，苦痛，惊异，羞辱，欢欣，于是发抖；害苦，委屈，带累，于是痉挛；杀，于是平静。……又于一刹那间将一切并合：眷念与决绝，爱抚与复仇，养育与歼除，祝福与咒诅……。她于是举两手尽量向天，口唇间漏出人与兽的，非人间所有，所以无词的言语。
>
> 当她说出无词的言语时，她那伟大如石像，然而已经荒废的，颓败的身躯的全面都颤动了。这颤动点点如鱼鳞，每一鳞都起伏如沸水在烈火上；空中也即刻一同振颤，仿佛暴风雨中的荒海的波涛。
>
> 她于是抬起眼睛向着天空，并无词的言语也沉默尽绝，惟有颤动，辐射若太阳光，使空中的波涛立刻回旋，如遭飓风，汹涌奔腾于无边的荒野。①

文中包含着"自我牺牲与忘恩负义"的主题，不难读出是对鲁迅与青年交往经历的象征主义的再现②。类似的主题处理在《复仇（其二）》中达到了极致负面的高潮。他的精英式的作为先知、启蒙者和新思想之父的历史角色定位，连同他的自我体认却不被世人理解的伟大，都借"耶稣受难图"中耶稣基督这个人物形象被塑造得栩栩如生。耶稣被钉十字架的大部分场景描写是根据《新约全书·马可福

---

① 鲁迅：《颓败线的颤动》，《鲁迅全集》（第二卷），人民文学出版社1981年版，第205—206页。
② 详请参见王晓明《无法直面的人生——鲁迅传》，上海文艺出版社1993年版，第88—101页。

音》的记载，特别强调了难以忍受的身体痛楚之外的心理感受，以及从受难者和围观者角度体会到的幸灾乐祸的气氛。基督最后的话语（我的上帝，你为甚么离弃我?!）在括号之内的翻译之前，是模仿阿拉姆语①的发音用汉字标注："以罗伊，以罗伊，拉马撒巴各大尼?!"通过如此陌生化的方式，精神和肉体的双重痛苦之下的言说的困难被表现得更加生动。而互文框架之内的改写也是基于元诗的构思，同时也让鲁迅对他自己声音的隐忧有了多种细节组合的传达。

另一个将激情、疼痛、朽坏和无言交织为一体的例子是《墓碣文》。元诗结构在这里体现为标题，以及两个相互混杂却又彼此对照的自我的声音：一个是用古文或文言笔体（死尸的声音）；一个是用白话（叙述者的声音）。这个分裂的"我"进入梦中，与他想象中的死去的自己展开一番对话。这段碎片式的对话借助依稀可辨的墓碣刻辞以文句的形式展现：

……于浩歌狂热之际中寒；于天上看见深渊。于一切眼中看见无所有；于无所希望中得救。……

……有一游魂，化为长蛇，口有毒牙。不以啮人，自啮其身，终以殒颠。……

……离开!……

[……]

……抉心自食，欲知本味。创痛酷烈，本味何能知?……

……痛定之后，徐徐食之。然其心已陈旧，本味又何由知?……

---

① 译者注：阿拉姆语是古代闪族人的语言。

……答我。否则,离开!……①

一个吟唱消极的"偏激"歌者的形象跃然纸上。这正是鲁迅,在时代的重荷之下,卸下了自尊自爱的先知身份,而走向另一个极端,决心从现在起自我贬损、自我丑化。尽管他在消极诗学的范畴之内,以寻找创作源泉为由,来让他的偏激显得合理("于无所希望中得救"),"抉心自食"的自毁画面还是显得主观化色彩过重。可以看出,主体因为郁郁不得志而自绝于世,由此,诗的主旨又有了一个客观化的转化,即:战胜消极在目前来看还不可能。然而,鉴于鲁迅超高水准的元诗意识,到了诗的结尾,通过他自下命令的一句"离开",成功地做到了让自己与自己的另一面保持距离,从而回到了他所秉承的"对立的统一"的诗学理念,也被视为《野草》的基础理念。全诗的末句再次证实了分裂的"我"最终趋于疏远和仳离:"我疾走,不敢反顾,生怕看见他的追随。"

第七节 "无数美的人和美的事"

散文诗《希望》重申了这一立场:"绝望之为虚妄,正与希望相同!"既没有慷慨激昂的自我升华,也没有自我丑化,而是用一种纯抒情的,略显听天由命的声音,"我"反思着他的寂寞、逝去的青春,并试着去理解和接受一再错失的如今:

我的心分外地寂寞。
然而我的心很平安;没有爱憎,没有哀乐,也没有颜色和声音。

---

① 鲁迅:《墓碣文》,《鲁迅全集》(第二卷),人民文学出版社1981年版,第123页。

> 我大概老了。我的头发已经苍白,不是很明白的事么?我的手颤抖着,不是很明白的事么?那么我的灵魂的手一定也颤抖着,头发也一定苍白了。
>
> 然而这是许多年前的事了。①

承认自己"分外地寂寞"和"老了",同任何一个其他人一样,这让他清醒地认识到空虚、暗夜和心中终于不再有的"血和铁"的"血腥的歌声"。这也让他意识到自己对失去声音的害怕。明白地承认这些,便是迈出了与自己和他者和解的一步。这个他者正是他的荒废的青春,以及他所失去的更强大的自我,同时也是"身外的青春"——或许还存在于他人和永恒变化的宇宙之中。他想去寻找他者,与之和解并在他们身上重新认识自我,因为这对他来说是进入诗意充实的奥秘之所的唯一希望。

> 我早先岂不知我的青春已经逝去?但以为身外的青春固在:星,月光,僵坠的胡蝶,暗中的花,猫头鹰的不祥之言,杜鹃的啼血,笑的渺茫,爱的翔舞……。虽然是悲凉漂渺的青春罢,然而究竟是青春。②

然而,这个他者,这个超越自我的另一个"我",这个更好的、集体的、被拓展到宇宙维度的"我",真的可以实现"充实的诗学"吗?鲁迅暗示,这要取决于"我",必须诚实、直接和勇敢地接受现实——包括它的一切消极性。"我只得由我来肉薄这空虚中的暗夜了"。他是孤身"肉薄",孤身"用这希望的盾,抗拒那空虚中的暗

---

① 鲁迅:《希望》,《鲁迅全集》(第二卷),人民文学出版社 1981 年版,第 177 页。
② 鲁迅:《希望》,《鲁迅全集》(第二卷),人民文学出版社 1981 年版,第 177 页。

夜",仿佛千军万马从四面八方袭来。如此情境之下,他又如何可能获胜?——更何况,他已经在这场战斗中牺牲和耗尽了他的青春。不过,他同时开始怀疑这种怀疑,并与绝望抗争:

  我只得由我来肉薄这空虚中的暗夜了,纵使寻不到身外的青春,也总得自己来一掷我身中的迟暮。但暗夜又在那里呢?现在没有星,没有月光以至没有笑的渺茫和爱的翔舞;青年们很平安,而我的面前又竟至于并且没有真的暗夜。①

  是的,果真如此,"绝望之为虚妄,正与希望相同"。对于鲁迅来说,这个词,这句话,恰如一个地点,或者更确切地说:是"无地"、乌托邦,一片唯有诗意才能抵达的中间地带,介乎希望与绝望、黑暗与光明、青春与衰老、自我与他者、语言与无言、虚无与信仰之间,一个地点,可以照见自己,——如此一来,成为一个永远被怀疑的元地点,不仅怀疑希望,也怀疑怀疑自己。这个地点就是此时此地——即便充满了消极性。这个地点既不悲观也不乐观,也非遥远地近乎虚无,就像鲁迅时常被误读的那样。这个地点,从最深刻的意义上来说,就是诗意。这个地点是像《野草》那样的纯文学创作,只有通过语言魔术才能被唤起。

  正是从这个地点出发,鲁迅在最后一篇散文诗《一觉》中,再次转向青年们,向他们伸出了橄榄枝。此处,他再次以他自信的,略带一点权威的声音说话,却是满怀父爱的温情。此处,他是一个父亲的形象,从他的历史角色所赋予的想象的高度再次走下,在发挥桥梁或者通道作用的"中间物"寻找一个落脚点②。他不再将自己视为中

---

 ① 鲁迅:《希望》,《鲁迅全集》(第二卷),人民文学出版社1981年版,第178页。
 ② 参见王晓明《无法直面的人生——鲁迅传》,上海文艺出版社1993年版,第123页。

心,而是作为"后五四时代"的作家承认一定的边缘性(鲁迅此处所用的隐喻为"迟暮")。

他打算与年轻一代的知识分子重新寻求对话。在散文诗《一觉》中,他对自己有了一个新的认知,认为有必要与青年们建立密切的联系。他们之间的交往始于两三年前,正如文中所述,在北京大学的教员预备室里,一个并不熟悉的青年,"默默地给我一包书,便出去了,打开看时,是一本《浅草》","就在这默默中,使我懂得了许多话"。现在,他阅读并编校青年作者的文稿,发现他们依然是充实的诗意的希望所在,他们需要他的掌声、激励和关注。于是,《野草》之中第一次出现了关于坚强而又有才的年轻人的正面描述:

> [……] 这些不肯涂脂抹粉的青年们的魂灵便依次屹立在我眼前。他们是绰约的,是纯真的,——呵,然而他们苦恼了,呻吟了,愤怒了,而且终于粗暴了,我的可爱的青年们。
>
> 魂灵被风沙打击得粗暴,因为这是人的魂灵,我爱这样的魂灵;我愿意在无形无色的鲜血淋漓的粗暴上接吻。①

以这样一种宽宥的、全新的眼光来看,这些年轻一代的诗人中最杰出的代表们虽然是在生命的消极性中成长,但同时也令人赞赏地发挥着抗拒消极的作用。在他们身上,鲁迅此刻看到了一个很有说服力的证据,来验证他贯穿整部《野草》的诗学思想,即:文学创作作为美学意义上的战胜消极恰恰也必须生成于消极。这样的一种创作使人不得不变得"粗暴",正如"魂灵被风沙打击得粗暴"。这一次,他用了"野蓟"的意象来象征他的诗学:

---

① 鲁迅:《一觉》,《鲁迅全集》(第二卷),人民文学出版社1981年版,第223页。

> 野蓟经了几乎致命的摧折,还要开一朵小花,我记得托尔斯泰曾受了很大的感动,因此写出一篇小说来。但是,草木在旱干的沙漠中间,拼命伸长他的根,吸取深地中的水泉,来造成碧绿的林莽,自然是为了自己的"生"的[……]①

这样的一种植物的隐喻让《野草》结尾又回到了开头,因为在《题辞》中,也提到了同样的隐喻:"野草"用它的根从生命的泥中汲取一切可能的营养,也包括消极的东西("露""水""陈死人的血和肉")。如此首尾相应的环形结构也体现在空间上,也是"我"的写作场所。首篇《秋夜》中,我们还记得,他在花园里散完了步,又回到了他的书斋。这对他来说是一个内在场域,一间词语工作室,他在那里对抗着他的失语。而到了末篇,这样的一间工作室又清楚呈现出来。现在,他在白天继续进行"秋夜"里的工作,重新与失语展开战斗:"收拾了散乱满床的日报,拂去昨夜聚在书桌上的苍白的微尘,我的四方的小书斋,今日也依然是所谓'窗明几净'。"一切都已准备就绪,"肉薄这空虚"又可以从头开始。

而就外部场域——书斋之外的现实而言,正如我们所读到的,生命受到了更加严重的威胁。北京上空每日上午都有飞机飞行,"负了掷下炸弹的使命,像学校的上课似的"。不过,这种亲历的极致消极性,"'死'的袭来",却令"我"同时也深切地感到"'生'的存在",感到一种渴望,想要与失去的自我——青年,展开一场诗的对话(例如:编校青年作者的文稿)。这场对话是关于"怎么写",同时也是关于"怎么生"。"我"也迫切地想要将潜藏在空虚背后、无穷无尽、尚待发掘的诗意充实的伟大奥秘付诸语言:

---

① 鲁迅:《一觉》,《鲁迅全集》(第二卷),人民文学出版社1981年版,第224页。

> 在编校中夕阳居然西下，灯火给我接续的光。各样的青春在眼前一一驰去了，身外但有昏黄环绕。我疲劳着，捏着纸烟，在无名的思想中静静地合了眼睛，看见很长的梦。忽而惊觉，身外也还是环绕着昏黄；烟篆在不动的空气中飞升，如几片小小夏云，徐徐幻出难以指名的形象。①

存在的焦虑、危在旦夕的空袭、形单影只、逝去的青春，以及对失语的恐惧，所有的这些经验层面的消极性涌入写作的"小书斋"，涌入内在的空间，并在那里转化为元诗的构思，以及由此而生的工作的进程。怎么写？鲁迅在《野草》的末篇，同时也作为整部散文诗的终结性的段落，再次唤起了一个元诗的时刻，"就在这默默中，使我懂得了许多话"。某种只可意会不可言传的东西，类似于一种"零状态"，介乎言说与沉默之间、"充实的诗学"之潜在发展与反向作用力之间：空虚、缺席、不可名状，呈现出被物化的大师笔法："烟篆在不动的空气中飞升，如几片小小夏云，徐徐幻出难以指名的形象。"

怎么写？写作首先是为了对抗自身的失语。鲁迅是这么想的，也是这么做的——在这首诗以及巨著《野草》的全部诗篇里莫不如此。对于他来说，语言危机、失语、无话可说、写作的困境、发声的不确定性，这些状况是他所处的现实环境的消极性的真实映照，精神的空虚和暗夜也随之到来。鲁迅在他的语言危机的阶段没有将生存的困境与言说的困境区分开来。临终前不久，他还在忧心忡忡地感喟："今日言说之难，正如生存之难。"②

就 20 世纪的世界文学而言，存在与语言的内在关联正是现代诗歌最重要的特性之一。而在中国新文学史上，这种关联第一次引发了

---

① 鲁迅：《一觉》，《鲁迅全集》（第二卷），人民文学出版社 1981 年版，第 224—225 页。
② 鲁迅：《两地书》，《鲁迅全集》（第十一卷），人民文学出版社 1981 年版，第 125 页。

一部诗集作品的诞生,以一种高度的语言敏感性,从元诗的角度将生活之难等同于写作和言说之难,将创作过程作为创作对象。语词的择拣和搜寻同时也是对失语的克服,被视为一种自我重建的驱动力,以修复被社会现实损伤和分裂的精神主体。鲁迅在《野草》的字里行间如履薄冰,仿佛他命悬于此。

鲁迅的博学非比寻常,对于现代世界文学的诸多风格流派信手拈来:赫尔墨斯主义、暗隐喻、消极性观念、语言的自我中心主义、梦境结构,等等。其中有很多都被纳入西方现代派的诗学范畴,正如胡戈·弗里德里希(Hugo Friedrich)与米歇尔·汉伯格(Michael Hamburger)在其著作中所描述的那样[1]。《野草》——全然不同于鲁迅"为人生"的文学观,毫无疑问走的是"纯诗"路线。对于这一事实,无论中国还是西方,评论家们都不愿承认。不过,作品本身就能证实,鲁迅对于极致唯美主义,以及"为艺术而艺术"的观念并不完全拒斥。与之相应的是,他在《野草》的末篇《一觉》中变幻出一座"纯诗的新花园":"漂渺的名园中,奇花盛开着,红颜的静女正在超然无事地逍遥,鹤唳一声,白云郁然而起……"[2]

不同于他的散文,鲁迅在《野草》中没有直接对他所处时代的消极现实发言,而是刻意创造了一个神秘而现代的诗性世界。在这里,不仅生命中的丑与恶——参照波德莱尔《恶之花》的矛盾修辞法,被描绘成了"地狱边沿的惨白色小花"之类的美学形象,而且还有着乌托邦的梦想。这是一个有着"无数美的人和美的事"的乌托邦,倒映在语言风景的小河中,"诸影诸物,无不解散,而且摇动,扩大,互相融和;刚一融和,却又退缩,复近于原形。边缘都参差如夏云头,

---

[1] Hugo Friedrich, *Die Struktur der modernen Lyrik*, Reibek b. Hamburg: Rowohlt, 1970; Michael Hamburger, *The Truth of Poetry: tension in modern poetry from Baudelaire to the 1960*, London: Methuen, 1982.
[2] 鲁迅:《一觉》,《鲁迅全集》(第二卷),人民文学出版社1981年版,第223页。

镶着日光,发出水银色焰"。①

  这是一个乌托邦,鲁迅深知,只能在语言中被召唤出来,而在现实里无处可寻,就像他在《好的故事》中所精心营造的那种美丽和幽雅。鲁迅有意在文中描画了一片虚无缥缈的美好、如梦似幻的乡景,位于一个名为"山阴道"的中国历史上的风景区。根据《世说新语》传奇故事里未被考证的说法,这个地方位于鲁迅故乡绍兴城的西南。由此,乡景同时也是愿景,故乡纯美的诗化只能是一种虚幻化和乌托邦式的表达。不过,对于人类来说,做梦也是值得的,因为只有在语言的乌托邦,诗意的充实也是存在的充实。在那里,"许多美的人和美的事,错综起来像一天云锦,而且万颗奔星似的飞动着,同时又展开去,以至于无穷"②。单只是梦到它,就像文末所确证的那样,"昏沉的夜"都变得更易忍受了。这样的一个梦境,通过纯诗的语言魔术被如此美妙地造出,恰如鲁迅所做的,来自诗的现代性,这也是现代中国的主体诗意栖居的唯一方式。最后,我们全文援引这首美好的诗篇:

好的故事

  灯火渐渐地缩小了,在预告石油的已经不多;石油又不是老牌,早熏得灯罩很昏暗。鞭爆的繁响在四近,烟草的烟雾在身边:是昏沉的夜。

  我闭了眼睛,向后一仰,靠在椅背上;捏着《初学记》的手搁在膝髁上。

  我在蒙胧中,看见一个好的故事。

---

① 鲁迅:《好的故事》,《鲁迅全集》(第二卷),人民文学出版社1981年版,第185页。
② 鲁迅:《好的故事》,《鲁迅全集》(第二卷),人民文学出版社1981年版,第185页。

这故事很美丽，幽雅，有趣。许多美的人和美的事，错综起来像一天云锦，而且万颗奔星似的飞动着，同时又展开去，以至于无穷。

我仿佛记得坐小船经过山阴道，两岸边的乌桕，新禾，野花，鸡，狗，丛树和枯树，茅屋，塔，伽蓝，农夫和村妇，村女，晒着的衣裳，和尚，蓑笠，天，云，竹，……都倒影在澄碧的小河中，随着每一打桨，各各夹带了闪烁的日光，并水里的萍藻游鱼，一同荡漾。诸影诸物，无不解散，而且摇动，扩大，互相融和；刚一融和，却又退缩，复近于原形。边缘都参差如夏云头，镶着日光，发出水银色焰。凡是我所经过的河，都是如此。

我所见的故事也如此。水中的青天的底子，一切事物统在上面交错，织成一篇，永是生动，永是展开，我看不见这一篇的结束。

河边枯柳树下的几株瘦削的一丈红，该是村女种的罢。大红花和斑红花，都在水里面浮动，忽而碎散，拉长了，如缕缕的胭脂水，然而没有晕。茅屋，狗，塔，村女，云，……也都浮动着。大红花一朵朵全被拉长了，这时是泼刺奔迸的红锦带。带织入狗中，狗织入白云中，白云织入村女中……在一瞬间，他们又将退缩了。但斑红花影也已碎散，伸长，就要织进塔，村女，狗，茅屋，云里去。

我所见的故事清楚起来了，美丽，幽雅，有趣，而且分明。青天上面，有无数美的人和美的事，我一一看见，一一知道。

我就要凝视他们……

我正要凝视他们时，骤然一惊，睁开眼，云锦也已皱蹙，凌乱，仿佛有谁掷一块大石下河水中，水波陡然起立，将整篇的影子撕成片片了。我无意识地赶忙捏住几乎坠地的《初学记》,眼前还剩着几点虹霓色的碎影。

我真爱这一篇好的故事,趁碎影还在,我要追回他,完成他,留下他。我抛了书,欠身伸手去取笔,——何尝有一丝碎影,只见昏暗的灯光,我不在小船里了。

但我总记得见过这一篇好的故事,在昏沉的夜……

1925 年 2 月 24 日①

---

① 鲁迅:《好的故事》,《鲁迅全集》(第二卷),人民文学出版社 1981 年版,第 185—186 页。

「第三章」
闻一多：介于纯诗与爱国之间
——将精神追求的进退维谷作为抒情主题

第一节 "可是还有一个我，你怕不怕？"

同时代作家之中，没有人像闻一多（1899—1946）那样，被夹在现代主义的唯美理想与爱国主义的社会实践中间内外交困。没有人比他更意志坚定地追随纯诗的艺术理念，相信通过独立自主的艺术想象和形式力量，现实生活中一切被视为假象、废物、"死水"和幻觉的东西，都可以在诗艺创造的世界里变成绝对的美。一段时期，他更是一个艺术的唯美主义者，甚至认为诗意的丰盈终将消弭生命的消极于无形。然而，与此同时，因为受到儒家思想的影响，他又对社会充满了责任担当，不无激进地主张存在的意义要到语言之外的生活里去找寻，而不是任何其他地方。他常常激励自己的学生，要为人生而活着，生命的救赎存在于生命本身，并且是通过行动，而非言辞。如此一来，没有人像闻一多那样分裂：一个是写作的"我"——现代恶魔诗人（Poète Maudit）；另一个是经验的"我"——积极进步的知识分子的楷模。他一方面壮怀激烈，要将全部的生活——即使是最丑的东西从"形式上"纳入诗歌；另一方面，他坚信美的事物必须行之有效地介入社会才能至臻至善。反之，真正意义上的完美——直至他的最后一首诗《奇迹》始终为他所确信不疑——并非在前美学阶段的现实，而只有通过巅峰文学作品的神奇的语言召唤才能得以领悟。

还没有哪个现代的中国文学家在思想和行动上如此自相矛盾到了近乎极致的程度。很多作家，诸如冯至、何其芳、丁玲和卞之琳，在黑暗的现实、动荡的时代面前与自己早期的唯美梦想告别，斥之为艺术上的"不成熟"和政治上的"不正确"。现在他们要为服务于意识形态而写作，希望借此世界会有改变。还有一些作家，例如鲁迅和茅盾，从一开始就理所当然地认为文学应该干预生活，作为一名受过教育的成员，作家理应去做一些有意义的事情，积极参政议政。而"象征派"的梁宗岱和李金发，以及闻一多最亲密的"新月社"诗友：徐志摩、梁实秋、林徽因和邵洵美，却从未丧失过他们对美与真的诗意世界的至尊地位的信仰。所有的这些作家，无论是主张社会参与也好，还是支持艺术自治也罢，他们是站在一方立场之上的，而不是像闻一多那样受制于价值观的二重性，并将之写成了抒情诗。这种二重性对于闻一多而言是不可解的困境，却成为他创作的源泉。生活和写作对他来说是既对立又统一的一个整体，恰恰是这一点造就了闻一多其人其文的独特魅力，构成了他独一无二的诗的现代性。

顾彬在他关于中国现代文学主体性经验的研究中，将作家作品里描述亲身经历的"我"分为两类："在第一类阵营里，我所经历的并不只是自己的人生，同时也从传统枷锁的挣脱之中积极寻求社会革新（参见鲁迅的《故乡》或者巴金的《家》）。而在另一类阵营里，我陷入自我的世界里走不出来，因此也就不会有所行动（譬如丁玲的《莎菲女士的日记》）。"① 作为经验的主体，闻一多无疑也适用于顾彬的分类，而且就其一生的总体发展来看，显然应被纳入顾彬列举的第一类阵营。这在闻所处的时代并不算非典型，因为许多作家都纷纷转向了革命。曾经颓废的现代派、20世纪30年代加入左翼的诗人艾青称

---

① Wolfgang Kubin, "Werther und das Ende der Innerlichkeit", in: Günter Debon / Adrian Hsia (Hrsg.): *China und Goethe-Goethe und China*, Berichte des Heidelberger Symposiums, Bern, Frankfurt: Peter Lang, 1985, S. 159.

闻一多"走了一些曲折的道路，但终于找到了人民，投奔到人民的队伍中来"①。但闻之所以离开了诗的象牙塔，原因并不在于他将政治上的自我身份认同等同于共产主义的意识形态信仰，而是如许芥昱所说，他相信积极参与社会革新进程能够提升自身的审美与高尚的情操。②

闻一多在作为诗人的时期（1920—1930），他自己的人生经历深深地镌刻在"抒情我"的内心冲突之中，中国现代文学史上的其他作家都不如他这么具有两面性，不过，他却就此取材进行创作，这恐怕很难为顾彬的二元划分法所解释。例如，他将《口供》作为诗集《死水》的序诗，有意挑明矛盾纷争正是他的诗学纲领："我爱一幅国旗在风中招展"，一个爱国的"我"，"积极寻求社会革新"；同时也是另一个抒情的"我"，"陷入自我的世界里走不出来"，将颓废当成美学："可是还有一个我，你怕不怕？——/苍蝇似的思想，垃圾桶里爬。"③

闻一多最好的诗从主题上包含了高度自觉的精神追求的进退维谷，以及语言方面的应对尝试。鉴于闻在1930年代以前并未逸出诗美世界的边界，也并未以行动代替语词，去消解这种两难的困境，他灵魂深处四分五裂的痛苦就只能通过写作来克服。这种精神上的不安激发了他的抒情表达，从美学意义上恰恰带来他所追求的美和诗意，

---

① 艾青：《爱国诗人闻一多——纪念闻一多先生逝世四周年》，载《艾青论创作》，上海文艺出版社1985年版，第134页。
② 许曾是闻的一个学生，他在闻一多作品的相关研究中发现了一种"泛美论"的倾向，这也在一定程度上导致闻投身于社会政治活动："他要追求理想的美，先就选色彩造型的完美，诗歌里描写形象词句的完美。这种完美能够提高人高尚的情操。他那时爱的对象是能在文字中注入生命与音乐的诗神。后来回到中国古典文学，他所追求的理想的美就变成了中国古籍的艺术价值，也变成了中国文化神秘的美丽。这些理想都在他自己的诗句中很强烈地表现出来。最后写政论时他所追求美的对象，就变成了他祖国山河的美。又因他的祖国是在战争的阴影里颤抖，停止内战，改良政治社会的秩序，不管他多次的改变吧！他的基本观念是始终如一的。正如吴晗所说：'闻一多一辈子追寻的是美'，最完全、最真的美在哪儿，他就往哪儿去找。"参见许芥昱《新诗的开路人——闻一多》，卓以玉译，香港波文书局1982年版，第197页。
③ 闻一多：《口供》，《闻一多全集》（第三册），生活·读书·新知三联书店1982年版，第171页。

以及风格独具的文学现代性。由此,一个"抒情我"诞生了,内心极度分裂,通常而言,一个"对立我"也或隐或现地被唤醒,来定义互为悖反的"我",并形成文本内蕴的张力。闻的诗正是以这个"我"及其心理纠结为言说对象,通常采用不太明显的元诗和对话结构。涉及时政批判的内容,则辅以考究的语言和严密的形式,以期达到纯诗的艺术水准,而不违背他的诗学信条。随着时间的推进,迟至诗集《死水》(1926—1928)的完成,闻一多发现了他的二重"我"的诗性,并试着由此产生创造力。

正如胡戈·弗里德里希所确证的,现代诗歌最显著的特征之一就是"不谐和音的张力",从形式和内容上均体现为:彼此相反的特质互为映衬。[①] 作为一种负面的"我"以及世界经验,现代的精神分裂通常表现为内在与外界之间的双重"不谐和音",自我与他者、完美与怪癖、意识与行动、幻想与生活。成为现代作家的先决条件也许千奇百怪,不过有一个诗学构想却是相同的,简而言之便是:在大相异趣中获取诗意。言说生命的两难困境,并用语言去克服困境,这大约是诗的现代性的一个重要特征。从现代英国抒情诗中也能举出很多例子,譬如维多利亚时代诗人阿尔弗雷德·丁尼生的无韵诗《尤利西斯》,是闻一多自学生时代起就喜爱诵读的。丁尼生借老年奥德修斯之口表达了他自己对生活在别处的渴望,不断迎接未知命运的挑战,拓展游历世界的边界:"我已见识了许多民族的城/及其风气、习俗、枢密院、政府,/而我在他们之中最负盛名;在遥远而多风的特洛亚战场,/我曾陶醉于与敌手作战的欢欣。……"与功名显赫的往昔、丰富多彩的远方相对应的是一个"闲散的君主"安居家中,与年老的

---

① 参见 Hugo Friedrich, *Struktur der modernen Lyrik*, Reibek b. Hamburg: Rowohlt, 1970, S. 16.

妻子相伴,"已经变成这样一个名字"。① 一方是"我"和内部,另一方是理想的"我"和外部,两相对照,后者已然成为实现存在的自身意义的一个符号。这种内外有别、本我自我交相辉映的模式也见于闻一多的诗歌,具代表性的是这首《静夜》:

静夜

这灯光,这灯光漂白了的四壁;
这贤良的桌椅,朋友似的亲密;
这古书的纸香一阵阵的袭来;
要好的茶杯贞女一般的洁白;
受哺的小儿喽呷在母亲怀里,
鼾声报道我大儿康健的消息……
这神秘的静夜,这浑圆的和平,
我喉咙里颤动着感谢的歌声。
但是歌声马上又变成了诅咒,
静夜!我不能,不能受你的贿赂。
谁希罕你这墙内尺方的和平!
我的世界还有更辽阔的边境。
这四墙既隔不断战争的喧嚣,
你有什么方法禁止我的心跳?
最好是让这口里塞满了沙泥,
如其他只会唱着个人的休戚!
最好是让这头颅给田鼠掘洞,

---

① Alfred Tennyson, "Ulysses", in: Hieatt / Park (Hrsg.): *British and American Poetry*, Boston: Allyn and Bacon, 1972, pp. 401—403.

> 让这一团血肉也去喂着尸虫；
> 如果只是为了一杯酒，一本诗，
> 静夜里钟摆摇来的一片闲适，
> 就听不见了你们四邻的呻吟，
> 看不见寡妇孤儿抖颤的身影，
> 战壕里的痉挛，疯人咬着病榻，
> 和各种惨剧在生活的磨子下。
> 幸福！我如今不能受你的私贿，
> 我的世界不在这尺方的墙内。
> 听！又是一阵炮声，死神在咆哮。
> 静夜！你如何能禁止我的心跳？①

闻一多和丁尼生的这两首诗的共同之处在于，二者都是将两个不同的世界、不同的"我"彼此区分开来。一方的"我"深知生命的局限性并怀疑它的意义所在，渴望改变存在的形式，去到另一个世界里生活。但丁尼生诗中的另一个世界是迷人的，充满了冒险；而闻一多关于外部世界的想象却相当恐怖：残酷的战争、死亡、被杀戮的平民——一幅罪恶的地狱图景。此外，闻诗之中，四壁之内的生活是静夜，家庭的幸福与惬意，清茶与纸香，古书与熟悉的物件，从中可以感受诗意的瞬间——只要这一切不被外界现实的喧嚣搅扰；而在奥德修斯那里，眼前的生活没有诗意。因此，二人都希望告别环伺四周的静谧，离家出走对他们来说也不失为一种积极，或者说是英雄主义的举措——虽然背后的动机全然不同：丁尼生是去探寻，探寻"新的收获"和"知识"，不被阻挡的前进，为了"奋斗、探索、寻求，而不

---

① 闻一多：《静夜》，《闻一多全集》（第三册），生活·读书·新知三联书店1982年版，第186页。

屈服"——这正符合西方传统世界观①。相形之下，闻一多是要舍弃狭隘的自我。这是他终其一生的使命，也是精英知识分子、中国传统文人对社会责任的典型理解。

改造国家，靠行动而非言语，这是一种爱国主义，在中国已经盛行了两千多年，可以追溯到孔夫子的道德规训。由此也可以解释，为什么闻一多的诗中会有那么多的自谴与自责。例如："幸福！我如今不能受你的私贿，/我的世界不在这尺方的墙内。"听上去很像是自我升华的儒家训诫：为了社会公义缩减一己之私利。很多古代的中国文人，如屈原、杜甫和韩愈经常以"小我"与"大我"之间的博弈来做文章，从中发展出一种家国情怀和"忧患意识"。宋代的范仲淹以一种命令的语气一言以蔽之："先天下之忧而忧，后天下之乐而乐。"②一位作家既要在生活里兑现这句诺言，也应在文字中遵循、表明他改造世界的志向，并做美学的创造和批评。就这个标准而言，唐代诗人杜甫可谓最佳典范，被闻一多奉为"一等"的诗人，其文学价值超出了单纯以词句与技巧见长的诗人，如李商隐，也包括济慈。闻一多认为，杜甫在他的诗里创造的是"负责的"美，"他的笔触到广大的社会与人群，他为了这个社会与人群而共同欢乐，共同悲苦，他为社会与人群而振呼"。③

闻一多本人的诗《静夜》体现的正是儒家知识分子"我"的忧思。自第12句开始，这部分内容得到了强化，与之相对照的是前12句中的艺术家身份的"我"。一些日常用品的描述隐约透露出了言说者的职业背景及其美学内部关联，例如：

---

① 关于这首诗的释义参见 Ernst T. Sehrt, "Ulysses", in: Karl Heinz Göller (Hrsg.), *Die englische Lyrik*, Bd. 2, Düsseldorf: August Bagel Verlag, 1968, S. 122—123.
② 范仲淹：《岳阳楼记》，载《范文正公文集》（二册），中华书局1985年版，第19页。
③ 闻一多：《诗与批评》，载《闻一多论新诗》，武汉大学出版社1985年版，第123页。

要好的茶杯贞女一般的洁白；

这一句诗连同前三句和后四句，共同烘托出了"我"家的一个宁静、值得珍惜的夜晚的氛围。而第三句（"这古书的纸香一阵阵的袭来"）暗示这样一个内部空间不仅仅是其乐融融的居家场所，同时也是一间语词工作室。"古书"在第19句中被具象化为"一本诗"，此外，还有"一杯酒"，彼此相映成趣。最迟始自晋代诗人陶渊明，诗人的形象就常常与饮酒的姿态相连。酒与诗同属于一位艺术家的美学化的生活方式。而"茶杯"之所以与文学艺术关系紧密，是因为瓷器釉下彩绘的花纹、图案或者书法都有很高的审美艺术价值。诗中的茶杯"贞女一般的洁白"，是诗人所喜爱的，"要好"的，代表着纯粹的"艺术品"，亦是一位艺术家为之献身、并不实用而只提供美感的创造，同时也象征着闻一多的美学理想①。"茶杯"还让人联想起一件艺术物件——希腊古瓮。英国诗人济慈在他举世闻名的《希腊古瓮颂》的开头，就将之喻指他心目中的艺术的完满：

Thou stillunravish'd bride of quietness. ②
（你——"宁静"地保持着童贞的新娘，）

全诗的最末，济慈以一句格言作为结尾，也是他所理解的艺术性的宗旨：

'Beauty istruth, truth beauty,' — that is all

---

① 闻一多在他的评论文章《先拉飞主义》中再次提到了这只茶杯，参见《闻一多论新诗》，武汉大学出版社1985年版，第96页。
② John Keats, "Ode to a Greek Urne", in: *John Keats: Poems*, London: Everyman's Library, 1974, p. 191. 译者注：汉译参见［英］约翰·济慈《希腊古瓮颂》，《济慈诗选》，屠岸译，北方文艺出版社2019年版，第16页。

Ye know on earth, and all ye need to know.①
("美即是真,真即是美。"——这就是
你们在世上所知道、该知道的一切。)

济慈在写给朋友的一封信中简要解释了这句著名的诗学公式,其中强调,想象力是一种特殊的能力,从中可以洞见真实:"我无比确信,心灵的凝视是神圣的,想象是真实的——被想象所攫取的美一定是真——无论此前是否存在。"② 所谓真实——"the Truth",据鲍勒(C. M. Bowra)阐述,是"终极事实的另一个名字,不能通过理性来发现,而是通过想象"③。济慈相信,这种终极事实超越尘世,直达完美和绝对的神圣之境④。余宝琳(Pauline Yu)在另一篇文章中,论及济慈的观点是基于柏拉图和亚里士多德"模仿论"的影响,"其认知基础是本体二元论——假设存在着一种更真实的现实,超越于我们生活其中的具体的历史范畴,二者之间的关系就好比一个是浑然天成,一个是匠人斧凿"⑤。"本体二元论"将两个世界区分开来,高下立现。就像济慈在他的诗学公式里所提出的,诗意的想象是认知这种完满的真实和超凡脱俗的美的中介。不过,这种美学世界观对于中国人来说是陌生的,甚至与他们惯有的截然相反。余宝琳指出,中国人的宇宙观是"一元论","道"并非形而上学或者超验主义的——像通常被误解的那样,而是内在所"固有"的。"宇宙原则,或曰道,也

---
① John Keats, "Ode to a Greek Urne", in: *John Keats: Poems*, London: Everyman's Library, 1974, p. 192. 译者注:汉译参见[英]约翰·济慈《希腊古瓮颂》,《济慈诗选》,屠岸译,北方文艺出版社 2019 年版,第 18 页。
② 转引自 C. M. Bowra, *The Romantic Inspiration*, Oxford University Press, 1963, p. 142.
③ C. M. Bowra, *The Romantic Inspiration*, Oxford University Press, 1963, p. 148.
④ 关于济慈的美学二元论,参见 Gerhard Hoffmann, "John Keats: Ode to a Nightingale", in: Karl Heinz Göller (Hrsg.), *Die englische Lyrik*, Bd. 2, Düsseldorf: August Bagel Verlag, 1968, S. 99—117.
⑤ Pauline Yu, "Alienation Effects: Comparative Literature and the Chinese Tradition", in: *Comparative Literature* 2/1979, p. 89.

许会超越于个别现象,但就整体而言是为这个世界所固有。并没有什么超感觉的真实高于或者不同于物质层面的存在。真正的现实并非超自然,而是此时此刻。进而言之,在这个世界上,宇宙模式及其进程与人类文化的发展之间存在着基本一致性。"① 这一古老的中国世界观在美学上早已渗入传统文言文学,特别是古典诗词之中,并为现代作家所继承——即使他们不再以文言,而是用白话进行创作。正因如此根深蒂固,新文学的作家们尽管深为西方文化所浸淫,也从未对原有的世界观表示过怀疑。将真实理解为一种超验性的"终极事实",并未在中国现代作家群中引起共鸣,闻一多也不例外。

不过,热爱济慈诗歌的闻一多在构筑他的"茶杯"意象的时候显然是在致敬《希腊古瓮颂》,因为二者之间存在着很多结构上的相似性。无疑,闻一多对于济慈名言"美即是真"是谨记于心的,他在献给济慈的诗《艺术底忠臣》中,将之援引为"美即是真,真即美"②。然而,没有证据显示,他究竟是如何理解济慈的这句诗学公式的。虽然他一提起济慈便不乏赞美之词,欣赏这位内心敏感而丰富的英国诗人对于"美"的不懈追求,却对"美"与"真"的内在联系不置一词。闻所理解的美是一种主观体验,并非柏拉图式原型的镜像反映。从根本上而言,按照闻一多的理解,济慈对美的强调导向了"为艺术而艺术"的创作立场③,认为艺术无目的性,独立自主,有着自身的美学规律。这些观点令他印象深刻,并影响深远。直至闻一多晚年,他一直相信"诗是美的语言"④,并始终信奉,诗只对美负责。

毫无疑问,除却少了超越的维度,济慈美学对于闻一多诗歌观念

---

① Pauline Yu, "Alienation Effects: Comparative Literature and the Chinese Tradition", in: *Comparative Literature* 2/1979, p. 94.
② 闻一多:《艺术底忠臣》,《闻一多全集》(第三册),生活•读书•新知三联书店1982年版,第252页。
③ 参见闻一多《先拉飞主义》,载《闻一多论新诗》,武汉大学出版社1985年版,第96页。
④ 闻一多:《诗与批评》,载《闻一多论新诗》,武汉大学出版社1985年版,第120页。

的形成起到了决定性的作用。闻在1922年11月26日给梁实秋的信中指明他的诗集《红烛》受了济慈与义山（李商隐）的影响，又说："我想我们主张以美为艺术之核心者定不能不崇拜东方之义山，西方之济慈了。"① 也是因为济慈的教诲，闻一多在1920年左右放弃了传统文言风格的旧体诗创作，转而用白话来写新诗。他早期的诗作显然是在与济慈思想碰撞之后的尝试，也就是说，自一开始，他便努力从济慈那里汲取提升创造力的养分，同时又不妨碍他对自身文化传统的认同和继承。1920年7月，闻一多的第一首白话诗《西岸》发表于《清华周刊》，开头便是以济慈的两句诗作为题辞："He has a lusty spring, when fancy clear / Takes in all beauty within an easy span."（他有一个充满欲望的春天，在此刻，明晰的幻想／把所有能吸收的美都吸收进来了。）对此，许芥昱在他的书中写道："日本学者横山永造（Yokoyama Eizo）及一些别的学者都认为闻一多早期作品中，《西岸》反映出他当时的看法：东西文化的交流，能使世界进步。后来在一九四三年闻一多写了《文学的历史动向》也说明了这个理想。"② 除了他对东西合璧的新型文化的展望，闻一多在这首诗中还借用"渡桥"的隐喻来思考异质文化的接受问题，提倡以一种批判性借鉴的态度勇于学习新鲜事物，批评说："还有人明晓得道儿／只这一条，单恨生来错——／难学那些鸟儿飞着渡，／难学那些鱼儿划着过，／却总都怕说得：'搭个桥，／穿过岛，走着过！'为什么？"③

可是，闻一多自己对待济慈的态度又何尝不是如此呢？他将"美"与超验主义的"真"松绑。在他的全部作品中，济慈所言的"Truth"（闻一多译为"真"）从未出现在诗学讨论之中。相反，闻常

---

① 闻一多：《书信》，《闻一多全集》（第三册），生活·读书·新知三联书店1982年版，第611页。
② 许芥昱：《新诗的开路人——闻一多》，卓以玉译，香港波文书局1982年版，第32页。
③ 闻一多：《西岸》，《闻一多全集》（第三册），生活·读书·新知三联书店1982年版，第225页。

常使用另外两个概念来替而代之,与"美"发生关联:"爱"和"爱国"。代表性的例子是他的诗作《美与爱》,以及一篇评论文章《文艺与爱国》。由此一来,闻一多将济慈所言的"美与真"移花接木到另一个"人类文化"圈,使得"美"与另一个精神层面的基本价值理念紧密相连,而这一理念就本土文化传统而言已是深入人心,那便是儒家所说的"仁"——正如我们在其后的研究之中还有待揭示的。历经两千多年的中国传统演绎,"仁"的美学表达充满着一种"神秘的美",使得闻一多从内心深处感到一种类似宗教情结的皈依。无论如何,他也不愿自断家传,但也意识到,与之血脉相连的同时不应阻碍新诗保持一种开放的姿态,将世界文学——特别是西方文学成就纳入新诗的发展格局之中。上述种种因素的考量使得闻一多日渐形成了一种交叉合成的新诗观念:

> 我总以为新诗径直是"新"的,不但新于中国固有的诗,而且新于西方固有的诗,换言之,它不要做纯粹的本地诗,但还要保存本地的色彩,它不要做纯粹的外洋诗,但又尽量的吸收外洋诗的长处,它要做中西艺术结婚后产生的宁馨儿。①

这种交叉文化的生成公式反复出现在闻一多的各种论述之中,表现出他对本土传统与外来文化的兼容并蓄。直至他生命的末年,他一直都将异国形式的闯入看作是自身传统的再生机缘,呼吁要有"受"的勇气。在他被枪杀之前,他还计划要写一系列的文章,"给我们衰微的民族开一剂救济的文化药方"。但真正写成的只有一篇,就是

---

① 闻一多:《〈女神〉之地方色彩》,《闻一多全集》(第三册),生活·读书·新知三联书店 1982 年版,第 361 页。

《文学的历史动向》。其中,他将本国文化对外来形式的接纳看作是"早经历史命运注定了的",是进化的必然。闻一多指出,中国在历史上曾两度受到过较大的外来文化波轮的冲击,第一度佛教带来的印度影响是小说戏剧,第二度基督教带来的欧洲影响又是小说戏剧。"我们的文学传统既是诗,就不但是非小说戏剧的,而且推到极端,可能还是反小说戏剧的。若非宗教势力带进来那点新鲜刺激,而且自己的歌实在也唱到无可再唱的了,我们可能还继续产生些《韩非·说储》,或《燕丹子》一类的故事和《九歌》一类的雏形歌舞剧,但是,元剧和章回小说决不会有。"① 对于新诗未来发展的可能性,闻一多的建议是将小说戏剧元素添加进来,这一试验性的技法已被闻一多用于他自己的诗歌,特别是《死水》诗集的创作之中。

第二节 美与爱

多元文化的诗学合成理论如何具体运作又是因人而异,不同的作家面临不同的困境。对于闻一多来说,他本身已有的内心两难与文化合成发生奇妙的相互作用,正是我们的关注重点之一。从一开始,他的两句说辞就包含着一种明显的矛盾性,这对于我们即将展开的研究也是意味深长的。其一是他在主张"领袖一种文学之潮流或派别"时,自我归类为"极端唯美主义者"②。其二也是几乎出自同一时期,他在一封致熊佛西的信中谈到"诗人的主要天赋是'爱',爱他的祖国,爱他的人民"③。

---

① 闻一多:《文学的历史动向》,《闻一多全集》(第一册),生活·读书·新知三联书店1982年版,第204页。
② 译者注:闻一多在给梁实秋、吴景超的信中提及郭沫若,谓其"与吾人之眼光终有分别,谓彼为主张极端唯美论者终不受也",由此可知,闻一多认为自己是"极端唯美主义者"。参见闻一多《致梁实秋、吴景超(1922年9月29日)》,载《闻一多论新诗》,武汉大学出版社1985年版,第162页。
③ 熊佛西:《悼闻一多先生——诗人·学者·民主的鼓手》,《文艺复兴》1946年第1期。

通常存在着一个共识，"极端唯美主义者"视"美"为艺术的最高宗旨，因此在他们看来，"美"才是诗人的主要天赋（譬如：济慈）。不过，闻一多对他自己的美学认知是深思熟虑的，也曾在别处有过不同的文字表述，核心观点却是一致。将"爱"作为诗之旨趣，从中引申出深植于中国传统价值观的"爱国主义"，显然是犯了现代主义美学的忌讳：艺术不得服务于任何道德、伦理、意识形态和政治派别的需要。闻一多深知他的诗学思想的矛盾之处，却坚持己见，不难推测，"美"与"爱"或者"爱国主义"概念的并行不悖恰恰是他有意为之的诗学公式的特色书写，由此才有了他自己的诗。尽管这一公式与生俱来便歧义丛生，但他依然奉之为诗学信条，以示与济慈的区别。可以说，"美即是爱"是闻一多对济慈提案"美即是真"的修正，后者是一句纯形而上学的艺术箴言，而闻鉴于传统价值观的约束无法全盘接受。以此类推，闻一多对外来文化元素的接纳普遍采取了这样的方式。

1921年，正当闻一多对济慈最为心悦诚服之时，他写了一首伤感之情溢于言表的小诗（据推测也是闻用白话创作的第二首习作），题目恰好便是《美与爱》。尽管此处的"爱"应被理解为爱神激发的强烈的情欲，尚未包含其后作品逐渐派生而出的仁爱、同情和爱国之意，但重要的是，这证明闻一多自他初涉新诗之日起便将这两个关键词联系到了一起。在一次诗歌讨论中，闻一多对《清华周刊》发表的许多新诗都颇有微词，却用赞许的口气提及《美与爱》："我觉得我的幻想比较地深炽，所以我这幅画比较地逼真一点。"闻一多特别强调，"明了"的幻想和"逼真"的描述，将神秘的爱的渴望"历历地呈露于读者的眼前"[①]。也就是说，闻同样也将想象视为诗意的中介，用以捕捉美的瞬间，听上去似乎正是济慈"美即是真"等式的回响。不

---

① 闻一多：《评本学年〈周刊〉里的新诗》，载《闻一多论新诗》，武汉大学出版社1985年版，第13—14页。

过,他第一次明确用"爱"来替代"真",这里的"爱"并非超凡脱俗,而是人间的尘世之爱、情欲之爱。除此之外,还有另一个例子可以表明,闻一多在他还是一个诗坛新人的时候便开始努力建构他自己的合成诗学。这便是《美与爱》诞生之后不久写成的《忏悔》:

忏悔

啊!浪漫的生活啊!
是写在水面上的个"爱"字,
一壁写着,一壁没了;
白搅动些痛苦底波轮。①

这首诗映照出济慈的墓志铭:"这里躺着一个人,他的名字写在水上。"正因这种映照,这首小诗也可理解为献给济慈的一曲挽歌。不过,原墓志铭含混多义,而"名字"被置换成"爱"字之后,内涵变窄了。按照中国的风俗习惯,墓志铭通常是格言体,是对逝者一生最重要的经历或者最出名的成就和贡献做出点评,述之以传后世。众所周知,济慈名言"美即是真"最能代表其人其诗,理应收入这首缅怀他的挽歌之中——就像闻一多在另一首致敬济慈的诗《艺术底忠臣》中所做的那样(他援引了这一警句,却没有点明出处)。然而,闻一多在此处进行了乔装改扮,将济慈的生活形容成"浪漫",而它的实现是通过"爱"。这表明闻一多是根据自己的需要改造了济慈的美学理想。另一种类似的改造出现在已被提及的诗作《艺术底忠臣》之中。在这首赞美诗里,闻一多称颂济慈为"诗人底诗人","艺术之

---

① 闻一多:《忏悔》,《闻一多全集》(第三册),生活·读书·新知三联书店1982年版,第250—251页。

王"的唯一的"忠臣",钦叹他对至高无上的美的至死不渝的信仰。这首诗的结尾"你的名子没写在水上,/但铸在圣朝底宝鼎上了"指明是对原典的改写。这种改写源自闻一多的幻想,仿佛济慈已被植入他本国的文化背景。整首诗的措辞用语也让人感到闻一多是把英国浪漫主义诗人当成了一位忠心耿耿、循规蹈矩的朝廷命官。

闻一多"美即是爱"的合成公式潜藏着一种特别的魅力,来自东西方两种文化影响下的美学世界观的交相辉映。一方面,闻一多主要是从现代西方领悟到"美"的观念,相信其至高无上的尊贵,也由此而加入"为艺术而艺术"的阵营,麾下囊括了济慈、雪莱、罗斯金、英国新拉斐尔派,再到爱伦·坡和法国象征主义诗人。他们坚决拥护绝对自由的文学主体和非功利性的诗歌创作;另一方面,他对"爱"的阐释还是归于传统儒家伦理——特别是受限于"仁"的概念(仁爱,仁义),这使得"美"不得自绝于社会责任与道德规范,而个人隶属于集体,理应遵纪守法,积极从事文学之外的活动。这种"二重性"——现代西方与传统东方的交融、纯粹艺术与社会参与的互动,铸就了闻一多诗学的矛盾所在,激发了他的创作,也预示了他的人生:既是铮铮铁骨的爱国主义知识分子,又是"波西米亚艺术家"和"现代恶魔诗人"。

第三节 闻一多作为现代恶魔诗人

弗雷东·林纳(Fridrun Rinner)在他的研究成果《象征主义的模式建构》[①]中,从比较文学的视角出发,用建模的形式对国际象征主义文学现象做了系统性的梳理。林纳的研究对象是活跃在 19 世纪

---

① Fridrun Rinner, *Modellbildungen im Symbolismus*, Heidelberg: Carl Winter Universitätsverlag, 1989.

末、20世纪初欧洲文坛的象征主义诗人,通过深入探析他们的创作与社会之间的互动关系,林纳发现,这些诗人就行为模式而言,一个共同的特征就是"纯局外人"。他们整体上与社会格格不入,不同的只是细微的程度差别:"波西米亚人、花花公子、'零余人'、'现代恶魔诗人',或者以贵族自居,扮演的是一个预言家或者通灵者的角色。"① 这种格格不入主要是内心的叛逆和孤傲,通常也体现在艺术家独具一格和惊世骇俗的外表。

林纳的上述观察也在闻一多与西方诗人之间建立了另一个关联。自青年时代起,闻就以奇装异服和特立独行著称。留学美国主攻美术的时期,他常常因其不羁的扮相而引人注目:"闻一多的头发留得很长,披到颈后,把原来戴着的一副黑边眼镜换成金丝眼镜,打了一条黑领结,身穿一件揩得五颜六色的画室工作服,他的样子是相当的波西米亚式,不久他就变成了校园的一景。"② 闻一多故意以挑衅的姿态反抗种族歧视,以及现代市民社会轻视艺术而看重物质的实利主义。同时,他也反对本国同胞或同学的那种刻板的矫饰。他让自己显得很不合群,因为作为一个留美的中国学生,他亲历了有色人种所受到的侮辱,既不相信可以融入美国社会,也不认可国族同胞的盲目骄傲。闻一多对自己的期许是成为一名"新君子",这也反映出他对生命的态度。他抨击"旧君子"偏于无为而治,主静。"但是静者保守,空谈道义,不付诸实行。新君子则反是,注重力行,力行就有进步。闻一多因此作结论,西方国家进步,完全由于他们的新君子多于旧君子。"③

---

① Fridrun Rinner, *Modellbildungen im Symbolismus*, Heidelberg: Carl Winter Universitätsverlag, 1989, S. 239—240.
② 许芥昱:《新诗的开路人——闻一多》,卓以玉译,香港波文书局1982年版,第69—70页。
③ 许芥昱:《新诗的开路人——闻一多》,卓以玉译,香港波文书局1982年版,第25—26页。

"新君子"渴望过一种什么样的生活?闻一多的《秋色》给出了明示:

> [……]
> 啊!斑斓的秋树啊!
> 我羡煞你们这浪漫的世界,
> 这波希米亚的生活!
> 我羡煞你们的色彩!
> [……]
> 哦!我要过这个色彩的生活,
> 和这斑斓的秋树一般![1]

多彩、变幻、浪漫,市民阶层的中庸生活不值一提。闻一多的密友梁实秋也在一篇回忆性的文章中写道:"一多的房间经常是乱糟糟的,床铺从来没有清理过,那件作画时穿着的披衣,除了油彩斑斓之外,还有各种各样的渍痕。最令人惊讶的是他的书桌,有一次我讥笑他的书桌的凌乱,他当时也没说什么,第二天他给我一首诗看。"[2] 这首诗便是《闻一多先生的书桌》,行文风趣幽默,书桌上的一切静物突然开始说话,向粗心的主人抱怨它们"狼狈"的生活。主人闻一多无可奈何地回答说,自己无法维持万物各安其位,只好听之任之顺其自然:

---

[1] 闻一多:《秋色》,《闻一多全集》(第三册),生活·读书·新知三联书店1982年版,第275—276页。
[2] 译者注:梁实秋《谈闻一多》,《梁实秋文集》(第二卷),鹭江出版社2002年版,第515页。

闻一多先生的书桌

忽然一切的静物都讲话了,
忽然间书桌上怨声腾沸:
墨盒呻吟道"我渴得要死!"
字典喊雨水渍湿了他的背;

信笺忙叫道弯痛了他的腰;
钢笔说烟灰闭塞了他的嘴,
毛笔讲火柴烧秃了他的须,
铅笔抱怨牙刷压了他的腿;

香炉咕喽着"这些野蛮的书
早晚定规要把你挤倒了!"
大钢表叹息快睡锈了骨头;
"风来了!风来了!"稿纸都叫了;

笔洗说他分明是盛水的,
怎么吃得惯臭辣的雪茄灰;
桌子怨一年洗不上两回澡,
墨水壶说"我两天给你洗一回。"

"什么主人?谁是我们的主人?"
一切的静物都同声骂道,
"生活若果是这般的狼狈,
倒还不如没有生活的好!"

> 主人咬着烟斗迷迷的笑,
> "一切的众生应该各安其位。
> 我何曾有意的糟蹋你们,
> 秩序不在我的能力之内。"①

梁实秋说:"我不知道他写此诗时是否想起了波斯诗人欧谟的《鲁拜集》中那些会说话的酒罐子,因为他非常喜欢这个古波斯诗人的那种潇洒神秘的享乐主义。"② 对于闻一多而言,重要的是它唤起了"语词工作室"内部空间的一种氛围。几乎所有的事物:纸、笔和书桌都作为元诗语素被嵌进来,发出它们的诗学宣言:这里是一个艺术自治的世界,有着它们自己的规律和私密的自由原则,外部世界的秩序在这里不起作用。这一立场是以一种自鸣得意的颓废为表征的,同时也彰显了一位波西米亚艺术家、一名"现代恶魔诗人"的标志性的个人特质。

隶属于波西米亚概念范畴、与"现代恶魔诗人"紧密相连的另一个标志就是艺术家沙龙——一个封闭的社团,也是一群"局外人"关门闭户定期聚会的场所。这便是中国 20 世纪 20 年代的"新月派":由几个矢志于文学事业的知识分子组成,多有英美留学背景,因为共同的美学兴趣而走到一起。尽管他们各有各的思想路数,各有各的生活方式,但都强调不问政治,"为艺术而艺术"。所谓"局外人"的内部组织原则,对于他们来说就是精英立场的个人主义表达的需要,与其他知识分子团体形成了鲜明的对照。胡适曾不无骄傲地称"新月派"诗人算得上是"不可教训的个人主义者",并将之比作独来独往

---

① 闻一多:《闻一多先生的书桌》,《闻一多全集》(第三册),生活·读书·新知三联书店 1982 年版,第 196—197 页。
② 译者注:梁实秋《谈闻一多》,《梁实秋文集》(第二卷),鹭江出版社 2002 年版,第 516 页。

的老虎或狮子，不像狐狸和狗那样喜欢成群结队地乱跑[①]。这种独来独往也适用于，当"新月派"的一位成员受到了其他文学社团的攻击——无论有理还是无理，自卫是他自己的事情。也许正是这种"狮虎原则"使得"新月派"成为中国现代文学史上最有创造力的一个流派，许多高水平的作家都出自这个派别，如：徐志摩、朱湘、陈梦家、沈从文、梁实秋，当然还有闻一多。

闻一多对于"新月派"的文学贡献绝不只限于诗歌理论和实践，他还是一位热心而出色的沙龙主人。这样的一位主人不仅要掌握谈话的艺术，还应懂得如何创造开诚布公、畅所欲言的交流环境。他原位于北京西单辟才胡同的旧居，是诗人们定期碰头的地点，人们常常将之与马拉美在巴黎罗马街寓所的"周二聚会"相提并论。而马拉美作为导师的角色也可以转移到闻一多身上，这正是《诗镌》产生的背景[②]。徐志摩曾如此描写闻一多的住处，以及他们这些诗人在那里荟萃商谈的情形：

> 我在三两天前才知道闻一多的家是一群新诗人的乐窝，他们常常会面，彼此互相批评作品，讨论学理，上星期六我也去了。一多那三间画室，布置的意味先就怪。他把墙壁涂成墨黑，狭狭的给镶上金边，像一个裸体的非洲女子手臂上脚踝上套着细金圈似的情调。有一间屋子朝外壁上挖出一个方形的神龛，供着的不消说，当然是米鲁薇纳丝一类的雕像。他的那个也够尺外高……衬着一体黑的背景，别饶一种澹远的梦趣……白天有太阳进来，黑壁上也沾着光；快晚黑影进来，屋子里仿佛有梅斐士滔佛利士的踪迹；夜间黑影与

---

① 转引自陈敬之《"新月"及其重要作家》，成文出版社1980年版，第4页。
② 参见刘钦伟《闻一多早期唯美主义述评》，《中国现代文学研究丛刊》1983年第2期。

> 灯光交斗，幻出种种不成形的怪象……①

正是在这种自由的氛围之下，闻一多和徐志摩于 1926 年创办了《晨报》副刊《诗镌》，与一班志趣相同的作家探讨新诗的出路，做一些纯学理和纯艺术的尝试。这 11 期内容当中有不少都是沙龙头脑风暴的产物。主要专栏作者如朱湘、徐志摩、刘梦苇、饶孟侃等，同时也是闻一多沙龙的常客。作为"形式主义者"，他们相信尽管新诗的语言源自白话，但还是应该严格与日常口语区分开来，遵循诗的格律和形式。由此一来，在白话新诗诞生 10 年之后，"新月派"诗人借助他们所熟悉的西方诗歌重新将形式问题提上了日程。

这些诗学理论纲领被闻一多集中写成了文章《诗的格律》②，发表在《诗镌》第 7 号（1926 年 5 月 13 日），其基本观点可追溯到唯美主义和象征主义——因为闻一多赞同王尔德，认为艺术高于生活（自然模仿艺术），并且相信艺术的起源是基于"游戏本能"。他对浪漫主义的感情用事持保留态度，对"格式毁坏灵感"的说法表示怀疑。与此同时，他对技巧纯熟和句法整饬的强调在思想上非常接近马拉美和瓦雷里等人的象征主义理论。正因如此，闻一多探索过的关于新诗节奏和格律的问题在近 60 年后依然被卞之琳看作是"突出的问题"③。而他的《死水》集中收录的 28 首新诗均可作为句法整齐、音节调和的具体例证，也为他带来了"形式主义者"的美誉。

---

① 转引自许芥昱《新诗的开路人——闻一多》，卓以玉译，香港波文书局 1982 年版，第 94 页。
② 参见闻一多《诗的格律》，《闻一多全集》（第三册），生活·读书·新知三联书店 1982 年版，第 411—419 页。
③ 卞之琳：《雕虫纪历》（增订版），三联书店香港分店 1982 年版，第 13 页。

第四节 "人类同情"与爱国

不过,作为"形式主义者"、"极端唯美主义者",正如先前所提到的,闻一多的局外人身份和颓废程度其实都不如他所希望呈现的那么"纯粹"。虽然他宣称,艺术涵盖全部的生活,艺术是生活的标准,要为艺术而活;也赞同"为艺术而艺术",支持艺术的绝对自治,反对任何意识形态将艺术工具化;甚至对"象牙塔"和"形式主义者"这样的称谓都完全欣赏,然而,现实生活时时刻刻把他从诗境拉回到尘境,使他无法不问民众的疾苦与时代的不幸。他在致梁实秋的信中写道:"你前次不是讲到介绍薛雷[雪莱]吗?那我们就学薛雷[雪莱]增高我们的 human sympathy 罢!"① 汉娜·阿伦特曾说,正是"同情的能力"使得布莱希特转向左翼文学:"同情不像一个大人物拥有的其他诸多品质,可以随意彰显或者隐藏,以便按照这个世界的游戏规则出牌。同情是一种激情,而激情让人身不由己。"② 阿伦特的上述分析也可以用来解释闻一多何以后来成为一位民主斗士——当他发现语言的软弱无以改变可憎的现实,他的同情就变成了愤怒。不过,在这一转变发生之前,同情既是他的天赋本能,也是"悲天悯人"的儒家规训。这让他努力做个"不堕落的诗人"③,不要在颓废和纯艺术的道路上越走越远——虽然二者直通现代诗歌的艺术臻境,对他来说极具诱惑力。究其根本,他最想做的还是一个心怀博大的"现代恶魔诗人",拥有同情和爱的能力。这再一次清楚表明了他合二为一的内心欲求。

---

① 闻一多:《致梁实秋》,载《闻一多论新诗》,武汉大学出版社1985年版,第223—224页。
② Hannah Arendt, *Walter Benjamin / Bertolt Brecht*:*Zwei Essays*, München: Hansa, 1971, S. 76.
③ 闻一多:《致梁实秋》,载《闻一多论新诗》,武汉大学出版社1985年版,第220页。

由此也就不必惊讶,闻一多诗学对"爱"的重视,使之与"美"并行发展。在一封写于 1922 年的信中——也是他最专注于唯美主义的时期,他告诉朋友吴景超,自己终于得以超越个人情感的局限:"我的诗里的 themes have involved a bigger and higher problem than merely personal love affairs,所以我认为这是我的进步。"① 这样的一个"更大更高"的主题拓展了他的诗歌格局,从小情小爱转向爱祖国、爱人民,而当时的中国极端贫穷落后,正饱受战火的蹂躏和外族的入侵。身处遥远的美国,闻一多将同情与爱转化为一种文化爱国主义:除了控诉当今祖国的悲惨现状,更衬托历史文化的灿烂辉煌——正如他在随信附上的两首诗《晴朝》《太阳吟》中所展现的那样。这两首诗都将目光投注于从东方升起的太阳,看到了它,思乡的游子也获得了慰藉,精神为之一振。闻一多在信中说,"不出国不知道想家的滋味",但想的不是狭义的"家","我所想的是中国的山川,中国的草木,中国的鸟兽,中国的屋宇——中国的人"②。另一方面,同样的景物在异国他乡却唤起了莫名的愁绪,例如《太阳吟》中的以下诗句:

> 太阳啊,这不像我的山川,太阳!
> 这里的风云另带一般颜色,
> 这里鸟儿唱的调子格外凄凉。③

文化爱国主义的主题贯穿了闻一多的很多诗歌,例如:《我是中国人》《长城下之哀歌》《忆菊》,大部分收入诗集《红烛》之中。闻

---

① 闻一多:《致吴景超》,载《闻一多论新诗》,武汉大学出版社 1985 年版,第 160 页。
② 闻一多:《致吴景超》,载《闻一多论新诗》,武汉大学出版社 1985 年版,第 159 页。
③ 闻一多:《太阳吟》,《闻一多全集》(第三册),生活・读书・新知三联书店 1982 年版,第 269 页。

一多留美期间（1922—1925），他以爱国主义为创作对象，主要抒发乡愁，以及对山河故人的思念。赞美中国的历史文化对于闻一多来说具有一种对抗种族歧视的心理保护作用。在一封给父母的信中，他用典雅的文言写道："我乃有国之民，我有五千年之历史与文化，我有何不若彼美人者？"① 而在另一封家信中，他表示："家中慎勿疑我变洋人，不思归家。我在美多居一年即恶西洋文明更深百倍。耶稣我不复信仰矣。'大哉孔子'其真圣人乎！我回乡之日，家人将见我犹一长衫大袖，憨气浑身之巴河老。"② 他并未真的如此现身。直至留美的最后一年，他的风格始终都是波西米亚式的。不过，他内心对传统价值观的回归却排挤了他人生观中"纯艺术主义"和颓废的一面。正如他在致梁实秋信中所说，他要努力不再堕落下去③。然而，这种转变对于他艺术创作的负面作用也是影响深远的，甚至有时达到了文化民族主义的程度。那一时期他如数家珍般地大量罗列历史典故和神话人物，窄化了诗艺的视野，也消减了想象的魄力。

第五节　富有创造力的不相容性

闻一多注意到了这一点，也抱怨灵感的消逝④。同时，他开始重新谈论"纯诗"，强调"文学"二字在他的观念里是个信仰，是个理想——非仅仅发泄情绪的一个工具⑤。他说："我的诗若能有所补益于人类，那是我的无心的动作（因为我主张的是纯艺术的艺术），但是相信了纯艺术主义不是叫我们作个 Egoist（这是纯艺术主义引人误

---

① 闻一多：《致父母亲》，载《闻一多论新诗》，武汉大学出版社1985年版，第208页。
② 闻一多：《致家人》，载《闻一多论新诗》，武汉大学出版社1985年版，第242页。
③ 参见闻一多《致梁实秋》，载《闻一多论新诗》，武汉大学出版社1985年版，第220页。
④ 闻一多在1923年5月15日写给梁实秋的信上说，"我的inspiration也早死了"。参见闻一多《致梁实秋》，载《闻一多论新诗》，武汉大学出版社1985年版，第232页。
⑤ 参见闻一多《致梁实秋》，载《闻一多论新诗》，武汉大学出版社1985年版，第223页。

会而生厌避之根由)。"① 这句话隐含的意思是，个人与社会、美学与意识形态互不相容，这种不相容性导致创作的迷惘和危机。而在另一些时候，当他调和二者的意愿趋于强烈，他便尝试去削弱这种不相容性，称纯诗本身就潜藏着艺术与人生的深刻矛盾，这理所当然，也正是诗意之所在："郭沫若所讲关于艺术与人生之关系的话，很有见地。但我们主张纯艺术主义者的论点原与他这句话也不发生冲突。"② 如此来回往复地在纯艺术与爱国之间痛苦纠结在那段时期差点儿毁了闻一多，令他几乎退回到文言写作。但他最终还是获得了突破，凭一部《死水》闪亮登场。这部诗集的出版代表着一种崭新的诗歌文体的问世，在内容的真诚与形式的紧凑之间取得了很好的平衡。特别引人注目的是，他别出心裁地使用了第二人称的"你"，乍一看来，因为内含的双重身份，这个"你"显得特别面目模糊，恰如《一个观念》所展示的那样：

一个观念

你隽永的神秘，你美丽的谎，
你倔强的质问，你一道金光，
一点亲密的意义，一股火，
一缕缥缈的呼声，你是什么？
我不疑，这因缘一点也不假，
我知道海洋不骗他的浪花。
既然是节奏，就不该抱怨歌。
呵，横暴的威灵，你降伏了我，

---

① 闻一多：《致梁实秋》，载《闻一多论新诗》，武汉大学出版社 1985 年版，第 223 页。
② 闻一多：《致闻家驷》，载《闻一多论新诗》，武汉大学出版社 1985 年版，第 228 页。

你降伏了我！你绚缦的长虹——
五千多年的记忆，你不要动，
如今我只问怎样抱得紧你……
你是那样的横蛮，那样美丽！①

这个"你"同时是一个"致命女神"的化身，也是象征主义诗歌广泛征用的一种经典原型，代表着可望而不可即的观念的存在，超越现实的生活，却能用言语来憧憬。这个"你"也符合我们在文学作品中经常读到的"致命女神"所具备的特性：她"美丽"，"横蛮"，若即若离，也因此而更加惹人思慕；她说谎，掩饰自己，也因此而更加扑朔迷离，充满了诱惑力；她危险，像一个谜——闻一多称之为"隽永的神秘"。然而，这个貌似象征主义的"你"突然有了另一个层面的含义——当"我"在第10句中提及"五千多年的记忆"——中国上下五千年文化的一个骄傲而正面的转喻。与先前的"你"随之而来的激情之勃发、欲望之暗涌、执念与失落、纠结与无望，在现代诗中通常导向一种消极而悲剧性的诗意——好比波德莱尔的《献给美的颂歌》②或者《阳台》③，但在此处，却突然一反常规，戛然而止，而且是通过"我"的倾情吐露，将念兹在兹的"你"的双重身份——女神和祖国作为一个不可分割的整体呈现出来。诗中的"我"自称与"你"之间的关联是一种"因缘"，是无条件的爱，这放大、提升并升华了"我"的形象。归根结底，个体意欲效忠于国家的行为源自儒家传统，与之相应的是，"我"希望消解自身，就像浪花汇入海洋、节

---

① 闻一多：《一个观念》，《闻一多全集》（第三册），生活·读书·新知三联书店1982年版，第187页。
② Baudelaire, "La Beaute" in: (Übers) Carl Fischer [zweisprachig], *Fleur du Mal* (*Die Blumen des Bösen*), München: Winkler Verlag, 1979, S. 56.
③ Baudelaire, "Le Balcon" in: (Übers) Carl Fischer [zweisprachig], *Fleur du Mal* (*Die Blumen des Bösen*), München: Winkler Verlag, 1979, S. 106.

奏融进歌声（第6句和第7句），"我"也投身于"你"的母性之博、宇宙之大的怀抱，同时这个"你"还保留了"女神"的一切外在特征。"我"最终克服了内心的纠结——而这有违于一般象征主义诗歌的趋向。无论就内容还是布局而言，这种双重身份的大胆组合暗藏了整个文本的意图，也是作者的元诗意图，这从《一个观念》的题旨就能看出。这首诗有意被设计成一种可能性的预演，让实际上并不相容的观念在语言中相见甚欢。通过这样的方式，闻一多激发了创造力，刷新了象征派幻想家的类型。他的诗里有一种强烈的反差：一方面是艺术家的内敛特质，以及对现代社会"泯然众人矣"的大众化趋势保持优雅和精英式的无所谓态度。鉴于普遍存在的对于艺术并不友好的环境，这种大众化趋势愈加强化和合法；另一方面，艺术家又会因为突如其来的一个瞬间而变得多愁善感，同情个人的命运，以及背后所潜隐的社会的不幸，并将这种态度转化为一个立场。正如已经展示的那样：与其躲在诗里为自己的怀才不遇怨天尤人，不如为那些"沉默的大多数"发声。就这种组合而言，《春光》是一个很好的例子：

春光

静得像入定了的一般，那天竹，
那天竹上密叶遮不住的珊瑚；
那碧桃；在朝暾里运气的麻雀。
春光从一张张的绿叶上爬过。
蓦地一道阳光晃过我的眼前，
我眼睛里飞出了万支的金箭，
我耳边又谣传着翅膀的摩声，
仿佛有一群天使在空中逻巡……

忽地深巷里迸出了一声清籁：

"可怜可怜我这瞎子，老爷太太！"①

春天象征着生活的乐趣。这首诗的第一节较长，写得特别春情荡漾，又有一连串的密集的视觉幻象，像是为一个资深审美者私人定制的。好比一个自怜自爱又自满的自闭症患者躲进自己的世界里所做的一番脱离现实的自我陶醉。不过，这幕现代诗歌的惯常画风到了第二节突然为之一变，似乎是在故意同象征主义——例如波德莱尔式的风格拉开距离。此处，闻一多掀起了一个全诗的高潮，定格在一个诗意最强的瞬间——当"我"跳出了自鸣得意的小圈子，开放自己的胸襟，接收到同情与爱的呼声。闻一多并不否认幻景的美，但他试图通过博爱去丰富这种美。从这个意义上来说，诗中的"瞎子"并不只是受到同情的某人，他还提醒我们，爱也是构成完整的美的一部分。因为假如没有他在后两句出现，这个文本就不够完美，也在某种意义上落入俗套——而这恰恰是闻一多想要避免的。这个"瞎子"在这首诗中不仅仅象征着敌视艺术、对美无感，更遑论超凡脱俗的大众——就像波德莱尔在《盲人》一诗中，以一个傲慢的"我"的口吻无情地嘲讽他们"穿越无尽的黑暗"，用他们"失去神圣的光亮"的双目，"遥望远方，举头向天"②。对于自我中心主义的艺术家来说，这个"瞎子"也意味着一种挑战，一个新的要求，让美与爱相连。

这种与美平分秋色的爱在闻一多的诗集《死水》中显然染上了儒家对"仁"的憧憬的色彩。孟子曰："仁者爱人。"受此启发，闻一多将积极有效的爱人视为爱国的一种具体形式。爱、同情与爱国共同构

---

① 闻一多：《春光》，《闻一多全集》（第三册），生活·读书·新知三联书店1982年版，第183页。

② Baudelaire, "Les Aveugles" in: (Übers) Carl Fischer [zweisprachig], *Fleur du Mal* (*Die Blumen des Bösen*), München: Winkler Verlag, 1979, S. 305.

成一个整体,成为闻一多诗学组合的不可分割的一部分。"仁者爱人"首先要求诗人的眼神不必消散在面目不清的众生、无名而抽象的痛苦之中,而是带着一种可以感知的温度,投注在有名有姓的个体以及他们独一无二的命运身上。体现在诗作之中,成功的例子包括《飞毛腿》《天安门》和《罪过》。在这些诗里现身的人物不再只是"抒情我"的面具——就像先前的作品《大鼓师》或者《国手》那样,借他者的镜像,投射"我"的纯艺术的存在。反之,这些人物被塑造得有血有肉,他们的生活就是生下来活下去,表现出一种普遍的、恰恰是"非诗"的现实,将其入诗可谓闻一多"美即是爱"诗学公式最好的试金石。而闻不负众望,凭着精湛的诗艺给诗坛带来了最美的收获:

罪过

老头儿和担子摔一交,
满地是白杏儿红樱桃。
老头儿爬起来直哆嗦,
"我知道我今日的罪过!"
"手破了,老头儿你瞧瞧。"
"唉!都给压碎了,好樱桃!"
"老头儿你别是病了吧?
你怎么直愣着不说话?"
"我知道我今日的罪过,
一早起我儿子直催我。
我儿子躺在床上发狠,
他骂我怎么还不出城。"
"我知道今日个不早了,
没有想到一下子睡着了。

这叫我怎么办,怎么办?
回头一家人怎么吃饭?"
老头拾起来又掉了,
满地是白杏红樱桃。①

  闻一多关于诗歌形式的音乐美、建筑美与绘画美的"三美"理想在这首诗里得到了充分的实现。就音乐性而言,整首诗通体押韵,通过每行三顿或四顿的节奏变化来模仿一种快速而不连贯的说话方式,将"老头儿"的自责和不知所措表现得惟妙惟肖,又在不经意间对这个社会显露了微词。流畅、简洁的音步设计,再辅以对称的语词数量,构成了匀称和均齐的建筑美。此外,闻一多还特别营造了一种绘画美:第2句中,掉在地上的水果以一种红白相映的色彩对撞,呈现出一幅被庞德所倡导的"意象主义"的画面。这幅画面在末句又重复了一次。此类构图技巧也常见于唐诗的经典之作。散落一地的水果宛若画中静物,栩栩如生而又触手可及,无须再置一词,诗意油然而生。这里的白杏和红樱桃代表着一种无辜的、静态的美,完全无涉于人类的悲惨命运与生存危机。没有任何的中间过渡,这幅唯美的图画就被切换成了喋喋不休的"老头儿"的诉苦,他在色彩缤纷的水果身上只联想起"怎么吃饭"的问题。这首诗再次体现了闻一多对象征派幻想家的修正——就像他在《春光》中已经展示出来的那样:这里有一道悲悯的目光聚焦于社会现实,对于日常生活的美的感知不再只是一项精英行为,而已成为一种同情与博爱的符号形式。显而易见,闻一多已经成功地将诗的现代性建构在纯粹美学意义上——或者如他所

---

  ① 闻一多:《罪过》,《闻一多全集》(第三册),生活·读书·新知三联书店1982年版,第192页。

说,游戏①意义上的——形式主义的完美强迫症与"先天下之忧而忧"的儒家传统之间。他试着一方面保留"极端唯美主义者"的身份,另一方面又作为知识分子努力维护传统道德观念。

至于闻一多又是如何从元诗的层面,从不相容性中有意去营造诗意,诗集《死水》的序诗《口供》做了很好的演示。《口供》将自我反省的抒情"我"的矛盾纠结作为诗歌主题,既有爱国主义的理想,以爱来消解并升华自我;又呈现出一种同样强烈的倾向,以一个"堕落的诗人"的内心来感受世界与"我"。

口供

我不骗你,我不是什么诗人,
纵然我爱的是白石的坚贞,
青松和大海,鸦背驮着夕阳,
黄昏里织满了蝙蝠的翅膀。
你知道我爱英雄,还爱高山,
我爱一幅国旗在风中招展,
自从鹅黄到古铜色的菊花。
记着我的粮食是一壶苦茶!

可是还有一个我,你怕不怕——
苍蝇似的思想,垃圾桶里爬。②

---

① 参见闻一多《诗的格律》,《闻一多全集》(第三册),生活·读书·新知三联书店1982年版,第411页。
② 闻一多:《口供》,《闻一多全集》(第三册),生活·读书·新知三联书店1982年版,第171页。

一个两极分化的"我"的双重身份在此得以精彩地组织呈现。最后的两句出其不意地与先前的内容形成对照,将"我"的内心世界的两个对立面直观展示出来。正如第一节中意象纷呈的画面所指,"我"的内在一开始是与一连串的正面价值紧密相连。这些意象主要来自一些风景元素,不仅仅是自然美景,也蕴含丰富的传统文化寓意。白石、青松、夕阳、高山和菊花,皆为中国古典诗词和绘画所乐于表现的美好品质的象征,如此密集地亮相,先就给读者留下一个心理预示:这是属于一位爱国诗人的高尚情操。果不其然,第 6 句便证实说:"我爱一幅国旗在风中招展"。爱国主义导向"我"的升华,就像第一节的最后一句所暗含的意思:"记着我的粮食是一壶苦茶!"——喻指儒家所倡导的简朴生活以及艺术家淡泊名利的道德准则。与此同时,又有前面所列举的宝贵的精神财富为背景依托,勾勒出一个因对自然与文化的热爱而备感骄傲和高大的"我"的形象。

然而,到了最后,所有的这些在篇幅较长的第一节中所做的升华均成了昙花一现的浮华。它们都被第二节,或者更确切地说,是整首诗的最末两句以一种令人惊讶的方式抵消掉了。如此急转直下、以押尾韵的方式独立成节的这对结束语让人想起莎士比亚商籁体,也是历经一番渲染铺陈,以对句收尾,堪称点睛之笔。而在上述这首诗的最后,"还有一个我"被补充进来,有着"苍蝇似的思想",令人恶心地"垃圾桶里爬"。如此"逆崇高"和"去升华",也让"我"看上去不再可能牺牲个性而去迎合儒家伦理,也对任何社会职能免责。这样的一种"去升华"的手法将"我"从传统价值体系完全解脱出来,而被赋予了消极主体性,唯执纯美之牛耳,奉之为人生真义,相信艺术的神奇魔力,可将包括丑在内的一切都转变为诗意。除此之外,再无更多的美学以外的义务。

第六节　奇迹，唯有语言才能召唤

两个彼此对立的"我"令闻一多灵魂深处痛苦不堪，同时却也让他的笔端流淌出了《死水》的美丽诗句，其诗的现代性给人留下了深刻印象，被他称为"背面的意义"——大约类似于他最后一首诗《奇迹》所蕴含的那种消极的美。据推断，《奇迹》应写于1930年12月初期，是闻一多继《死水》之后，"三年不鸣"又"一鸣惊人"之作。闻一多将不相容的东西淬炼为"美"，因为正是不相容性带来了美学上的创造力；却又将之定义为"背面的意义"，因为迄今为止，他的合成的努力还是未能调和生命的困境，他的精神世界和灵魂内部愈加分裂。即便他已成功地言说他的纠结，在他看来，还是未能达到最终的、最高的诗境，而流于一种过渡性的创作，"太支离""太玄了"，不过是为了"不敢让灵魂缺着供养"而不得不先募化的"糟糠"。他所写下的一切，还是属于"正面的美"或者"完整的美"到来之前的半成品。而最高的诗，理应是纯洁而神圣的，恰似一个"奇迹"，一种"结晶"，一个"戴着圆光的你"，免于一切矛盾纷争而给灵魂和生命带来"最浑圆的和平"：

奇迹

我要的本不是火齐的红，或半夜里
桃花潭水的黑，也不是琵琶的幽怨，
蔷薇的香，我不曾真心爱过文豹的矜严，
我要的婉娈也不是任何白鸽所有的。
我要的本不是这些，而是这些的结晶，
比这一切更神奇得万倍的一个奇迹！

可是，这灵魂是真饿得慌，我又不能
让他缺着供养，那么，即便是糟糠，
你也得募化不是？天知道，我不是
甘心如此，我并非倔强，亦不是愚蠢，
我是等你不及，等不及奇迹的来临！
我不敢让灵魂缺着供养，谁不知道
一树蝉鸣，一壶浊酒，算得了什么，
纵提到烟峦，曙壑，或更璀璨的星空，
也只是平凡，最无所谓的平凡，犯得着
惊喜得没主意，喊着最动人的名儿，
恨不得黄金铸字，给装在一支歌里？
我也说但为一阕莺歌便噙不住眼泪，
那未免太支离，太玄了，简直不值当。
谁晓得，我可不能那样：这心是真
饿得慌，我不能不节省点，把藜藿
权当作膏梁。
可也不妨明说只要你——
只要奇迹露一面，我马上就抛弃平凡
我再不瞅着一张霜叶梦想春花的艳
再不浪费这灵魂的膂力，剥开顽石
来诛求白玉的温润，给我一个奇迹，
我也不再去鞭挞着"丑"，逼他要
那份背面的意义；实在我早厌恶了
这些勾当，这附会也委实是太费解了。
我只要一个明白的字，舍利子似的闪着
宝光，我要的是整个的，正面的美。
我并非倔强，亦不是愚蠢，我不会看见

团扇,悟不起扇后那天仙似的人面。
那么
我便等着,不管等到多少轮回以后——
既然当初许下心愿,也不知道是在多少
轮回以前——我等,我不抱怨,只静候着
一个奇迹的来临。
总不能没有那一天
让雷来劈我,火山来烧,全地狱翻起来
扑我,……害怕吗?你放心,反正罡风
吹不熄灵魂的灯,愿蜕壳化成灰烬,
不碍事:因为那——那便是我的一刹那,
一刹那的永恒——一阵异香,最神秘的
肃静,(日,月,一切星球的旋动早被
喝住,时间也止步了)最浑圆的和平……
我听见阊阖的户枢訇然一响,
传来一片衣裙的窸窣——那便是奇迹——
半启的金扉中,一个戴着圆光的你![1]

  这首诗应是闻一多本人的得意之作。假如不是因为评论界在理由尚不充足的情况下就将之追捧为闻氏最重要的,或者说是最"象征主义"的作品[2],《奇迹》充其量也不过是《死水》的延续,是他那句著名的诗学理念的再一次兑现——即使是以一种更精致的方式。从诗学角度去评价它,首先应该予以承认,这首诗的元诗手法更密集也更显著。闻一多不再只是简单地将他的诗学思考付诸实践,而是将兴趣点

---

[1] 闻一多:《奇迹》,原载于 1931 年 1 月 20 日《诗刊》创刊号。
[2] 参见蓝棣之《前言》,蓝棣之编选:《现代派诗选》,人民文学出版社 1986 年版,第 7 页。

集中在实践的过程本身，从中折射出他的美学观与世界观。或者换句话说：他将迄今为止的艺术探索作为诗歌主题和反映对象。由此一来，这首诗作为一种元诗意义上的总结，成为他对生活和创作的自我批评的艺术自传。

意象的使用在这首诗中是以很高的频次出现的，这样做的好处是使得诗学陈述免于枯燥和抽象。从一开始，闻一多倡导以语言的形式再现诗歌的音乐美、绘画美和建筑美的"三美"的艺术主张就不是作为理论提出的，而是通过一系列的生动比拟和象征主义的再现开启了他对诗艺的反思。具体而言，有这样三类美的意象："桃花潭水的黑"形容绘画美；"琵琶的幽怨"喻指音乐美；"文豹的矜严"暗示建筑美。这些意象代表着闻一多迄今所写过的诗，还不足以达到他所追求的最高的艺术境界。他要的是"这些的结晶"，所有的"正面"和"美"的"结晶"。放弃他现有的一切，熔入一场完美的文字的炼金术，词与词之间不再是孤立存在或支离破碎，而是以一种诗歌语言的流体状态彼此照亮相互补足，直至实现"完整的美"，从而抵达"正面的美"——讴歌生活如同赞美艺术一般的至臻之境。这种"结晶"同时也是一个"奇迹"，不仅理应满足形式完美主义的所有要求，同时还会带来生活上的改变，超越存在的危机恰如调和艺术的矛盾，诗人也"不再去鞭挞着'丑'，逼他要/那份背面的意义"。

可是，在这贫乏的时代和丑陋的现实面前，诗人怎么可能抵达"正面的美"，见证奇迹和终极之美？道路是曲折的，正如一开头就被一连串否认的事物指向存在的危机，相应地闻一多也将"丑"作为暂时但是必要的"供养"——为了这灵魂"还真饿得慌"。不过，同时他也担心，如此饥不择食地转向消极现实，从中寻找美的营养，难免会产生一个过于多愁善感的"我"，一个过分被强调的主体，由此而写成的诗可能并没有什么价值："谁不知道/一树蝉鸣，一壶浊酒，算得了什么，/纵提到烟峦，曙壑，或更璀璨的星空，/也只是平凡，最无所谓的平凡，犯得着/

惊喜得没主意，喊着最动人的名儿，/恨不得黄金铸字，给装在一支歌里？/我也说但为一阕莺歌便噙不住眼泪，/那未免太支离，太玄了，简直不值当。"

鉴于这种担心，闻一多将旧作抛在脑后，继而等待奇迹的来临。这个奇迹看起来最终是那个永远静候在将来的"你"，一个对话的"他者"，一个陌生的"我"——一个"你"，指引现在的"我"去认识、定义、提升并净化自我。正是出于这样的目的，这个"你"被召唤、被言说、被崇拜。它并非全然就是情欲所渴慕的对象："团扇"后面"那天仙似的人面"——即使从"衣裙的窸窣"中，这个"你"被推测为实体的女性。同样也很难说它就是那片国土——纵然这个"你"在闻一多的诗中总是复杂多义、一言难尽，"不谐和音"式的激发创造力。这个"你"不是泛指，不能等同于"我"的融入集体的自身意愿的写照，同时又作为个体代表从社会全局脱颖而出。它是比所有这些都多的一切，又是所有一切的一部分。

它可以对话，对"我"做出回应。在奇迹诞生的一刹那，它接纳了"我"，并表示认同，正如后面这句话的暗示："我听见阊阖的户枢弇然一响"。虽然它陌生而又遥远，是一个触不可及的"他者"，但又不止于永远是一个"他者"。它允许靠近，在与"我"会面的一刹那，"时间也止步了"。由此一来，最大的障碍已被清除，那便是"我"与"你"之间的时间的不同。因为"你"是一个永恒的女性，同时又是一个神化的象征、人形的宇宙，是瞬间也是永远，超越一切固有的概念——是"整个的，正面的美"。它其实是诗本身，终归就是"一个明白的字"，也是"结晶"诗学的体现——在此之前，"我"要放空自己，忘我地工作，一边等待，一边写作，不顾一切艰难险阻奋勇前进："总不能没有那一天/让雷来劈我，火山来烧，全地狱翻起来/扑我，……害怕吗？你放心，反正罡风/吹不熄灵魂的灯"。

最高意义上的诗，总是属于未来，美妙绝伦，是一种最终对

"我"、生活和艺术的赞美,将所有的一切介于艺术与生活、主体性与秩序、"我"与他者、激情与形式、颓废与崇高、纯诗与仁爱、东方与西方、传统与实验之间,并在闻一多的人生创作中留下深深印迹的对立矛盾消弭于无形。闻一多殚精竭虑地寻找着这种诗艺的最高完美,同时也是生命的启示,却走不出一片语言的乌托邦——这恰恰正是中国诗美的实质。这种寻找对于中国现代文学的集体努力来说,是深具代表性和典型性的。这种努力对于走在通往现代性路上的诗人来说,也是不能回避并始终存在的。

「第四章」
梁宗岱与象征主义诗学

第一节 梁宗岱和瓦雷里

梁宗岱（1903—1983）和闻一多、徐志摩一样，同属于第二代白话诗人。他们是非常要好的朋友，也都追求形式主义。虽然梁宗岱并不算是最早认识法国象征主义，并将之引介到中国来的诗人①，但他对西方象征派诗艺的精通程度无疑是无人能及的——即使很少获得认可。为了攻读法兰西文学，梁宗岱于1924年前往巴黎，并寓居法国达八年之久，其间曾短暂辗转意大利、瑞士和德国求学。1931年他赴海德堡交流了一个学期，研究并翻译歌德和里尔克的作品，在那里结识了正以诺瓦利斯为题撰写博士论文的冯至。梁宗岱的法语能力非常出色，甚至有一段时期，他还雄心勃勃地要在巴黎文坛博取诗名，也的确取得了一些成绩：部分诗作和文章荣登法国文学杂志，经他之手翻译的《陶潜诗选》也由法国勒马杰（Le Marger）出版社于1930年印行。梁宗岱成功地译介了中国文学史上这位以精致而著称的诗人，内中蕴含的简朴美学在法国掀起了一轮陶渊明热。不过，梁宗岱这一生最引以为豪的事情倒不是他的法语文学成就，而是他与象征派

---

① 关于象征主义在中国的译介和传播，详请参见孙玉石《中国初期象征派诗歌研究》，北京大学出版社1983年版。

大师保罗·瓦雷里之间的友谊。这全然是一份深情厚谊,绝非泛泛之交,对于性格内敛的瓦雷里来说,极少有年轻作家,更遑论外国作家得以与他如此亲密。回忆往事,梁宗岱这样写道:

> 梵乐希为人极温雅纯朴,和善可亲,谈话亦谆谆有度,娓娓动听。我,一个异国底青年,得常常追随左右,瞻其丰采,聆其清音:或低声叙述他少时文艺的回忆,或颤声背诵韩波、马拉美及他自己底杰作,或欣然告我他想作或已作而未发表的诗文,或蔼然鼓励我在法国文坛继续努力,使我对于艺术底前途增了无穷的勇气和力量。①

谦虚谨慎,满怀敬意,又有学术热忱,梁宗岱按照儒家文化对于尊师重教的传统规训尝试接近这位大师,获得了他的青睐。梁懂得如何利用这份亲近,答疑解惑,偷师学艺,解密象征主义的诗学技巧,与之兴味盎然地展开专业讨论,并请他批评自己的诗歌习作和古诗今译。显而易见,瓦雷里很是欣赏这位青年诗人,据他描述,梁宗岱"年纪轻轻,风度翩翩,操一口十分清晰的法语,有时比习惯用法稍嫌精练"②。梁在谈论"崇高的话题"时所表现出来的肃穆和激情令瓦雷里印象深刻:"他跟我谈诗带着一种热情,一进入这个崇高的话题,就收敛笑容,甚至露出几分狂热。这种罕见的火焰令我喜欢。我的喜悦很快变成诧异,我将他递过来的纸页一读再读,有英文诗,也有法文诗……我觉得前者相当好,但不敢下结论,因为我不敢相信自

---

① 梁宗岱:《保罗梵乐希先生》,《诗与真·诗与真二集》,外国文学出版社1984年版,第17页。
② Valéry, "Paul, Poème Chinios", S. 1266. 汉译参见[法]保罗·梵乐希《序》,卢岚译,载《法译陶潜诗选》,梁宗岱译,外语教学与研究出版社2003年版,第16页。

己。至于法文诗,质量毋庸置疑。"① 如此赞不绝口,可以想见,梁宗岱不必多费口舌,便能说动瓦雷里为他编译的陶渊明诗选写序。

在这篇序言中,瓦雷里在对陶潜的诗歌和梁氏的译笔做出结论性的评价之前,用了不少笔墨来嘉许译者本人的法文创作。一天早晨,梁宗岱出现在他的家中,带来了一些短诗,其语言形式之精美、遣词造句之和谐令他惊叹不已。他深信不疑,这些作品具备对于现代诗来说至关重要的两个特性。瓦雷里认为,存在着一个"简单的方法",用以评判一首诗的优劣和一个写者的前景:

> 这种简单的方法能够让人相当快捷而合理地下结论。如果在一部作品中发现作者有意识地留意语言的资源、涵义及发音,同时察见成功的音乐布局,就可以认为作者身上有足够的感性,以及构建和组合能力,可以考虑成为一个诗人而不算荒唐。②

瓦雷里对梁宗岱的法文诗表示了充分的肯定,同时他也很快察觉,这些短诗明显是受到四十年前法国诗人的影响而写成的,处于巴那斯派和象征主义之间,音调和句法有一点过时。然而,在瓦雷里看来,那个时代最具文学价值,同时也存在于梁诗之中的最可宝贵之处是一种"企图把极度严谨和极度自由协调起来的探索","这种把这派人的建筑原理和另一派人的音乐结合起来的努力,导致热衷此道的人发明或繁殖出各种技巧,其中不乏神来之笔"。③

---

① Valéry, "Paul, Poème Chinios", S. 1266. 汉译参见[法]保罗·梵乐希《序》,卢岚译,载《法译陶潜诗选》,梁宗岱译,外语教学与研究出版社2003年版,第16页。
② Valéry, "Paul, Poème Chinios", S. 1268. 汉译参见[法]保罗·梵乐希《序》,卢岚译,载《法译陶潜诗选》,梁宗岱译,外语教学与研究出版社2003年版,第18页。
③ Valéry, "Paul, Poème Chinios", S. 1268. 汉译参见[法]保罗·梵乐希《序》,卢岚译,载《法译陶潜诗选》,梁宗岱译,外语教学与研究出版社2003年版,第18—19页。

梁诗是否真的集所有上述优质品性于一身？如今我们已经不得而知，因为这些法文创作均已失散。所幸梁宗岱还用中文写诗，并有作品发表，虽然为数不多，而且几乎都早于1923年——即他启程前往欧洲之前。诗集《晚祷》出版于1924年（1986年由湖南文艺出版社再版发行），也不过是一本薄薄的内含19首少作的集子。这是梁宗岱留存下来的唯一的白话诗集。从形式上来看，这些诗并没有遵循严格的格律和押韵规则，所谓的精心谋划的"音乐布局"也几乎无迹可寻，而这正是梁宗岱后来借鉴瓦雷里诗学对现代汉诗提出的要求。不过，潜藏其中的调式意识依然不容忽视。例如，在《夜枭》一诗中，夜枭在每一小节都发出"呜唔，呜唔"的声音，以显示一种贯穿始终的结构，① 似乎也留有爱伦·坡的象征主义杰作《乌鸦》（*The Raven*）的影响的痕迹。在爱伦·坡的诗中，乌鸦以一种单调的、不断重复的"永不复还"（Nevermore）的回应建构了全诗的格局。法国象征派诗人，从波德莱尔、马拉美到瓦雷里都曾对爱伦·坡的这段诗文以及由此而体现的调式理论做出过阐释，并进一步提出了自己的诗学主张②。其他的一些诗学手段，诸如陌生化的生活场景的密集营造，抒情"我"的内在的声音——对不复存在的世界一体化感觉的诅咒、对超越一切范畴的秩序的渴望等，都常见于象征派诗歌。此外，梁宗岱的语言流露出一种尚古的优雅，不乏画面灵动、色彩斑斓的暗示性。下面以两首短诗为例：

晚情

晚风起——

---

① 梁宗岱：《夜枭》，载《晚祷》，湖南文艺出版社1986年版，第3—4页。
② 参见 Paul Hoffmann, *Symbolismus*, München: Wilhelm Fink Verlag, 1897, S. 87—91.

> 树梢儿在纤月昏黄下
> 微微地摆动了。
> 我的心呵!
> 不要象这样悄悄地颤着。
> 让伊蹁跹的绿影
> 在你沉默的歌途里
> 扫下淡淡的轻痕。①

另一首诗同样也是以黄昏为主题,勾起的象外之象、景外之景类似于他后来对典型"象征"手法的描述:

> 当一件外物,譬如,一片自然风景映进我们眼帘的时候,我们猛然感到它和我们当时或喜,或忧,或哀伤,或恬适的心情相仿佛,相逼肖,相会合。我们不摹拟我们底心情而把那片自然风景作传达心情的符号,或者,较准确一点,把我们底心情印上那片风景去,这就是象征。②

暮

> 象老尼一般,黄昏
> 又从苍古的修道院
> 暗淡地迟迟地行近了。③

显然,这首诗运用了早期象征主义的技法,沿着这一路径,后期

---

① 梁宗岱:《晚情》,载《晚祷》,湖南文艺出版社 1986 年版,第 31 页。
② 梁宗岱:《象征主义》,《诗与真·诗与真二集》,外国文学出版社 1984 年版,第 66 页。
③ 梁宗岱:《暮》,载《晚祷》,湖南文艺出版社 1986 年版,第 23 页。

还演绎出更为复杂的技术元素。由此也就不难推断,几年之后梁宗岱创作并展示给瓦雷里的那几首法文诗一定是在这个基础上更为接近它的原型,正因如此,瓦雷里一眼就看出它师出何处。除了承认大师的洞察力果然非同凡响之外,梁宗岱还不会忘记指出,不仅仅是他本人,从1920年代中期直至1930年代初期的整个中国诗坛全都笼罩在象征主义的光源之下。

这一时期的中国新诗正在试图从日趋散文化和自然主义的笔法中挣脱出来。此前,1917年,胡适将倡导白话文的自然性视为一种有效的手段,以解除各种繁文缛节对书面语言的束缚,并转化当下的日常口语。这一举措也的确初见成效。不过,白话文的成功却是一分为二的。就自然的意义而言,新诗虽然更为贴近生活,从多样化的现实获取生机和活力,拓展诗歌的主题,充分接纳来自民间和世界各国的语言资源。但与此同时,新诗也因近乎脱口而出、漫无章法和粗制滥造的写作的狂癖而饱受非议。即兴与直接的言说方式是以简化形式上的考究和语言上的精致为代价的。由此一来,在一片反对声中崛起的新诗不可能持续性地对抗千锤百炼的旧体诗。只要新诗不能证明它在提升诗性方面的潜能,文学革命的必要性便会遭受质疑,探寻诗的现代性的努力也会前功尽弃。对于提倡新诗的坚信不疑的改革者来说,一个重要使命就是要在日常口语的内部发展出一种语言艺术,别具一格地使用隐喻的技巧,从语音编排到意象构图上都呈现出一种新颖而又令人叹服的形式。简而言之:隐喻生动,音调优美。很多人在法国象征派的传播中看到了希望。这些诗最初的译介,还是周作人的功劳。因此,有人认为,在中国新诗中,象征主义之开端是周作人译的果尔蒙的《西蒙尼》。[①] 1910年代末、1920年代初,中国诗人向着象征主义迈出了虽是迟到的,却是持续不断的步伐。由于语言水平的有

---

① 参见孙作云《论"现代派"诗》,载《清华周刊》1935年5月第四十三卷第一期。

限，相关认知不免疏漏、肤浅，常常发生语义上的谬误或者汉化。然而，通过众多志士仁人的集体贡献，象征主义诗学一半真切、一半模糊的面目终于被掀开了神秘的面纱。周无在他发表于1922年的文章《法兰西近世文学的趋势》中，称象征主义是文学上的一种"真正的解放"，它的崛起"确是文学上最大的事件"，"能够将文学的范围更张大"，"艺术的力量也加强"；"一方面虽能借象征的方法，表现出无穷的美。但是在他方面又每每自己证明这无穷的美，是在那无极无路的幻乡中"①。戴望舒称赞果尔蒙的《西蒙尼》"有着绝端的微妙——心灵的微妙与感觉的微妙"，"每一篇中都有着很个性的音乐"②。韦素园注意到，象征派"仅只歌咏刹那，赞颂美、死和女性。音韵特别讲究，读时仿佛如悠扬的音乐的鸣声似的"③。徐志摩翻译了波德莱尔《恶之花》中的《死尸》一诗，在序文中惊叹这"最恶亦最奇艳的一朵不朽的花"，"他的臭味是奇毒的，但也是奇香的，你便让他醉死了也忘不了他那异味"；相信在那里不仅可以听到"有音的乐"，也能听到"无音的乐"；称波德莱尔诗的"真妙处不在他的字义里，却在他的不可捉摸的音节里"④。关于象征主义，鲁迅也发表了很多真知灼见，指出现代都会诗人是在"用空想，即诗底幻想的眼，照见都会中的日常生活，将那朦胧的印象，加以象征化"，是在"取卑俗，热闹，杂沓的材料，造成一篇神秘底写实的诗歌"⑤，其现代性源自诗人对一个祛魅世界的反应。

1920年代，中国象征诗派的代表性诗人当属李金发、穆木天、王独清和冯乃超。他们不仅成功地运用象征技巧推动了中国新诗的现

---

① 周无：《法兰西近世文学的趋势》，载《少年中国》1922年第二卷第四期。
② 参见戴望舒《〈西茉纳集〉译者记》，载《现代》1932年9月第一卷第五号。
③ 韦素园：《晚道上——访俄诗人特列捷阔夫以后》，载《语丝》1925年2月23日第十五期。
④ 徐志摩的《死尸》译诗并序均在1924年11月13日作完，载1924年12月1日《语丝》第三期。
⑤ 鲁迅：《〈十二个〉后记》，载《集外集拾遗》，上海复社1938年版，第177页。

代发展，更从理论上阐释了法国象征主义。尽管他们的视角显得支离破碎，核心观点却是一致。象征主义者的一个令人印象深刻的美学信仰，便是他们坚信诗之现代性的最显著标志乃艺术自治和主题自由。现代生活的方方面面——也包括庸俗和丑陋的东西，都可以成为诗的题材。他们既要维护自己的创作，也要捍卫"纯诗"的王国，强调"纯诗"是一种内在的语言艺术，除了诗的逻辑、感觉和思想，以及艺术表现手法之外，其他一切与之概无关联。李金发说："世界任何美丑善恶皆是诗的对象。诗人能歌人咏人，但所言不一定是真理，也许是偏执与歪曲。我平日做诗，不曾存在寻求或表现真理的观念，只当它是一种抒情的推敲，字句的玩艺儿。"① 关于这个问题，他曾提出："艺术是不顾道德，也与社会不是共同的世界。艺术上唯一目的，就是创造美；艺术家唯一工作，就是忠实表现自己的世界。所以他的美的世界，是创造在艺术上，不是建设在社会上。"② 在这个艺术自治的美的世界里，散文是没有一席之地的。将生活琐事交给散文，诗的表达就能借由一种精英式的赫尔墨斯主义（Hermetismus）来保持它的纯粹性。"美是蕴藏在想象中，象征中，抽象的推敲中"③，因此，李金发的创作特别注重艺术手法的运用，"使人增加无形的神秘的概念"④。他表示："诗是个人精神与心灵的升华，多少是带着贵族气息的。故一个诗人的诗，不一定人人看了能懂，才是好诗，或者只有一部分人，或有相当训练的人才能领略其好处。"⑤ 穆木天和王独清也在他们公开发表的书信《谭诗》《再谭诗》中，反复将"暗示"提升到诗的最重要组合成分的高度。穆木天认为："诗的世界是潜在意识的世界。诗是要有大的暗示能。诗的世界固在平常的生活中，但

---

① 李金发、杜格灵：《诗问答》，载 1935 年 2 月 15 日《文艺画报》第一卷第三号。
② 华林（李金发）：《烈火》，载 1928 年 1 月《美育》创刊号。
③ 李金发：《序林英强的〈凄凉之街〉》，载 1933 年 8 月《橄榄月刊》第三十五期。
④ 李金发：《序林英强的〈凄凉之街〉》，载 1933 年 8 月《橄榄月刊》第三十五期。
⑤ 华林（李金发）：《烈火》，载 1928 年 1 月《美育》创刊号。

在平常生活的深处。诗是要暗示出人的内生命的深秘。"① 通过暗示，天人合一的神秘世界的本质得以彰显。就技术层面而言，暗示是凭借句法的省略、语义的隐晦、感知的合成，怪异而又矛盾的思想的交织来实现。文本有意保留很多空白，以视野的纵深来拓展画面、诗行和诗节中语词的线性连续的维度。穆木天甚至主张"诗越不明白越好"，鼓励读者积极参与想象，用"有限的律动"来启示出"无限的世界"②。

第二节　梁宗岱关于瓦雷里诗学的诠释

梁宗岱也像其他热衷于象征主义的诗界同仁一样，宣扬艺术自治，追求纯诗理想。不过，他的诗学表述显然更有说服力。有关"纯诗"概念的阐发，表明他对波德莱尔、马拉美和瓦雷里等法国象征派的理解要比他的中国同行深刻得多：

> 所谓纯诗，便是摈除一切客观的写景，叙事，说理以至感伤的情调，而纯粹凭借那构成它底形体的元素——音乐和色彩——产生一种符咒似的暗示力，以唤起我们感官与想象底感应，而超度我们底灵魂到一种神游物表的光明极乐的境域。象音乐一样，它自己成为一个绝对独立，绝对自由，比现世更纯粹，更不朽的宇宙；它本身底音韵和色彩底密切混合便是它底固有的存在理由。③

---

① 穆木天：《谭诗——寄沫若的一封信》，载1926年3月16日《创造月刊》第一卷第一期。
② 参见穆木天《谭诗——寄沫若的一封信》，载1926年3月16日《创造月刊》第一卷第一期。
③ 梁宗岱：《谈诗》，《诗与真·诗与真二集》，外国文学出版社1984年版，第95页。

此外，对象征主义文化背景的观察，梁宗岱也更是视野开阔，眼光独具。他不仅仅聚焦于前期法国象征主义者，如波德莱尔、兰波和魏尔伦——他们诗中所塑造的现代社会内心分裂的抒情"我"的形象深深地影响了中国象征派的观念和手法，激励后者勇于创新和实验，而且直至以瓦雷里为代表的后期象征主义者，梁宗岱也尝试把握其整体发展脉络。他们的创作更复杂，也更均衡，抒情"我"呈现出一种客观化的面目。至于梁是否真的读懂了瓦雷里，这个问题并不重要。从一开始，梁就不把诗学文章当作严格意义上的理论著述来写，更不会是罗马语言文学的研究成果。这些论文其实更像是一位诗歌写者的文学评论。这是一种"作者诗学"，正如瓦雷里在阐述他人作品的时候，其主要的兴趣点倒不在于学理判定，而是以此来反观自己的创作，做出自我反省。梁的具体目标，就是通过辨析欧洲现代派的最新进展来启迪他自己和诗友们的思考，为诗歌写作探索新的道路和前景。重要的是，他是站在瓦雷里的诗学地平线上，考察象征主义的"我"与世界、形式和内容之间的关系，阐明"纯诗"、宇宙的崇高、灵光与思想，而在此之前，首先要做的是探究实验与传统的相互作用，这关乎中国新诗的未来发展格局，可惜迄今并未受到应有的重视。

梁宗岱的诗学著述主要见于1934年发表的文集《诗与真》，同名文集的第二部分又在1936年发行。1984年，两部论著合并一册出版。全书收录的18篇文章中，有一篇单独题献给瓦雷里（《保罗梵乐希先生》），还有一篇是关于歌德与瓦雷里的（《跋梵乐希"歌德论"》）。三篇译文，均译自瓦雷里的诗歌评论（评陶渊明、歌德和马拉美）。余下论文，一篇讲兰波，一篇忆罗曼·罗兰，一篇介绍象征主义，五篇谈诗，一篇论画，三篇评议中国古诗。所有的这些文章，中心题旨只有一个，就是要将象征主义作为一种诗学标杆树立起来，以期将一片混乱的中国新诗引出迷途。而瓦雷里作为大师级的人物，自然成为学习的榜样。显而易见,梁试图将中国受众的兴趣点导向当时还不为人所周知的象征主义诗学技巧,通过为抒情"我"寻求一个宇宙的客观对应物,达成传统与现代的和解,实现"纯诗"的理想。他将瓦雷里描述成一个自相矛盾的新古典主义的先锋,倾向于自律内敛而非主观激进,深思熟虑而非突发奇想,情理并重而非放任不羁,顺应传统而非自命不凡。他为瓦雷里绘制的画像基本上合乎西方评论家向读者传达的看法。例如,查尔斯·G. 怀廷(Charles G. Whiting)这样总结道:

> 他的措辞高贵、通用而有节制,他的语法远非革命性。他采用传统的格律形式,妙语连珠的隐喻表达总是小心谨慎地契合全局,永不打破他试图保持的诗意的连续性。他避免日常存在的意象,比其他任何一位现代诗人都有过之而无不及,他很矜持,拒绝将私人生活转化为抒情诗。
>
> 这是高度精炼的诗歌,但也绝不缺乏激情。这种激情因其对了解和掌握智力运作的渴望而富有魅力。这是英雄的激情,这些诗歌反映了一种非凡而又独特的智力的冒险。但这又是一种有着强烈的感官表达——有时甚至是性幻想的智力的冒险。显然,瓦雷里总是用感官而非智力来表现诗本身。[①]

梁氏"作者诗学"的语言远非怀廷教授那么学院派,他更多的是以如诗如画、优雅感性的散文笔调品评赏析。他也很少下结论。他随意播撒着发散式的思维,却始终围绕着一个中心——通常是他在瓦雷

[①] Whiting, G. Charles, "Introduction", in: (Hrsg. von Charles G. Whiting): *Paul Valéry*, *Charmes ou Poèmes*, London: University of London / The Althlone Press, 1973, S. 1.

里诗句里发现的绝佳的范例。例如他引用瓦雷里诗作《棕榈》中的句子"忍耐着呀，忍耐着呀，在青天里忍耐着呀"，来说明作者在写诗过程中用了极大的耐心、潜隐的智慧，默默地静候物变成词的魔法时刻的来临：

> 他象达文希之于绘画一般，在思想或概念未练成秾丽的色彩或影像之前，是用了极端的忍耐去守候，极敏捷的手腕去捕住那微妙而悠忽之顷的——在这灵幻的刹那顷，浑浊的池水给月底银指点成溶溶的流晶；无情的哲学化作缠绵的诗魂。①

瓦雷里一生都在探求创作的奥秘——通过密切注视他自己的写作，这种探求本身就构成了成诗的过程。因此，他认为只要是"纯粹的鉴赏"，诗意自会油然而生，"一首诗的展示就是诗"（L'execution de la Poème est Poème）②。这种孜孜以求的激情，正如怀廷所说，"因其对了解和掌握智力运作的渴望而富有魅力"。而梁宗岱对此的理解是，瓦雷里具有强大的意志力，"深究一件事物或一个现象到底，从这特殊的事物或现象找出它所蕴蓄的那把它连系于其他事物或现象的普遍观念或法则"③。因为这种深究的过程、这种"非凡而又独特的智力的冒险"永无止息，一首诗又会从头写起，并开启新一轮的诗意之旅：

> 同样，梵乐希在他底内在的探讨里，从任何一个观念，

---

① 梁宗岱：《保罗梵乐希先生》，《诗与真·诗与真二集》，外国文学出版社1984年版，第18页。
② 转引自 *Französische Literatur im 20 Jahrhundert*, S. 64.
③ 梁宗岱：《歌德与梵乐希——跋梵乐希"歌德论"》，《诗与真·诗与真二集》，外国文学出版社1984年版，第162页。

> 或者特别从创作心理着手,由不断的精微的分析与缜密的推论,要在那幽暗,浮动,变幻多端的心灵深处分辨出思想活动底隐秘系统;抓住那一空倚傍的意识底基本永久性(la permanence fondamentale d'une conscience que rien ne supporte);追踪那象交响乐里无时不在却随时被略过的"基音"一般永远地,虽然忽隐忽现地,支配着我们生存的单调唯一的纯我;在这几乎纯粹的活动里,记忆和现象那么密切地互相缠结,期望,和呼应;事物与心灵底普遍完整的关系那么清楚地恢复回来,似乎什么都不能开始,什么都不能完成的。①

随后,梁宗岱展示了他所观察到的瓦雷里隐喻组合中智性化的感性,即怀廷所言的"强烈的感官表达",而梁自己的阐述也称得上是"强烈的感官表达"。他借用了中国古代诗论中"余味"的概念,来说明瓦雷里语言所蕴含的诉诸感官的思想。为了惟妙惟肖地表现瓦雷里的精湛诗艺,梁笔下的意象也堪比古典诗词画廊里的奇珍异宝:

> 可是与其说梵乐希以极端的忍耐去期待概念化成影像,毋宁说他底心眼内没有无声无色的思想,正如达文希底心眼内没有无肉体的灵魂一样。譬如食果,干脆的栗子固值得一嚼;而无上的珍品,却是入口化作一阵甘香与清凉的哀梨。所以我们无论读他底诗甚或散文,总不能不感到那云石一般的温柔,花梦一般的香暖,月露一般的清凉的肉感……②

---

① 梁宗岱:《歌德与梵乐希——跋梵乐希"歌德论"》,《诗与真·诗与真二集》,外国文学出版社 1984 年版,第 163 页。
② 梁宗岱:《保罗梵乐希先生》,《诗与真·诗与真二集》,外国文学出版社 1984 年版,第 19 页。

梁宗岱认为，瓦雷里之所以采用"传统的格律形式"，是自愿让创作的主体受制于语言音乐规律的客观性。"诗，最高的文学，遂不能不自己铸些镣铐，做它所占有的容易的代价。这些无理的格律，这些自作孽的桎梏，就是赐给那松散的文字一种抵抗性的；对于字匠，它们替代了云石底坚固，强逼他去制胜，强逼他去解脱那过于散漫的放纵的。"① 这种有限的自由，因为语法规则的存在而更易感知、更觉宝贵，被梁宗岱称为"戴着镣铐跳舞"，其实也是在苦心孤诣地锤炼诗艺，逆流而上，自我超越。即使没有成功，作者也不留遗憾，因为他已经倾尽全力："制作底时候，最好为你自己设立某种条件，这条件是足以使你每次搁笔后，无论作品底成败，都自觉更坚强，更自信和更能自立的。这样，无论作品底外在命运如何，作家自己总不致感到整个的失望。"② 这种格律写作练习有些类似于飞檐走壁的侠士的故事："据说他们自小就把铁锁戴在脚上，由轻而重。这样积年累月，一旦把铁锁解去，便身轻如燕了。"③ 谨严的形式训练锻造而成的诗的敏感度，最终发展成为一种完美的智性思维的能力，思想和语言、意义和形式、文字和现实再也不能分离，就像"太阳底光和热之不能分离"：

> [……]而深沉的意义，便随这声，色，歌，舞而来。这意义是不能离掉那芳馥的外形的。因为它并不是牵附在外形底上面，象寓言式的文学一样；它是完全濡浸和溶解在形体里面，如太阳底光和热之不能分离的。④

---

① 梁宗岱：《保罗梵乐希先生》，《诗与真·诗与真二集》，外国文学出版社1984年版，第24页。
② 梁宗岱：《论诗》，《诗与真·诗与真二集》，外国文学出版社1984年版，第36页。
③ 梁宗岱：《论诗》，《诗与真·诗与真二集》，外国文学出版社1984年版，第36页。
④ 梁宗岱：《保罗梵乐希先生》，《诗与真·诗与真二集》，外国文学出版社1984年版，第19—20页。

梁宗岱在瓦雷里诗中所观察到的所有技术层面的东西，不无矛盾地证明：一种诗的现代性，好比象征主义，是可以在传统中，以一种"古典"的方式建立起来的。欧洲的象征派大诗人（诸如：马拉美和波德莱尔，特别是瓦雷里）——基本上都是既承前启后，又自辟一个境界。这正是中国新诗所缺乏，同时也亟待具备的品质。在他看来，"白话"作为一种新的现代文学的语言形式，对于主体性的发声从历史发展的角度而言是必然的，也是正确的，不过，其"贫乏，粗糙，未经洗炼"① 却始终是一个事实上的阻碍。尽管如此，鉴于"白话"乃一个易于接受新鲜事物的话语体系，梁宗岱坚信这一阻碍能够得以清除，辟出一个新颖的，却要和"文言"同样和谐、同样不朽的天地的希望依然存在。所有的这一切都取决于作家是否足够关注语言的形式和审美。若能吸取欧洲象征主义的优长，同时复兴本国文学传统，将二者尽量融会贯通，新文学便一定能够开创一个新局面。

第三节 象征主义、传统和"宇宙意识"

梁宗岱将象征手法的征用视为诗与生俱来的天性，认为所谓象征主义，在任何国度、任何时代的文艺活动和表现里，"都是一个不可缺乏的普遍和重要的原素"②。从这个意义上，他指出，与现代欧洲的典范之作相比，中国古典诗词已在本国传统的文化历史上达到了一种不可超越的圆满。这让那些一心求异、相信追求现代就是要与传统决裂的诗人看到，到目前为止从未真正反思过的一个悖反的事实是：被贴上"象征主义"标签的西方现代派其实拥有很多传统和古典的特质，文学史上的经典作品——特别是中国古诗，已经成为开启心智的

---

① 梁宗岱：《论诗》，《诗与真·诗与真二集》，外国文学出版社1984年版，第30页。
② 梁宗岱：《象征主义》，《诗与真·诗与真二集》，外国文学出版社1984年版，第63页。

灵感之源（为庞德、瓦雷里和马拉美等西方现代派所珍视），象征主义的现代性也已为自身所固有。"一切最上乘的文艺品，无论是一首小诗或高耸入云的殿宇，都是象征到一个极高的程度的。"① 因此，通往西方的陌生化之路，同时也是通往东方自己的陌生化之路，现代之路也是传统之路。这两条道路并不相互排斥，而是相互补足，甚至从根本上就是同一。白话新诗为了克服自身缺陷，在借鉴西方现代派经验的同时，也应尊重本国传统，这是迄今遭到忽视并导致诗意不足的重要原因。

但新诗缺少的不仅仅是瓦雷里和中国古代诗人所驾轻就熟的象征主义的形式建构，更是"我"与外部世界的微妙关联，这种关联的呈现既是一个技术问题，也是一个世界观的问题。梁宗岱希望找到一种方式，表现诗人心灵与自然脉搏的息息相通，首先需要打破的就是唯物论与唯心论的二元教条。在他看来，最深沉的诗意在于唤醒"宇宙意识"②。这种意识与宇宙相连，纯粹而独立，存在于宇宙自身以及大千世界的一切外观形态之中，同时也以一种内在的方式占据着人类的内心。最高级的诗并非只是凸显人类与宇宙的二元对立，而是恰好相反，倒是要让它们彼此都忘记自己的存在。"我们在宇宙里，宇宙也在我们里：宇宙和我们底自我只合成一体，反映着同一的荫影和反应着同一的回声。"③ 最高级的诗歌艺术就是要在人类与宇宙的大和谐境界中发声。

我们不妨将"宇宙意识"视为梁宗岱诗学的制高点。他用感性弥漫、意象纷呈的语言反复描述这一普适性的"最上乘的诗"的特点，津津乐道，不厌其烦，却不做观念上的阐释——或许他更重视的是审美感受而非概念界定。不过，他所援引并翻译的世界文学中的那些范

---

① 梁宗岱：《象征主义》，《诗与真·诗与真二集》，外国文学出版社1984年版，第63页。
② 参见梁宗岱《论诗》，《诗与真·诗与真二集》，外国文学出版社1984年版，第33页。
③ 梁宗岱：《象征主义》，《诗与真·诗与真二集》，外国文学出版社1984年版，第76页。

例——零散的诗句、诗节或者短诗可以帮助我们更好地理解上下文。譬如：歌德的短诗《流浪者之夜歌》《神秘的和歌》；布莱克"一颗沙里看出一个世界，/一朵野花里一个天堂，/把无限放在你底手掌上，/永恒在一刹那里收藏"；或者瓦雷里"全宇宙在我底枝头颤动，飘摇"。中国古诗词里也有丰富的样本，将宇宙意识演绎到了完美的程度。例如："子在川上曰，逝者如斯夫"；陈子昂"前不见古人，后不见来者。念天地之悠悠，独怆然而涕下"①；或者李白"相看两不厌，唯有敬亭山"②；还有李白非常著名的《夜宿山寺》：

> 危楼高百尺，手可摘星辰。
> 不敢高声语，恐惊天上人。③

梁宗岱称，李白和歌德的宇宙意识同样是直接的、完整的，"宇宙底大灵常常像两小无猜的游侣般显现给他们，他们常常和他喁喁私语"④。因此他们笔下，"常常展示出一个旷邈，深宏，而又单纯，亲切的华严宇宙"⑤。这一特点始终保有并将继续存在于欧洲现代诗派的一流创作中，即使是在"启蒙运动"之后，也没有去神秘化、去陌生化，或者被物化为可控对象。他们诗中的主体，如在歌德作品里，并没有与宇宙对立，而是作为一个部分兼容并蓄，"永远是充满了喜悦，信心与乐观的亚波罗式的宁静"⑥。这与李白的宇宙意识虽然有着文化上的差距——后者"纯粹是诗人底直觉，根植于庄子底瑰丽灿

---

① 陈子昂：《登幽州台歌》，《陈子昂文集》，人民文学出版社1954年版，第47页。
② 李白：《独坐敬亭山》，《李白诗选》，人民文学出版社1956年版，第218页。
③ 李白：《夜宿山寺》，《李白诗选》，人民文学出版社1956年版，第106页。
④ 梁宗岱：《李白与歌德》，《诗与真·诗与真二集》，外国文学出版社1984年版，第113页。
⑤ 梁宗岱：《李白与歌德》，《诗与真·诗与真二集》，外国文学出版社1984年版，第113页。
⑥ 梁宗岱：《李白与歌德》，《诗与真·诗与真二集》，外国文学出版社1984年版，第114页。

烂的想象底闪光"①。但二者的本质却是一致，主体"像一勺水反映出整个星空底天光云影一样"②。

说起宇宙意识，梁宗岱总是将之与"我"和宇宙的"融合"相连，这一过程通过主体的舍弃或者自我的消融而变得富有诗意。这一过程既是技术性的，同时也取决于世界观，并在象征派大师和经典古诗那里已经得以示范性地呈现。早在1927年，梁宗岱就试图在瓦雷里那里求证这一点。当时，他正在翻译瓦雷里早期的作品《水仙辞》，以及他后来的名作《水仙的断片》③。据梁宗岱回忆，1927年秋天的一个清晨，作者偕他散步于"绿林苑"（Bois de Boulogne）。木叶始脱，朝寒彻骨，萧萧金雨中，瓦雷里为他启示《水仙的断片》第三段后半篇的意境。当天晚上，他便给瓦雷里写了一封信。在这封信中，梁第一次展示了他对这首诗相关段落的理解的尝试④。中文译文如下：

> 再会罢……你可感到无数"再会"
> 浮动凄颤？
> 不久，森森的乱影将寒栗作一团！
> 昏朦的树把它阴冷的柔枝伸展，
> 惶惑，摸索那已经隐灭的枝叶绵芊……
> 灵魂也一样地迷失在自己的林间，
> 在那里权力逃脱她最高的表现……
> 魂，黑睛的魂，与无底的黑暗为缘，

---

① 梁宗岱：《李白与歌德》，《诗与真·诗与真二集》，外国文学出版社1984年版，第113—114页。
② 梁宗岱：《李白与歌德》，《诗与真·诗与真二集》，外国文学出版社1984年版，第113页。
③ 这两首诗的译作分别以《水仙辞》和《水仙的断片》为题，收入《梁宗岱译诗集》，湖南人民出版社1983年版，第54—57页；第58—73页。
④ 参见梁宗岱《梁宗岱译诗集》，湖南人民出版社1983年版，第73页。

她渐渐地扩大，无障无碍，无穷无边……
介乎死和自身，她的凝视何等幽远！

神呵！这庄严的日子的苍茫的残照
将遭同样的劫运，与往日之影俱遥；
它一步一步地坠入记忆的深牢！
唉！可怜的身颤，是我们合体时候了！……
俯着罢……吻着罢。全身都抖颤起来罢！
你应许我的不可捉摸的爱情，沓沓
流过，在一颤栗间，冲碎了"水仙"，而
遁逃……①

信中对这段诗文点评道：

……水仙的水中丽影，在夜色昏暝时，给星空替代了，或者不如说，幻成了繁星闪烁的太空：实在惟妙惟肖地象征那冥想出神的刹那顷——"真寂的境界"，像我用来移译"Presence Pensive"一样——在那里心灵是这般宁静，在这"圣灵的隐潜"里，我们消失而且和万化冥合了。我们在宇宙里，宇宙也在我们里，宇宙和我们的自我只合成一体。这样，当水仙凝望他水中的秀颜，正形神两忘时，黑夜俟临，影象隐灭了，天上的明星却一一燃起来，投影波心，照澈那黯淡无光的清泉。炫耀或迷惑于这光明的宇宙之骤现，他想象这千万的荧荧群星只是他的自我化身……②

---

① 梁宗岱：《梁宗岱译诗集》，湖南人民出版社1983年版，第72页。
② 梁宗岱：《梁宗岱译诗集》，湖南人民出版社1983年版，第73页。

梁宗岱将水仙的悲剧同时视为悲剧的转化，自我的消融，与宇宙的和谐合为一体。就传统而言，这种主体性的消失通常表现为"我"的静悄悄的"去人性化"，千变万化，融入自然，这确保了存在的纯粹与持续。此种观点沿袭了中国古代文人的世界观，因此不必惊讶，译文所附注解中的很多措辞，如："真寂""空虚""万化""冥合""形神两忘"[①]，均出自道教和佛经，与中国古诗有着一脉相承之处。而在注释的末尾，梁宗岱用了扑朔迷离的暗示性的隐喻画面，将自恋者的神话直观地呈现为一种大功告成、心平气和、并无悲剧色彩的"自我的外化"（externalisation du moi）。这在中国古诗中也不乏先例，譬如：唐代诗人钱起《省试湘灵鼓瑟》的末句"曲终人不见，江上数峰青"[②]。鼓瑟之人一吐心中愁闷，将主观情绪转化为悠扬的旋律，一曲终了，风景都为之一变。原本客观存在的山峰似乎也受到鼓瑟之人的心情的感染，这正应验了所谓"情景交融"的诗学古训。如此一来，"自我的外化"被梁奉为最高的诗境，标志着人与宇宙的息息相通。

对宇宙人生有着整体认识的诗人是一个"两重观察者"[③]，他理应知晓，"宇宙间一切事物都是深深地互相连系着的"[④]。内观自省得出的结论等同于外部世界的考察。真理的探讨是二者的相互发展与推进、相生与相成："我们对于心灵的认识愈透彻，愈能穷物理之变，探造化之微；对于事物与现象的认识愈真切，愈深入，心灵也愈开朗，愈活跃，愈丰富，愈自由。"[⑤] 由此也不难看出梁宗岱的新儒家

---

① 参见梁宗岱《梁宗岱译诗集》，湖南人民出版社1983年版，第73页。
② 钱起：《省试湘灵鼓瑟》，《钱起诗文录》，浙江教育出版社1987年版，第95页。
③ 梁宗岱：《歌德与梵乐希——跋梵乐希"歌德论"》，《诗与真·诗与真二集》，外国文学出版社1984年版，第166页。
④ 梁宗岱：《歌德与梵乐希——跋梵乐希"歌德论"》，《诗与真·诗与真二集》，外国文学出版社1984年版，第161页。
⑤ 梁宗岱：《歌德与梵乐希——跋梵乐希"歌德论"》，《诗与真·诗与真二集》，外国文学出版社1984年版，第165页。

思想倾向。

事实上，梁宗岱以宋代的朱熹、明代的王阳明为类比参照，来解释向外眺望的歌德与向内审视的瓦雷里之间的殊途同归。众所周知，朱熹主张"即物而穷其理"，为了获得真知（"理"），必须要从认识万物（人，事，物）开始（"格物致知"）；而受到禅宗影响的王阳明则假定，"理"无异于"心"，对"理"的求索就是对"心"的探寻。向外谋求之道趋同于向内探究之路。为了洞察世界，不妨更深刻地认识自己。梁将歌德归为朱熹一类，而瓦雷里则好比王阳明。瓦雷里与歌德，"一个先要对于自身法则有彻底的认识或自觉，然后施诸外界底森罗万象；一个则要从森罗万象找出共通的法则，然后从那里通到自我底最高度意识"[①]。歌德擅于通过观察实在而鲜活的外在生命形态，从光怪陆离的印象出发来进行准确的比较与严密的归纳，再让这形相世界唤起内心热烈的感受、憧憬、探讨和塑造的升华——就像《浮士德》所展示的那样。梁宗岱认为，歌德的做法并不奇特，因为物与我、主与客、心灵与外界之间存在着深刻的"契合"，一种无所不包、无往不利的万能法则适用于整个宇宙，由此，一种未经删改的真理的洞见便得以在某个瞬间，通过物与人的和谐作用而显现。"一切在'我'里的都在'物'里，并且还多些。一切在'物'里的都在'我'里，并且还多些。"[②] 梁宗岱认为，这正是歌德看待问题的视角，他的诗学荟萃了他丰富的感官感受和展现在他眼前的千奇百怪的现象的交错、蝉联和转变，这正是他的伟大之处。而瓦雷里最严格意义上的"看到对方"，是通过最持之以恒、心如止水的自省和分析才得以实现，不仅仅导向他对"纯我"的认知，也揭示了外部世界的真相。因

[①] 梁宗岱：《歌德与梵乐希——跋梵乐希"歌德论"》，《诗与真·诗与真二集》，外国文学出版社 1984 年版，第 162 页。
[②] 梁宗岱：《歌德与梵乐希——跋梵乐希"歌德论"》，《诗与真·诗与真二集》，外国文学出版社 1984 年版，第 164 页。

为"可以将我们最内在的波动与外界的事物并列:它们一成为可观察的,便立刻加入一切被观察的事物里"——瓦雷里曾这样对梁宗岱表述。梁进一步解释说:"用着经过了客观洞照的心灵去体验和辨认客观的事物,用那体验事物得来的结果来启发和展拓心灵底眼界:像人游泳,像鸟飞翔,真理与新知就在这两种互相激荡,互相抵抗,互相贯通的动律中前进和上升了。"[1] 这种"我"与宇宙的关联,无论是瓦雷里模式还是歌德模式,都奠定了象征主义的基石。重要的是,诗人必须从他的内心深处真正感受到这样的关联。

第四节 陶渊明、波德莱尔和象征

与创作进程紧密相关的一项最重要的语言艺术便是象征。而有了宇宙意识的烛照,既可以从结构上,也可以从观念上对之加以理解。梁宗岱坚持认为,象征主义文学创作的基本特征与历史无关,也并非文化特定,他拒绝从概念上仅仅将之界定为一种常见的修辞手段。他批评朱光潜,把文艺上的"象征"与修辞学上的"比"混为一谈[2]。同时也指出,这种错误不能怪他,因为"象征"的特殊意义,是到近代才形成的。他援引了朱光潜的定义:

> 所谓象征就是以甲为乙底符号。甲可以做乙底符号,大半起于类似联想。象征最大的用处,就是把具体的事物来替代抽象的概念……象征底定义可以说是:"寓理于象。"梅圣俞《续金针诗格》里有一段话很可以发挥这个定义:"诗有

---

[1] 梁宗岱:《歌德与梵乐希——跋梵乐希"歌德论"》,《诗与真·诗与真二集》,外国文学出版社 1984 年版,第 166 页。
[2] 要区分这两个概念,详请参见奚密(Michelle Yeh)的论文:"Metaphor and Bi: Western and Chinese Poetics", *Comparative Literature*, University of Oregon, Eugene, Vol. 36, 1987, pp. 237—254.

> 内外意：内欲尽其理，外意欲尽其象。内外意含蓄，方入诗格。"①

朱光潜将象征理解为"以甲为乙底符号"，这在梁看来是一种视野的窄化，是将象征简化为修辞，只是把抽象的意义附加在形体上面。此外，他显然也不满意朱让内容与形式分家，其中，象征仅仅作为形式发挥着服务的功用，传达出蕴含着"理"的诗歌的内容。不同于朱，梁本人视象征为一个过程，符号与被象征之物合二为一。因此，象征不仅是形式上的媒介，同时也构成了诗歌的内容。从这个意义上，他提出了自己的定义：

> 象征却不同了。我以为它和《诗经》里的"兴"颇近似。《文心雕龙》说："行者，起也；起情者依微以拟义。"所谓"微"，便是两物之间微妙的关系。表面看来，两者似乎不相联属，实则是一而二，二而一。②

为了更加形象地说明这个问题，梁宗岱在阐述波德莱尔诗作《契合》之前，还列举了一些中国古诗中的例子，其中，他特别注意到陶渊明的名句：

> 采菊东篱下，悠然见南山。

众所周知，陶渊明厌倦了仕途而归隐田园，来保持他内心的宁静。他以一介布衣/隐士的身份重新获得了人与自然、劳动的和谐关

---

① 梁宗岱：《象征主义》，《诗与真·诗与真二集》，外国文学出版社1984年版，第63—64页。
② 梁宗岱：《象征主义》，《诗与真·诗与真二集》，外国文学出版社1984年版，第66页。

系，充分符合道家的理想典范。这两句诗引自《饮酒·其五》，无比恰切地描绘了一个"纯我"的精神状态，与道家思想的共鸣使之找到了生命的慰藉和意义。

这首诗的奥秘在于语言的设计——也可谓诗之共性。在此例中表现为：抒情的声音不是以"我"的口吻来发声，虚词的缩减和省略产生了语义上的双关性。这也正是中国古诗的风格特征，通常拓展了诗歌文本的象征主义维度。具体就这段引文而言，应当指出，第二句中的"悠然"二字最确切不过地体现了诗的复杂多义。"悠然"（从容、安然、安闲、闲适）既可用作主语的补足语，也可用作宾语的补足语。第一种情况下，该词指涉的是言说者，以其同位语的形式描述其心境。即：言说者何许人也？他是"悠然"、从容而安闲的。第二种情况下，或者说，当"悠然"作为宾语补足语的时候，又有空间和时间上的一语双关，涵盖了"悠远、天遥地远"（空间）和"悠悠、自古以来"（时间）的双重含义。时空维度在此是融为一体的，也使得这个词有了一种幻景的美，充满了宇宙气象——因为"悠然"和"宇宙"之间原本就有词源学上的关联。"宇是空间，宙是时间"[①]；"宇"是指"上下四方"，"宙"意为"古往今来"。

无论读者如何置身于这首诗的语境，从语法上解读"悠然"二字，其含义依然会根据他的想象摇摆于人和宇宙、时空维度之间。且这种摇摆又因隐藏在谓语动词"见"中的另一层歧义更得以强化。假如"见"是及物动词，宾语为"南山"，那么此处的"见"便是主动的"看见"，抒情主体由此成为一个观察者。但在古文中，"见"往往通"现"（出现、现身、显现），是不及物动词，因此"现"的主语是"南山"。第二句诗应理解为"远处出现了南山"，或者"远处的南山隐约可见"。这里并不存在有意而为之的观察，只是不经意间的一瞥。

---

① 参见张岱年《宇宙与人生》，上海文艺出版社1999年版，第188页。

陶渊明成功地通过精巧的语言设计，将貌似简单、自然的句法结构与歧义丛生的日常用语相连，从形式到内容都透露着人与宇宙的和谐。在观察者眼中，宇宙（南山）并非对立面，而是在观察中忘记了观察，观察的主体与被观察的客体早已浑然一体，恰如陶渊明在此诗的末尾所写："此中有真意，欲辨已忘言。"

下面是梁宗岱对陶渊明诗句的阐释：

> 诗人采菊时豁达闲适的襟怀，和晚色里雍穆遐远的南山已在那猝然邂逅的刹那间联成一片，分不出那里是渊明，那里是南山。南山与渊明间微妙的关系，决不是我们底理智捉摸得出来的，所谓"一片化机，天真自具，既无名象，不落言诠"。所以我们读这两句诗时，也不知不觉悠然神往，任你怎样反覆吟咏，它底意味仍是无穷而意义仍是常新的。①

从这个意义上来说，梁宗岱承认陶渊明以最完美的方式呈现了中国古诗"情景交融"的最高境界。他借用了王国维的"意境说"②，将情景间的配合分为两类：其一为"景中有情，情中有景"；其二为"景即是情，情即是景"。③ 前者若做到好处，固不失为一首好诗；"可是严格说来，只有后者才算象征底最高境"④。第一类诗中，诗人以我观物，物中有我的影子，我中有物的影子，但物我之间各自存在，绝不会彼此混淆。为了说明这种情况，梁宗岱提及屈原的《橘颂》：诗人在橘树身上看到了美好品性的标志（安贫乐道、志趣坚定、不畏风霜等等），好比"理想我"的一面镜像，也是"经验我"所竭

---

① 梁宗岱：《象征主义》，《诗与真·诗与真二集》，外国文学出版社1984年版，第69页。
② 参见王国维《人间词话新注（修订本）》，齐鲁书社1986年版。
③ 梁宗岱：《象征主义》，《诗与真·诗与真二集》，外国文学出版社1984年版，第67页。
④ 梁宗岱：《象征主义》，《诗与真·诗与真二集》，外国文学出版社1984年版，第67页。

力仿效的。不过,橘树和"我"始终是分开的,融合的过程并未发生,因而限制了我们的想象,其含义"有限而易尽",应被归为"寓言"。①

第二类诗中,"物我或相看既久,或猝然相遇,心凝形释,物我两忘:不知何者为我,何者为物"②。屈原的《山鬼》便是属于此类,自我消融在宇宙中,满足了象征的条件,激发了我们的想象。"诗人和山鬼移动于一种灵幻飘渺的氛围中,扑朔迷离,我们底理解力虽不能清清楚楚地划下它底含义和表象底范围,我们底想象和感觉已经给它底色彩和音乐底美妙浸润和渗透了。"③ 关于象征和寓言的区别,梁宗岱显然是依据了歌德的定义④,虽然并没有明示。不过,他说象征的最高价值在于自我融入宇宙,依然是新颖而有趣的。陶渊明的这两句诗便是"象征的最高境界"的最好的证明。在阐发陶渊明诗艺的同时,梁宗岱也继续深化了他对象征的思考:

> 于是我们便可以得到象征底两个特性了:(一)是融洽或无间;(二)是含蓄或无限。所谓融洽是指一首诗底情与景,景与象底惝恍迷离,融成一片;含蓄是指它暗示给我们的意义和兴味底丰富和隽永。[……]换句话说:所谓象征是藉有形寓无形,藉有限表无限,藉刹那抓住永恒,使我们只在梦中或出神底瞬间瞥见的遥遥的宇宙变成近在咫尺的现实世界,正如一个蓓蕾蕴蓄着炫熳芳菲的春信,一张落叶预

---

① 梁宗岱:《象征主义》,《诗与真·诗与真二集》,外国文学出版社1984年版,第71页。
② 梁宗岱:《象征主义》,《诗与真·诗与真二集》,外国文学出版社1984年版,第67页。
③ 梁宗岱:《象征主义》,《诗与真·诗与真二集》,外国文学出版社1984年版,第71页。
④ 歌德:"象征是把现象转化为理念,再把理念转化为意象,因此理念在意象中发挥作用却无法捉摸,即便用尽一切言辞,也无法说出。""寓言是把现象转化为概念,再把概念转化为意象,因此概念在意象中是有限的,完全可以把握、获知并被说出。" Maximen und Reflektion, in: (Jrsg. H. von Einen u. Joachim Schrimpf) *Goethes Werke*, Bd. 7, Hamburg, 1956.

奏那弥天漫地的秋声一样。①

实现象征的这两个特性（融洽或无间；含蓄或无限）的最重要手段，在梁宗岱看来便是"契合"（Correspondences）——也是波德莱尔所提出的最广为人知的概念之一，同题诗也正是他的象征主义诗学纲领。自穆木天和梁宗岱以来，这首诗在中国读者群中特别引人瞩目。梁将之译为"契合"，全诗译文如下：

契合

自然是座大神殿，在那里
活柱有时发出模糊的话；
行人经过象征的森林下，
接受着它们亲密的注视。

有如远方的漫长的回声
混成幽暗和深沉的一片，
渺茫如黑夜，浩荡如白天，
颜色，芳香与声音相呼应。

有些芳香如新鲜的孩肌，
宛转如清笛，青绿如草地，
——更有些呢，朽腐，浓郁，雄壮。

---

① 梁宗岱：《象征主义》，《诗与真·诗与真二集》，外国文学出版社1984年版，第69—70页。

具有无限的旷邈与开敞，

象琥珀，麝香，安息香，馨香，

歌唱心灵与官能的热狂。①

至少有七个不同的版本，来自多名译者的翻译，他们尝试用新的汉字组合来与波德莱尔遥相呼应，如："契合"（梁宗岱）、"通感"（陈敬容）、"感应"（钱春绮）、"应和"（卞之琳）、"交响"（穆木天），还有"对应""相应"等②。几乎所有的这些译名都考虑到要凸显人与宇宙的密切关联。（除了陈敬容的"通感"，更侧重于再现不同感官的交感合成，这在诗中也多有体现。）穆木天认为："象征主义诗学的第一个特征，就是'交响'的追求。象征主义的诗人们以为在自然的诸样相和人的心灵的各种形式之间是存在着极复杂的交响的。声，色，熏香，形影，和人的心灵状态之间，是存在着极微妙的类似的。"③ 梁赞同穆的观点，同时又进一步强调，通过"契合"，"宇宙的大灵"得以显现：

> 在这短短的十四行诗里，波特莱尔带来了近代美学底福音。后来的诗人，艺术家与美学家，没有一个不多少受他底洗礼，没有一个能逃出他底窠臼的。因为这首小诗不独在我们灵魂底眼前展开一片浩荡无边的景色——一片非人间的，却比我们所习见的都鲜明的景色；并且启示给我们一个玄学上的深沉的基本真理，由这真理波特莱尔与十七世纪一位大哲学家莱宾尼滋（Leibniz）遥遥握手，即是："生存不过是一片大和谐"。宇宙间一切事物和现象，尽管如莱宾尼滋另

---

① 梁宗岱：《梁宗岱译诗集》，湖南人民出版社1983年版，第29页。
② 转引自陈子一《波特莱尔的通感说》，《象罔》1994年第4期。
③ 穆木天：《什么是象征主义》，《穆木天诗文集》，时代文艺出版社1985年版，第322页。

一句表面上仿佛相反的话,"一株树上没有两张相同的叶子",其实只是无限之生底链上的每个圈儿,同一的脉搏和血液在里面绵延不绝地跳动和流通着——或者,用诗人自己底话,只是一座大神殿里的活柱或象征底森林,里面不时喧奏着浩瀚或幽微的歌吟与回声;里面颜色,芳香,声音和荫影都融作一片不可分离的永远创造的化机;里面没有一张叶,只要微风轻轻地吹,正如一颗小石投落汪洋的海里,它底音波不断延长,扩大,传播,而引起全座森林底飒飒的呻吟,震荡和响应。因为这大千世界不过是宇宙底大灵底化身:生机到处,它便幻化和表现为万千的气象与华严的色相……①

此外,正如引文所示,梁宗岱也意识到,波德莱尔的理论与欧洲超验、玄学的思想传统一脉相承,可惜他并没有深究这个重要话题。对此,保罗·霍夫曼(Paul Hoffmann)曾指出:"这些古老的思想都是源自神秘主义和新柏拉图主义。自然掩藏着一个秘密,有待人类去揭示,现象的世界有些类似于超验的智慧。下界——我们——世界是节节上升、环环相扣,下一界是上一界的镜像。整个中世纪直至文艺复兴都被这种世界观所渗透。"② 尽管梁宗岱说出他对这首诗的认知,是波德莱尔展现给我们一片非人间的景色,"启示给我们一个玄学上的深沉的基本真理",但他只是称赞这首诗达到了"象征的最上乘艺术",就像陶渊明的名句一样。由此他确认,波德莱尔和陶渊明都是在观察的"我"与被观察的外界之间"物我两忘",成功地进入了"融洽无间的境界":"我们内在的真与外在底真调协了,混合了。我

---

① 梁宗岱:《象征主义》,《诗与真·诗与真二集》,外国文学出版社1984年版,第73—74页。
② Paul Hoffmann, *Symbolismus*, München: Wilhelm Fink Verlag, 1897, S. 76.

们消失,但是与万化冥合了。我们在宇宙里,宇宙也在我们里……"①

梁宗岱一再将西方现代派,如:瓦雷里,特别是波德莱尔源自二元超验主义思想的作品与中国传统的一元固有论的世界观相提并论,这大约不能不算是梁氏"作者诗学"的一个缺憾。因为正如余宝琳(Pauline Yu)在另一篇论文里的精辟见解,中国古诗是没有超验性的②。虽然这种根本上的不同似乎并不对象征主义的一流创作产生什么决定性的影响,但在讨论波德莱尔与陶渊明诗中"我和宇宙"关系的时候,梁宗岱应该已经注意到了二者之间的微妙区别。陶诗所表现出来的"物我两忘"在他看来是自我融入宇宙,毫不费劲、轻松自然地皈依汉语与生俱来的语言艺术的诗歌传统。而到了波德莱尔那里,他强调重要的是主体"放弃了认识,而渐渐沉入一种恍惚非意识,近于空虚的境界"③,由此一来,主体与客体之间的界线才会消融,"一种超越了灵与肉,梦与醒,生与死,过去与未来的同情韵律在中间充沛流动着"④。他还谈到了幻象中的心灵的沉醉,自我以一种神奇而隐秘的方式消失了,化身为宇宙的外物。为了特此说明,他引用了一段波德莱尔对吸食大麻之后的幻觉的描述:

> 有时候自我消失了。那泛神派诗人所特有的客观性在你里面发展到那么反常的程度,你对于外物的凝视竟使你忘记了你自己底存在,并且立刻和它们混合起来了。你底眼凝望着一株在风中摇曳的树;转瞬间,那在诗人脑里只是一个极自然的比喻在你脑里竟变成现实了。最初你把你底热情,欲望或忧郁加在树身上,它底呻吟和摇曳变成你底,不久你便

---

① 梁宗岱:《象征主义》,《诗与真·诗与真二集》,外国文学出版社1984年版,第76页。
② Pauline Yu, "Chinese and Symbolist Poetic Theories", in: *Comparative Literature* 4/1987, S. 34.
③ 梁宗岱:《象征主义》,《诗与真·诗与真二集》,外国文学出版社1984年版,第76页。
④ 梁宗岱:《象征主义》,《诗与真·诗与真二集》,外国文学出版社1984年版,第76页。

是树了。同样，在蓝天深处翱翔着的鸟儿最先只代表那翱翔于人间种种事物之上的永生的愿望；但是立刻你已经是鸟儿自己了。①

有趣的是，梁宗岱注意到波德莱尔"契合说"与老欧洲传统血脉相连的同时，又认定其诗学确有创新，并称他"带来了近代美学的福音"。这种创新意味着波德莱尔对二元超验主义的扬弃，可惜梁在下文中并未做出辨析，也错失了一次弥补其理论缺憾的重要机会。不少西方学者都认识到波德莱尔的创新和现代之处，例如：保罗·霍夫曼表示，波德莱尔的"契合"是一种新型的象征，与诗歌传统中的有着显著的不同。后者根植于一种信仰，相信自然本身就是"神性或超验现实"的象征②。就这个问题，霍夫曼又进一步指出："现在不能理所当然地以为，波德莱尔兴致勃勃地所谈论的'超自然'现实，就一定可以被具象化为斯威登堡的天国，或者柏拉图的理想国中所对应的来世的现实。波德莱尔诗歌并不展望真正的超验主义的'冥界'。"③关于这一点，霍夫曼简单介绍了与他观点一致的其他几位学者的研究成果。譬如：劳埃德·奥斯汀（Lloyd Austin）在"契合"所指向的"超自然"中只是看到了"既有的'自然'的深化，'存在的感觉'的拓展"；姚斯则认为，波德莱尔关于"幻觉"的定义十分现代，因为：

> 它既不是两个世界之间的浪漫主义和柏拉图主义的应和，也不是仿拟基督教的造物概念续接而成，因此它违反了

---

① Baudelaire, Charles, *Les Paradises artificiels/Die künstlichen Paradiese*, in (Hrsg.: Fiedhelm Kemp und Claude Pichois): Charles Baudelaire: *Sämtliche Werke / Briefe* (in acht Bänden), München: Carl Hanser Verlag, 1986, Band 6, S. 77. 汉译参见梁宗岱《象征主义》，《诗与真·诗与真二集》，外国文学出版社 1984 年版，第 76 页。
② Paul Hoffmann, *Symbolismus*, München: Wilhelm Fink Verlag, 1897, S. 81—82.
③ Paul Hoffmann, *Symbolismus*, München: Wilhelm Fink Verlag, 1897, S. 83.

先打碎一个旧世界，再创造一个新世界的先决条件，不可能是一个更高的现实的镜像。这里出现了一个反浪漫主义，同时也是反柏拉图主义的转折：现在，想象本身建立起一种新的物与物之间的关系，由此带来的可感知性也是新的……①

波德莱尔在其纲领性的代表作中所显现出来的对二元超验主义思想的扬弃，以及对超验性的否定到了马拉美、瓦雷里那里是作为诗的现代性的一个重要标志，种种因素使得象征主义诗歌创作对于新诗作者从直觉上来说大大地容易模仿和接受。中国新诗虽然摆脱了文言形式的束缚，但就审美世界观来说，依然是传统的一元固有论。余宝琳称之为"先验内在性"（transcendental immanence）：自古以来就不是模仿性的，而是作为表现主义的代表被描述为"中国文学文化模式"②，无从映射，却一直存在下去。正是在这一点上，梁宗岱和周作人等西方象征派的早期追随者们尚未做出充分的理论论证，便已直观感受到了象征主义就方法论而言似乎是与传统趋同。因此，他们积极主张既要继承本国的古典文学传统，也要向西方现代派学习，以建立新诗的现代性和合法性。梁宗岱对中国古代思想典籍的倚重，如：借用"心凝形释""物我两忘""冥想出神""融洽无间"和"宇宙意识"来阐明象征主义的"最上乘的诗"，使得诸如马拉美、波德莱尔、瓦雷里之类的高深莫测的法国诗人更显亲切，拉近了他们与新诗写者之间的距离，也因此而让他的中国同行认真思考一个问题：如何在与自身传统决裂之后重新与之和解。梁宗岱诗学最重大的意义还在于摆明了一种既面向世界又尊重传统的立场，免于一切意识形态和政治话

---

① 转引自 Paul Hoffmann, *Symbolismus*, München: Wilhelm Fink Verlag, 1897, S. 83—84.

② Pauline Yu, "Chinese and Symbolist Poetic Theories", in: *Comparative Literature* 4/1987, S. 36.

语的操控，让文学回归审美，这在他看来也正是新诗运动的意义之所在，应被视为"五四"新文化成果的最重要的标志。

第五节　梁宗岱诗学的影响

梁宗岱精致诗学的影响力既可说小也可说大。之所以说小，是因为以我们今天的眼光来看，梁宗岱针对新诗病症所开的这一剂药方理应疗效显著，药到病除，但当时的绝大多数诗人却甚少理会。20世纪30年代初期，中国的"现代诗派"自视为诗坛主流，他们更感兴趣的是词汇和主题的扩张，以表现前所未有的城市风景与生活感受，来证明他们的诗的现代性。而规模激增的左翼诗人，正在对"为艺术而艺术"的"新月派"展开猛烈抨击，自然也憎恶梁宗岱"纯诗"的艺术主张。即便是与他观点接近的"新月派的形式主义者"，虽然继续进行着形式和韵律方面的实验，却也不太理解何以复兴传统诗歌精神。像徐志摩一样，他们的文学趣味倾向于英美抒情诗中浪漫主义主体性的表达方式，或者现代的颓废派。闻一多曾对梁宗岱诗学赞许有加，可惜他后来的主要兴趣不在诗歌创作。他写于20世纪30年代的唯一的一首诗《奇迹》，也是他本人自认为最好的一首，展示了他将玄思冥想、感官化的抽象概念，连同令人印象深刻的象征主义和传统意象熔为一炉的勇气，可能也是受到了梁宗岱的影响，只是在这首诗之后，闻并没有沿着这条大有可为的新路继续走下去。

尽管如此，梁宗岱的诗学影响还是可以被称为是重大而持续的，因为它深深地铭刻在20世纪30年代最有才华的诗人之一——卞之琳的写作之中，带给他新鲜的实验的活力。他在传统的形式感、古老的世界观与现代的象征主义的敏感性之间寻找契合点，以此来表现城市风景与日常生活之中潜在的诗意。此外，历时近30年，经过反复的精心修订、与梁宗岱的多次磋商之后，卞之琳将瓦雷里的杰作 *Le*

Cemetière Marin译成了精彩的汉语版的《海滨墓园》①。在这首译诗中，他遵循了梁宗岱《水仙的断片》里的翻译策略，创造性地，同时也是精挑细选地征用了中国古诗中的一些意象和典故，将白话文的艺术水准提升到一个足以分辨高度复杂的象征主义语义层次的高度。这不仅仅是一个翻译的理想境界，更是一种在白话中寻找诗语的手段，并用于个人的原创②——当自己在现代中国的语境里与美相遇。卞同时也在20世纪30年代的文学创作中实践了梁的诗学思想，时至今日，这些创作依然代表着整个现代中国抒情诗的一个美学高度，为后来者所景仰。

梁宗岱诗学的再次被发现是在1981年——1949年之后，它已经被遗忘了三十余年。发现者柏桦——也是尚处于萌芽期的"后朦胧诗派"的早期代表之一，当时正在广州外国语学院英文系学习，而梁宗岱是法文系的一名退休教授。他早已不再写诗了，与夫人一起过着深居简出的生活。1951年他曾在广西百色被关进监狱两年多，差一点被公审并判死刑。他不再迷恋文字的炼金术，转而用中草药炼制"绿素酊"——一种神奇的万能药，"据说可以治疗癌症、肝病、气管炎及几乎所有疾病"，"只要病人求医，一概免费赠药"③。1981年2月的一个中午，柏桦在校园的一条林荫道上遇见一个高大结实的老人，正在和两位衣冠楚楚的法国人交谈，"他站得笔直，挂着拐杖，神态从容、高傲，只穿一件汗衫和一条短裤"④，这一套夏季装扮令毛衣加身的年轻诗人非常惊奇。一位同学告诉柏桦，这便是梁宗岱。这个名字令他联想起不久前读到的卞之琳译的瓦雷里的诗，卞在短文里提

---

① 参见卞之琳译《英国诗选》，湖南人民出版社1983年版，第186—195页。
② 参见卞之琳《雕虫纪历》（增订版），三联书店香港分店1982年版，第20页。
③ 柏桦：《去见梁宗岱》，《左边：毛泽东时代的抒情诗人》，牛津大学出版社2001年版，第65页。
④ 柏桦：《去见梁宗岱》，《左边：毛泽东时代的抒情诗人》，牛津大学出版社2001年版，第66页。

及，梁便是中国最早译介法国象征主义的诗人之一。虽然其时可以说是对他一无所知，但一种想去见他的冲动催迫柏桦立即采取行动。于是在5月的一个夜晚，柏桦揣着他"早期的一首象征派习作《夜》以及对波德莱尔的一鳞半爪知识"，来到梁宗岱的住所拜访老人，而后者看过之后，只轻声说道："这诗有特色。"[①] 老人还交给他一份早期文章的复印件，题目是《试论直觉与表现》，这在某种程度上激发他形成了自己的"抒情象征主义"的早期诗观，并总结性地认为，"一首好诗应该只有30％的独创性，70％的传统"，以此来创造一种艺术化、但却自然的诗的音乐性："诗和生命的节律一样在呼吸里自然形成"，这一过程除了要求具备天赋、学养、耐性、独具匠心和对完美境界的孜孜以求之外，还要与同时代的政治话语保持距离感。[②] 这听上去很像是梁宗岱以及瓦雷里诗歌理想的回声。柏桦和他的小伙伴们，所谓的"四川五君子"——柏桦、钟鸣、张枣、欧阳江河和翟永明，虽然个人风格各不相同，却是在梁宗岱诗学的感召之下，于1980年代初期开始踏上他们的诗歌道路，并从梁宗岱的建议中受益良多，由此而产生了一种被称为"后朦胧诗"的创作。这种诗尽管有着鲜明的先锋和实验立场，可是并没有丧失与传统的关联。这大约也要归功于梁宗岱。柏桦作为"后朦胧诗"阵营最被认可的写者之一，曾公开表示他的成功不仅仅来自对世界文学的影响保持开放胸襟——也是梁一再要求的态度，最根本的原因还是在于他对象征主义美学的坚持：

> 象征主义，它成了我早期诗歌的土壤、水、空气和灵

[①] 柏桦：《去见梁宗岱》，《左边：毛泽东时代的抒情诗人》，牛津大学出版社2001年版，第68页。
[②] 参见柏桦《去见梁宗岱》，《左边：毛泽东时代的抒情诗人》，牛津大学出版社2001年版，第82—83页。

魂。我后来曾倾心过坚实简练的意象派、解放潜意识并更加革命的超现实主义,以及菲里浦·拉金(Philip Larkin)的反对狂热呓语和暧昧朦胧的后现代冷峻诗篇,我甚至尝试过将叙事、民俗、古代生活内容及现实的日常细节移入诗歌(这方面新一代的年轻诗人做得很好),但象征主义的旋律已融化为我血液的旋律——我那血的潮汐。时间已到了1993年,但我仍然是一个"古老的"象征主义者。[1]

1983年梁宗岱在广州去世。第二年,柏桦写下了一首典型的象征主义的哀歌,题名为《夏天还很远》。短句与长句的交织在这里生成一种类似宋词的音乐性,而日常事物又暗示出"看不见的、宇宙的无边无际"(恰如梁对"象征"的理解),借一个父亲的形象("白衬衫"和"干净的布鞋")唤起对梁宗岱的哀思和悼念。逝去的是一个夏天,在那样一个季节,纯美和诗意的充实曾经渗透了我们贫乏的生活:

夏天还很远

一日逝去又一日
某种东西暗中接近你
坐一坐,走一走
看树叶落了
看小雨下了
看一个人沿街而过
夏天还很远

---

[1] 柏桦:《去见梁宗岱》,《左边:毛泽东时代的抒情诗人》,牛津大学出版社2001年版,第84页。

真快呀,一出生就消失
所有的善在十月的夜晚进来
太美,全不察觉
巨大的宁静如你干净的布鞋
在床边,往事依稀、温婉
如一只旧盒子
一只褪色的书签
夏天还很远

偶然遇见,可能想不起
外面有一点冷
左手也疲倦
暗地里一直往左边
偏僻又深入
那唯一痴痴的挂念
夏天还很远

再不了,动辄发脾气,动辄热爱
拾起从前的坏习惯
灰心年复一年
小竹楼、白衬衫
你是不是正当年?
难得下一次决心
夏天还很远①

---

① 译者注:柏桦《夏天还很远》,《往事》,河北教育出版社2002年版,第27—28页。

「第五章」
传统与实验：卞之琳和冯至的客观化技巧

第一节　极端主体性的背离

冯至（1905—1993）比卞之琳（1911—2000）大六岁，属于"五四"以后开始写新诗的第二代诗人，和徐志摩、闻一多、梁宗岱、李金发同属一代。而卞之琳自认为是第三代①。这种代际的划分使得卞在"古为今用，洋为中用"的问题上天然有一种开放的姿态。而冯至的诗也具备"化欧""化古"的特征，他与卞之琳同为北京大学的学生，都是在读书期间开始写诗，卞是在英文系，冯是在德文系，专业的选择也在不同程度上影响了他们的写作。冯至有一个叔叔名为冯文潜，当属中国最早留学德国研究哲学、美学的学者之一，在他的帮助下，冯至很快就能阅读日耳曼文学原典，对席勒和诺瓦利斯推崇备至，并以后者为研究对象，于1930年至1935年间在海德堡攻读博士学位。冯至也很早就注意到了里尔克，但对于其真正意义所在，却是到海德堡深入研修之后才有体会。直至20世纪40年代冯至创作十四行诗，里尔克对他的影响才开始显现。与冯相比，卞极少阅读德语文

---

①　三代诗人的概念源自理论家胡乔木。在一次诗歌问题座谈会上，胡乔木提出，"'五四'以后开始写新诗的，以特点说，大致先有过三代人：第一代对中国旧诗知道得较多，第二代对外国诗知道得较多，第三代对两方面都知道一点"。卞之琳自认为论年龄、论开始写诗时期，自己似乎应属于胡乔木所说的第三代。参见卞之琳《雕虫纪历》（增订版），三联书店香港分店1982年版，第18页。

学作品，主要关注的是英国抒情诗、法国象征派，师承徐志摩与梁宗岱。同时值得一提的还有现代主义的宗师艾略特，可惜迄今受到遮蔽。

除了闻一多，卞之琳和冯至也称得上是新诗史上极为看重诗歌形式和技巧的诗人，这常常表现为他们诗中所映射的元诗结构。他们的诗学思想总是围绕着一个设问：如何在一种非个人化、以客观性来凸显现代性的诗中，不是仅仅蹈袭西方，而是能够葆有其"汉语性"？在这个问题上，冯至虽然少有理论阐述，却在诗歌实践中多有无声的尝试。相形之下，卞之琳更愿意公开质疑，并与诗评家就方式和方法展开讨论。关于他的一些观点我们将在这里特别予以考察。

早在1925年，年仅19岁的冯至就发表了他的处女作，1929年出版第二本诗集《北游及其他》，大获成功，鲁迅称赞他是"中国最为杰出的抒情诗人"[①]。冯至的诗句塑造了抒情主体不言而喻的激情反叛形象，触碰到了时代的神经。他从不合时宜的陈词滥调中抽身而去，拒绝维持内心与外部世界的虚假的一团和气，转而以一种狂飙突进的主体性的表达来呈现日常现实。而外部世界——就像他在长诗《北游》中所展示的那样，变成了自我认知世界里的符码。所有的印象都已解体，被重新组装，拼贴成倦怠或者古怪的图像，折射出情欲的幻想和对社会的绝望。这种排挤一切、支配一切的自我意识的逻辑借"蛇"的隐喻被表现出来：

蛇

我的寂寞是一条蛇，

---

① 鲁迅：《〈中国新文学大系〉小说二集序》，《鲁迅全集》第6卷，人民文学出版社1981年版，第243页。

静静地没有言语。
你万一梦到它时,
千万啊,不要悚惧!

它是我忠诚的侣伴,
心里害着热烈的乡思:
它想那茂密的草原——
你头上的、浓郁的乌丝。

它月影一般轻轻地
从你那儿轻轻走过;
它把你的梦境衔了来
象一只绯红的花朵。①

"蛇"在这里成了"抒情我"的无从掩饰的欲望的化身。情人的客观本质被销蚀了,充溢着过于强烈的主观激情,并以爱的名义闯入特定的世界:"它把你的梦境衔了来/象一只绯红的花朵。"这种以"蛇"自况的极端主体性被冯至称为"忠诚的侣伴",这在他的早期创作中是不能舍弃的。但到了1941年,当他对抗沉默写诗逾15年之后,却突然发生了自我的背离。现在他深信,这种"狭窄"的自我造成了他以往写作的危机:"那时我们用简单的/文字/写出简单的诗文;/那时我们用幼稚的/文字/写出幼稚的思想。"② 只有突破这种"狭窄",才能克服"简单"和"幼稚",向着一种全新的、成熟的创作迈出第一步。而成熟的写作理应与"苦闷"保持距离。关于那一时

---

① 冯至:《蛇》,《冯至选集》(第一卷),四川文艺出版社1985年版,第32页。
② 冯至:《那时……》,《冯至选集》(第一卷),四川文艺出版社1985年版,第162页。

期的诗,他反思道:

> 抒写的是狭窄的情感、个人的哀愁,如果说它们还有些许意义,那就是从这里边还看得出五四以后一部分青年的苦闷。①

突破的到来是在 1941 年,当时冯至住在昆明附近的一座山里,每星期要进城两次去上课,来回十公里的路程是很好的散步,他也因此而成为里尔克诗学意义上的一个观察者。冯写道:

> 一人在山径上、田埂间,总不免要看,要想,看的好象比往日看的格外多,想的也比往日想的格外丰富。②

以这种方式看人观物,往往可以听到自己内在的一个声音,让观察者总有新的发现——发现隐藏在被观察对象之中的真实的现实,这种真实同时也是普遍意义上可以被认知的人类自身的一个镜像。细致入微地观看世界的"抒情我"现在变成了一个讲述者,一个报告人,外界变成了一幅画,被实体的画框框住。而那些令人情绪激动、给人带来创痛的经历,可以在画中得以倾诉,在读者的眼前呈现:

> 我时常看见在原野里
> 一个村童,或一个农妇
> 向着无语的晴空啼哭,

---

① 冯至:《诗文自选琐记(代序)》,《冯至选集》(第一卷),四川文艺出版社 1985 年版,第 12 页。
② 冯至:《〈十四行集〉序》,《冯至选集》(第一卷),四川文艺出版社 1985 年版,第 256 页。

是为了一个惩罚,可是

为了一个玩具的毁弃?
是为了丈夫的死亡,
可是为了儿子的病创?
啼哭得那样没有停息,

象整个的生命都嵌在
一个框子里,在框子外
没有人生,也没有世界。

我觉得他们好象从古来
就一任眼泪不住地流
为了一个绝望的宇宙。①

和冯至一样,卞之琳也是通过客观化的手法获得诗艺上的成熟。卞的早期抒情尝试主要侧重于形式建设,有一种浪漫主义加象征主义的多愁善感,风格上有些类似徐志摩——也是发现他、激励他的恩师。北平时期写过的诗中,有一首《群鸦》就是明显有着徐志摩的影子:

啊,冷北风里的群鸦,
哪儿去,哪儿去,
哪儿是你们的老家?

---

① 冯至:《十四行二十七首·六》,《冯至选集》(第一卷),四川文艺出版社1985年版,第128页。

> 啊，冷北风里的群鸦
> 落叶似的盘旋，
> 要降下了又不降下。①

全诗共由字句均齐的五小节组成（在此我们从中援引前两节）。每一节中都会重复第一句，由叹词"啊"开头，感情化的色彩无疑有些过浓了。这种模式也见于徐志摩的《去吧》，其中有一句"悲哀付与暮天的群鸦"②。自然界里的相关事物——冷北风里无家可归、不得安宁的群鸦承载着言说主体的孤独和失落，由此而象征着他的厌世情绪。浪漫主义的基调在卞之琳的早期创作中是占支配地位的，也被称为"新月阶段"③（1930—1932），按照卞本人的说法是"第一阵小浪潮"④。

但是不久，卞就有意做出改变，因为他认识到自己与徐个性迥异，也不必东施效颦，装出不像自己的样子。卞称他"总怕出头露面，安于在人群里默默无闻"，更怕公开"私人感情"⑤。出于这种个性化的需要，他尝试一种新的表达方式，"借景抒情，借物抒情，借人抒情，借事抒情"，"抒情我"理应与"经验我"分离。在日常数不清的投影中虚构一个"抒情我"，这在他更是得心应手：

> 这时期我更多借景抒情，借物抒情，借人抒情，借事抒

---

① 卞之琳：《群鸦》，《雕虫纪历》（增订版），三联书店香港分店1982年版，第140页。
② 徐志摩：《去吧》，赵遐秋等编《徐志摩全集》第1卷，广西民族出版社1991年版，第15页。
③ 为了强调不同创作阶段的诗各有其侧重点，卞之琳将之划分为三个发展时期：1930—1932，1933—1935，以及1938年之后。参见卞之琳《自序》，《雕虫纪历》（增订版），三联书店香港分店1982年版，第1—26页。但某研究者对此却有异议。例如：蓝棣之认为，1930—1932是卞诗的第一个阶段，1933—1937年是第二个阶段，1938年之后是第三个阶段。我在论文中依据的是蓝的分期观点。参见蓝棣之《论卞之琳诗的脉络与潜在趋向》，《文学评论》1990年第1期。
④ 卞之琳：《自序》，《雕虫纪历》（增订版），三联书店香港分店1982年版，第2页。
⑤ 卞之琳：《自序》，《雕虫纪历》（增订版），三联书店香港分店1982年版，第4页。

情。没有真情实感,我始终是不会写诗的,但是这时期我更少写真人真事。我总喜欢表达我国旧说的"意境"或者西方所说"戏剧性处境",也可以说是倾向于小说化,典型化,非个人化,甚至偶尔用出了戏拟(parody)。所以,这时期的极大多数诗里的"我"也可以和"你"或"他"("她")互换,当然要随整首诗的局面互换,互换得合乎逻辑。①

有趣的是,卞之琳在有关客观化的诗学讨论中,认为"意境"和"戏剧性处境"这样两个概念是有可比性的,甚至从最广义的角度来看趋同。"意境"源自我国古典诗学,王国维(1877—1927)在《人间词话》里说,客体与主体合而为一,进入"无我之境",诗意得以升华。在这种情况下,"以物观物,故不知何者为我,何者为物"②。自我完全融入物中,主体性的表达隐而不宣。与这种最高的诗境相对的是"有我之境","以我观物,故物皆著我之色彩"③。王夫之(1619—1692)称之为"情景交融":"情景一合,自得妙语,撑开说景者,必无情景也。"④ 强调的也是,创作过程并非一种主体改造世界的行为,而是个人献身于客观世界,是从技术层面上进一步再现"无我之境"。

第二个概念"戏剧性处境"出自艾略特的"客观对应物"理论(objective correlative)。艾略特是这样定义的,"在艺术形式中唯一表现情绪的途径是寻找'客观对应物'",即"一套事物,一种形势,一串事件,它们是你想表现的那种特殊情绪的公式";"只要这类东西一

---

① 卞之琳:《自序》,《雕虫纪历》(增订版),三联书店香港分店1982年版,第4页。
② 译者注:王国维《人间词话》,广西人民出版社2017年版,第4页。
③ 译者注:王国维《人间词话》,广西人民出版社2017年版,第4页。
④ 王夫之评选:《明诗评选》,陈新校点,文化艺术出版社1997年版,第238页。

出现……那种情绪也就一触即发"①。这里,艾略特要求艺术家在创作中遵从一种更高的价值标准,追求一种普遍性的、非个人化的文学作品。关于其中的辩证关系他这样写道:"诗不是放纵感情,而是逃避感情,不是表现个性,而是逃避个性。当然,只有那些拥有个性和感情的人才懂得什么叫作逃避这些东西。"②

卞之琳对艾略特的"客观对应物"理论其实并不陌生,好比是传统《易经》原理在城市生活场景的现代运用。艾略特用意象构图③将灵光消逝的大都市描绘成一片精神的荒地,他对面具和个人形象的使用,以及他以一个叙述的声音替代"抒情我"的显著在场,所有的这些手段在卞看来都能行之有效地将"内心世界"如"外部世界"一般塑造出来,从而实现在现代诗中抵达"无我之境"。1932年以后,卞之琳凭此技巧写成了《西长安街》《春城》等诗,特别值得一提的是短诗《苦雨》,他本人将之视为一种客观化、"成熟"的创作转型的开端:

苦雨

茶馆老王懒得没开门;
小周躲在屋檐下等候,
隔了空洋车一排檐溜。
一把伞拖来了一个老人:

---

① T. S. Eliot, "Hamlet", in: *Collected Essays*, London: Faber and Faber, 1969, p. 145.
② T. S. Eliot, "Tradition and Individual Talent", in: *Collected Essays*, London: Faber and Faber, 1969, p. 21.
③ 例如:卞之琳的诗句"伸向黄昏的道路像一段灰心"(《归》)让人想起艾略特的"街巷接着街巷像一场用心诡诈冗长乏味的辩论/要把人引向一个令人困惑的问题……"([英]T. S. 艾略特《J. 阿尔弗雷德·普鲁弗洛克的情歌》,汤永宽译,《情歌·荒原·四重奏》,上海译文出版社1994年版,第4页。)

"早啊,今天还想卖烧饼?"
"卖不了什么也得走走。"①

年轻的诗人在20世纪20年代的北方中国所体会到的厌倦、失望和徒劳的情绪,通过一幕日常生活场景的客观化转换而显现出来。"抒情我"是缺席的,隐藏在字里行间。作为三教九流的聚集之所,茶馆展示了生活的活跃的、有趣的一面。可是一场大雨让一切陷入停滞。首当其冲的是一些小人物:贩夫走卒、"骆驼祥子",以及所有的必须沿街讨生活的底层民众。他们只能听任命运的安排,除了等待别无选择。这首短诗的头四句中,每一句都有一个角色或者人物出场;后两句是以对话的形式收尾。一个卖烧饼的老人和一个等候在茶馆门前的熟人展开了这场对话。老人看上去是当中唯一的一位不顾恶劣的天气依然上街卖货的商贩。不过,他的一句回答"卖不了什么也得走走"透露了实情:与其说是果敢应对挑战,不如说是失望之余的听天由命。苦雨之下,百无聊赖,而茶馆的老板干脆"懒得没开门"。此处类似于艾略特和波德莱尔,是对"游荡者"的角色进行了美学化的处理。第四句诗"一把伞拖来了一个老人",令大雨滂沱之中举步维艰的老者形象跃然纸上。一个"拖"字,以及主语和宾语的倒置,以一种诙谐和荒谬的方式凸显了命运的无常和人性的异化。

卞之琳绝不追求同情或者社会批判的审美表达,而是展现他所处时代的共有的情绪和世界观的基石。他的意图在于:将主观感受到的时代精神转移到各种生活场景和人物身上,以诗的名义通过角色的内心发声。米歇尔·汉伯格(Michael Hamburger)将现代诗的这道工序定义为:"面具的庇护,由此而将孤独的个体转变为芸芸众生,将

---

① 卞之琳:《苦雨》,《雕虫纪历》(增订版),三联书店香港分店1982年版,第40页。

自我同一性的缺失转变为正面意义的存在的多样化或者普遍性。"①
卞之琳本人称自己的戴面具和客观化倾向是"不由自己,打上了三十年代的社会印记"②。这也是一种艺术行为,以一种社会同情和非个人化的视角切入现实,却并不伤害"纯诗"的原则。"我"变成了形形色色的人:从街头"小人物"到前线"狙击手",总是置身于日常事件之中,亲密接触人群,是他们当中的一员,同时也是观察者,作为广阔视野里的现实的目击者,探求生活的意义。在下面的这首小诗《几个人》中,"我"扮演成"一个年轻人在荒街上沉思",而他沉思的内容——从元诗的角度来看也是这首诗的内容,正是主观上的内心焦灼和精神危机③,在此却客观化地呈现为街上的生活图景:

几个人

叫卖的喊一声"冰糖葫芦",
吃了一口灰像满不在乎;
提鸟笼的望着天上的白鸽,
自在的脚步踩过了沙河,
当一个年轻人在荒街上沉思。
卖萝卜的空挥着磨亮的小刀,
一担红萝卜在夕阳里傻笑,
当一个年轻人在荒街上沉思。
矮叫花子痴看着自己的长影子,

---

① Michael Hamburger, *Die Dialektik der Modernen Lyrik*. München: Paul List Verlag 1972, S. 87.
② 卞之琳:《自序》,《雕虫纪历》(增订版),三联书店香港分店1982年版,第3页。
③ 沉思的人物形象在卞之琳和许多同时代的作家那里——其中也包括鲁迅——通常总是正面的。他指向一个具有社会批判精神和警醒意识的知识分子,区别于那些拒绝反思、思想僵化的庸众。

> 当一个年轻人在荒街上沉思：
> 有些人捧着一碗饭叹气，
> 有些人半夜里听别人的梦话，
> 有些人白发上戴一朵红花，
> 像雪野的边缘上托一轮落日……①

　　客观化进程中人与人之间关系的进阶也标志着冯至十四行诗的特征。内心世界对他而言不再只是私密空间，而是不可避免地关系到他人——无论亲疏远近。"我"不是只与这人或那人有关，而是与所有人有关。"我"也由此变成了"我们"，"被映在一个辽远的天空"，在别人的梦里显得"这般真切"：一切都与一切人有关。十四行诗第20首预示了这种神秘的视角：

> 有多少面容，有多少语声
> 在我们梦里是这般真切，
> 不管是亲密的还是陌生：
> 是我自己的生命的分裂，
>
> 可是融合了许多的生命，
> 在融合后开了花，结了果？
> 谁能把自己的生命把定
> 对着这茫茫如水的夜色，
>
> 谁能让他的语声和面容
> 只在些亲密的梦里萦回？

---

① 卞之琳：《几个人》，《雕虫纪历》（增订版），三联书店香港分店1982年版，第45页。

> 我们不知已经有多少回
>
> 被映在一个辽远的天空,
> 给船夫和沙漠里的行人
> 添了些新鲜的梦的养分。①

冯至在他的《十四行集》中持续将"我"泛化成"我们",与大众和百姓站在一起,不显得特殊或有贵族气质,而是超越于个人化的"我",象征着一个强有力的声音,与他人对话,共度时代风雨。他们的心头有"同样的警醒",肩头有"同样的运命",他们希望携手前行。这里赞扬的是大敌当前众志成城的齐心协力,痛惜的是日常生活和个人主义又令这种团结精神荡然无存。例如十四行诗第7首展示的正是这样一个瞬间:敌机空袭警报时,昆明的市民都躲到郊外。"我们"被喻为"大海",将"不同的河水"融成一片。从元诗的角度来看,也是自我物化为全诗的高潮,但只要危险过去,就很快恢复原貌:

> 和暖的阳光内
> 我们来到郊外,
> 像不同的河水
> 融成一片大海。
>
> 有同样的警醒
> 在我们的心头,

---

① 冯至:《十四行二十七首·二十》,《冯至选集》(第一卷),四川文艺出版社1985年版,第142页。

是同样的运命
在我们的肩头。

要爱惜这个警醒，
要爱惜这个运命，
不要到危险过去，

那些分歧的街衢
又把我们吸回，
海水分成河水。①

第二节 传统与"历史的意识"

除了艾略特的"客观对应物"理论，卞之琳也对他所阐发的传统、艺术家个人与传统的关系，以及个性在创作中发挥的作用很感兴趣。上述诗学观点见诸艾略特发表于 1917 年的名篇《传统与个人才能》②。卞大约也是认识到这篇论文对于中国新诗建设的重要性和现实意义的中国第一人，并在 1932 年将之翻译成汉语③。

艾略特视传统为一个活着的、有机的整体，其中，过去和现在通过艺术家有意识的占有而彼此获得滋养。一位艺术家不应仅仅将他的眼光、审美趣味和思想与创造的潜力局限于他所处的时代，对他而言，从荷马直至 20 世纪的整个西方文化和文学传统都必须是一个同时的存在。传统绝不只是属于过去，而更多的是一个动态的秩序，这

---

① 冯至：《十四行二十七首·七》，《冯至选集》（第一卷），四川文艺出版社 1985 年版，第 129 页。
② T. S. Eliot, "Tradition and Individual Talent", in: *Collected Essays*, London: Faber and Faber, 1969, pp. 13—22.
③ 艾略特：《传统与个人的才能》，卞之琳译，载《学文》第 1 卷第 1 期，1934 年 5 月 1 日。

个秩序检测着每一部新作,同时也因新作被添加进来而发生着变化。没有艺术家能够绕过传统:"诗人,任何艺术的艺术家,谁也不能单独地具有他完全的意义。他的重要性以及我们对他的鉴赏就是鉴赏对他和已往诗人以及艺术家的关系。"① 为了进入传统,艺术家必须培养"历史的意识",因为传统"不是继承得到的。你如要得到它,你必须用很大的劳力。首先,它含有历史的意识"②。这种历史的意识要求艺术家不但要理解过去的过去性,而且还要理解过去的现存性,自相矛盾地使一个作家"最敏锐地意识到自己在时间中的地位,自己和当代的关系"。③

卞之琳从艾略特那里认识到一个事实:本国文化传统中以往文学与哲学成就对于新诗的现代性进程来说并不是一个阻碍,反倒是一个必要的帮助。而在1920年代中后期直至1930年代,与卞之琳所见略同的还有许多重要的诗人和理论家,如:闻一多、朱湘、戴望舒、何其芳、废名、梁宗岱、冯至等,他们重新发现了"传统"。他们对西方现代派,诸如波德莱尔、瓦雷里、艾略特、庞德或者里尔克了解得越多,便越能深切感到实验风格和现代主义不一定会与古典诗韵违和,追求创新也并不意味着要与传统脱节,而是包含着对旧诗的批判性和创造性的延续。不同于胡适、刘大白等第一代中国新诗写者的反传统姿态,闻一多提出,新诗"不但新于中国固有的诗,而且新于西方固有的诗;换言之,他不要做纯粹的本地诗,但还要保存本地的色彩,他不要做纯粹的外洋诗,但又要尽量地吸收外洋诗的长处;他要

---

① T. S. Eliot, "Tradition and Individual Talent", in: *Collected Essays*, London: Faber and Faber, 1969, p. 15.
② T. S. Eliot, "Tradition and Individual Talent", in: *Collected Essays*, London: Faber and Faber, 1969, p. 14.
③ T. S. Eliot, "Tradition and Individual Talent", in: *Collected Essays*, London: Faber and Faber, 1969, p. 14.

做中西艺术结婚后产生的宁馨儿"①；戴望舒认为，"旧的古典的应用是无可反对的，在它给予我们一个新情绪的时候"②；废名则表示，与初期白话诗作者相比，1930年代的青年人态度很是不同，他们"并不是从一个打倒旧诗的观念出发的，他们与中国旧日的诗词比较生疏，倒是接近西方文学多一点，等到他们稍稍接触中国的诗的文学的时候，他们觉得那很好。他们不以为新诗是旧诗的进步，新诗也只是一种诗"③；梁宗岱通过对新古典主义先锋瓦雷里的译介，希望将中国新诗引出形式和主题的困境④；冯至在里尔克晚期的作品中觉察到古诗新作的重要性，因而呼吁重温"旧日的梦想"（譬如庄子的"鲲鹏"之梦），"去和宁静的星辰谈话"⑤，但同时又提醒人们要"拆除那些颓毁的宫殿，不要让它们长久蒙混纯正的传统"，只有用革命的手段铲除那些障碍物，"最深的传统"才能被挖掘出来⑥。卞之琳也认同冯至的观点。卞深信，一切取决于新诗能否"化古"，"化欧"，他写道：

> 我写白话新体诗，要说是"欧化"（其实写诗分行，就是从西方如鲁迅所说的"拿来主义"），那么也未尝不"古化"。一则主要在外形上，影响容易看得出，一则完全在内涵上，影响不易着痕迹。一方面，文学具有民族风格才有世界意义。另一方面，欧洲中世纪以后的文学，已成"世界的文学"，现在这个"世界"当然也早已包括了中国。就我自

---

① 闻一多：《〈女神〉之地方色彩》，《闻一多全集》（第三册），生活·读书·新知三联书店1982年版，第361页。
② 戴望舒：《诗论零札》，《戴望舒诗全编》，浙江文艺出版社1989年版，第692页。
③ 参见冯文炳《谈新诗》，人民文学出版社1984年版，第231页。
④ 参见梁宗岱《论诗》，《诗与真·诗与真二集》，外国文学出版社1984年版，第30页。
⑤ 冯至：《十四行二十七首·八》，《冯至选集》（第一卷），四川文艺出版社1985年版，第130页。
⑥ 参见冯至《传统与颓毁的宫殿》，《冯至选集》（第二卷），四川文艺出版社1985年版，第93—96页。

己论,问题是看写诗能否"化古","化欧"。①

在第二个创作阶段(1933—1937),卞之琳的"化古""化欧"在实践中取得了很大的成功。他写下了很多短诗,让他名垂诗史。这些诗不仅仅遵守着客观化的要求,还生发出"历史的意识"——通过在观察中引入双重的维度。由此一来,被展现的外部世界除了指涉当下和现代,还包含着历史原型。卞懂得如何巧妙地添加诗词典故,化文言的腐朽为现代的神奇。这些古语使得日常场景产生了一种陌生化效应,让现实显得奇幻而富有魔力,并不断地提醒读者:他是一个有历史的人,那种亘古不变的人性层面的文化传承是有效的,即使是在急剧变革的年代依然能够保留下来。除了《距离的组织》《圆宝盒》《断章》《尺八》和《半岛》,《音尘》也属于这一阶段的佳作:

音尘

绿衣人熟稔的按门铃
就按在住户的心上:
是游过黄海来的鱼?
是飞过西伯利亚来的雁?
"翻开地图看,"远人说。
他指示我他所在的地方
是那条虚线旁那个小黑点。
如果那是黄金的一点,
如果我的坐椅是泰山顶,
在月夜,我要猜你那儿

---

① 卞之琳:《自序》,《雕虫纪历》(增订版),三联书店香港分店1982年版,第18—19页。

准是一个孤独的火车站。
然而我正对一本历史书。
西望夕阳里的咸阳古道,
我等到了一匹快马的蹄声。①

诗名看上去就很奇怪:卞之琳借用了传统的一个诗词术语,有意赋予文本"历史的意识"。文言用词"音尘"的意思是"音讯""消息",实为驿马传书时代人与人之间通讯往来的一个形象化的描述。这幕被唤起的画面非常生动地再现了日夜兼程的信使疾驰在古老的驿道上,扬起的声声马蹄和阵阵尘土。古典诗词中,"音尘"通常蕴含着朋友、恋人和亲人之间因相距遥远而音讯难通的分离之痛。与这首诗形成互文关系的是唐代诗人李白的词《忆秦娥·箫声咽》:

箫声咽,秦娥梦断秦楼月。秦楼月,年年柳色,灞陵伤别。　乐游原上清秋节,咸阳古道音尘绝。音尘绝,西风残照,汉家陵阙。②

卞之琳不仅援引了李白词中的"古道""咸阳""音尘"等文言词汇,还一并挪用内中暗含的历史意识。李白笔下,历史的沧桑感是透过离别之后的音讯全无("音尘绝"),以及改朝换代("汉家陵阙")之中个人命运的风雨飘摇来表现的,凸显了人与历史的关联性。不同于李白所展示的那片杳无人烟的旷达之境,卞之琳的世界住着言说的"我"——收信人和寄出明信片的"你"——远方的一位朋友,还有一位绿衣邮差,他带来了游踪不定的友人的信息。而在推测友人最新

---

① 卞之琳:《音尘》,《雕虫纪历》(增订版),三联书店香港分店1982年版,第66页。
② 李白:《忆秦娥》,《李白杜甫诗全集》,北京燕山出版社1995年版,第215页。

动向的两句提问中,卞将古代用以形容书信的"鱼雁"拆解成了"鱼"和"雁",让这两个意象从虚拟变得真实,但同时也消解了二者之间的对立性,具有了超现实主义的意味。朋友到底身处何方?他在海外,在异国,在一个像西伯利亚那样对于言说的"我"显得陌生的地方。"我"从一个广博而又未知的国度收到了一条讯息,显示出远人的位置在地图上好比"虚线旁那个小黑点"。类似的比照也常见于古典诗词绘画,体现了道家的人生观①:在海纳百川、浩瀚无边的大自然面前,个人看上去是渺小的、不起眼的——也是对自身主体性的放弃的一种隐喻性的说明,因为和谐之道远高于一切。对于存在的生活空间,个人也无权占有,最多只能从中生发一种处之泰然的意识:短暂的生命永远无法超越周边的环境。至于安身立命之所,杜甫曾经自问自答道:"飘飘何所似,天地一沙鸥。"② 这种独白式的、心平气和,却又带着几分自嘲口吻的自我定位的游戏也可在卞之琳的这首诗中寻见,也属于他的互文意图的一部分。

当诗中写到泰山——中国北方第一山时,随之唤醒的是深得传统精髓的一个视角、一种观察的哲学。这里卞之琳再次向杜甫靠拢:"会当凌绝顶,一览众山小。"③ 这是一种让熟悉的事物显得陌生的视角,对于真实的感知、对于绝对的主观要求都被赋予了相对的意义。相对主义是理解庄子哲学的关键:大与小、长与短、我与你、人与物若是换一个角度观察,都将指向变化着的、千差万别的结果④。作为道家思想的开路人,庄子的著述也具有极高的文学价值,对于后世来

---

① 例如柳宗元的诗《江雪》:"千山鸟飞绝,万径人踪灭。孤舟蓑笠翁,独钓寒江雪。"在千山万水的远景衬托之下,蓑笠翁的孤单身影与大自然相比愈发显出人类的微不足道。更进一步说,蓑笠翁是一个常规意义上的道家的化身,退隐官场,回归山野,他在寒江雪中独自垂钓的无用的努力,折射出他对成败的无动于衷。对于道家来说,生与死,春与冬,日与夜都是相对概念,并非截然相反。荒凉的景色暗示的不是悲哀,而是自我放逐。
② 杜甫:《旅夜书怀》,冯江五选注《杜甫诗选》,万里书店 1980 年版,第 70 页。
③ 杜甫:《望岳》,《杜甫诗选(汉英对照)》,李惟建译,四川人民出版社 1985 年版,第 9 页。
④ 参见《庄子·齐物论》,陈鼓应《庄子今注今译》,中华书局 1983 年版,第 32—92 页。

说成为一个永不枯竭的灵感源泉。同杜甫一样,卞之琳也深受庄子哲学的影响,特别是他的《齐物论》,被卞视为精神成长史上的重要一课①。

同样也是在相对的视角中,卞之琳继续写出下面的诗句:从泰山顶象征性地望向无限的远方,月夜中的一个火车站——友人所处的位置,在他眼中想必是庞大的建筑,而在万里之外的遥想者看来却只是闪闪发光、极其微小的黄金的一点。反而言之,"我"所处的位置,在他看来想必也只是一粒微缩的尘埃——倘若尚未消失不见。由具体事物升华而成的认知到了诗的结尾突然有了一个戏剧性的转折:邮差按门铃的声音打断了"我"的思绪,将"我"从一本历史书的语境中拉了出来。如此突然,以至于遁入幻觉,混淆了古代与眼前的现实:咸阳古道的一匹快马的蹄声送来了一封期盼已久的信。幻想、过去与现实融为一体,令先前所述的一个关于地点的疑问有了一个时间的解答。换句话说,空间和时间并非并行不悖、井水不犯河水的两个抽象名词,而是可以取决于彼此、融合成一体的相对性的存在。在相对主义的宇宙之中,人的形象、"我"的主体性和同一性、向前发展的现代性(火车站的意象)、陌生与熟悉、传统与当代、个人与历史、原创与接受,几乎所有的用惯常的眼光来看都包含着矛盾性和对立性的概念,在紧迫的真相声明中似乎都互为抵消,被引向一片和谐的静谧。此时,从一个古老的视角和历史意识的深处想象出来的一封来自文化传承的信获得了重生,并在卞之琳的诗中产生了现代的诗意。

这封想象的信就像一个从"旧日"、从"星辰"飞来的"梦想",在我们中间寻找着收件人。冯至就是以这种方式来表现传统在持续发

---

① 卞之琳:《成长》,《沧桑集》,江苏人民出版社1982年版,第17页。

挥着作用①。这封信不可能"投身空际",化作"远水荒山的陨石一片"②。而事实上收到这封信,并获得历史意识的人会因这笔文化遗产而拓展了格局,抛弃自身的"小我"。对传统的渴望就是对"非个人化"和抒情主体"崇高化"的渴望,以及对天人合一的古老理想的渴望:"给我狭窄的心/一个大的宇宙!"③ 从这个意义上来说,传统给予冯至"无穷的神的力量",不畏时代变迁,或者说恰恰是因为改朝换代、历经考验而更能鼓舞人心。例如,他在一首致杜甫的诗中这样写道:

> 你在荒村里忍受饥肠,
> 你常常想到死填沟壑,
> 你却不断地唱着哀歌
> 为了人间壮美的沦亡:
>
> 战场上健儿的死伤,
> 天边有明星的陨落,
> 万匹马随着浮云消没……
> 你一生是他们的祭享。
>
> 你的贫穷在闪烁发光
> 像一件圣者的烂衣裳,
> 就是一丝一缕在人间

---

① 冯至:《十四行二十七首·八》,《冯至选集》(第一卷),四川文艺出版社1985年版,第130页。
② 冯至:《十四行二十七首·八》,《冯至选集》(第一卷),四川文艺出版社1985年版,第130页。
③ 冯至:《十四行二十七首·二十二》,《冯至选集》(第一卷),四川文艺出版社1985年版,第144页。

也有无穷的神的力量。
　　一切冠盖在它的光前
　　只照出来可怜的形象。①

　　与卞之琳不同的是，冯至诗中没有明显的引经据典的痕迹，取而代之的是一种结构上的借鉴，其源头首先追溯到里尔克或者歌德，但进一步分析，又指向古老的传统国学：庄子、孔子或者《易经》。在他的十四行诗中，冯至多次提到生命的轮回、生生不息的个人的运命，并为存在而歌唱。就像里尔克在《杜伊诺哀歌》中那样，冯至也赞美"变幻"，但是二者之间的根本差异在于：里尔克将之理解为一种超验的、神性的力量；而冯至却以为这是内在所固有的自然事件——只要他没有失去与宇宙的联系，便能时时在内心体验，而不是在外部发生。正是这种与生俱来的关联性——其中，人并非万物之主，只是宇宙的一部分，而全部宇宙是他自身存在的一面镜子——使他获得了"新生"或者唱出了"歌声"：

　　这里几千年前
　　处处好像已经
　　有我们的生命；
　　我们未降生前

　　一个歌声已经
　　从变幻的天空，
　　从绿草和青松

---

① 冯至：《十四行二十七首·十二》，《冯至选集》（第一卷），四川文艺出版社1985年版，第134页。

唱我们的运命。

我们忧患重重,
这里怎么竟会
听到这样歌声?

看那小的飞虫,
在它的飞翔内
时时都是新生。①

第三节 "水"作为客观化的宇宙意象

卞之琳和冯至都表现出"抒情我"与宇宙的一种基本元素的密切关联,这种元素便是水②。水因其投影能力而象征着自然内在的认知力,也倒映出人类的聪明才智和认识自己的渴望。冯至将之看作是"泛滥无形"的存在的证明,希望创作就像是从一片水里"取来椭圆的一瓶"③。卞之琳每每谈到"水"意象,总是联想起"心得""道""知""悟",或者"beauty of intelligence"④ ——这些词通过对"水"

---

① 冯至:《十四行二十七首·二十四》,《冯至选集》(第一卷),四川文艺出版社 1985 年版,第 146 页。
② 通过研究抒情主体与宇宙基本元素——如:水、火、气、金之间的紧密联系来解读神秘诗学是加斯东·巴什拉(Gaston Bachelard)建议的一种方法,参见 Gaston Bachelard, *La Psychanalyse du feu*, Paris: Garllimard, 1938; *L'Air et les Songes*, Paris, Corti, 1943. 而当代的一个令人印象深刻的尝试是玛丽·安·考斯(Mary Ann Caws)用基本元素来阐释勒内·夏尔(René Char)的诗。参见 Mary Ann Caws, *René Char*, Boston, Twayne Publishers, 1977, pp. 74—136.
③ 冯至:《十四行二十七首·二十七》,《冯至选集》(第一卷),四川文艺出版社 1985 年版,第 149 页。
④ 参见卞之琳致刘西渭的信,刘西渭(李健吾):《咀华集》,花城出版社 1984 年版,第 117 页。

的观察而获得,指涉主体的自我反思。"水"哲学源自孔子①。子曰:"知者乐水〔……〕知者动。"② 水承载着太多以往的诗意的瞬间,凝聚着历代先贤和传统文化的情感,令卞之琳不禁发出由衷的喟叹:

"水哉,水哉!"沉思人叹息
古代人的感情像流水,
积下了层叠的悲哀。③

这样的水可以塑造人、教育人,只要他足够聪明,学习水的优长,并将之转化为一种生活态度。卞之琳的诗《鱼化石》是写给水的爱的宣言。抒情主体或人类智慧在这里装扮成一条鱼的样子。在这场关于爱的讨论中④,抒情"我"表达了他对爱人之间鱼水和谐的愿望。

鱼化石

(一条鱼或一个女子说:)

我要有你的怀抱的形状,
我往往溶化于水的线条。
你真像镜子一样的爱我呢。

---

① 有学者认为,卞之琳的自然意象也是受到了道家的影响。参见 Lloyd Haft, Pian Chih-Lin, *A Study in Modern Chinese Poetry*, Dordrecht-Holland / Cinnaminson-U. S. A., 1983, S. 41—42; Michelle Yeh, *Modern Chinese Poetry: Theory and Practice since 1917*, New Haven: Yale University Press, 1991, pp. 119—120.
② 杨伯峻:《论语译注》,中华书局香港分局1984年版,第62页。
③ 卞之琳:《水成岩》,《雕虫纪历》(增订版),三联书店香港分店1982年版,第162页。
④ 鱼和与之相关的词,如:"钓鱼""渔网"等,从《诗经》开始就是爱和性的隐喻。卞之琳显然深知这一点,更何况他的老师闻一多还对此有过精彩阐释(参见闻一多《说鱼》,《闻一多全集》[第一册],生活·读书·新知三联书店1982年版,第117—138页)。

你我都远了乃有了鱼化石。①

水对于"鱼"来说是存在的必需,其映像功能如爱一般有助于鱼的自我认知,从而导向一种彼此之间相互依存的和谐关系。这种彼此之间的和谐在于水对鱼的塑造并非存在方式的强迫改变(如鱼的外观形态和游动姿态),而是任其遵照原本的样子发展自身。在鱼看来,水的形状就是他自己的形状,像一个值得追求的"怀抱",置身其中,渐渐"溶化"。根据卞之琳本人的注释,大千世界小我变迁,这首诗是对"生生之谓易"的生命状态的赞叹。②

对于水的爱——爱它的自我映照和反射功能,形成了一种诗意的眼光,使得诗人在审视人与人之间的相互关系之时进入了一种唯有在透视或相对的情况下才存在的现实。卞之琳常常在观察近水之人的时候采用这种视角,譬如下面的这首诗:

断章

你站在桥上看风景,
看风景人在楼上看你。

明月装饰了你的窗子,
你装饰了别人的梦。③

---

① 卞之琳:《鱼化石》,《雕虫纪历》(增订版),三联书店香港分店1982年版,第167页。
② 参见卞之琳《鱼化石》,《雕虫纪历》(增订版),三联书店香港分店1982年版,第167页。
③ 卞之琳:《断章》,《雕虫纪历》(增订版),三联书店香港分店1982年版,第64页。

人类择水而居，繁荣兴盛。但与此同时，也会意志消沉，自我封闭。淙淙流动的水在永恒的动态中无动于衷地见证着生命的徒劳和易逝。《古镇的梦》表现的正是这种几近干涸的生活状态，因为波澜不惊的日常已经让人们失去了与水的交流：

> 小镇上有两种声音
> 一样的寂寥：
> 白天是算命锣，
> 夜里是梆子。①

这两种"声音"象征着人类对水以及生命本真的视而不见：一面是算命的瞎子，预言命运的走向，却无法看到人与所处的宇宙背景之间的视觉关联；另一面是夜巡的更夫，守卫财产的安全。与之相对的还有第三种"声音"，便是"桥下流水的声音"：

> 是深夜，
> 又是清冷的下午：
> 敲梆的过桥，
> 敲锣的又过桥，
> 不断的是桥下流水的声音。②

人们已经辨不清时间的区隔，"深夜"和"下午"没有什么分别，"不断"的流水声提醒着人们，生命是易逝而徒劳的。如果这个信号完全是空投，并没有引发人们的反思，水便会中断与人们的通讯，漠

---

① 卞之琳：《古镇的梦》，《雕虫纪历》（增订版），三联书店香港分店1982年版，第53页。
② 卞之琳：《古镇的梦》，《雕虫纪历》（增订版），三联书店香港分店1982年版，第54页。

不关心、毫不在乎地旁观一切。它的独特的"声音"(一开始是"声音"),到了文本的末尾就变成了无法理解的、自然的"杂音"。

在儒家看来,"天人合一"就是人类原初的、内在的良善和智慧被全知全能的宇宙的光照亮。而卞之琳和冯至是用现代手法来处理这一古老命题。二人都十分关注人与人之间的行为方式,背景也常常与水有关。水警示着现代人的离群索居,以及存在的冷漠与孤独,希望唤醒他们予以关注,并克服这种状态。冯至的十四行诗第五首表现的是"西方的那座水城"——隐喻意义上的威尼斯,那里的每个居民都住在自己的"寂寞"里,毫无生机地倒映在水中:

> 我永远不会忘记
> 西方的那座水城,
> 它是个人世的象征,
> 千百个寂寞的集体。①

然而,当居民们意识到"一个寂寞是一座岛",将他们彼此分离,便用行动结束了这种自闭状态,缔结了相互之间的友谊。沟通心灵的桥同时也是横跨岛屿的桥:

> 一个寂寞是一座岛,
> 一座座都结成朋友。
> 当你向我拉一拉手,
> 便象一座水上的桥;②

---

① 冯至:《十四行二十七首·五》,《冯至选集》(第一卷),四川文艺出版社1985年版,第127页。
② 冯至:《十四行二十七首·五》,《冯至选集》(第一卷),四川文艺出版社1985年版,第127页。

心怀坦荡的友谊与爱像"岛"上开了一扇窗户，人们可以从中探出头来，互相张望、彼此呼唤。水上的居所也变得富有生机和人情味儿：

> 当你向我笑一笑，
> 便象是对面岛上
> 忽然开了一扇楼窗。①

可是，所有这些美好的时刻并非持久而稳定的人际关系。如同十四行诗第七首那样，单个的人重回孤独，就像"海水分成河水"，此处也有类似的结局：门窗紧闭，桥上的人们也踪影全无。水不再是我们短暂存在的见证，而是冷漠无言的事物，退回到背景里，几乎不让人察觉到它的在场：

> 只担心夜深静悄，
> 楼上的窗儿关闭，
> 桥上也断了人迹。②

卞之琳的《半岛》也是以水意象为中心，点化了心灵相通的美妙一瞬。卞之琳自陈这是一首情诗。1937年，他与一个三年前初次结识、心有灵犀却擦肩而过的女孩儿不期然间再次重逢，"发现这竟是彼此无心或有意共同栽培的一粒种子，突然萌发，甚至含苞了"③。他自嘲说，隐隐中"又在希望中预感到无望，预感到这还是不会开花

---

① 冯至：《十四行二十七首·五》，《冯至选集》（第一卷），四川文艺出版社1985年版，第127页。
② 冯至：《十四行二十七首·五》，《冯至选集》（第一卷），四川文艺出版社1985年版，第127页。
③ 卞之琳：《自序》，《雕虫纪历》（增订版），三联书店香港分店1982年版，第8页。

结果。仿佛作为雪泥鸿爪,留个纪念"①,成为他写下一系列情诗的动因。《半岛》正是其中一首,写得非常隐秘。不过,若是将"水"的象征寓意在人与人之间的交往层面做深入考察,便也不难理解其中意味:

半岛

> 半岛是大陆的纤手,
> 遥指海上的三神山。
> 小楼已有了三面水
> 可看而不可饮的。
> 一脉泉乃涌到庭心,
> 人迹仍描到门前。
> 昨夜里一点宝石
> 你望见的就是这里。
> 用窗帘藏却大海吧,
> 怕来客又遥望出帆。②

言说者将水分为两种:海水和泉水——第一种代表迄今沉默而无言的爱:可看而不可饮的。第三句暗示言说者是住在半岛的一座楼上,从地理位置来看,距离他的心上人不远。而在接下来的一句,情况突然有了一个不易察觉的好转:"一脉泉乃涌到庭心,/人迹仍描到门前。"水以泉的形式抵达了庭院深处(主人的内心),与此同时出现的还有门前留下的脚印:"你"拜访了言说者。似乎他们之间有所交

---

① 卞之琳:《自序》,《雕虫纪历》(增订版),三联书店香港分店1982年版,第8页。
② 卞之琳:《半岛》,《雕虫纪历》(增订版),三联书店香港分店1982年版,第71页。

流：言说者终于对"你"表白了爱。自第七句起，第二人称的表述指明了真实的、直接的"你"的现身，与言说者进行了对话，沉默被打破，变成了庭心涌动的汩汩泉脉。诗的最后，相爱之人说出他们共同的心愿：永远不失所爱，不再重新陷入无言的陌生状态——这里是用不可饮的"海水"象征那种说不出口的不确定性和恐惧。

扬帆出海、逆水行舟，这在卞之琳的诗中多是有着正面意义的，代表着"精神的追寻"——也可以从儒家的象征意义上解读为：水是动态的，永无止息地向前奔流，每时每刻都是新的。我们的求知和得道过程也应是这样。子曰："道不行。乘桴浮于海。"① 对于孔子来说，这种追寻始终伴随着一种意识，即：我们自己和个人的生命不容抗拒地消逝在不停流走的时光里。只要站在河岸，注视着滔滔流水，就能被一个诗意的瞬间捕获：

子在川上，曰："逝者如斯夫！不舍昼夜。"②

但人类命运从来不止于短暂易逝。认识到这一点，便要积极行动，有所建树，"朝闻道，夕死可矣"③。在儒家知识分子看来，"立言"著书，以传后世，是乐天之为。从这个意义上，冯至将创作视为寻找或者带来我们短暂存在的证明。卞之琳则以"水边人想在岩上刻几行字迹"④ 来描绘诗人的形象。两位诗人都想到要为生命留痕，并且通常是围绕着水意象来映射他们自己的写作。水变成了自我反思的诗学的核心。下面我们将分别就两位诗人每人一首有特色的元诗来展开评述。

---

① 杨伯峻：《论语译注》，中华书局香港分局1984年版，第43页。
② 杨伯峻：《论语译注》，中华书局香港分局1984年版，第92页。
③ 杨伯峻：《论语译注》，中华书局香港分局1984年版，第37页。
④ 卞之琳：《水成岩》，《雕虫纪历》（增订版），三联书店香港分店1982年版，第162页。

卞之琳的《圆宝盒》首先是以一次航行或者水上的探寻与《论语》建立了互文关系。而晶莹圆润的珍珠又令人联想起禅宗借珠串隐喻人与物的神秘一体性。卞之琳希望得着一只"圆宝盒",或者说,找到一首诗,字字珠玑,"掩有全世界的色相":

> 我幻想在哪儿(天河里?)
> 捞到了一只圆宝盒,
> 装的是几颗珍珠:
> 一颗晶莹的水银
> 掩有全世界的色相,①

卞之琳声称,尽管这首诗源自诗人的内心想象,呈现的并非天国的镜像,而是此岸的、尘世的昙花一现的现象,但正是在千变万化、可感可知的形式中,某种超验性的、超维度的东西,如时间、命运,变得可视了。卞希望完成一种内在的超验的创作,虽然主题和技法是现代的,本质却依然是传统的中式。他罗列了一系列人世的生活场景,来"反照"一个"珠"字;随后,又手段高超地利用视觉上的水的反射效应,让此岸的存在被彼岸的"蓝天"搂在"怀里"。由此一来,诗美立现,天空与大地、词与物、宇宙与人都融成一片:

> 一颗金黄的灯火
> 笼罩有一场华宴,
> 一颗新鲜的雨点
> 含有你昨夜的叹气……
> 别上什么钟表店

---

① 卞之琳:《圆宝盒》,《雕虫纪历》(增订版),三联书店香港分店1982年版,第164页。

听你的青春被蚕食,

别上什么古董铺

买你家祖父的旧摆设。

你看我的圆宝盒

跟了我的船顺流

而行了,虽然舱里人

永远在蓝天的怀里,①

最后,卞之琳说起这首客观化的诗(圆宝盒),就像是说起宇宙意象,如:水,映照着人与宇宙的契合之光。如同冯至的十四行诗第五首,卞之琳也用"桥"来隐喻人的原初的、内在的善与宇宙之间的圆融一体。这种共同的善——仁,连同宇宙的基本法则——理,表现为人道和人与人之间的爱,这让宇宙变成了一座桥,一首普遍意义上的诗:

虽然你们的握手

是桥——是桥!可是桥

也搭在我的圆宝盒里;

而我的圆宝盒在你们

或他们也许也就是

好挂在耳边的一颗

珍珠——宝石?——星?②

卞之琳的"圆宝盒"好比冯至的十四行诗第 27 首中的"椭圆的一

---

① 卞之琳:《圆宝盒》,《雕虫纪历》(增订版),三联书店香港分店 1982 年版,第 164 页。
② 卞之琳:《圆宝盒》,《雕虫纪历》(增订版),三联书店香港分店 1982 年版,第 165 页。

瓶",诗人"从一片泛滥无形的水里"取来,让无法定形的事物"得到一个定形"。这里,契合的原则也存在于诗与水、人与宇宙之间。不过,冯至的元诗表述与卞之琳的有着微妙的不同:冯侧重于强调行动,而卞更信任诗人的天赋,单凭自省就能反观外界和宇宙的投影。卞的诗像是原始状态的水,恰恰是这份本真令其映照一切。冯则更多的是将写诗视为形式化、审美的行为:

> 从一片泛滥无形的水里
> 取水人取来椭圆的一瓶,
> 这点水就得到一个定形;
> 看,在秋风里飘扬的风旗,
>
> 它把住些把不住的事体……①

不过,必须了解的是,冯至并不认为审美主体就是高高在上的精英翘楚,如同西方象征派通常所理解的那样,把世界当成写诗的材料。在冯的眼中,诗人的"心"和宇宙的万事万物并没有什么区别,好比"草木""黑夜""光""秋风"和"水"。"心"并不存在于世界之外,也不高于万物,也不对立于外部。"心"就是外部,就是宇宙,就像宋代和明代的新儒学所宣扬的那样。冯至在这里表达得很清楚:"心"也会失落,与其他元素一起——假如没有"定形"。而失落的心不可能再赋予任何事物形式。"心"或者主体不代表艺术家对材料行使任何主权意义上的权利。形式是艺术家为己为物所谋求,绝非主观发明,而是遵循着宇宙与人的固有的客观规律。冯至称创作的任务是

---

① 冯至:《十四行二十七首·二十七》,《冯至选集》(第一卷),四川文艺出版社1985年版,第149页。

"发现"①,发现普遍的、根本的"理","理是成物之文,即形式之谓"②,诗人由此是一个发现者。只要他正确观察并阐明了外部世界的"理"与"文",也就发现了关于他自己的终极真理。说出这种发现,"诗"便成了,就像是一面风旗,一瓶水,把住一些若无这种发现便无从把住的事体:

> 让远方的光、远方的黑夜
> 和些远方的草木的荣谢,
> 还有个奔向无穷的心意,
>
> 都保留一些在这面旗上。
> 我们空空听过一夜风声,
> 空看了一天的草黄叶红,
>
> 向何处安排我们的思、想?
> 但愿这些诗象一面风旗
> 把住一些把不住的事体。③

---

① 冯至:《十四行二十七首·二十六》,《冯至选集》(第一卷),四川文艺出版社1985年版,第148页。
② 张岱年:《宇宙与人生》,上海文艺出版社1999年版,第387页。
③ 冯至:《十四行二十七首·二十七》,《冯至选集》(第一卷),四川文艺出版社1985年版,第149页。

「第六章」
从地下文学到"朦胧诗"
——20 世纪 70 年代前后的现代主义诗歌复兴

第一节 "假大空"诗学

根据东欧国家对马克思主义的阐释,社会主义是共产主义的历史初级阶段,人与生活的不甚完美之处也并非无迹可寻。因此,社会主义现实主义的文学批评是被允许的,因为它们从正确而又乐观的历史视角出发,展现了一幕富有政治思想觉悟的乌托邦前景①。布莱希特在《巴登的教育剧》中写道:"你们改造了世界/改造了的世界才会自我改造。"② 这句箴言表达了布莱希特对现实主义,同时又具有批判精神的社会主义文学的向往。总之,它必须是"社会主义作家对社会主义社会的批评",对此,德国作家施泰凡·赫尔姆林(Stephan Hermlin)这样描述:

> 马克思的话音依稀还在,他说,革命运动总是夹杂着自我批判……我们总是不满足于已经实现了的,一旦我们实现了什么,我们就想要点儿别的什么。这便是社会主义的根本属性,即:总在寻求别的,其实正是自己;总想自我超越,

---
① 参见 Lermen / Loewen: *Lyrik aus der DDR*, UTB (1470), S. 43—45.
② Bertolt Brecht: *Das Badener Lehrstück vom Einverständnis*, Szene 11; WA Bd. 2, S. 611.

最终还是自己，不是陌生的，不是相反的，想要的正是自己的样子。这在艺术作品中有所体现。①

这种自由主义的社会主义现实主义，再辅以欧洲人文主义价值观，使得高尔基、阿赫玛托娃、布莱希特、彼得·胡赫尔等这样的大作家保持了他们的文学水准，而不至于从高水平滑落。而当时的中国尚处于社会主义的建设阶段，谨记列宁理论，将阶级斗争和永久革命作为中心任务坚持到底。艺术家完全俯伏于意识形态的规训，放弃了主观个性。例如"三结合"原则是这样的一条创作公式："领导出思想，群众出生活，作家出技巧"。值得注意的是，《在延安文艺座谈会上的讲话》之后，很多作家简直来了一个180度的大转身，在政治和文学的表述上都与那些富有批判精神，或者追求艺术审美的诗人划清了界限。这些跟风者当中最著名的一位人物当属郭沫若，1949年7月，中华全国文学艺术工作者代表大会（简称：第一次文代会）在北平召开，郭沫若在会上做总报告。他把新文学一刀劈成两部分：其一是"代表无产阶级和其他革命人民的为人民而艺术的路线"，它是新文学的主流；其二是"代表软弱的自由资产阶级的所谓为艺术而艺术的路线"，其作品"已经丧失了群众"，其理论"已经完全破产"②。

郭沫若这种简洁明快的二元对立的划分无疑意味着：非此即彼，非友即敌，这给很多作家带来了灾难性的个人后果，并在很大程度上割裂了自1917年发展起来的自由主义、现代主义的文学传统。此后，臧克家又将郭沫若的"二分法"运用到诗歌领域，他追溯新诗历史而后获得的"革命诗歌传统"，包括了从郭沫若到殷夫、蒲风、臧克家、艾青、田间，再到袁水拍和解放区诗人群这一脉络；而象征派、现代

---

① 转引自 Lermen / Loewen：*Lyrik aus der DDR*，UTB (1470)，S. 73.
② 参见王家平《"文革"时期主流诗歌理论体系的建构》，《文学前沿》2008年第2期。

派诸诗人则被他看作是与"当时革命文学对立斗争的一个反动的资产阶级文艺家的集体"①。虽然没有点名道姓,但明眼人心知,这里所指的是:梁宗岱、穆旦、绿原、袁可嘉以及"九叶派"其他成员等等。这些从美学角度出发,致力于新诗现代建设的诗人自此在一连串的政治运动中被打成现行反革命、右派分子,受到否定和批判,有人自杀或被迫害致死。中国文学对于现代生活的真实有效的表达方式的探寻就这样突然地中断了。陈思和认为,艺术家被一步步地极端工具化,其目的所指,其实也是对"五四"文学传统的系统性的屏蔽:

> 因为50年代初对胡适派文人的批判否定了"五四"一代知识分子的自由主义传统,使知识分子基本上失去了基于"五四"自由主义立场批判现实的能力和权利;1955年对胡风集团的批判又将来自30年代左翼文艺阵营内部的反对派清除出文坛;1957年的"反右"运动又剥夺了一大批在50年代成长起来的知识分子对现实的批判权利;直到这时为止,周扬一直是以解放区以来的毛泽东文艺思想传统的阐释者和捍卫者自居,如今周扬地位的被替代,使文艺界割断了自"五四"到1949年的所有传统,在这一连串的批判运动之后,新中国的文艺传统成了一片空白。②

新诗该向何处去?在这个问题上,整个20世纪50年代、60年代的文艺政策是相当混乱的。社会主义现实主义作为一种责无旁贷的创作方法,在一定程度上对于散文和小说切实可行,但对于诗歌写作却很难奏效。因为"抒情我"的形象应该是情感真挚、语言生动而独特

---

① 臧克家:《五四以来新诗发展的一个轮廓》,《文艺学习》1955年第2期。
② 陈思和主编:《中国当代文学史教程》,复旦大学出版社1999年版,第163页。

的,这是诗歌文体铁打不动的基本前提——只要它还被看作是诗。为了摆脱这种两难处境,诗歌中被加入了叙述结构,阶级斗争主题、穷人的受苦受难和社会主义的康庄大道,以及最终全面的胜利被娓娓道来。诗中的"我"要么是去个性化的、被物化的,要么是与一个乌托邦式的"大我"融合到了一起。冯至也开始写这种叙事诗,如《韩波砍柴》,说的是一个叫韩波的樵夫,欠下了地主还不清的高利债,砍柴砍了一生,给地主生火取暖,自己却被冻死的悲惨故事:

[……]
"他自己却永远
吃不饱也穿不暖;
不管天气多么坏,
砍柴没有一天中断。
[……]
"他在风雪里冻死,
许多天没有人管,
后来身上的破衣裳
也在风雪里腐烂。①
[……]

全诗以这种风格,每四句一节、长达17小节的形式,哀叹韩波的死,控诉剥削阶级的无情。首先不惧于向阶级敌人报仇雪恨的是韩波自己——在成立后的新中国化身为午夜幽灵。从结构上来看,整首诗缺少"抒情我",引出韩波灵魂话题的是一对母子,老婆婆与儿子说起她从前认识的韩波,叙事在二者之间以一问一答的对话形式展

---

① 冯至:《韩波砍柴》,《冯至诗选》,四川人民出版社1980年版,第146—147页。

开。诗人的自检表现在他有意识地隐藏了"我",以及/或者通过转移到他者身上,来暗含一个已被提及的"大我"形象,这个"大我"应该是代表集体、阶级或者党的方针路线。从语言上来看,总体已然"去隐喻化"了,并按知识分子的要求、人民群众的习惯得以净化和简化,来凸显"私人我"已经消亡,可信赖的、受约束的"集体我"已被唤醒。时代的抒情逐渐形成了可怕的惯性,个人仅仅成了这个抒情机器的零件与功能,"不再能表达自己真正的所思所感,甚至以这种时代抒情来取消自己真实的思想感情。在这种情况下文学创作掩盖、抹煞了'我为人民鼓与呼'的正义声音而企图制造出一派到处莺歌燕舞的盛世景象"①。诗人将个体生命融入时代和国家命运中,由此来保持火一般的激情,就像曾卓在《我期待,我寻求……》中所展现的那样:

[……]
在烈火熊熊的熔炉中,
我将取得第二次生命——真正的生命

我期待,我寻求……
不要遗弃我啊,
神圣的集体,伟大的事业,
我是你的期待呼唤的浪子,
我是你的寻求战旗的士兵。②

比这首诗的调子更低沉、更富冥想、更鞭辟入里,或者少一些意

---

① 陈思和主编:《中国当代文学史教程》,复旦大学出版社1999年版,第146页。
② 曾卓:《我期待,我寻求……》,载谢冕《中国新诗萃》,人民文学出版社1985年版,第126页。

识形态规训的诗作大约很难有发表的机会。即使偶尔有零星的诗篇像散落的珍珠一样从时代的灰尘里发出耀目的光芒，仔细打量，也一定如前所述，只不过技术更娴熟、笔触更细腻，如绿原的这首《雪》：

雪

下雪了。
雪很轻，雪很大。
雪是飘忽的，
像光线一样，
你捉不到它。
人们说：
北方的雪是猛烈的。
我真感觉不出，
我看北方的雪
和南方的雪
是一样的，一样温柔的，
一样叫人忘不了的。
我在雪里走着，
从没有感到寒冷。
我常常一边走，一边流汗，
汗和雪花溶在一起，
浸醒了我的困倦的心。
我在雪里走着，
我听见了雪的轻语……
雪说：
我是从天空来的，

> 我知道天气不会再冷;
>
> 我是到地里去的,
>
> 那里的种子等着我;
>
> 我是热的,
>
> 我是热的。
>
> 雪在半空中飞舞着,
>
> 像一个热情的女孩子:
>
> 你爱我吗?你爱我吗?
>
> 它要你回答。①

这里的"我",化身为雪,也与雪一起融化。雪占据了"我"的位置,以"我"的口吻说话,而真正的"我"却变成了"你"。但只要这个以"你"的身份发言的"我"承认了他的爱,也就实现了彼此之间的结合与认同。这种结合必须发生,因为没有任何反对的阻力,一切都在积极促成。雪象征着一个女孩子,热情、温柔、有吸引力。而最后一句,之前特指的"你"又变成了集体的、泛指的"你"——任何一名读者,在集体的大爱面前都无法抗拒。雪的正面形象来自一句民间谚语:"瑞雪兆丰年",而丰厚的收成也正是集体对人民的承诺。"下定决心,不怕牺牲,排除万难,去争取胜利"——这句著名的口号曾在军民当中广为流传,成为人们战胜一切艰难险阻的精神动员令。雪的意象在这里也特别从诗意的角度符合集体的召唤——宛如一位理想主义的女神,完美地实现了自我消融的过程,将一切对立的事物(天空与大地、雪水与种子、冷与热、北与南、我与你)神奇而又和谐地纳入集体的伟业的神话构建。

---

① 绿原:《雪》,载谢冕《中国新诗萃》,人民文学出版社1985年版,第83页,原载《人民文学》1954年第3期。

尽管绿原的诗，如刚刚谈到的这首，从主题上来看从未偏离过党的路线，但在艺术风格上明显倾向于西方现代派和中国象征主义。绿原不愿放弃他的美学追求，也因此而难逃厄运。1958年，郭小川在一篇题为《诗歌向何处去?》的文章中指出，这些诗是少数知识分子写给少数知识分子的，没人愿意读，社会主义诗人要向"人民群众的诗——新民歌"学习，吸取其中精华部分的养分，再为广大的劳动人民写出革命新诗①。绿原受到了猛烈的批判，更作为"胡风反革命集团"的骨干分子，身陷囹圄达6年之久。在狱中他没有荒废光阴，而是以原有的英文功底自学了德语，不仅仅是为了阅读马克思原著，同时也是为了学习他所敬重的诗人里尔克。20世纪80年代和90年代出版的绿原译的里尔克作品，译文精美流畅，受到普遍赞誉。

智性、歧义、现代影响等新诗品性与革命诗体不能相容——即使可能最终是在政治正确的框框里打转，就像绿原曾经相信的那样。风格的窄化令诗歌写作一片荒芜，并给诗艺探讨带来了更多的困扰。毛泽东本人就是一位优秀的古体诗人，从欣赏古典诗词的文学口味上来说，他喜欢豪迈，也重视婉约，但对于新诗，他从来无感，更不必说是现代主义流脉的新诗。例如毛泽东对鲁迅的旧体诗评价很高，却不怎么爱读《野草》。"1957年1月14日，在与诗人臧克家、袁水拍谈话时，他说鲁迅的散文诗集《野草》不流行，而其旧体诗却流行很广。"② 毛不满于不景气的诗坛现状，亲自介入新诗发展问题的讨论之中，希望能看到一种全新的"中国气派"的诗歌艺术平地而起。他还给出了一些具体建议：

> 诗当然应以新诗为主体，旧诗可以写一些，但是不宜在

---

① 参见郭小川《诗歌向何处去?》，载《处女地》1958年第7期。
② 龚国基：《毛泽东与诗》，中国文联出版公司1998年版，第388页。

青年中提倡，因为这种体裁束缚思想，又不易学。①

中国诗的出路，第一条是民歌，第二条是古典。在这个基础上产生出新诗来，形式是民族的……现在的新诗不能成形，我反正不看新诗，除非给一百块大洋。②

但用白话写诗，几十年来，迄无成功。民歌中倒是有一些好的。将来趋势，很可能从民歌中吸引养料和形式，发展成为一套吸引广大读者的新体诗歌。③

"新民歌开拓了诗歌的新道路"，这句口号就像魔咒一般，不仅鼓舞着专业的诗人，也令劳动群众干劲十足、热情高涨。新民歌运动的起源是1958年3月的一次会议，也是"大跃进"形势下的一个产物。随着人民多、快、好、省地建设社会主义，全国各地也涌现出了不计其数的民歌，生活和诗歌似乎同时陷入了疯狂。生活的炼金术和文字的炼金术似乎就在这种热血沸腾的狂欢状态里竞相呼应。正如那句口号"全民炼钢铁，全民办文艺"，"这些新民歌正是表达了我国劳动人民要与天公比高，要向地球开战的壮志雄心"④，三亿工农兵数月之内创作了一亿多首民歌。1958年，全国开展了一个新的采风运动，"各省、市、许多县和公社以及不少工厂、连队都出版了本地区、本

---

① 1957年1月，《诗刊》创刊。毛泽东应邀同意在《诗刊》上发表了他的18首诗词，并给臧克家写信，祝贺《诗刊》成长发展。此信在《诗刊》创刊号上同时发表，信中谈到了新诗问题。参见毛泽东《致臧克家等》（1957年1月12日），《毛泽东论文艺》，人民文学出版社1992年版，第163页。
② 这是1958年3月成都会议上，毛泽东关于新诗发展问题的一条意见。转引自陈晋《毛泽东与文艺传统》，中央文献出版社1992年版，第322页，第328—329页。
③ 在1965年7月21日致陈毅的信中，毛泽东又谈到新诗的发展趋势和前途，参见毛泽东《毛主席给陈毅同志谈诗的一封信》，《马克思、恩格斯、列宁、斯大林、毛泽东论文艺》（下），云南民族出版社1978年版，第333页。
④ 郭沫若、周扬：《红旗歌谣序》，《红旗歌谣》，红旗杂志社1959年版，第1页。

单位的歌谣选集"①,郭沫若与周扬合编的《红旗歌谣》就是在这个基础上遴选而出的。据赵毅衡估算,这300首入选的作品应是从数以百万计的民歌之中优中选优,由此生成一个示范性的样本在群众中宣传推广②。例如这首来自陕西安康的谣曲:

我来了

> 天上没有玉皇,
> 地上没有龙王,
> 我就是玉皇!
> 我就是龙王!
> 喝令三山五岳开道,
> 我来了!③

透着乌托邦的迷狂,这里的"我"被塑造成了一种无所不能的超人形象,时间、自然法则和命运全都奈他不得。但这个"我"也失掉了他的独特性,充当了集体形象的化身。这样的一种诗学,所带来的看待自己和现实的眼光都是假的,这种眼光,终将导致悲剧发生。甚至就连这首诗和这个"我"的诞生本身都是集体造假的结果:开头的两句是哪个农民开垦荒地的时候随便哼哼的,被某个到乡下收集民歌的诗人无意间听到了,添上了后面两句,就把整首诗投给了一家报社。而报社编辑又做了一番"润色",增加了最末两句④。"大跃进"最流行的一首民歌就这样诞生了。可以肯定的是,这一时期盛行的

---

① 郭沫若、周扬:《红旗歌谣序》,《红旗歌谣》,红旗杂志社1959年版,第2页。
② 参见赵毅衡《村里的郭沫若:读〈红旗歌谣〉》,《今天》1992年第2期。
③ 作者不详:《我来了》,载郭沫若、周扬编《红旗歌谣》,红旗杂志社1959年版,第172页。
④ 参见赵毅衡《村里的郭沫若:读〈红旗歌谣〉》,《今天》1992年第2期。

"假大空"风气完完全全笼罩了整个诗坛。"假大空"诗学排挤真实的人性，以消减富有创造力的主体为前提。这种诗学的贯彻施行使得高度政治化，同时又极端幼稚化的业余文学玩家粉墨登场，现代诗歌江河日下。更不能被原谅的是一种玩世不恭的顺从态度：为了苟全，不惜和自己乃至全世界开起了玩笑。郭沫若就是一个典型例子："郭老郭老，诗多好的少。"他自己也并不否认，还懂得自嘲："老郭不算老，诗多好的少。"他对很多事情的态度自己都不当真，无非就是一种让人无计可施的处世技巧。陈明远表示：

> "大跃进"开始时郭沫若很热乎，符合他的浪漫主义性格。一天等于二十年，遍地皆诗写不赢。他还写了不少民歌。其实他也有另外一面。他就跟我说过，民歌有局限性，写不出大作品。他对艺术上是有见解的，什么是珍品、精品，什么是糙品、废品，他很清楚。50年代他参加世界和平运动，出国很多，在国外接触的文化艺术很多，包括现代派。他外语也很好，"文革"中还在外国诗上做批注。这代表他真实的鉴赏水平。他对文艺的真实看法和公开表态矛盾很大。他说过自己的《百花齐放》并不好。他后来写诗是自暴自弃，反正我就这么胡写了，不是当诗写，想到哪儿就写到哪儿。有什么时事，《人民日报》等媒体就找他约稿，请他作诗表态，他一般都不拒绝。约了稿就写，写了就刊登，刊登后自己也就忘了。[①]

---

① 陈明远：《高处不胜寒——丁东、陈明远谈郭沫若》，《忘年交：我与郭沫若、田汉的交往》，学林出版社1999年版，第117页。

"诗的目前处境是一条沉船,早离开它早得救。"① 穆旦在一封写给密友的信中如此悲观相告。但他既不愿也不能公开表示反抗。相反,几乎所有对诗歌艺术有所追求的作家都写过歌颂社会主义建设的赞歌。穆旦当然也不例外。多年以来,被打成"历史反革命"的穆旦深居简出,小心谨慎地苦熬时日,除了翻译普希金和拜伦的诗,他只偷偷地写一些诗意的断章,如《沉没》《停电之后》,在幽暗的隐喻和自嘲的口吻中释放被压抑的激情。牛汉和绿原也在秘密地写诗,虽然为数不多,但也是批判性的。这些创作之所以在今天引起重视,也是因为它们难能可贵。这证明现代诗依然潜隐复兴、继续发展,只可惜长期以来并不奏效。因为直至1978年公开发表之前,这些诗仍属于不见天日的抽屉文学。

第二节 另类的诗学

悲伤、痛苦、自我的丧失、郁闷、失语——所有的这些都构成了现代人的存在的危机,而在令人窒息的、粉饰太平的现实面前,危机尤为凸显,变成了沉重的负荷。但与此同时,重拾一种真正的诗意的表达,将诗歌重新纳入现代之轨已是大势所趋。诗歌开始伸张其另类的权益。可惜对于大多数"五四"一代的诗人来说——其中包括很多曾经的现代主义者,他们既没有美学的意愿,也缺乏道德的完美,去追寻一种新的开端。正像奥登诗里所写:"一切是多么安闲地从那桩灾难转过脸。"② 不过,这一代人所缺乏的又在下一代人身上重现。这些"早熟"的、20岁不到的少年大多出身于高知或者高干家庭,

---

① 穆旦:《致郭保卫二十六封》,载《穆旦精选集》,北京燕山出版社2006年版,第227页。
② W. H. Auden, "Palais des Beaux Arts", in: *Selected Poems*, London: Faber and Faber, 1963, p. 178. 汉译参见[英]W. H. 奥登《美术馆》,查良铮译,载《英国现代诗选》,湖南人民出版社1985年版,第156页。

在物质和文化方面都享有着特权。60年代初期,这些年轻人组建了地下文化沙龙和诗人社团,开始发展另类的诗学,他们的批判精神与隐忍克制的父辈形成了鲜明的对比。

郭世英是郭沫若、于立群夫妇之次子,于1962年创立了"X诗社"。"X表示未知数、十字架、十字街头……它的涵义太多了,无穷无尽。"这便是X诗社成员对这个符号的理解。它也代表着个人指点激扬、"独立思考"、追求个性解放、重新找回自我的勇气。

> 你不喜欢张瑞芳在《白痴》中的配音,但是我喜欢。那是多么彻底地淋漓尽致地发泄自己内心痛苦的声音。我告诉你,那可是真正的艺术。

> 我母亲说我,不应该自寻烦恼。我对她说,你看看父亲青年时代的作品,他可以自由地表白自我,为什么我不行?

> 如果你是一个有良知良心,讲真话的人,生来便是不幸的。没有自我,没有爱,没有个性,人与人之间不能沟通和交流,自相矛盾,互相折磨,这是非常痛苦的。我在中学时代是"正统的",我真诚相信一切是美好的。但是我们渐渐成熟了,视野开阔了,我一直在看书,在思考,我的接触面当然比一般人广泛,我明白了许多事情。上大学以来,我不再欺骗自己。我应该独立思考,我开始记录自己的思想,我不是学哲学的吗?我应该独立思考。

这是诗社中年龄最小的一位成员——当年刚满16岁的牟敦白,对二十出头的郭世英的危险自白的回忆。这段对话发生在郭世英被捕的前夜。他向诗社门徒的倾吐既像是遗嘱,又像是再接再厉的鼓励。

郭知道他们前景不妙："我不得不告诉你，我们——'X'社的人面临严重的局势，也可能会影响到你。"他说这些话的意思是想提醒他的年轻的朋友。1968年4月，郭世英从农大某楼四层"窗口坠落死亡"。

有着相似的命运悲剧的张郎郎，是另一个文化沙龙"太阳纵队"的发起者和话语领袖。被检举之后，政治上还非常幼稚的张郎郎曾试着出逃，不久即被抓获，被判死刑缓期执行，后改判为有期徒刑10年①。

上述两个北京文化沙龙创造了20世纪60年代中国地下诗人的典范。他们构建了一种地下写作的范式，直至80年代，依然能在一些日渐式微的非官方团体中瞥见其踪影。这种诗歌王国的自治包含着认知的传递、写作以及手稿的流通等一系列流程，完全独立于主流的文学生产之外，也以此而被严令禁止。

追根溯源，禁书成为这些年轻人的精神资源。外国文学以及"五四"文学经典是他们孜孜以求的秘密宝藏。最受欢迎的莫过于从1962年至1965年期间，由人民文学出版社、上海人民出版社、上海译文出版社推出的一套全面介绍西方现代主义的译介作品，也是专供司局级以上干部和著名作家参考阅读的内部图书。这些封面为黄色或灰色的"黄皮书""灰皮书"好比京城文学爱好者们窥视世界的隐秘窗口。

这批图书不仅包括苏联和东欧"解冻"时期的文学作品，如爱伦堡的《人·岁月·生活》，也涵盖了一些现代文学的经典读物，如海明威的《永别了，武器》《老人与海》、萨特的《厌恶》、加缪的《局外人》、塞林格的《麦田里的守望者》、凯鲁亚克的《在路上》、卡夫

---

① 1978年平反后，张郎郎返回中央美术学院，1989年应邀赴美国普林斯顿大学东亚系做访问学者，1994至1995年担任德国海德堡大学的客座汉语教师。参见张郎郎《"太阳纵队"的传说》，《今天》1990年第2期。

卡的《审判及其他》，还有一些艾吕雅、阿拉贡、波德莱尔和洛尔迦的诗歌译本①。这套选集并不系统，也远非完善，不足以提供一个真正全面的概貌，然而，当内含的养料被求知若渴的青年读者逐渐吸收之后，所产生的震撼却是巨大的。为了得到这些书籍，他们也不惜使尽浑身解数，甚至必要的时候偷之大吉。很多人出于对作者的热爱，开始动笔抄写，以便传播更广。文学的话语极少如此被奉若圣旨。里尔克在《远古的阿波罗塑像》中写道："你必须改变你的生活。"② 倘若地下有知，他必含笑九泉了。

上述作品在很大程度上改变了文学青年的精神面貌和写作风格。北岛称之为"一场静静的革命"：

> 那个时候，一本书在一个沙龙流传的时间通常不过三五日。大家排队等候，废寝忘食，昼夜轮替。地下文学几乎就在这一时期同时发生。一些人的原创性写作开始得更早，但他们后来的发展或多或少还是受到了这些书籍的影响。③

这些图书唤醒了正在成长中的诗人，使他们有了可以借鉴和参照的榜样。用刘自立的话来说，"毕竟知道了这个世界上有过大师"，这也是他在阅读爱伦堡《人·岁月·生活》之后发出的感慨。爱氏足迹踏遍欧洲，对毕加索、马蒂斯、茨维塔耶娃和曼德尔施塔姆不但有神交，且有身心之过从。特别是书中对曼德尔施塔姆其人、其诗的描写

---

① 参见北岛《一场静静的革命》，Bei Dao, "A Quiet Revolution", in: Wendy Larson / Anne Wedell-Wedellsborg (Hrsg.): *Inside Out, Modernism and Postmodernism in Chinese Literary Culture*, Aarhus University Press, 1993, p. 63.
② R. M. Rilke, "Archäischer Torso Apollos", in: *Die Gedichte*, Frankfurt: Insel Verlag, 1957, S. 503.
③ Bei Dao, "A Quiet Revolution", in: Wendy Larson/Anne Wedell-Wedellsborg (Hrsg.): *Inside Out, Modernism and Postmodernism in Chinese Literary Culture*, Aarhus University Press, 1993, p. 64.

与援引令他一再回顾，欣喜不已。"我不止一次敬读其作，每读一次，都会被他的诚挚而严肃、深情而深刻的妙笔生花所触动，人性，除了纨绔子弟与'干部子弟'的性情中事以外，是存在'天问'式的诘难与呐喊的。曼氏的诗诠释之，则是——'我不愿做一只白粉蝶／把借来的身躯还给尘土——／我但愿，有头脑的躯体／变成街衢如国土——／这躯体虽被烧焦，但有脊柱，／还知道自己的长度。'这难道还不够令人震撼吗！"①刘自立所言的"纨绔子弟与'干部子弟'的性情中事"，指的是他们用青春期的"武器"来对抗"革命时代"的假"道学"，如浮夸的外表、放纵的狂饮、文学沙龙的风流韵事，但在他看来，真诚而高贵的内在才是一名真正的艺术家的特质。

如此丰富的内在也正是郭世英与他的社团成员所追寻的世界。他们也尝试着像那些反叛的俄国贵族一样，对抗他们所处的阶层，为了理想主义的事业而献身。郭世英特别爱读安德莱耶夫的《消失在暗淡的夜雾中》，这篇小说以一种忧伤而又充满诗意的笔调叙述了一个年轻的"十二月党人"的故事。主人公在历经几年的艰苦斗争之后回家看望他年老体衰、高官显赫的父亲。为了不使慈父伤心，儿子答应不再四处漂泊，停止从事危险的活动。而就在第二天，在父亲放心的鼾睡中，儿子悄悄地离开了家，消失在一片笼罩在俄国的忧郁的薄雾中……对于郭世英来说，"消失"这个词相当于诗社代码X的动词形式——动身上路，听从未知的、神秘的、痛苦的使命召唤。"我想，他（郭世英）从事的事业也像雾一样神秘，终生笼罩在我们这一些人身上。"牟敦白在追忆郭世英的文章中这样写道。

小说所描写的父子关系的矛盾情感也适用于郭世英。他曾指着父亲郭沫若的背影对牟敦白说："这就是你崇拜的大偶像，装饰这个社

---

① 刘自立：《一代人的爱伦堡》，载郭念申：《大陆文革研究》，中研研究院1995年版，第35页。

会最大的文化屏风。"当诗社成员张鹤慈讥讽郭沫若说，脑袋越长越大，"近年来长的都是傻气"，郭世英默认，但又低声说："我内心当然爱爸爸，谁让我是他儿子。"大饥荒年代里"红男爵"家庭所享受的商品特供和教育特权加深了他的不安和忧郁，令他更加迫切地想要有所行动。"人并非全部追求物质，"他说，"俄国的贵族多了，有的人为了追求理想，追求个性解放（郭世英强调'个性解放'这个词先后不下数十次），追求社会的进步，抛弃财富、家庭、地位，甚至生命，有多少十二月党人、民粹党人是贵族，是公爵、伯爵、男爵。他们流放到西伯利亚，受鞭笞、做苦役，抛弃舞场、宫廷、情人、白窗帘和红玫瑰，他们为了什么？我不是让你看了安德莱耶夫的《消失在暗淡的夜雾中》了吗？想想那些人生活的目的是什么？"郭以及他的同伴们最欣赏的一句小说中的格言，翻译成中文便是："或者默默无闻，或者出人头地。"

另类的诗学就在这一刻敲响了它的钟声。张郎郎剃了光头，学马雅可夫斯基的样子，身穿俄式军棉衣，腰里扎一根电线。还有一些人模仿波德莱尔或者达利。这当然有失肤浅，也是刘自立自认值得反思的地方，但却并不意味着必定表里不一。相反：张郎郎狂热地背诗写诗，一心想要找到属于自己的文体，将艾吕雅、马雅可夫斯基与闻一多有机地融合起来。他的伙伴们也热衷于聚在一起练习文字的"炼金术"。他们举办朗诵会，切磋诗艺，商议问题，争得面红耳赤。有时为了捍卫自己的文稿甚至动起手来，竞争关系也是不言而喻。所有的这一切也都在下一代的地下诗人群中得以延续。继郭世英和张郎郎之后，多多与芒克也开启了他们的诗歌友谊，相约每年年底，"像交换决斗的手枪一样，交换一册诗集"。地下诗人的手抄本传统也由此从"朦胧诗人"到"后朦胧诗人"，绵延不断。

这是一个生存或者死亡的问题，这种写作是为了写作本身，为了自己或者个别的他人，为了寥若晨星的那么几个佼佼者，如布罗茨基所言,"献给无限的少数人",而并不指望能够发表,以抵达广大的受众。诚然,这种另类的诗学是以美学精英主义为基础,与索然无味的官方文学相比,其智识上的优越感也是一望即知的。对此,多多曾经非常形象地写道:"叼着腐肉在天空炫耀。"或者更加霸气也更感性的一个比喻是"文字的帝王",就像这首题为《诗人》的短诗所写:

诗人

披着月光,我被拥为脆弱的帝王
听凭蜂群般的句子涌来
在我青春的躯体上推敲
它们挖掘着我,思考着我
它们让我一事无成①

(1973)

有关20世纪60年代最初的两个地下沙龙的文学天才的证明可惜已不复寻见。1966年沙龙被曝光,成员被拘禁,作品被查抄。这些作者也就成了记忆里的没有作品的诗人,但地下文学的精神却得以发扬光大。例如:60年代末、70年代初,距离北京大约100公里、位于河北省徐水县的一片风景如画的水域孕育了"白洋淀诗歌群落"。"朦胧诗人"的杰出代表,如芒克、多多、林莽就出自这个诗歌群落。

幸亏多多保有从诗人同行的手稿里摘抄"漂亮句子"的习惯,我们得以从这一连串保存下来的碎片中窥探他们的写作方式和写作内容。这里是一些例子:

---

① 德文版:Duo Duo / Peter Hoffmann (Hrsg.), *Wegstrecken*, Dortmund: Projekt Verlag, 1994, S. 16—17. 参见多多《万象》,载李润霞编选《被放逐的诗神》,武汉出版社2006年版,第256—257页。

窗户像眼睛一样张开了

那暴风雪蓝色的火焰……

忽然，希望变成泪水掉在地上
又怎能料想明天没有悲伤？

你的红头巾凝固在天际

我的诗歌没有旗帜
发出一道
比少女的胸脯
还要赤裸裸的
太阳光。

我像秋天的野果
那样沉重
我具备了十月的一切、一切……

英国式的裤线和气概
我是一位标致的有香气的男子
我的歌声曾来自栅栏的后边……①

多多的阅读感受力使他特别青睐那些简明、精准或者反讽俏皮的

---

① 所有的诗句转引自多多《被埋葬的中国诗人（1972—1978）》。

意象，以一种波德莱尔式的"厌倦"（Ennui）给他的读者带来精神震荡。那些具有陌生化效应的隐喻，如：将暴风雪比作"蓝色的火焰"，以及一些具象化的描述："窗户像眼睛一样张开了"，或者"希望变成泪水掉在地上"，令人过目难忘。一些抽象名词，如"太阳""光""天空""希望""十月"属于被严格监管的诗学关键词，它们被赋予了很深的"前见"和"正面"的内涵。一旦含义发生了反转，尤其是与令人震惊的画面感相连的时候，多多便认为这是诗意的、奇异的。例如这里有关"光"的隐喻：太阳光不再只是政治的所有物，而是象征着一种新诗，是人性的、个人的、刺激感官的，就像"少女的胸脯"发出的光那般圣洁。多多的笔记本富有教育学和诗学意义，上述新诗特征也同样适用于他自己以及同代诗人，如郭路生、北岛、芒克、顾城。这些特征以新语言的隐喻为核心，是日常生活的再次诗化，以打破"文革"语体的乏味与虚假。某个时期，当文化领域已被业余玩家所占据，即使是最简单的隐喻手法也会令那些平庸之辈感到受辱和愤怒，诗坛一片荒芜。然而，也许正因如此，精益求精的诗艺才会成为对抗主体性的标志。多多等人曾多次在诗中抗议这种精神和智力水准的普遍下滑。下面是一个例子：

手艺
——和玛琳娜·茨维塔耶娃

我写青春沦落的诗
（写不贞的诗）
写在窄长的房间中
被诗人奸污
被咖啡馆辞退街头的诗
我那冷漠的

再无怨恨的诗

（本身就是一个故事）

我那没有人读的诗

正如一个故事的历史

我那失去骄傲

失去爱情的

（我那贵族的诗）

她，终会被农民娶走

她，就是我荒废的时日……①

（1973）

    茨维塔耶娃身处乱世，逢着一个从意识形态到语言形式都备受"奸污"的时代，终其一生，却在追求纯粹而"高尚"的诗艺的完美。艺术的精湛是她的人生目标，也是她在文化蛮夷之地唯一的骄傲。边缘社会的沦落，以及特立独行的自我放逐在她的诗中被美学化了。多多在他的偶像身上重新认识了自我，并以此诗为茨维塔耶娃代言。而在北岛的诗里，"我"也经常以边缘人的身份自居，从他的视角观察生活，收集偶然印象，在"文革"的天地里搜寻重建自己的诗歌世界的材料。下面的这首诗非常典型地再现了一个地下写作的诗人形象：

日子

用抽屉锁住自己的秘密，

在喜爱的书上留下批语。

---

① 德文版：Duo Duo / Peter Hoffmann（Hrsg.），*Wegstrecken*，Dortmund：Projekt Verlag，1994，S. 22—23. 译者注：参见多多《手艺——和玛琳娜·茨维塔耶娃》，载李润霞编选《被放逐的诗神》，武汉出版社2006年版，第263页。

信投进邮箱，默默地站一会儿。
风中打量着行人，毫无顾忌。
留意着霓虹灯镶嵌的橱窗，
电话间里投进一枚硬币。
问桥下钓鱼的老头要支香烟，
河上的轮船拉响了空旷的汽笛。
站在剧场门口幽暗的穿衣镜前，
飘忽的舞曲和烟雾中凝视着自己。
当窗帘隔断了星海的喧嚣，
灯下翻开褪色的照片和字迹。①

（1974）

第三节 黄翔与郭路生：两个永远的局外人

早在北岛、多多、芒克、顾城、杨炼，以及所有其他的"朦胧诗人"在1976—1978年间收获成熟和荣耀之前，郭路生（笔名食指；1948—）与黄翔（1946—）就已经写成了标志性的作品，其独一无二的个性和成就无疑可被视为中国新诗重回现代主义轨道的最久远的证明。保存至今、令人信服的最早的诗作在黄翔和郭路生那里分别可以追溯到1962年和1965年，与张郎郎、郭世英已失落的手稿几乎出自同一个时期。北京圈里的"朦胧诗人"大多承认自己受到过郭路生的影响，特别是北岛——他们当中最重要的代表。一些人还与郭有着直接的关联，初期曾被他的诗歌之光照亮并觉醒。郭的创造力在1968年达到了顶峰，《这是四点零八分的北京》《相信未来》等代表作就是

---

① 德文版：Bei Dao / W. Kubin (Übers.), *Bei Dao : Notizen vom Sonnenstadt*, Gedichte, Müchen: Hanser, 1991, S. 7. 参见北岛《日子》，载李润霞编选《被放逐的诗神》，武汉出版社2006年版，第409页。

这一年的产物,轰隆隆如春雷一般传遍了全国有知青插队的地方。1973年,郭路生被诊断患有精神分裂症,入北医三院就医,后来在北京郊区的一所福利院生活。

生活在偏远省份贵州的黄翔却是成名较晚,直到1978年才走出家乡,冲进京城,到处张贴他的作品,散发油印传单,还率领着他的"中国诗歌天体星团",像外星人入侵地球一般占领了北京的各大高校。1997年夏,他与妻子出国,从此长期泊居美国,继续写作。2002年,黄翔全集在台湾出版发行。

1993年,评论家唐晓渡编选"朦胧诗"卷《在黎明的铜镜中》,他将两位几乎已被遗忘的先锋诗人排在了最前面,超过了北岛和芒克的位次,以示对他们诗坛地位的重视与认可[1]。这样的排名在今天看来已经不再具争议性——虽然郭路生本人对此毫无兴趣,黄翔也更想做"孤独的诗歌野兽"、绝对意义上的独行侠。

同那个时代大多数年轻的地下精英一样,郭路生也出生于一个干部家庭。也就是说,他的成长被赋予了很多的特权,但他只对其中的一样特别感兴趣:读禁书。中学时代的郭路生开始出入于一些松散的文学团体,给人留下的印象是稳重、简朴。刚去山西杏花村插队落户的郭路生被老乡们错当成送娃儿下乡的"爸",只因他外表老成,"头戴灰呢老头帽,身穿半新不旧的棉大衣",与郭世英、张郎郎、多多、陈凯歌等人的纨绔子弟形象构成了鲜明对比。

郭路生对写作技巧极为苦心钻研,一有机会就朗诵新作,征求意见。他相信,诗歌要有一个新的开端,就必须要与"五四"传统相连接,因此,他有意识地去结交一些前辈诗人。何其芳欣赏他的诗才,视其为忘年交,与他滔滔不绝地谈论新诗的创作、发展、韵律、语言

---

[1] 作家在一部选集中的排名先后通常代表着他在编者眼中的地位高低。唐晓渡显然要以此次排序表明,他将黄翔和郭路生视为"朦胧诗"的开创者,而非此前一直被批评界首推的北岛和芒克。

等问题，还告诫他说，诗是"窗含西岭千秋雪"，无论多么现代，"得有个窗子，有个形式，从窗子里看过去"①。"窗之诗学"强调的是从一种形式主义、象征主义的视角出发，看待美和无穷无尽的时间——听上去很有中国古典美学意境，但在当时的文艺官员耳中却无异于靡靡之音。对于郭路生来说，这种诗学是无与伦比的，他也就身体力行地去贯彻它。他的诗大多四句一节，富有音乐性，有时就是简单押韵的歌谣体，将个人的情感危机与自然景物融为一体。

19岁那年，郭路生创作了一首不同寻常、长达148行的叙事诗：《鱼群三部曲》，以一条穿越冰层、忍受严寒的鱼儿的失败的返乡之旅象征一代知青的失落的青春。鱼儿未能回到温暖的春天，知青对于自我与爱的痛苦追寻也无果而终。全诗结构精严，尽管情绪失控的弊病随处可见，但对受苦受难的"我"的生动刻画使之不失为一首杰作："鲜红的血液溶进缓缓的流水/顿时舞作疆场上飘动的红旗"。1968年，郭路生也汇入了上山下乡的洪流。下面的这首描写北京火车站令人动容的送行场景的诗篇令他一夜成名，也因无数人的抄写背诵而广为流传：

这是四点零八分的北京

这是四点零八分的北京，
一片手的海洋翻动；
这是四点零八分的北京，
一声雄伟的汽笛长鸣。

---

① 参见崔卫平《郭路生》，刘禾编：《持灯的使者》，广西师范大学出版社2009年版，第162页。

北京车站高大的建筑,
突然一阵剧烈地抖动。
我双眼吃惊地望着窗外,
不知发生了什么事情。

我的心骤然一阵疼痛,一定是,
妈妈缀扣子的针线穿透了心胸。
这时,我的心变成了一只风筝,
风筝的线绳就在母亲的手中。
线绳绷得太紧了,就要扯断了,
我不得不把头探出车厢的窗棂。
直到这时,直到这个时候,
我才明白发生了什么事情。

——一阵阵告别的声浪,
　　就要卷走车站;
　　北京在我的脚下,
　　已经缓缓地移动。

我再次向北京挥动手臂,
想一把抓住她的衣领。
然后对她大声地叫喊:
永远记着我,妈妈啊北京!

终于抓住了什么东西,
管他是谁的手,不能松,
因为这是我的北京,

这是我的最后的北京。①

"四点零八分",在北京知青的集体记忆里烙下一道内心伤痕。这也是当年知青专列的首发时间,将满满一车正值青春期的孩子送往不确定的未来。郭路生的诗抓住了这个瞬间,为个体伤害同时也是为整整一代人的创痛留下了既是私人又是历史的见证。通过说出自己的负面经历,外在阐明或者内在反思这一事件——对同辈人而言也是意义重大的历史事件(这里是指四点零八分的告别场景),诗人成为无数人的代言人。这一手法也常见于朦胧诗——特别是在北岛、舒婷、顾城、江河和杨炼的早期作品中屡见不鲜。事实上是来自郭路生的影响。

郭路生也为后代诗人树立了一个榜样:"相信未来",不过,这与宣扬"明天会更好"无关,而是《相信未来》诗中所表现出来的"美学乐观主义",一种不做斗争的呼唤,拥有语言与大自然的美,找到继续生活的理由。"相信未来"其实也是相信诗歌被赋予了一种应对现实、召唤更好的未来的能力。

[……]
我依然固执地铺平失望的灰烬,
用美丽的雪花写下:相信未来。

[……]
我依然固执地用凝露的枯藤,
在凄凉的大地上写下:相信未来。

---

① 食指:《这是四点零八分的北京》,载唐晓渡编选《在黎明的铜镜中:朦胧诗卷》,北京师范大学出版社 1993 年版,第 27—28 页。

［……］

摇曳着曙光那支温暖漂亮的笔杆,

用孩子的笔体写下:相信未来。

［……］

相信战胜死亡的年轻,

相信未来,相信生命。①

(1968)

人、物与自然都变成了文字——诗中的文字,世界也由此而转换成了一种语言,最终将战胜消极的现实。这种未来幻象也一再重返朦胧诗人那里,如顾城《我是一个任性的孩子》:

> 我希望
>
> 每一个时刻
>
> 都像彩色蜡笔那样美丽
>
> 我希望
>
> 能在心爱的白纸上画画
>
> 画出笨拙的自由
>
> 画下一只永远不会
>
> 流泪的眼睛
>
> 一片天空
>
> ［……］
>
> 我是一个任性的孩子

---

① 食指:《相信未来》,载唐晓渡编选《在黎明的铜镜中:朦胧诗卷》,北京师范大学出版社1993年版,第26—27页。

>我想涂去一切不幸
>我想在大地上
>画满窗子
>让所有习惯黑暗的眼睛
>都习惯光明
>[……]①

说话者的童稚的声音听上去无辜而又恳切,希望拥有一个未来幻象,用艺术的色调改变生活,让世界更加美好。而北岛的《回答》更像是一个时代的宣告,在那个时代,言说者"不相信"他会再次被剥夺言说的自由,因为他的语言与永恒宇宙的"象形文字"是息息相通的。

>新的转机和闪闪的星星,
>正在缀满没有遮拦的天空,
>那是五千年的象形文字,
>那是未来人们凝视的眼睛。②

未来人们的存在因其语言而被奠定了美学基础,正是在这个意义上,北岛说:"在没有英雄的年代里/我只想做一个人"③。追求真正的人格本身就足够有英雄气概。他写作,是为了获得表达的自由,他只要是这样做了,丝毫不放弃艺术上的独立,就已经是在进行最激进

---

① 顾城:《我是一个任性的孩子》,载唐晓渡编选《在黎明的铜镜中:朦胧诗卷》,北京师范大学出版社1993年版,第114—116页。
② 北岛:《回答》,载唐晓渡编选《在黎明的铜镜中:朦胧诗卷》,北京师范大学出版社1993年版,第58—59页。
③ 北岛:《宣告——献给遇罗克》,载唐晓渡编选《在黎明的铜镜中:朦胧诗卷》,北京师范大学出版社1993年版,第66页。

的反抗。直至今天，地下诗界还普遍相信诗人通过写作就能实现自我超越。

但是这种对政治和社会事件保持不介入姿态的基本立场在黄翔那里从一开始就是被坚决拒斥的，其程度绝不亚于对"假大空"诗学的抗议。按照他的理解，诗歌与政治的正面交锋是不可避免的。在没有英雄的年代里，他想成为一名英雄。这便是黄翔自认为与北岛的不同，并称自己的诗学是"行动的诗学"[①]。对他而言，无论诗歌怎样神奇，终归是语言范畴里的事情，绝不可能替代或改变生活。词不是物，隐喻并非现实，写作作为一种抗压反应可以唤醒社会，采取行动，但本身却并不是行动。黄翔说："直面现实、绝不拒绝社会道义与担当。正因为如此，从不巧言托词'不介入政治'，而是视'政治'为良知。"[②] 在一个时代，他成了一只怪异的野兽：

野兽

我是一只被追捕的野兽

我是一只刚捕获的野兽

我是被野兽践踏的野兽

我是践踏野兽的野兽

我的年代扑倒我

斜乜着眼睛

把脚踏在我的鼻梁架上

撕着

[①] 参见北明《诗人黄翔》，《思想的境界》1998 年第 2 期。
[②] 译者注：孙守红《网叙东西两半球——著名诗人黄翔访谈录》，http://www.poemlife.com/showart-68307-1335.htm。

咬着

啃着

直啃到仅仅剩下我的骨头

即使我只仅仅剩下一根骨头

我也要哽住我的可憎年代的咽喉①

这首诗写于1968年，源于愤怒。同样的怒火也照亮了曼德尔施塔姆的诗句："我的世纪，我的野兽。"② 两位诗人，彼此并不相识，却在诗中使用了同一个核心意象，将时代比作"野兽"。

虽然全诗是以第一人称的主观视角统领全局，黄翔的作品却已超越私人恩怨。这首诗也特别深刻地表现了一种颇具英雄悲剧色彩的反抗意愿，"即使我只仅仅剩下一根骨头/我也要哽住我的可憎年代的咽喉"。这一反抗姿态因为隐喻手法的密集使用而得以强化，也被黄翔视为其诗歌独特品性的标志。这样的姿态不会失之于肤浅、铤而走险的抗议，而是通过形式上的深思熟虑富含毒性和震撼效果。

黄翔成为一个永远的局外人和失败者。自"朦胧诗人"那一代开始的当代先锋诗歌阵营从未授予他历史功勋，也从未接受过他的存在，而他自己也排斥别人。自始至终未曾改变的不合时宜，以及对他"本人就是一场文化运动"的坚持，令他成为一个永远的局外人：

我是谁

我是瀑布的孤魂

---

① 黄翔：《野兽》，载唐晓渡编选《在黎明的铜镜中：朦胧诗卷》，北京师范大学出版社1993年版，第2页。

② 曼德尔施塔姆的一首诗在隐喻技巧和画面布局上与这首诗惊人地相似。汉译参见［俄］奥西普·曼德尔施塔姆《世纪》，王家新译，载《我的世纪，我的野兽：曼德尔施塔姆诗选》，花城出版社2016年版，第87页。

一首永久离群索居的

诗。

我的漂泊的歌声是梦的

游踪

我的唯一的听众

是沉寂①

(1962)

第四节　重估价值判断的诗学

　　1976年，对黄翔其人其诗一无所知的北京地下诗歌群落茁壮成长，并产生了后来有人欢喜有人咒骂的作品，被称为"朦胧诗"。他们诗艺的成熟源于一种意识，就是要与当时泛滥诗坛的平庸之作形成一种鲜明的对比，在"反词"的基础上建立诗歌的自我认知，诗歌内容对于当时的意识形态是具颠覆性和批判性的。

　　尽管"新时期"已经曙光在望，抗议诗的写作还是风险很大。他们首先反抗的是占据主流地位的、极端政治化和教条主义的美学，这在当时已经越来越升级为一种"太阳神话"，占领了文学，统治着日常，并让自然和语言都患上了失忆症。

　　那些革命歌曲日日夜夜通过电台、广播或者口口相传唱彻了中国。作家也加入采编和改写的队伍。其语言为大众所喜闻乐见，其象征系统以光明—黑暗、日—夜、红—黑、小我—大我等类似的对比为基础，诗歌、样板戏和小说无不如此。一切都被建构在简化的、鲜明的二元对立的格局之内，铭刻在意识和感性深处，因此，哪怕是受教

---

①　黄翔：《独唱》，载唐晓渡编选《在黎明的铜镜中：朦胧诗卷》，北京师范大学出版社1993年版，第1页。

育程度极为有限的同时代的普通民众也能对这些歌词倒背如流。这是文学的荒芜。但新诗绝处逢生的机遇和必然也恰恰孕于其中。

一些小心谨慎、摸索向前的不同的声音被隐秘记录下来。这些声音来自牛汉、曾卓和穆旦。沉默了近二十年之后,1976年,穆旦写下了大约二十多首思如泉涌的诗,对自我的失落、个人的罪责和集体歇斯底里的荒谬都做出了轻声但却清晰、勇敢的反思:

> 诗,我要发出不平的呼声,
> 但你为难我说:不成![1]

> 一个我从不认识的人
> 挥一挥手,他从未想到我,
> 正当我走在大路的时候,
> 却把我抓进生活的一格。[2]

> 我只不过随时序换一换装,
> 参加这场化装舞会的表演。[3]

显而易见,上述诗句正在寻求自由的表达疆域和全新的价值判断。然而,冲破僵化的"太阳神话",开辟一片新的语言沃土是极其困难的事情。下面的这首《停电之后》便是明证。在这首诗里,为表达主体性的自我反省,穆旦穿越了语言的矿层和极富政治敏感性的象征的丛林:

---

[1] 穆旦:《诗》,载李方编《穆旦诗全集》,中国文学出版社1996年版,第319页。
[2] 穆旦:《"我"的形成》,载李方编《穆旦诗全集》,中国文学出版社1996年版,第345页。
[3] 穆旦:《听说我老了》,载李方编《穆旦诗全集》,中国文学出版社1996年版,第323页。

停电之后

太阳最好,但是它下沉了,
拧开电灯,工作照常进行。
我们还以为从此驱走夜,
暗暗感谢我们的文明。
可是突然,黑暗击败一切,
美好的世界从此消失灭踪。
但我点起小小的蜡烛,
把我的室内又照得通明:
继续工作也毫不气馁,
只是对太阳加倍地憧憬。

次日睁开眼,白日更辉煌,
小小的蜡台还摆在桌上。
我细看它,不但耗尽了油,
而且残流的泪挂在两旁:
这时我才想起,原来一夜间,
有许多阵风都要它抵挡。
于是我感激地把它拿开,
默念这可敬的小小坟场。①

　　这里指明了诗人工作所需的三种光源:太阳、电灯和蜡烛。太阳被认为"最好",似乎是在向"赞歌"靠拢。但就在同一句,紧接逗号之后,太阳便被"去崇高化":"它下沉了"。虽然自然界的太阳每

---

① 穆旦:《停电之后》,载李方编《穆旦诗全集》,中国文学出版社1996年版,第342页。

天都会西沉,但这种"去崇高化"就神圣的太阳而言是一种"世俗化",甚至会被一位"政治正确"的读者认为是"不正确"。

不过穆旦并非在此故意挑衅,他极为谨慎而微妙,内中也蕴含着一种元诗的意图。通过"去崇高化",他旨在为主体性营造自由空间,塑造一个"抒情我",实事求是地坚持将真情实感视为诗之根本。这个自由的"我"得以再次真实地描述日光之下的事物。

而在两个月后创作的《冬》之中,太阳成了"短命"的,日光"淡淡"的。在冬日黄昏的阴郁气氛中,"我"希望这一天尽快结束,靠着窗边"把喜爱的工作静静做完"。①

相形之下,"停电之后",他发现"白日更辉煌","太阳最好",而在日落之后,对太阳"加倍地憧憬"。这是我们所知道的太阳——自然界里的太阳,与人类的关系既奇怪又平常,欢喜有时,悲伤有时,振奋有时,忧郁有时。日复一日,普天之下,莫不如此。它不再是那个被神话的、被意识形态化的神圣的象征物。它不再是高高在上不容侵犯的,它可以重新被感知,与主体建立关联。

"去崇高化"弱化了"二元对立"的统治地位,另辟视角,以一颗平常心(而非"假大空"诗学)和冷静的常识来看待现实:太阳下山了,好,不要慌,打开灯,让另一种光驱走黑暗,继续为你的工作照明。作者在这里求助于另一种光源:电力,一种超越个人管控的外力,蕴含的寓意是公共管理机构。当电灯被定义为"文明"的象征,一声"感谢"不难听出几分淡淡的、苦涩的嘲讽。因为在一个事实上总是在为能源供应,或者说,为整体意义上的物质生产和商品供应感到失望的社会,文明只能失效,"停电",不能"驱走"黑夜。相反,黑暗"击败一切","美好的世界从此消失灭踪",对于个人来说,这不是悲伤的理由。

---

① 穆旦:《冬》,载李方编《穆旦诗全集》,中国文学出版社1996年版,第362页。

既然如此，诗人只好动用他自己的私人光源，也是这种情况下唯一的选择：蜡烛。烛光代表着自由主体——真实的"我"的灵魂，"把我的室内又照得通明"。这使得"我""继续工作也毫不气馁"。这首元诗在此处达到高潮。关于目前的写作，整体的调式虽然听起来弱弱的，却不乏激情，蕴含"反词"："抒情我"必须找回自我，凭借内在的力量和自由，从语言和诗艺上重新照亮、净化这个因神话而变得虚假的世界。这样的"我"必须勇敢坚强，必须没有恐惧、平心静气地克服千难万险，就像蜡烛在熄灭前抵挡"许多阵风"。

通过与现实的相互作用——也包括消极的、充满敌意的现实，诗得以呈现，"看上去"就像它看上去的样子：饱经风霜。内心世界发声："残流的泪挂在两旁"。就文学传统而言，"流泪"的蜡烛形象可以追溯到贵族气派的唐代"颓废"诗人，如杜牧的那句"蜡烛有心还惜别，替人垂泪到天明"[1]，生动地刻画了恋人在离别前夕的内心感伤。

穆旦与彼时被视为"封建毒草"的古典诗歌的互文显示了他暗下的决心，绕开"太阳神话"，在真正的文学传统中起草这个"我"。这首元诗的结语也与鲁迅现代主义阶段的杰作《野草》中"野草""死火"等意象构成了回响：基于自由主体性塑造的写作展现了一种自觉自愿的自我消解，就是将"我"自身消融入笔下的文字中，通过对现实的真实再现，实现了作家的目的和意义[2]。也是在这个意义上，穆旦称燃尽的蜡烛为"可敬的小小坟场"。

穆旦精致、深沉而微妙的"去崇高化"和解放自我的写作是悄无声息、不动声色地进行的。几乎就在同一时期，年轻一代的"朦胧诗人"也在完成同样的工作，却更单刀直入、扣人心弦，隐喻也更新

---

[1] 杜牧：《赠别二首》，《杜牧诗选》，香港三联书店 1983 年版，第 47 页。
[2] 参见鲁迅《野草·死火》，《鲁迅全集》（第二卷），人民文学出版社 1987 年版，第 195—196 页。

鲜，富有朝气。正如多多所说，他们诗中的"我"是不穿衣服的、肉感的、野性的，不需要拐弯抹角地引经据典，而是直接正面出击粉碎"太阳神话"。下面的这两首诗出自芒克，锋芒所指，显然是要射落那个虚假的"太阳"：

阳光中的向日葵

你看到了吗
你看到阳光中的那棵向日葵了吗
你看它，它没有低下头
而是在把头转向身后
它把头转了过去
就好像是为了一口咬断
那套在它脖子上的
那牵在太阳手中的绳索

你看到它了吗
你看到那棵昂着头
怒视着太阳的向日葵了吗
它的头几乎已把太阳遮住
它的头即使是在没有太阳的时候
也依然在闪耀着光芒

你看到那棵向日葵了吗
你应该走近它
你走近它便会发现
它脚下的那片泥土

每抓起一把

都一定会攥出血来①

如此尖锐地对抗"太阳",在这个时代,芒克并非孤立无援。几乎所有颇具声名的"朦胧诗人"都曾将他们的怒火对准"太阳神话",以擢升失落的"我",并解救僵化的语言。"反词"的霰弹撼动了严防死守的意识形态的圣地,其中有愤怒的攻击,如:"以太阳的名义/黑暗公开地掠夺"(北岛),"太阳的正午之光的绞索/早已勒紧/整个世界落在我身上"(杨炼);也有苦涩的嘲讽,如:"你不自由,像一枚四海通用的钱"(多多),"太阳烘着地球,/像烤一块面包"(顾城)。多多在写于1973年的《致太阳》中,除了讽刺太阳对于权力的贪欲,同时也认识到他自己以及同时代诗人作品的一个非常重要的特征:

给我们家庭,给我们格言

你让所有的孩子骑上父亲的肩膀

给我们光明,给我们羞愧

你让狗跟在太阳后面流浪②

太阳将"格言"赐给正在路上流浪、寻找新语言的诗人。意思是说,诗人所找到的,用以重新赢得自由主体性、揭示被遮蔽的现实的语言,其与生俱来的天性——即使藏而不露,正是对主体现实的禁止与放逐。

从逻辑上来看,对抗之词依赖于一个对手或者反方。对手越强

---

① 芒克:《阳光中的向日葵》,载唐晓渡编选《在黎明的铜镜中:朦胧诗卷》,北京师范大学出版社1993年版,第183—184页。

② 多多:《致太阳》,载唐晓渡编选《在黎明的铜镜中:朦胧诗卷》,北京师范大学出版社1993年版,第81页。

大，回应越激烈。通过反证，鲜明的意象、庄严的感情凝固在最简洁、最凝练的语言形式"格言"之中。多多所说的"太阳格言"，实际所指的就是内在的"反词"，或者潜藏于新诗的"反词"的源头。就诗艺而言，"格言"并非一定旨在挖掘哲理深度，或者转达生活智慧，更多的还是营造画面纷呈、隐喻密集的诗语的特点，不仅澄清诗的主题，也从技术层面展开，相应地呈现诗的结构。多多曾说："我的诗主要是由格言似的句子组成的。"[①] 当北岛被问及其诗艺的特点，他简明扼要地说："诗靠的是格言似的意象。"[②] 因此并不奇怪，相当一部分"朦胧诗"的意象和隐喻来对"太阳"的阐释。这里列举少量精选出来的针对"太阳"的著名格言，全部出自唐晓渡编选的"朦胧诗卷"：

那灯光来源于错觉
（多多：《教诲》）

你不自由，像一枚四海通用的钱！
（多多：《致太阳》）

亿万个辉煌的太阳
显现在打碎的镜子上
（北岛：《太阳城札记》）

痛苦的风暴在心底
太阳在额前

---

① 多多：《谈诗》，《象罔》1992年第16期。
② 北岛：《谈诗》，《象罔》1992年第16期。

(舒婷:《会唱歌的鸢尾花》)

太阳落下去了
像滑进一扇虚掩的门
(田晓青:《海》)

永远是黄昏
以至阳光都在腐烂
[……]
也许,我不得不死
为了结束虚构
为了在真实的阳光中醒来
重新认出自己
(田晓青:《虚构》)

黑洞洞的嘴唇张开着
朝太阳发出无声的叫喊
(杨炼:《大雁塔》)

我就是千万个透明的太阳
(骆耕野:《沸泉》)

黎明死了
在血泊中留下早霞
(依群:《巴黎公社》)

在埋葬着朝圣者的沙滩上

长满针刺的身躯,迎送着每一颗暴虐的
太阳
(林莽:《二十六个音节的回想》)

让乌云像狗一样忠实
像狗一样紧紧跟着
擦掉一切阳光下的谎言
(北岛:《走向冬天》)

1974年,北岛写下《太阳城札记》,将"太阳"去崇高化,变成日常的太阳,并引人深思地展现了自由,以及日光之下诗人看待生命世界的眼光,尝试重新定义很多被用旧用滥的词语。这组诗由一连串隐喻性质的"格言"组成:

太阳城札记

生命

太阳也上升了

爱情

恬静。雁群飞过
荒芜的处女地
老树倒下了,嘎然一声
空中飘落着咸涩的雨

<u>自由</u>

飘
撕碎的纸屑

<u>孩子</u>

容纳整个海洋的图画
叠成了一只白鹤

<u>姑娘</u>

颤动的虹
采集飞鸟的花翎

<u>青春</u>

红波浪
浸透孤独的桨

<u>艺术</u>

亿万个辉煌的太阳
显现在打碎的镜子上

<u>人民</u>

月亮被撕成闪光的麦粒
播在诚实的天空和土地

劳动

手,围拢地球

命运

孩子随意敲打着栏杆
栏杆随意敲打着夜晚

信仰

羊群溢出绿色的洼地
牧童吹起单调的短笛

和平

在帝王死去的地方
那支老枪抽枝、发芽
成了残废者的拐杖

祖国

她被铸在青铜的盾牌上
靠着博物馆发黑的板墙

生活

网①

这组诗显然并非为表达什么深刻的思想,这不是北岛,也不是其他"朦胧诗人"所关心的事情。令读者感到吃惊的是它所呈现出的新的主观敏感性。通过抓住一些个人的意味深长的经历的瞬间(现实的、想象的,或者也可以是心理的),其世界观也展现无遗。例如:"爱情:恬静。雁群飞过/荒芜的处女地",或者:"劳动:手,围拢地球"。主体性在这里铭刻了一切,并为其正名。读者常常不能单凭字面意思理解诗句的含义,例如:"命运:孩子随意敲打着栏杆/栏杆随意敲打着夜晚",这些偶然的、个人的印象似乎说明不了什么问题,读者只能擅自推测。同时,碎片式的吉光片羽、意象的含混多义所留下的空白也亟待补足,如这句诗:"自由:飘/撕碎的纸屑"。

还有一点有趣的观察:细读"朦胧诗",尤其是1978年前的诗文,会发现激情与理性并不违和。当黯淡的生活足以用一个"网"字来概括,不再有神圣的太阳当头照耀,单个的"我"可以通过艺术获得"亿万个辉煌的太阳"的反光。骆耕野在另一首具有互文性的诗中补充说,"我"就是"千万个透明的太阳",尽管被"封闭在地下","经历过无数次死亡"。② 而杨炼这样写道:"像覆盖大地的雪——我的歌声/将和排成'人'字的大雁并肩飞回/和所有的人一起,走向光

---

① 北岛:《太阳城札记》,载唐晓渡编选《在黎明的铜镜中:朦胧诗卷》,北京师范大学出版社1993年版,第54—57页。
② 骆耕野:《沸泉》,载唐晓渡编选《在黎明的铜镜中:朦胧诗卷》,北京师范大学出版社1993年版,第270—272页。

明/我将托起孩子们/高高地、高高地、在太阳上欢笑……"①

在这些诗中,诗人—主人公—我的力量被大大地提升到了一个完胜的、神奇的高度,以超越那个压制他们的时代。北岛的《回答》作为最著名的"朦胧诗篇"之一,代表那一代地下诗人宣读了他们的诗歌纲领:

回答

卑鄙是卑鄙者的通行证,
高尚是高尚者的墓志铭,
看吧,在那镀金的天空中,
飘满了死者弯曲的倒影。

冰川纪过去了,
为什么到处都是冰凌?
好望角发现了,
为什么死海里千帆相竞?

我来到这个世界上,
只带着纸、绳索和身影,
为了在审判之前,
宣读那些被判决的声音:

告诉你吧,世界

---

① 杨炼:《休眠火山》,载唐晓渡编选《在黎明的铜镜中:朦胧诗卷》,北京师范大学出版社1993年版,第233页。

我—不—相—信!
纵使你脚下有一千名挑战者,
那就把我算作第一千零一名。

我不相信天是蓝的;
我不相信雷的回声;
我不相信梦是假的;
我不相信死无报应。

如果海洋注定要决堤,
就让所有的苦水都注入我心中;
如果陆地注定要上升,
就让人类重新选择生存的峰顶。

新的转机和闪闪的星斗,
正在缀满没有遮拦的天空,
那是五千年的象形文字,
那是未来人们凝视的眼睛。[1]

这一纲领宣告了一个坚不可摧的信仰:诗人拥有精英和先知的能力,以及高高在上的道德优越感,他们写诗就像在写"高尚者的墓志铭"。这种写作是对"太阳神话"的彻底的否定,后者被援引为"镀金的天空",没有生命存在,只被死亡笼罩("飘满了死者弯曲的倒影")。这种写作是启示性的,唤醒被麻醉的意识,以认清世界的困境

---

[1] 北岛:《回答》,载唐晓渡编选《在黎明的铜镜中:朦胧诗卷》,北京师范大学出版社1993年版,第57—59页。

(第二小节)。这种写作是讲真话的,揭穿"天是蓝的"的谎言。这种写作注定是要尝尽人世的艰辛和"苦水",换来人类新的希望。这种写作将虚假的天空换成"没有遮拦的天空",未来人们与整个宇宙和谐共存。由此,写作成为一种新的宗教。

这种写作源于一个新"我",通过否定而消解"太阳",并取而代之。相信未来的乐观自信让这首诗里的夜能够令人忍受,并成为一个中间地带("新的转机和闪闪的星斗,/正在缀满没有遮拦的天空"),就像骆耕野所说,"空白,又是生命的空白/黑暗,又是希望的黑暗"①。而顾城将他对光明的渴望归功于夜的馈赠:"黑夜给了我黑色的眼睛,/我却用它来寻找光明。"②

这里的"我"与这种写作完全身份同一。事实上,这个"我"已经变成了写作的主题。被判决的宣读他自己,以一种英雄的姿态:"我来到这个世界上/只带着纸、绳索和身影",他被指定或被委任,怀着一种大无畏的自我牺牲精神,去宣告诗歌的真理。这个"我"只有在写作中才能发现他存在的价值得以证实和实现:"最勇敢的诚实/莫过于——/活着,并且开口"③,舒婷也在诗中如此定义写作的"我"。

英国诗人、北岛的友人 W. A. Audens 曾说,"北岛如此看重文字,好像他的性命与此相关"。史景迁也评价北岛早期的作品中存在着一种将写诗的"我"自我崇高化的元诗倾向④。史景迁的惊讶不难理解,因为这个"我"在激情昂扬的时候,不同寻常地会使他显得与

---

① 骆耕野:《车过秦岭》,载唐晓渡编选《在黎明的铜镜中:朦胧诗卷》,北京师范大学出版社1993年版,第274页。
② 顾城:《一代人》,载唐晓渡编选《在黎明的铜镜中:朦胧诗卷》,北京师范大学出版社1993年版,第110页。
③ 舒婷:《人心的法则》,载唐晓渡编选《在黎明的铜镜中:朦胧诗卷》,北京师范大学出版社1993年版,第196页。
④ Bei Dao / W. Kubin (Übers.), Bei Dao: *Notizen vom Sonnenstaat*, Gedichte, München: Hanser, 1991, S. 1.

时俱进地浪漫和现代。然而，整整一代诗人必须将之提升到纲领的高度，以此在一个个性丧失的时代坚持他们的诗歌理想。不过，围绕着这个"我"——也是对抗"太阳神话"的最重要的"反词"，他们却未能发展出足够的语言手段，来彻底拆毁统治意识形态领域的二元对立思想体系。他们的语言还是依靠对手为生，否定他们所否定的，才能获得肯定。毫无疑问，这套系统内部发生了语义的转化，这也给20世纪80年代以前的地下诗坛带来了生机和活力。诗人们通过对一些词语的正话反说，如：好/坏，我/太阳，日/夜，真/假，颠覆了世界观，推陈出新。不过，那些在二律背反中保留下来的二元论思想却成为他们诗艺继续发展的桎梏。

「第七章」
北岛与"词的流亡"

第一节　可疑之处：写作危机与"朦胧诗"的再出发

随着"文化大革命"的结束，一些自办刊物——其中也包括由北岛与芒克创办的双月刊《今天》——得以浮出水面。这份被视为"朦胧诗"发源地的杂志影响力空前[1]，在如饥似渴的文学爱好者中引发了极大的反响，特别受到1977年以后上大学的天之骄子们的推崇。"朦胧"风格红极一时，甚至挤占了官方诗坛。截至1980年12月停刊，《今天》一共出版了九期，另有三份"今天文学研究会"内部交流资料及四本丛书[2]。

有问题的其实并非"朦胧诗"本身，而是它的非正式出版形式。只要诗人在官方平台发表作品，一切便变得合理而又合法。自1979年，"朦胧诗"频现于各大主流媒体，甚至包括《诗刊》杂志，这一奇怪的事实表明：文化界并未参透"朦胧诗"的实质，或者说，并没

---

[1]　被列为普通高等教育国家级规划教材的文学史教程也承认这份杂志的巨大影响力，称1978年《今天》杂志的创刊，标志着"现代诗潮从地下转入公开，进入'文革'后波澜迭起的文学大潮之中。这就是通常所谓的'朦胧诗'派"。参见陈思和《中国当代文学史教程》，复旦大学出版社1999年版，第263页。

[2]　译者注：1990年5月，北岛、万之在挪威奥斯陆大学筹办《今天》复刊的编委会会议，出席会议的有北岛、万之、高行健、李陀、杨炼、孔捷生、查建英、刘索拉、徐星、老木等。奥斯陆会议结束后，全体与会者应斯德哥尔摩大学东亚系邀请前往斯德哥尔摩继续开会，并和瑞典作家举行座谈。编委会正式决定复刊《今天》，编辑部设在奥斯陆。1990年8月，《今天》复刊号在奥斯陆出版。

有真正懂得它们审美自律的意愿，也因此才会以"朦胧"（晦涩、古怪、看不懂）二字如此令人尴尬地命名这类新诗①。

虽然含混不清的语言风格使其饱受非议，但就基本立场而言，"朦胧诗"却被认为是"以独特而相对成熟的姿态参与了七八十年代之交的'伤痕文学'思潮"②，很多令人耳目一新的意象本身，例如北岛的"墓志铭"和江河的"纪念碑"，"隐含了一个集体形象，揭示出诗人与这一代人的共生关系"③。对于类似的阐释，"朦胧诗人"并不情愿却也无计可施，因其文本与政治话语走得太近，即使背离主观意图，也从客观上导向这样的一种解读方式。

由此，"朦胧诗"陷入了危机，从1978年至1981年初，也鲜有重要的新作产生。这种危机同时也是身份认同的危机，因为每一个创作的个体都必须做出选择：要么加入"伤痕文学"的写作，"去为实现新时期的总任务而奋斗"④；要么是拒绝这种主流意识形态指导下的政治性表述，如北岛所强调的那样，"诗人应该通过作品建立一个自己的世界"⑤。北岛本人在80年代初也感受到这种压力，敦促他重新反思诗人的角色。正是写诗的"我"所面临的千难万险成为这段时期创作的主题，演化出一种全新的风格路数，并为后续发展奠定了基础。《主人》便是一个很好的例子：

---

① 最早提出这一称谓的章明批评说，"少数作者大概是受了'矫枉必须过正'和某些外国诗歌的影响，有意无意地把诗写得十分晦涩、怪僻，叫人读了几遍也得不到一个明确的印象，似懂非懂，半懂不懂，甚至完全不懂，百思不得一解。"参见章明《令人气闷的"朦胧"》，《诗刊》1980年第8期。
② 陈思和：《中国当代文学史教程》，复旦大学出版社1999年版，第264页。
③ 陈思和：《中国当代文学史教程》，复旦大学出版社1999年版，第264页。
④ 卢新华：《谈谈我的习作〈伤痕〉》，牟钟秀编：《获奖短篇小说创作谈1978—1980》，文化艺术出版社1982年版，第27页。
⑤ 北岛：《我们每天的太阳（二首）》，《上海文学》1981年05期。

主人

被怠慢的客人走了
他留下灾难性的消息
和一只手套
为了再敲响我的门
我仍无法看清白昼的焰火
舞曲响起
那从磨房流出的月光
充满了梦的暗示
相信奇迹吧
奇迹就是那颗墙上的钉子
我的影子在试
钉子上摇晃的衣服
试我最后的运气
两次敲门之间
支撑睡眠的手垂下来
危险的楼梯
从夜色中显出轮廓①

来访者是匿名的,没有面孔,却深具威慑力——即使已然离去。他的告退看来只是暂时的,因为遗留的手套为他的归来提供了借口。手套暗示着可疑的,甚至可能是阴险的动机。这是一种什么样的访客呢?可以肯定的是,他的到访和告别前的谈话并不令人愉快,留下的不仅是一只手套,还有一条在主人看来是"灾难性"的消息。至于消

---

① 北岛:《主人》,《北岛诗选》,新世纪出版社 1986 年版,第 122—123 页。

息的内容，以及敲门声再度响起可能带来的具体危险皆被略去不谈，但隐隐的杀气无所不在——即使"月光"和"舞曲"也驱之不散。这种未被说出口的威胁性的气氛将"我"压缩成"影子"，并深感自己的无助和软弱（"我的影子在试/钉子上摇晃的衣服"）。所能做的只是小心提防，防患于未然，并寄希望于"奇迹"。早年激情满溢的英雄主义和壮志凌云荡然无存，这个被压缩了的"我"试着在黑暗和危险的现实面前保持清醒，这是他获救的唯一可能。北岛在此塑造了一个前所未有的"我"，将内心的恐惧和危机暴露无遗。

这首诗写于1982年前后①。一年之后，"清除精神污染运动"让北岛成了众矢之的。1985年，他接受牛汉邀请，受聘为丁玲创办的《中国》②杂志特约编辑，担负起推荐和审阅诗稿的工作，前后大约持续了一年时间直至停刊③。经北岛之手，《中国》刊发了不少"新生代"——也被称为"后朦胧诗人"——如王寅、柏桦、陆忆敏、张枣、翟永明的作品。

北岛在这些比自己年轻十岁左右的诗人之中发现了一种新的写作方式：排除一切政治干扰，寻求一种纯粹的诗歌语言。

"我"现在所看到的平庸化的危险成了新的主题，并由此而发出质疑的声音。他对先前的未来幻景的破灭感到失望，并谴责当今，这与"伤痕文学"形成了鲜明的对比："仅仅在书上开放过的花朵/永远

---

① 译者注：《今天》停刊前后，北岛去《新观察》杂志当编辑。1981年年初，中共中央发了一个关于清理民刊的九号文件，几乎所有民刊的创办者都被一网打尽，北岛也在名单之列："当时《新观察》隶属中国作家协会。九号文件下来后，公安局找到作家协会，对我施压，希望我写检查交代问题，被我拒绝了。"北岛在访谈中还提到："《新观察》主编是戈扬，副主编是杨犁（后为中国现代文学馆馆长）。前两年我才听杨犁的儿子杨葵说起，原来当年是杨犁替我写了份检查，才幸免于难。"原文刊载于2008年6月1日《南方都市报》GB32版，篇名为《1978年12月，〈今天〉创刊：青春和高压给予他们可爱的自由》。
② 译者注：《中国》隶属中国作协，由丁玲创办于1985年1月，停刊于1986年12月，共出版18期。1985年为双月刊，1986年为月刊。主编为丁玲、舒群，副主编为魏巍、雷加、牛汉、刘绍棠，编委为王朝闻、叶水夫等15人。后虽情况有变，但1985年的刊物封底内页一直保留着这份名单。1986年后，只在刊物的最后一页刊发编辑名单。
③ 参见牛汉、孙晓娅《访牛汉先生谈〈中国〉》，《新文学史料》2002年01期。

被幽禁,成了真理的情妇"①;他批评说,无论今天还是明天都不会变得更好:"在突然睁开的眼睛里/留下凶手最后的肖像"②。诗歌还可以做什么?"我"应该如何说话,才能再次呈现变化?这一阶段的一些诗已经呈现出一种趋势,将"主人"的被动清醒的轻声而又怀疑的声调重新变回先前自信的、预言式的语气,如下面的这一首诗:

明天,不

> 这不是告别
> 因为我们并没有相见
> 尽管影子和影子
> 曾在路上叠在一起
> 像一个孤零零的逃犯
>
> 明天,不
> 明天不在夜的那边
> 谁期待,谁就是罪人
> 而夜里发生的故事
> 就让它在夜里结束吧③

显而易见,在这两节诗中嵌入了两个并置的、对立的"我"的存在形式:"逃犯"和"罪人"——因为受到无以言表的威胁,深感孤独以及人与人之间无法沟通的隔膜。如同"主人",他的存在也被压缩成了影子。在其视域里,世界是去实体化的鬼影憧憧。他是"罪

---

① 北岛:《十年之间》,《北岛诗选》,新世纪出版社1986年版,第90页。
② 北岛:《十年之间》,《北岛诗选》,新世纪出版社1986年版,第91页。
③ 北岛:《明天,不》,《北岛诗选》,新世纪出版社1986年版,第94页。

人",只因不能勇敢地说出对明天的阴郁的预言,他始终都在逃避这样一种发声,也因此而无法重建自我同一性的本体。

不过,他还是要对"明天"说"不",由此而免于罪责,让另一个"我"替而代之地成为"罪人"——只因他盲目"期待",不能认识并说出,明天不过是黑夜的延续。而通过说"不"重新找回的"我"将他的现实处境定义为"夜",不会回到光明或早晨:"其实难以想象的/并不是黑暗,而是早晨"①。与之相应的是他要求立刻行动或者立即言说("而夜里发生的故事/就让它在夜里结束吧")作为意义深远的艺术行为——就在此时此地,就在夜里。

第二节 "抒情我"作为语言风景的探寻者

带着抒情的温暖,北岛开始将他的目光投向个人记忆的迷宫。"我"被塑造成一个探寻者的形象,似乎是在深邃的人性,在自然与爱中找到了一条新的路径:

迷途

> 沿着鸽子的哨音
> 我寻找着你
> 高高的森林挡住了天空
> 小路上
> 一棵迷途的蒲公英
> 把我引向蓝灰色的湖泊
> 在微微摇晃的倒影中

---

① 北岛:《彗星》,《北岛诗选》,新世纪出版社1986年版,第101页。

我找到了你

那深不可测的眼睛①

"那深不可测的眼睛"是单个个体的眼睛,是"你"的眼睛,是"倒影",即语言的密码,但不再是《回答》里胜利在望、预言式的"象形文字",或者集体主义的"未来人们凝视的眼睛"②。此处的眼睛让人想起一位逝者——北岛的妹妹姗姗,她的倩影连同水意象一起在流亡之后的北岛诗中依然时隐时现③。1976 年,年仅 19 岁的姗姗因下水救人而不幸罹难。她的行为是自发的,源自人性最深沉的爱。那么,妹妹的意象——"自发性和深邃的人性",是否同时也是诗学的愿景?以此免于一切意识形态的纷争,跳出二元对立的魔鬼循环,而指向一个伟大的目标?无论如何,这首诗看上去是朝着这个方向的一次探寻:"我"寻找着"你",最初一无所获(先前的道路皆为"迷途")。可是,一棵自我放逐、随风舞动的"蒲公英"在永恒的大自然中将我引向"深不可测"的人性之善和真正的诗之"倒影"。

1984 年左右,正是乔治·奥威尔的《一九八四》在中国知识分子圈里炙手可热之时。现实成为新诗发展的一个契机。

"朦胧诗"现在开始走出它之前的迷失状态,克服创造性的飘忽不定。诗人们意志坚定地追求艺术自律,诗写得更加隐秘,远离权力争端,主题也显得非社会化,在元诗的维度和语言的反身性中探讨"我"的复杂。每个人都有他自己的诗学信条,诗歌群落正在消失。许多先前的词汇被删除,二元对立的思维模式转为对不可言说之物的训练有素的注视。甚至不再与"太阳象征"为敌,不再视之为僵化的

---

① 北岛:《迷途》,《北岛诗选》,新世纪出版社 1986 年版,第 82 页。
② 参见北岛《回答》,《北岛诗选》,新世纪出版社 1986 年版,第 26 页。
③ 例如北岛《安魂曲——给姗姗》,《开锁》,(台北)九歌出版社 1999 年版,第 41—43 页。

意识形态的诗学规训,而是隐喻的冒险亟待开拓的一片新的领域。

杨炼将他的太阳王国命名为"诺日朗"①,这在藏语里的意思是"男神"。从这里出发,他开始寻找自己的"文化的根",并逐渐形成自己的独特风格。江河写下了组诗《太阳和他的反光》②,从神话的角度又将"太阳"神圣化了,但没有政治的含义,而是将社会历史意识提升到宇宙意识的高度。可惜不久之后他中断了自己的诗歌事业。顾城重新画下"早晨"和"遥远的风景",画下"一只永远不会/流泪的眼睛"。③ 他用自己貌似幼稚的声音,任性的、绝对自由的幻想作为反抗的象征,并以此作为诗歌的主题。而另一些诗人,如舒婷、叶延滨和梁小斌,则在语言上没有太大改变。

多多的状态又有所不同。因为他并没有通过《今天》成名,也就免于在论争中成为被批判的对象。直至1985年,他被选入老木编选的《新诗潮诗集》,才声名大振。④

北岛的突破要比其他同人更为艰难。1976年的纲领性作品《回答》为他带来巨大荣誉的同时,也让他付出了代价。很多人期待北岛不要偏离这首时代之作的风格,这实际上极大地窄化了"朦胧诗"的发展空间。但北岛顶住了外界的压力,战胜了内心对于孤独的恐惧。

他的诗开始呈现一种不同以往的坚决语气,表达出无论如何都要重新开始的意愿。这种坚决并非塑造了一个不达目的誓不罢休的"我",而是他的怀疑,甚至将整个世界都看作是"可疑之处"。这种坚决表现在主题上,以及对语言风景的探寻之中不确定性的自我反思。由此一来,元诗的可靠性也成了问题。这正是他的创新和迷人之

---

① 参见杨炼《诺日朗》,《上海文学》1983年5月号。
② 江河:《太阳和他的反光》,《黄河》1985年第1期。
③ 顾城:《我是一个任性的孩子》,《舒婷、顾城抒情诗选(一九七一年——九八一年)》,福建人民出版社1982年版,第41页。
④ 在这部诗集中,多多共有36首诗入选,这让他有了全国范围的诗歌声名。参见老木编选《新诗潮诗集》(上),北京大学五四文学社1985年版,第385—435页。

处,迄今却不为人所知。下面的这首短诗类似于新的诗学纲领,却并未引起诗评界的重视:

界限

我要到对岸去

河水涂改着天空的颜色
也涂改着我
我在流动
我的影子站在岸边
像一棵被雷电烧焦的树

我要到对岸去

对岸的树丛中
惊起一只孤独的野鸽
向我飞来①

两句重复的叠句"我要……",构成了单独的两节,展示了说话的"我"去意已决。目标是"对岸",未知之所。"我"仍然被转喻成"影子",在此岸受到暴力的伤害("被雷电烧焦"),也就是被囚禁在河的这一岸。"我"能够和他真正的、完整的"我"重新合而为一吗?——只要他抵达彼岸?重新获得自我同一性,这也是瑞典诗人特朗斯特罗姆笔下另一位"游泳者"的奋斗目标:

---

① 北岛:《界限》,《北岛诗选》,新世纪出版社1986年版,第85页。

[……]
一个黑色形象
在年轻古老的河里游动

没有武器,没有战略
既不休息,也不奔跑
与自己的影子分离
影子在激流下移动

他搏斗着,试图挣脱
沉睡的绿色图像
为了游到岸上
和自己的影子结合①

北岛这段时期正在从英文转译北欧现代诗,其中也包括特朗斯特罗姆的作品,这是最令他称奇的②。两人在20世纪80年代末期之后结下了深厚的诗歌友谊。北岛承认特氏对他诗歌风格的影响,特别是辉煌而诡异的意象蒙太奇手法的使用——"既突然又合理,像炼丹术一般"③。

北岛在此令人惊奇而又信服地坦言自己的内心疑虑:河的对岸也许与预期相反,不过又是另一个可疑之处:"惊起"的一只孤独的野

---

① 译者注:[瑞典]托马斯·特朗斯特罗姆著,李笠译:《游动的黑影》,《特朗斯特罗姆诗全集》,南海出版公司2001年版,第75页。
② 北岛在与我的几次谈话中,反复提到他的两位偶像诗人是特朗斯特罗姆和策兰。关于他与特氏之间的友谊,详请参见北岛《蓝房子》,(台北)九歌出版社1998年版,第91—104页。
③ 译者注:北岛《特朗斯特罗默》,《时间的玫瑰》,牛津大学出版社2005年版,第187页。

鸽"向我飞来",像一个信使,从未知的领域带来了未能说出的讯息。野鸽本身可能是机智果敢、善于应变的诗人敏感性的化身,用警惕的目光看待外部世界,并见机行事。这首诗的诗性产生于对自己的怀疑的怀疑。这样的诗性使得受到伤害、被压缩成影子的元诗意义上的"我"有希望恢复名誉,前提是这个"我"能够并且愿意完全真实而自信地将这样的状态转化为语言。北岛为此还在寻觅,寻觅的眼睛记录下光怪陆离的沿途印象:

可疑之处

历史的浮光掠影
女人捉摸不定的笑容
是我们的财富
可疑的是大理石
细密的花纹
信号灯用三种颜色
代表季节的秩序
看守鸟笼的人
也看守自己的年龄
可疑的是小旅馆
红铁皮的屋顶
从长满青苔的舌头上
滴落语言的水银
沿立体交叉桥
向着四面八方奔腾
可疑的是楼房里
沉寂的钢琴

>   疯人院的小树
>   一次一次被捆绑
>   橱窗内的时装模特
>   用玻璃眼珠打量行人
>   可疑的是门下
>   赤裸的双脚
>   可疑的是我们的爱情[①]

　　这里的一切都是可疑的：历史、爱情、男人和女人、建筑，甚至包括语言本身。在这个可疑的世界上生活着可疑之人，他们盲视（"玻璃眼珠"），妄言（"长满青苔的舌头"），失智（"疯人院"），看上去缺乏自我认知的能力。这里的"我"并非显在，而是潜藏在字里行间，娓娓道来，到了末句对一个隐含的"你"说出："可疑的是我们的爱情"。言下之意：甚至"我"自己都是可疑的，感知力也已受损。事实上，此阶段的北岛不仅将"我"描绘成受伤的影子，而且还是"影子苍白的孤儿"，与所有"都会结果"的"喧嚣的花"组成了行列[②]；或者是个永远的"陌生人"，尽管"有那么多机会和你认识"[③]，只因这个世界，"它不懂我的沉默"[④]；或者是个"聋子"，坐在那些"精工细雕的耳朵之间"[⑤]；或者是个"盲人"："一个盲人摸索着走来/我的手在白纸上/移动，没留下什么/我在移动/我是那盲人"[⑥]。

[①] 北岛：《可疑之处》，《北岛诗选》，新世纪出版社1986年版，第134—135页。
[②] 参见北岛《孤儿》，《北岛诗选》，新世纪出版社1986年版，第149页。
[③] 参见北岛《陌生人》，《北岛诗选》，新世纪出版社1986年版，第132—133页。
[④] 北岛：《无题》，《北岛诗选》，新世纪出版社1986年版，第148页。
[⑤] 北岛：《呼救信号》，《北岛诗选》，新世纪出版社1986年版，第167页。
[⑥] 北岛：《期待》，《北岛诗选》，新世纪出版社1986年版，第162页。

第三节 "世界的语言"与"诗的语言"

恰恰是这种受到灾难性压缩的主体性的存在状态,悖谬性地发展出一种诗歌的可能性,将不可能的和无法说出的付诸语言:聋子听不见貌似真实的世界里的喧嚣,却可以听到元语言的"SOS"("于是你聋了/你听见了呼救信号"[①]);梦游者眼中的现实一片混沌,却"看见过夜里的太阳"[②];盲人触摸着他的文字,从几乎不可辨认的大理石"细密的花纹"中,读出不被人所感知的危险"仅相隔一步"[③];哑巴也认为他的沉默要比"世界的语言"更意味深长,因此他们彼此交换的"只是一点轻蔑"[④]。

在这种新的诗性的产生之中,北岛将语言定义为元语言,即一种诗歌语言,虽然源自"世界的语言",但自我反思的能力却似乎高于后者;经验的主体,同时也是元诗意义上以语言为本的主体,总是尝试着将无法言说的存在状态转化为可以言说的诗的状态。

由此看来,《可疑之处》这首诗的深意在于:可疑的不仅仅是那些被指明的事物,而且还包括"世界的语言"、那些命名它们的名词的排列。下面的这首元诗《语言》正是明确地以语言的双重功能为主题:

语言

许多种语言

[①] 北岛:《呼救信号》,《北岛诗选》,新世纪出版社1986年版,第167页。
[②] 北岛:《八月的梦游者》,《北岛诗选》,新世纪出版社1986年版,第139页。
[③] 北岛:《这一步》,《北岛诗选》,新世纪出版社1986年版,第140页。
[④] 北岛:《无题》,《北岛诗选》,新世纪出版社1986年版,第148页。

在这世界上飞行
碰撞，产生了火星
有时是仇恨
有时是爱情

理性的大厦
正无声地陷落
竹篾般单薄的思想
编成的篮子
盛满盲目的毒蘑

那些岩画上的走兽
踏着花朵驰过
一棵蒲公英秘密地
生长在某个角落
风带走了它的种子

许多种语言
在这世界上飞行
语言的产生
并不能增加或减轻
人类沉默的痛苦[①]

"许多种语言"此处应为"许多的词"，因为国际语种之间的相互理解问题，或者由于语言的多样化所造成的巴别塔困境并非这首诗的

---

① 北岛：《语言》，《北岛诗选》，新世纪出版社1986年版，第164—165页。

题旨。或者更确切地说,这里探讨的其实是在一个已被默认为通晓可靠的语言系统之内,如何更深、更真地传情达意。在北岛看来,正如他此处所指,"世界的语言"与"诗的语言"相反,"并不能增加或减轻/人类沉默的痛苦";不能深入灵魂,将失语之痛表达出来。这些词彼此"碰撞","在这世界上飞行",盲目而被动地受到驱使,产生"仇恨"和"爱情",正如撞击时偶尔迸发的"火星"。如此不加反省、肆意妄为导致迷狂而非理智,即使偶有"思想",也如"毒蘑"一般被随意收入教条主义的"篮子"里。

胡言乱语之外,内在的诗的发生是沉默、隐秘而又意象纷呈,正如第三节所试图表现的那样:"那些岩画上的走兽/踏着花朵驰过";"一棵蒲公英秘密地/生长在某个角落/风带走了它的种子"。这里的两个元诗意象都在此前的诗中有过前身:一个是"对岸的树丛中"惊起的一只"野鸽"(《界限》);另一个是自发地将诗人引向灵感之源的"蒲公英"(《迷途》)。这两个细微变化了的意象都代表着敏感和性灵,这对北岛而言正是诗语存在之本,由此才能够并愿意说出"人类沉默的痛苦"。同时也示范性地呈现了北岛意象建构的令人惊讶的连续性,从这里出发,直至晚近越来越如符码般加密的作品,相同而稳定的意象往往成为解码一首诗的关键,对其所做的阐释也愈须谨慎。

这种连续性也表现出历经迷惘所换来的淡定从容。出国前的北岛在回顾过去五年的创作时,终于可以骄傲地宣称,同其他的几位"朦胧诗人"一样,他也找到了一种新的诗歌语言。这种语言一方面让诗人在走下政治舞台之后依然保有精英意识,另一方面也不会对写作的孤独和边缘地位认识不清。而对于主体性优势的热忱信仰为无言之诗的至高无上提供了辩护,相信存在的意义正潜藏于此,新的表达疆域的开拓正是诗歌生活的目标所在。

这种信心改变了北岛对待危机的态度。不同于《主人》中被动和无助的警醒,这种态度是主动而充满了想象,焕发着取之不尽用之不竭的

语言的活力,并冷静应对现实,仿佛已从语言内部得以规避和化解风险。《诗艺》正是这样的一首诗:

诗艺

我所从属的那座巨大的房舍
只剩下桌子,周围
是无边的沼泽地
明月从不同的角度照亮我
骨骼松脆的梦依旧立在
远方,如尚未拆除的脚手架
还有白纸上泥泞的足印
那只喂养多年的狐狸
挥舞着火红的尾巴
赞美我,伤害我

当然,还有你,坐在我的对面
炫耀于你掌中的晴天的闪电
变成干柴,又化为灰烬①

这首诗是一幕简短的诗剧。地点:正在为诗艺苦思冥想的"我"的房舍;时间:夜晚——通过当时明月可以推测出来;对话伙伴:一位没有详细说明,怀着敌意的"你";气氛:威胁性的,充满噩梦和危险的暗黑意识。所有的这一切都唤起了几年前的旧作《主人》中的相似场景。主人身处险境而备感无望,只能坐等第二次敲门声。

---

① 北岛:《诗艺》,《北岛诗选》,新世纪出版社1986年版,第152页。

不妨设想，访客果真再次返回，坐在诗人的对面，而威慑力更是前所未有地高涨。两个文本内部的戏剧冲突和诗歌氛围的连续性允许这样的一种解读方式，至少可以帮助读者较为顺畅地打开这首相当隐讳的诗作的入口。

"你"重新回来，坐在"我"的对面，这一次没戴可疑的手套，换成了超现实版的更具杀伤力的"晴天的闪电"。天空、雷鸣、闪电在北岛诗中一直都是"太阳象征"语系里"敌意"的代名词。不过，"你"的在场给人带来了不同以往的感受：前一首诗中，他是藏而不露，魑魅魍魉却无所不在，将"我"压缩成了一个"影子"。舞台上的缺席，代之以"我"的独白；此处却正好相反。这里的来客单薄得像一个影子，尽管他所发出的威胁完全是声势浩大的。这如何成为可能？为何北岛将这首诗命名为《诗艺》？难道是对自身诗歌艺术的明白无误的元诗表述？

关于诗艺的思考已在第一小节以独语体的形式充分展开，即使没有后面的补充，单独的这一节也完全可以构成一首完整的元诗。"狐狸"的意象与泰德·休斯（Ted Hughes）的元诗《思想的狐狸》有所互文[①]，同时也是类似于"走兽"和"野鸽"的元诗语素。第二小节因为突然转成与"你"的对话体，在叙述方式上呈现出一种断裂，这样的断裂就风格的统一而言是冒险的，在休斯的原意之外令人惊奇地增加了新的内涵，强化了第一小节的中心题旨，即：诗歌源自内心，也许能将诗人的语言直感转化为存在的对应物。在这个意义上，"狐狸"就是对应物。"写诗就是捕捉动物，依靠的是诗意的直觉"[②]。狐狸捉住了，诗也就成了，游戏结束。

可是，北岛在这一层含义之外又增添了新的维度：死亡。死给语

[①] 译者注：参见［英］泰德·休斯著，白元宝译：《思想的狐狸》，《休斯的诗》（13首），《诗歌月刊》2007年08期。

[②] 译者注：李子丹、泰德·休斯：《思想之狐》，《英语知识》2009年01期。

言画上了终止符。因此,从根本上结束"捉狐狸"游戏的是死亡,而不是诗人。诗不可能超越生命而存在,而只能在其注视之下,死也就成为诗人意识深处的一个背景:"骨骼松脆的梦依旧立在/远方,如尚未拆除的脚手架"。死在远方也在近处,因为周围已是"无边的沼泽地"。从这个角度而言,狐狸之诗既是对诗人的祝词,也是诅咒——只因他迟早也是死神的猎物。但诗人还是要把这个游戏玩下去——尽管或者恰恰因为他也难逃一死。

这首诗即使只保留第一节也足够令人满意,因为诗语的独白是进行到底的。然而,元诗场景内部的"我"似乎不想这样结束(更不必说借用泰德·休斯的道具粉墨登场),他在混乱中寻找着更多的隐喻的可能,突然就走出了第一节的虚拟的远方,而又重回现实:客人还坐在那里——这个自以为是的死亡大师!看上去就像是一个被人遗忘的想法,是的,一个完美的故事的尾巴;可是,北岛为什么不将他带入虚拟或者语言之境呢?

> 当然,还有你,坐在我的对面
> 炫耀于你掌中的晴天的闪电
> 变成干柴,又化为灰烬

对于元诗来说,这几句诗的创意性非同寻常。其中心意旨在关键的一点上有了拓展:诗艺是一种独一无二的语言魔术,可以将现实——即使糟糕透顶,转变为词。"主人"变成了隐喻、象征、关于自身的语言焦虑的一个代码,无论如何,变成了语言现象,由此,诗中的事件变成了语言事件:闪电化为灰烬,不值一提,这是一个诗人对权力所能做出的最轻蔑的表达。危险在诗中得以克服,主体拥有不受限制的新自由。这在兰波等诗人那里表现为一种"专制性幻想"(diktatorische Phantasie),对此,胡戈·弗里德里希描述道:"现实世界在如此一个主体的权力叙说下瓦解，这个主体不愿接受其内容，而要自己制造出其内容。"① 这也符合北岛在这首诗中所做的持续不断的冲击，直至最终——末尾的这句要比先前所有的表达更为强烈。由此可以看出，北岛正在接近马拉美所言的绝对之诗的信条：诗的王国至高无上，世界的存在只是为了被其接纳，成为语词。这一观点特别容易受到体制内的诗人的欢迎，他们绝不放弃审美自律，将其看作是真实反抗的最深刻的标志。

第四节 "词的流亡"作为去政治化的、文学内在的对现代性的追寻

1989年前后，"流亡文学"——如果可以这样称呼的话，应被视为生机勃勃的中国大陆当代文学的一小部分，就其生产和发行情况来看，出人意料地并未发生断裂。相反，它因循固有的逻辑继续发展并保持活力。究其根本，移民并非保存华语文学的必要手段。绝大多数的知名小说家、戏剧家和先锋诗人留守国内，并且在创作上超过了那些孤悬海外、无法经受陌生考验的同行，如：阿城、古华、江河、孔捷生和顾城。祖国或内心，这是两种水火不容的选择②。内中的矛盾对于流亡作家来说并非不具代表性，也体现了当代中国文学所处的复杂的社会政治语境。

但为什么还是选择流亡？特别是"朦胧诗人"，他们既没有遭受驱逐，作品也并未明确被禁。难道是作为一名诗人，渴望在一个自由

---

① Hugo Friedrich, *Struktur der modernen Lyrik*, Hamburg: Rewohlt, 1956, S. 81. 汉译参见［德］胡戈·弗里德里希《现代诗歌的结构》，李双志译，译林出版社2010年版，第68页。

② 译者注："血肉之躯迫使你作出如下的选择：/祖国或内心，两者水火不容。/后者唤引你到异地脱胎换骨，/尔后让你像鸣蝉回到盛夏的凉荫。/如果你选择了前者，它便赠给你/随便的环境，和睦又细腻的四邻。"参见张枣《选择》，《张枣的诗》，人民文学出版社2010年版，第73页。

的、后现代的民主社会里享有别样的、更好的生活方式？这条理由很难让人信服，因为现代西方文学史很早就教授了作家必须要上的、让人望而生畏的孤独的一课，以及生活与作品之间的"古老的敌意"。

1988年的多多便深知这一点（这一年，他申请了英国签证），在一首对话体的诗中，他表达了对自杀身亡的美国诗人普拉斯的哀思："面对着火光着身子独坐的背影//一阵解毒似的圆号声——永不腐烂的神经/把她的理解啐向空中……"[1]

这首诗对后现代的自由主义虚无的否定甚至比先前的对权力的反抗还要强烈，而后者正是《手艺》一诗的题旨，也是写给走投无路、被迫自杀的茨维塔耶娃的挽歌。事实上，多多移民后不久就承认，身为诗人，要想融入异国生活是极为困难的事情。他说："在中国，我总有一个对立面可以痛痛快快地骂它；而在西方，我只能折腾我自己，最后简直受不了。"[2] 这种对比也反映了他内心的纠结，一段时期内成为诗中动人而有争议性的主题：

钟声

没有一只钟是为了提醒记忆而鸣响的

可我今天听到了

一共敲了九下

不知还有几下

我是在走出马厩时听到的

走到一里以外

---

[1] 译者注：多多《1988年2月11日——纪念普拉斯》，《多多诗选》，花城出版社2005年版，第148页。
[2] 转引自[德]顾彬著《预言家的终结：二十世纪的中国思想和中国诗》，成川译，《今天》1993年第2期。

我再次听到:
"什么时候,在争取条件的时候
增加了你的奴性?"

这时候,我开始嫉恨留在马棚中的另一匹
这时候,有人骑着我打我的脸①

诗人希望拥有"另一匹"马的身份,而那匹马依然"留在马棚中"。这种身份缺失的痛苦将得到缓解——只要一想起在别处,特别是在家乡,还有另一个"我",来弥补不足和平衡失重。与之相近的是北岛也表达过类似感受:

乡音

我对着镜子说中文
一个公园有自己的冬天
我放上音乐
冬天没有苍蝇
我悠闲地煮咖啡
苍蝇不懂什么是祖国
我加了点儿糖
祖国是一种乡音
我在电话线的另一端
听到了我的恐惧②

---

① 译者注:多多《钟声》,《多多诗选》,花城出版社 2005 年版,第 154 页。
② 北岛:《乡音》,《午夜歌手——北岛诗选一九七二——一九九四》,九歌出版社 1995 年版,第 137 页。

另一个"我"也害怕失去这个言说的"我"。不仅仅是主题上的，也是语言形式上的。通过极其简单的组词造句（似乎是在练习中文），生动再现了一个诗人对失去身份——特别是失去母语的恐惧。北岛后来承认："在北欧的漫漫长夜，我一次次陷入绝望，默默祈祷，为了此刻也为了来生，为了战胜内心的软弱。我在一次采访中说过：'漂泊是穿越虚无的没有终点的旅行。'经历无边的虚无才知道存在有限的意义。"① 同多多一样，北岛也在诗中将流亡处境视为激发创造性的写作的困境。在这一点上，我们还将做更加细致的探讨：

[……]
仅仅一瞬间
一把北京的钥匙
打开了北欧之夜的门
两根香蕉一只橙子
恢复了颜色②

这是一把来自家乡的钥匙，开启身处异国的诗人的心门，洞悉事物的真相："两根香蕉一只橙子/恢复了颜色"。同一时期，杨炼也用一种去陌生化的方式领略陌生化——强大而又具毁灭性地，像一只"鳄鱼"，"吞噬"那个咬文嚼字的"自己"③。顾城则感觉"我们写东西/像虫子在松果里找路"，"集中咬一个字/坏的/里边有发霉的菌丝/又咬一个"④。几乎所有的"朦胧诗人"都在流亡中感受到了语言危

---

① 北岛：《自序》，《失败之书》，汕头大学出版社2004年版，第2页。
② 北岛：《仅仅一瞬间》，《午夜歌手——北岛诗选一九七二—一九九四》，九歌出版社1995年版，第132页。
③ 参见杨炼《鳄鱼》，《现代汉诗》1994年第2期。
④ 参见顾城《我们写东西》，《水银》（四十八首），收入顾工编：《顾城诗全编》，上海三联书店1995年版，第781—782页。

机，并痛苦得近乎发狂。

但为什么他们不回国？事实上，回家的路从未被阻隔——而他们的诗却越写越自我封闭。虽然也常常往返于中西之间，却只是探亲访友或商务差旅。就连北岛也被允许出入境——在他退出国际人权组织以后。正是这个身份而不是他的诗歌妨碍他拿到签证，从公开出版的诗选也可以看出这一点。

对于上述问题的回答不应总是受制于政治思维的禁锢，唯政治是瞻将导致对流亡诗歌，乃至整体意义上的当代先锋诗本质的偏离，也就无法理解何以日益加密的语言旨在远离话语权力场域。对作者及其作品的误读使得诗人往往成为受害者，感到自己的文学性受到轻视，并表示抗议。

流亡——北岛从语言的批判性角度称之为"词的流亡"[①]，就意图而言是要从根本上推动抒情诗的发展，不仅仅对他个人有效，也包括20世纪80年代中期以来的摆脱政治和意识形态二元对立的"朦胧诗"，并拒绝与"平庸的恶"去做言语上的争论。宋琳认为，"流亡心态"是值得探究的，"它既是一种宿命，同时可能转换为退藏于密的自觉。这其实已经被包括北岛在内的一整代人漫长的流亡写作生涯所印证"，好比布罗茨基的比喻——"密封舱"，"它既指流亡诗人同母语的先天关联，又指朝向不确定性的离心运动"[②]。这在北岛流亡初期写于奥斯陆的《早晨的故事》中就已初现端倪：

一个词消灭了另一个词

一本书下令

[①] 北岛：《无题》（他睁开第三只眼睛），in: Bei Dao: *Old Snow*, London: Anvil Press Poetry, 1992, pp. 24—25. 中文参见北岛《午夜歌手——北岛诗选一九七二——一九九四》，九歌出版社1995年版，第127页。

[②] 译者注：宋琳《同人于野》，《今天》2013年春季号，总100期。

> 烧掉了另一本书
> 用语言的暴力建立的早晨
> 改变了早晨
> 人们的咳嗽声①

这首诗是对语言上的以暴制暴策略的明确拒斥。在北岛看来,这种策略造成了诗意视角的窄化,宇宙和人性如此这般存在的错置,以致遮蔽了澄明真理的投射,而后者正是北岛所理解的诗的本质。北岛绝不希望读者在他流亡之后的诗中重新读出政治立场,这是他试图抹去的早期作品的烙印。

因此,"词的流亡"首先应被置于文学内在的连续性的语境下来理解。相应地,不妨在此推测,流亡更多的是一种自我放逐的自愿选择,可以解释为是对自我陌生化的执迷,自1980年代中期以来,逐渐发展为中国当代文学最重要的主题。流亡在本质上是一种自动的语言批判性的艺术行为,一种陌生化的方式,对诗的现代性的持续不断的追寻。尤其从元诗的层面上来看,是将孤独、边缘化的抒情"我"及其写作姿态,记录、思考和诗化为"自我的异端邪说"。那些诗人所选择的异国流亡与留守国内的诗人所经历的内心流亡也并不构成对立,而是源自同样的冲动。

如此这般,钟鸣、于坚、韩东、陈东东、杨黎、万夏、何小竹、陆忆敏便都留在他们各自的地方。对于他们来说,家乡也是异乡。在一首诗中,韩东称留在原地是身体的反抗;离开反倒是影子从自我的逃亡:"向日葵也扭转了它的脖子/根也走出了泥土/向西,将渡过滔

---

① 北岛:《早晨的故事》,《午夜歌手——北岛诗选一九七二—一九九四》,九歌出版社1995年版,第128页。

滔海面/一次次，我们被迫/留在原地"①。由于"我们"和"向日葵"都按照各自的天性和日常的"常识"行事，韩东对于留下或者离开并不做道德评判。

韩东本人也一再拒绝来自国外的朗诵会邀请函。出于写作的考虑，他不想中断这种留在原地——南京家乡的自我陌生化和去陌生化的语言魔术。但另有一些较为活泛的写者，如欧阳江河、王家新、翟永明、宋琳和张枣，愿意也能够在两种视角之间来回切换。不过，他们的诗却来自同样的推动，就本质而言，恰如保罗·策兰的总结："诗是孤独的。它是孤独且在路上的。"②

大多数诗人摇摆于不同的语言之间寻找自我，其中大多数人拥有另一国的绿卡。欧阳江河以一种自嘲的眼光看待这种摇摆，并理所当然地将之演化为诗歌主题：

> 一百多年了。汉英之间，究竟发生了什么？
> 为什么如此多的中国人移居英语，
> 努力成为黄种白人，而把汉语
> 看作离婚的前妻，看作破镜里的家园？究竟
> 发生了什么？我独自一人在汉语中幽居，
> 与众多纸人对话，空想着英语，
> 并看着更多的中国人跻身其间，
> 从一个象形的人变为一个拼音的人。③

---

① 韩东：《下午》，万夏、潇潇主编：《后朦胧诗全集·下卷》，四川教育出版社1993年版，第258—259页。
② 译者注：参见策兰1960年10月22日在达姆施塔特的毕希纳奖获奖致辞《子午线》。
③ 欧阳江河：《汉英之间》，万夏、潇潇主编：《后朦胧诗全集·下卷》，四川教育出版社1993年版，第116页。

第五节　陌生化的另一个"我"

离开或者留下，其实并没有什么区别，因为"先锋就是流亡"。自 1980 年代中期，这句至理名言便已深入人心。金句的主人是上海诗人陆忆敏，热爱普拉斯、唐诗和茨维塔耶娃，而后者早在半个世纪之前就一语道破："所有诗人都是犹太人。"① 陆选择留下，看到了权力与资本同谋时代的来临，其结果便是自由空间被挤占得越来越小，而诗人更是双重的受害者，仿佛一条自我放逐到"沙堡"里的鱼，先是呼吸困难，继而干渴至死："走过山岗的/鱼/怎么度过一生呢/长出手，长出脚和思想/不死的灵魂/仍无处问津"。② 她 80 年代的一些诗歌是以耽于梦幻的另一种生存方式中的"我"为主题。诗中的"我"迷恋旧日南国的绚烂文化，也醉心于后现代西方的异域风情。其中的一首这样写道：

美国妇女杂志

从此窗望出去
你知道，应有尽有
无花的树下，你看看
那群生动的人

在发辫绕上右鬓的

---

① 译者注：出自茨维塔耶娃《末日之诗》第 12 首："在这基督教教化之地/诗人——都是犹太人！" 1962 年，策兰在巴黎读到茨维塔耶娃的作品后就深受激发，写下了长诗《带着来自塔露萨的书》，开篇就引用了茨维塔耶娃的"所有诗人都是犹太人"作为题记。
② 陆忆敏：《沙堡》，万夏、潇潇主编：《后朦胧诗全集·上卷》，四川教育出版社 1993 年版，第 678 页。

把头发披覆脸颊的
目光板直的，或讥诮的女士
你认认那群人，一个一个

谁曾经是我
谁是我的一天，一个秋天的日子
谁是我的一个春天和几个春天
谁？谁曾经是我

我们不时地倒向尘埃或奔来奔去
夹着词典，翻到死亡这一页
我们剪贴这个词，刺绣这个字眼
拆开它的九个笔画又装上

人们看着这场忙碌
看了几个世纪了
他们夸我们干得好，勇敢，镇定
他们就这样描述

你认认那群人
谁曾经是我
我站在你跟前
已洗手不干①

---

① 陆忆敏：《美国妇女杂志》，万夏、潇潇主编：《后朦胧诗全集·上卷》，四川教育出版社1993年版，第680—681页。

这里出现的幻想中的"另一个我"来自美国妇女杂志的一帧广告图片:"生动"的模特,冷酷的眼神。异国形象显得与20世纪80年代上海日常的灰色调子格格不入,并激发出奇思妙想,催生了写作灵感,将关于死亡的设想折中为生命中与死亡玩的一场文字游戏。对于陆忆敏来说,想象异域的梦幻瞬间唤起了某种奇异的启迪,例如这里"洗手不干"所暗示的禅宗意味,让她突然重新认识自己的真实身份,并投入新一轮的生活——正如全诗的末句以一种近乎欢庆的语调宣布:"我站在你跟前/已洗手不干"。

后工业图景中时而虚拟、时而故作幼稚的他者是陆创作另一个"我"的灵感之源,这一图景在几年之后却成为多多的现实,令他深感震动,并被制服,无话可说。用母语诗意地面对异国文化的现实世界,自1917年白话口语被引入文学媒介以来,对于汉语空间之外的流亡诗人来说是一个新的挑战。"异托邦"显现为一种固若金汤、浑然无觉和无法理喻的沉默,用多多的话说,"语言没法穿透"[1],陷诗人于一种无依无靠、语无伦次的境地,"我"唯有通过牢牢地抓住个人记忆才能体会亲密。因此,他重返思乡的表达路径(而这个家乡正是陆忆敏和他自己此前感到陌生的地方),并用这种方式来将真实的异乡感冲淡和去实质化,继而重新在熟悉中寻找陌生:

阿姆斯特丹的河流

十一月入夜的城市
唯有阿姆斯特丹的河流

突然

---

[1] 参见多多《访谈》,《南方诗志》1993年第2期。

我家树上的橘子
在秋风中晃动

我关上窗户,也没有用
河流倒流,也没有用
那镶满珍珠的太阳,升起来了

也没有用
鸽群像铁屑散落
没有男孩子的街道突然显得空阔

秋雨过后
那爬满蜗牛的屋顶
——我的祖国

从阿姆斯特丹的河上,缓缓驶过……①

  阿姆斯特丹标志性的地域特性被极简化为"河流",而城市本身退居视域的边缘,淡化为一道遥远而不真实的地平线,在"入夜"的时候化作一个剪影,那种巨大而沉重的陌生感暂时被遗忘,被抽空,代之以被乡愁烦扰的诗人的幻觉:"——我的祖国//从阿姆斯特丹的河上,缓缓驶过……"
  记忆中的事物,如橘子、鸽子、街道、爬满蜗牛的屋顶,不仅仅

---

 ① 译者注:多多《阿姆斯特丹的河流》,《多多四十年诗选》,江苏文艺出版社2013年版,第178页。

是被召唤的对象，一小块一小块地拼接出故居巷陌的寻常图景，它们首先还是被唤醒的元诗语素，帮助排解身处异国无以言表的文化疏离感，并将怀旧作为新的创作主题树立起来。怀旧的诗性，就像流亡瑞典的俄罗斯电影导演塔可夫斯基（Andrei Tarkovsky）所表现出来的，建立于一种奇妙的思乡情结，那是人与宇宙、词与物、艺术与生活毫无对立、和谐共存的所在。这种精神原乡当然既不在（后）现代西方的祛魅世界里，也不在多多的故乡北京。这个原乡永远都是被思恋的地方，由此产生纯粹的诗性和富有感染力的文本，触动读者的心灵。《九月》一诗表达的正是这样一种思恋：

九月

九月，盲人抚摸麦浪前行，荞麦
发出寓言中的清香
——二十年前的天空

滑过读书少年的侧影
开窗我就望见，树木伫立
背诵记忆：林中有一块空地

揉碎的花瓣纷纷散落
在主人的脸上找到了永恒的安息地
一阵催我鞠躬的旧风

九月的云朵，已变为肥堆
暴风雨到来前的阴暗，在处理天空
用擦泪的手巾遮着

> 母亲低首割草，众裁缝埋头工作
> 我在傍晚读过的书
> 再次化为黑沉沉的土地……①

多多故意将田园诗般的家乡称为"寓言"，看上去似乎也只能暂且从语言上去理解。诗人是一个"盲人"，走过词的田野就像"抚摸麦浪前行"，只为找到这则寓言。盲人是"通感"大师，自波德莱尔纲领性的诗作《契合》发表以来，就演变为一个重要的诗学概念。为了弥补视觉的缺位，他在行走的时候通过触觉感知或者听觉判断来想象周边事物的图景。当他摸索着走过，词不再只是文字，而变得实体化和具象化了。由此，语言的寓言变成了事物，变成了"麦浪"。"寓言中的清香"也等同于"荞麦"发出的清香。

陈东东也将他土生土长的老家上海——现如今已是飞鸟很难展翅的物质化的天空——陌生化为诗意丰盈和精神富足的所在："广大的事物在旋转中上升"。他把故乡崇高化为诗歌重镇、"光辉的南方"，优于多多所吟唱的北方。为此，他援引世界文学史上的诸多名家，如但丁、埃里蒂斯、奥登和里尔克的文字来为他助阵。例如《在南方歌唱》组诗中的第一篇散文诗《个人的记忆》引用了里尔克的诗篇，引申出的含义是：变化又未尝不是一种积极和正面的陌生化方式，以免除自我异化的痛苦。

个人的记忆

> 广大的事物在旋转中上升。太阳。第七日。图案繁复的波

---

① 译者注：多多《九月》，《多多四十年诗选》，江苏文艺出版社2013年版，第176页。

斯地毯上侧卧着裸体。海盆带动冬季的大海,跃起又变化,仿佛一条鱼展开翅膀,向往着更加光辉的南方。

而我则被我的屋子抱紧,我如同这屋子所怀的石头,沉沉向下,垂直到深底,松开了醒悟的降落伞之手不松开诗篇——

> 一门心思只在那小小的
> 房间,将它清扫,将它整理
> 因为里边也许仍住着
> 那正当青春妙龄的少女
> (里尔克)

广大的事物愈升往高处,它留在我幽闭暗室的明亮成分就愈加充盈。[①]

陈东东关于"遥远的事物"的语言魔术对于身临其境的北岛来说效力尽失,他拒绝将他流亡欧洲的途经之地自动视为一种诗化的现实。近处无奇迹。即使当他拜访穆佐城堡——里尔克曾旅居五年,并完成《致俄耳浦斯的十四行诗》和《杜伊诺哀歌》的生命最后一站,他依然不无疑虑地写道:"你高喊,没有回声"[②]。这个独一无二的文学景点与文化场所守护着里尔克"骄傲的火焰"[③] 和记忆的玫瑰。但斯人已去,无法与来访的诗人对话,相反,烛台和画像之外的自然界的事物,如井、现实的玫瑰和鸽子却能自我更新、生生不息:"艺术

---

① 陈东东:《在南方歌唱》,万夏、潇潇主编:《后朦胧诗全集·上卷》,四川教育出版社1993年版,第148页。
② 北岛:《古堡》,《开锁——北岛一九九六—一九九八》,九歌出版社1999年版,第60页。
③ 北岛:《古堡》,《开锁——北岛一九九六—一九九八》,九歌出版社1999年版,第60页。

已死去/玫瑰刚刚开放"。

> [……]
> 井,大地的独眼
>
> 你触摸烛台
> 那只冰冷的手
> 握住火焰
> 她喂养过的鸽子
> 在家族的沉默作窝
>
> 听到明天的叹息
> 大门砰然关闭
> 艺术已死去
> 玫瑰刚刚开放①

这首诗写于刚才提及的陈东东《个人的记忆》之后,看上去似乎是一场有意为之的对话。尽管没有明确指明,北岛的诗学观念更倾向于赞同海子的那句名言:"远方就是这样的,就是我站立的地方"②。

1990年代,海子的这句诗也常被"知识分子写作"的批评者广为征引,意在讥讽"后朦胧诗"写作的一个趋势是大量堆砌汉语古诗和西方现代文学典故,把新诗变成了一座死气沉沉的历史博物馆。但也有一些评论家,如陈超等人,认为"唯文化马首是瞻"固然拯救不了诗歌,但"'反文化'同样带不来诗歌的解放","二者骨子里是异

---

① 北岛:《古堡》,《开锁——北岛一九九六—一九九八》,九歌出版社1999年版,第62—63页。
② 海子:《遥远的路程》,《海子的诗》,人民文学出版社1995年版,第239页。

质同构的独断论,或不同向度的同心圆,其内在依据都是寄生在非诗的'文化观念'之上"①。

对于北岛来说,"博物馆诗"固然可以给日常环境带来陌生化效应,本身却是远离现实。同时他也拒绝重拾旧日激情。他追求的是一种诗歌艺术,时时保持自省和自新,为一朵含苞待放,而不是已经凋零枯萎——即使是曾被文学巨匠赞美过的玫瑰写下新的诗篇。辨析此时此地自己所处的位置,澄清"我"与世界最真实的关联,这是诗人的任务,同时也是真正伟大的诗的"远方"。从这个意义上,北岛声称:"艺术已死去/玫瑰刚刚开放"。

第六节　流亡在途作为写作的隐喻

在北岛看来,"远方"就是此时此地,是流亡,是异国生活和创作的前提。六年之间,搬过七国十五家,直至 1995 年,才在美国戴维斯暂时安定下来。但他极少抱怨,只从诗学角度积极看待"词的流亡"。流亡让他睁开"第三只眼睛"②,让他想到"重建星空的可能"③。但流亡创作的创新意愿并未与先前的诗学追求构成断裂,相反,核心意象和诗歌表述令人惊讶地保持着连续性。例如这里的"星空"作为元诗自我反思特性的象征与十几年前著名的《回答》中的"星斗—眼睛—象形文字"有着内在的亲似性。最显著的连续性还表现在:他继续勾画着自 1980 年代中期以来的一个语言风景的探寻者和旅行者的形象,这已经成为他最重要的特性。

---

① 译者注:参见陈超《贫乏中的自我再剥夺——先锋"流行诗"的反文化、反道德问题》,《诗探索》2005 年第 3 期。

② 北岛:《无题》(他睁开第三只眼睛), in: Bei Dao: *Old Snow*, London: Anvil Press Poetry, 1992, pp. 24—25. 中文参见北岛《午夜歌手——北岛诗选一九七二—一九九四》,九歌出版社 1995 年版,第 127 页。

③ 北岛:《重建星空》,《午夜歌手——北岛诗选一九七二—一九九四》,九歌出版社 1995 年版,第 117 页。

就行动而言，北岛的跨国迁移与环球漂泊逐渐升华为一种隐喻意义上的寓言，延续着探寻诗性和自我放逐的内涵的语言之旅。从他大约150首写于海外的非常晦涩的诗歌文本来看，相当一部分作品根本无法阐释——如果不从元诗的角度去理解，并结合诗人作为旅行者所惯用的核心意象组合。很多写在路上的诗仅从标题就能看出，如：《旅行》《出门》《冬之旅》《目的地》《回家》《夜归》《东方旅行者》。

另一些诗作的标题没这么明显，但也同样呈现出游客的视角，如：《风景》《晚景》《远景》《过夜》《远方的呼唤》《布拉格》《古堡》《地平线》《迷途》《出口》《开车》《过道》《彼岸》。

其余的文本则大多幻化出一间空房子的孤独和忧郁的氛围，同时也是写作的地点。由于穿越语言风景的旅行往往止于一个内部空间，处于这个内部空间的诗中的"我"也可以作为一个动态的元诗旅行者的形象来解读。他可能正要开始或者刚刚结束一段外部的旅程，抑或这通常只是一种内在的心旅，形式上包括回忆、独白、反省、做梦和幻想。就形式组合而言，只有想象的旅行才有如此迅疾的画面切换速度，但与外在的、真实的旅行并不矛盾，而是一种补足。这一部分属于最难拆解的文本结构，因为空白和缝隙唯有通过逻辑上与之关联的心理线索才能弥合。从元诗的角度，读懂并非绝无可能。

其实不必惊讶，为何北岛诗歌的绝大多数，甚至专有主题聚焦于作为旅行者和探寻者的元诗意义上的"我"。早在他出国之前，这一趋向已经在《迷途》或者《边界》中得以预示。维持旧有的不变，同时又有新的风格呈现，继而重新持续下去。旧中之"新"极具代表性地保持着稳定和连贯，可以总结为以下三点：

1. 通过看起来彼此并无关联的意象组合的置入来为结构加密；

2. 抒情"我"乔装改扮成"黑衣侦察兵""莫扎特船长""白发证人"等貌似无关紧要的人物，但其实几乎毫无例外地扮演着创作者的角色；

3. 通过对词的通约化来消除地域及文化的专有特征,来实现放之四海而皆准。

为了说明这些特性,下面以北岛诗集《开锁》中的一首诗来做例子:

出门

罗盘幽默地
指向一种心境
你喝汤然后走出
这生活的场景

天空与电线的
表格上,一棵树
激动得欲飞
又能写些什么

无论如何,你将
重新认识危险
一群陌生人坐在
旅行的终点

风在夜里盗铃
长发新娘
像弓弦起伏在

那新郎身上①

四节诗中各自展开四组意象群,每一组都自成一体,也并非难以理喻。但每一节到下一节的起承转合唯有追随一种游离的眼光才合乎逻辑。因此后三节的画面内容可被视为一个游荡者的目力所及,其视域范围往往超出了实际可以想见的界限。例如最后一节涉嫌窥淫,但并非一定显得不够真实。所见究竟是现实还是想象?这种不确定性被北岛当成一种歧义的游戏,并游刃于其间。

就像其他文本那样,诗中出现的名词,如:天空、风、树、罗盘、危险、陌生人、汤、电线,大多缺少详细说明。即使偶有"长发新娘"这样的描述,依然貌似非常泛化。所有的这一切都代表着北岛这一时期典型的通约化倾向,来自一种独特的、有别于一般游客的眼光:读者会有这样一种印象,这趟行程可能是在美国,也可能在欧洲、在土耳其、在图宾根或者在中国发生。没有具体的细节,这是一次搜文索字的旅行,是作家每天都在进行的一项行为,伴随着内心的害怕和不安、危险和失败的预感——如同第三节所暗示的那样,"一群陌生人坐在/旅行的终点"。

寻找的姿态通过投向外界事物的注视得以转移和物化,似乎全世界都参与到写作进程中来。恰如第二节明确说出:一棵树在一个瞬间被赋予了灵感;恰如"我",被内心的直觉("罗盘")引向一次写作之旅。然而,"又能写些什么"这一句又将起初的乐观之诗从主题上颠倒为失败之书。写作的失败在此展现为人生的失败,或曰:存在的失败。末句强调了这一观点:窥视一对新婚夫妇的销魂之夜,也透露出对创造力的渴望,在宇宙之中——原初的"没有遮拦的天空"(《回

---

① 北岛:《出门》,《开锁——北岛一九九六—一九九八》,九歌出版社1999年版,第89—91页。

答》),而不是在"天空与电线的/表格上"实现自我的超越。

第七节　打开内部空间的钥匙

宇宙意象、戴面具的"我"和那些通常非常明确地指向写作行为的语词——我们在此称之为"元诗语素",共同构成三大主要元素,占据了上述诗作,以及流亡诗歌文本内部的主要空间。文本的元诗成分越是强化和浓缩,那些非元诗或较少元诗属性的内容构成就越是会被剔除出去。诗变得更纯粹、更简洁、更凝练,但同时也更隐晦、更单调。北岛想写一种仅由"关键词"① 组成的诗。对于诗歌诠释,上述见解并非不合时宜。认识并了解关键词及其作用,将大大简化对这些隐秘文本的解读。下面,我们尝试将诗集《开锁》中可以辨认的关键词分为三类,以建立一种工具机制,便于我们考察北岛元诗的各个组成部分的功能:②

1. 抒情"我"的面具

你,我们,面具,饮茶人,少年,老人,孤独者,证人,伪证人,白发的证人,伤者,肺伤,伤口,说书人,诗的主人,生者,年轻人,呼吸,手,脸,心跳,喉咙,醒来的人,穿制服的牧师,导演,云中伟大的死者,莫扎特船长,骑手,作者,祖国之子,街头音乐家,修理工,否认者,记忆的养蝎人,黑衣侦察兵,新娘,新郎,流浪者。

2. 宇宙意象

---

① 参见北岛《关键词》,《零度以上的风景——北岛一九九三—一九九六》,九歌出版社1996年版,第125—126页。
② 这一模式最早见于为北岛诗集《开锁》所写序言,据哈佛大学教授李欧梵确认,对于理解北岛诗歌确有帮助。参见张枣《当天上掉下来一个锁匠……》,收入北岛《开锁——北岛一九九六—一九九八》,九歌出版社1999年版,第7—29页。

风，岸，海，冰海，水面，六月，十月，盐，时间，烟，绿烟，沙，飞鸟，蝉，季候，天气，夜，黄昏，雨，四周，道路，小路，太阳，阴影，风暴，树，桦树，柠檬，苹果，黎明，这一刻，月光，星空，天亮，三月雪，田野，拐口，天涯，河流，森林，星期五，鳟鱼，水源，瀑布，中秋节。

3. 元诗语素

词，字，黑名单，奇数，记忆，隐喻，晨歌，天文台，弦，小提琴，修改，写作，叹息，高度，数字，幻想，圆珠笔，透明，喇叭，歌，修辞，话语，对话，抒情诗，意义，删节，真理，语法，喊，无题，说话，回答，风格，源泉，内部，不，省去，文本，句法，迷宫，谎言，含义，照亮，诞生，忘记，书页，诺言，画外音，动词，部分，历史，舞蹈，小提琴声，讲叙，日历，理解，手册，安魂曲，喧嚣，沉默，书信，诗，泉，鼓，印刷术，回声，疑问，教科书，现实，旅行，赞美，意象，突围，无言之歌，点，旋律，日记，结论，争论，声音，开锁，扩音器，追问，诗意，呼唤，空白，酒，变化，命令，编织，书，演讲，场景，词典，统一，纸，表格，航海日志，空房子，指南针，游戏，语言，命名。

从《开锁》集的49首诗歌文本中取出这些关键词，就等于抽空全部的实质性内容。这表明这些诗在主题上是非常集中或者彼此叠加的。元诗语素的数量最多，且从语义学上可以渗透进入其他两类词库。它们不仅决定了整个文本的意义的展开，而且还在新的词汇组合和文句表述中发挥作用。例如："纸夜"（元诗语素＋宇宙意象），"玫瑰话语"（宇宙意象＋元诗语素）；或者"修辞之上的十月"（元诗语素＋宇宙意象），"水源没有疑问"（宇宙意象＋元诗语素），"盐将变成语言"（宇宙意象＋元诗语素）。

宇宙意象类的词汇除了起到修饰语作用，几乎毫无例外地都在诗中被置入通约性的时空背景。它们所发挥的进一步的效用是暗示诗人以一种宇宙通用的标准来看待自己的艺术行为，因此并不具有社会、文化或者时代特色，而是应做普适性的理解。

抒情主体的乔装改扮带来了一种变化的视角，拓展了视野，并让文本内部的裂隙显得合理。作家之外的五花八门的职业身份也似乎应验了北岛的那句诗："我径直走向你/带领所有他乡之路/当火焰试穿大雪/日落封存帝国/大地之书翻到此刻"[①]。职业的行为在此等同于写作的行为："理发师剪去/多余的岁月/我看起来还行"[②]；"黑衣侦察兵/上升，把世界/微缩成一声叫喊"[③]；"当我像个伪证人/坐在田野中间/大雪部队卸掉伪装/变成语言"[④]；"那不速之客敲我的/门，带着深入/事物内部的决心"[⑤]；"邻居们正修辞般/偷天换日"[⑥]；"回到叙述途中/水下梦想的潜水员/仰望飞逝的船只/漩涡中的蓝天"[⑦]；"莫扎特船长/带我穿过乡愁洪水"[⑧]；甚至"他（罪犯）的足音/随刚写下的诗句消失"[⑨]；"说谎——在关键词义/滑向刽子手一边"[⑩]；事物自动写诗，如同肢体："一只手是诞生中/最抒情的部分"[⑪]。一切皆可入诗，一切也皆如诗——这便是北岛观看世界的方式。

最后，我们回到这本诗集的同题诗《开锁》。它不是平白无故地

[①] 译者注：参见北岛《路歌》，《守夜——诗歌自选集1972—2008》，牛津大学出版社2009年版，第179页。
[②] 北岛：《错误》，《开锁——北岛一九九六—一九九八》，九歌出版社1999年版，第48页。
[③] 北岛：《无题》，《开锁——北岛一九九六—一九九八》，九歌出版社1999年版，第78页。
[④] 北岛：《无题》，《开锁——北岛一九九六—一九九八》，九歌出版社1999年版，第78页。
[⑤] 北岛：《中秋节》，《开锁——北岛一九九六—一九九八》，九歌出版社1999年版，第82页。
[⑥] 北岛：《夜树》，《开锁——北岛一九九六—一九九八》，九歌出版社1999年版，第99—100页。
[⑦] 北岛：《怀念》，《开锁——北岛一九九六—一九九八》，九歌出版社1999年版，第117—118页。
[⑧] 北岛：《剪接》，《开锁——北岛一九九六—一九九八》，九歌出版社1999年版，第154页。
[⑨] 北岛：《逆光时刻》，《开锁——北岛一九九六—一九九八》，九歌出版社1999年版，第143页。
[⑩] 北岛：《开锁》，《开锁——北岛一九九六—一九九八》，九歌出版社1999年版，第164页。
[⑪] 北岛：《阅读》，《开锁——北岛一九九六—一九九八》，九歌出版社1999年版，第37页。

美其名曰"开锁",因为它也从隐喻上代表着写作的纲领。遵循着这一纲领,写作一方面是在用加密的文字阐释一个悟道的世界;另一方面,又作为一首用密码写成的诗期盼与读者进行解码对话。北岛也并非平白无故地将"关键词"(钥匙词)这一术语引入这首开宗明义呼吁破解的诗。钥匙可以开锁,但必须是正确的钥匙,对于创作及其阐释都是如此。以上我们所做的对三类语素的演绎已经锻造了一把钥匙,不妨用它试着打开北岛的诗艺之锁:

开锁

我梦见我在喝酒
杯子是空的

有人在公园读报
谁说服他到老到天边
吞下光芒?
灯笼在死者的夜校
变成清凉的茶

当记忆斜坡通向
夜空,人们泪水浑浊
说谎——在关键词义
滑向刽子手一边

滑向我:空房子

一扇窗户打开

像高音C穿透沉默
大地与罗盘转动
对着密码——
破晓！①

  这里的"我"没有戴着面具出现，这通常表示他要以外在的创作者的身份观察自己写作的过程，进行思考，做出诗学或语言批评的表述，以此来提升生命的感受力。如果将戴面具的"我"等同于写作的"我"，诗集《开锁》中的几乎所有抒情"我"的文本都可以当成元诗来解读。

  最后的两节指明说话者所在的位置：一所"空房子"，即室内空间，并非人在旅途，寻找客观对应物来激发灵感，而是直接处于创作状态。北岛首先称这种状态为"空"，意思是写作始于空白，现实世界在一片未被说出、未被命名的空白之处铺展开来。写作就是率先对抗空白发声。这个巨大的空白萦绕着"空房子"，而空中又有空：空杯子。"我"从这只杯子里"喝酒"。"酒"是一个词，更是古往今来世界文学的一个诗学语素，此前我们在分析北岛诗时归为"元诗语素"。在第一节中，这个词就散发着悲凉忧戚的氛围，在其笼罩之下，"我"从空白失语的状态寻找出路。

  从时间上来看，第一节（午夜至黎明，如最后一节明确点明"破晓"）和第二节（前夕；黄昏，如"读报"和"夜校"所暗示出的）之间存在着一段间隙。这种跳跃可以通过回忆往事的内心活动来解释——如第四节"记忆斜坡"所指。记忆的画面将审美自律的立场物化，将"诗的语言"与"世界的语言"对立起来，正如我们对《语

---

  ① 北岛：《开锁》，《开锁——北岛一九九六—一九九八》，九歌出版社1999年版，第163—165页。

言》一诗的分析。此处的画面告诉我们,"世界的语言"包括报纸的语言和刽子手的语言。前一种因其日复一日的循回再造、自我标榜和可供消费的客观性"并不能增加或减轻/人类沉默的痛苦"①,让人越来越远离自己的真实内心("到老到天边"),而当面对宇宙原初的智慧之光时只能惊讶地目瞪口呆("谁说服他……/吞下光芒")。由此人们也逐渐失去了认知真相和洞察世事的能力:"灯笼在死者的夜校/变成清凉的茶"。

另一种刽子手的语言和暴力之词剥夺的是人们的个性和尊严("人们泪水浑浊"),强迫他们不说真话("说谎"),将"关键词"交付给刽子手。世界的语言让世界变得无言、无法交流和空白一片。

可是,诗又如何在这个被空白所吞噬的世界产生呢?

诗也同样来自空白,北岛如此认定:被异化和被抽空的关键词滑向刽子手的同时也滑向"我",滑向写者——那个坐在"空房子"里面寻找诗的语言的人。"当我听说,策兰在他流亡巴黎和有生之年都牢牢地坚守他对德国语言和德语写作的爱,我就深深地被打动了。"②德语是杀害策兰家人的谋杀者的语言,也是策兰用来悼念母亲的诗歌的语言,也是他所崇敬的荷尔德林的语言。只有一种语言,只有一无所有、显而易见的消极,但也只有穿越其中才能克服空白,找到存在的丰盈。

而另一种,现有语言之外的乌托邦式的语言只是乌有。

这是中国当代先锋诗歌最重要的审美立场和世界观之一,出自荷尔德林《帕特默斯》(Patmos)中的金句:"哪儿有危险/哪儿就来了营救"③。很多中国读者还是通过20世纪90年代海德格尔诗学思想的

---

① 北岛:《语言》,《北岛诗选》,新世纪出版社1986年版,第165页。
② 译者注:这一段引文出自北岛致张枣的信,由德语译出。
③ 参见 Hölderlin, "Patmos", in: Hölderlin: *Gedichte*, Hrsg. Von Jochen Schmidt, Frankfurt: Insel Verlag, 1984, S. 176.

传播才得知荷尔德林的大名①。而海子从荷尔德林那里学到,"做一个诗人,你必须热爱人类的秘密,在神圣的黑夜中走遍大地,热爱人类的痛苦和幸福,忍受那些必须忍受的,歌唱那些应该歌唱的"②。

对于很多人来说,语言似乎是最表浅的问题。在他们看来,语言既是内在的空虚,又是超验的充实。作为一种既定的现实,是此时此地。无论是内心漂泊还是海外流亡的诗人都可以由此出发,找寻一种既有纯粹的语言艺术,同时又有宇宙意识的诗歌。诗的原理也必须适用于生活。很多作家沉湎于这一幻境,当词与物、艺术与生活、自我与世界、人与宇宙合而为一,一定是一首赞美诗。《开锁》的结尾展示了这样美好的一幕——就像是后现代的绝妙喜剧与语言的物化和诗化的合璧:宇宙(大地),人(高音C),物(窗户、罗盘,甚至密码)——应和。正如地球在浩渺的密码般宇宙中的运行达到它命定的那一点而"破晓"一样,诗也突然打破了存在的沉默、无言的空虚,唱出了独特而又和谐的天籁之音:

> 一扇窗户打开
> 像高音C穿透沉默
> 大地与罗盘转动
> 对着密码——
> 破晓!

---

① 参见《海德格尔诗学文集》,成穷、余虹、作虹译,唐有伯校,华中师范大学出版社1992年版。
② 译者注:海子《我热爱的诗人——荷尔德林》,收入程光炜编《海子作品精选》,长江文艺出版社2009年版,第252页。

「第八章」
"后朦胧诗"

第一节 南方的太阳和"后朦胧派"身份

"朦胧诗"发轫于惊天动地的革命风暴,所发出的异议者之声秘密地从"太阳城"首都辐射到了全国各地;"后朦胧诗"① 则起源于相对自由的 1980 年代初期,而且是在黄河以南的省份和地区:四川、云南、上海和南京。十年的代际差异令年轻一代的诗人常有"迟来之感",同时伴随着哈罗德·布鲁姆所言的"影响的焦虑"②。1980 年代的诗坛也因此而爆发了激烈的权力征战,斗争的对象便是北岛、杨炼、顾城、多多等"朦胧诗人"。

地区之别也让两代诗人抱定不同的诗歌身份各踞一方,通常是以写作地点直接自我命名,譬如多多的"北方"和陈东东的"南方"。多多的笔下,北方冷冰冰、空荡荡,荒凉而无尽头,却聚集着"闲置已久的尊严"③;但对于生活在上海的"后朦胧诗人"陈东东来说,北方象征着诗意的反面、文化的匮乏,高度政治化、单调而又平庸的

---

① 关于"后朦胧诗人",常见的称谓还有"第三代诗人""新生代"和"实验诗人"。迄今收录最全的一部诗集当属由万夏、潇潇主编的两卷本的《后朦胧诗全集》,四川教育出版社 1993 年版。
② Harold Bloom, *The Anxiety of Influence: A Theory of Poetry*, New York: Oxford University Press, 1997, p. 6.
③ 多多:《北方闲置的田野有一张犁让我疼痛》,老木编选:《新诗潮诗集》,北京大学五四文学社刊物,1985 年,第 404 页。

普通话在日常生活的推广更让这一切雪上加霜。相反，南方代表着美学的故乡，充满了光明、传统、卓越、颓废、平静和语言的繁盛，"广大的事物在旋转中上升。[……]仿佛一条鱼展开翅膀，向往着更加光辉的南方"①。

陈东东在他全部的诗里——特别是1991年写成的散文组诗《在南方歌唱》中用语言魔术所召唤的南方，被"后朦胧诗"阵营里几乎所有的领军人物公认为诗的原乡。这不仅仅表现为风格相近的不同作者们的自白；同时也被一个事实所证明：他们常年为陈主编的《南方诗志》供稿②。还有少数的几位诗人，如：西川、海子和骆一禾，也感染了这种南方抒情风格，并逐渐脱离北方"后朦胧诗"写作的凡俗之流，作品受到南方省份的几本杂志的推崇：《九十年代》《象罔》《外省评论》等。西川和海子、骆一禾同为大学校友，被诗评家称为"北大三才子"，但他们的根也在南方（西川出生于江苏，海子来自安徽，骆一禾祖籍浙江）。重要的是，他们在自述中反复指明自己的出身，并在诗中烘托一种"南方的氛围"③。写作初期，他们就有意用"南国式"的陌生化手法淡出北国风光和生活感受，而后者正为多多、芒克和顾城所津津乐道。不过，海子放弃了这种挑衅性的姿态，用一种元诗的方式达成和解：在诗作《两座村庄》里，他温柔地歌唱："北方星光照耀南国星座"④。之所以如此，是因为1987年的海子已经觉察到二者之间的差距随着"朦胧诗"80年代中期以后的发展而日渐消弭。

---

① 陈东东：《在南方歌唱》，万夏、潇潇主编：《后朦胧诗全集·上卷》，四川教育出版社1993年版，第148页。
② 译者注：按照陈东东本人的说法，《南方诗志》(1992—1994)是1992年停刊的《倾向》(1988—1992)的延续，1994年再度停刊后，改在美国出版印行，杂志名称改回《倾向》。
③ 骆一禾：《南方的氛围》，《象罔》1993年第2期。译者注：没有找到这篇文章，但西渡认为，骆一禾身上有很明显的南方气质。
④ 海子：《两座村庄》，《海子的诗》，人民文学出版社1995年版，第106页。

但在写诗的初期，海子也强调他的"南方文化身份"。他的南方意味着神话和传统，贯穿了他所寻找的时代"大诗"的家族谱系。《亚洲铜》一诗里，屈原被视作精神之父："看见了吗？那两只白鸽子，/它是屈原遗落在沙滩上的/白鞋子/让我们——我们和河流一起，穿上它吧"①。而在《思念前生》中，南方精神的隐喻倾向更被推向了极致。在这首诗里，海子将自己的存在投射到庄子身上："也许庄子是我/〔……〕母亲如门，对我轻轻开着"②。1989年，海子选择在山海关附近的一段铁路上卧轨自杀，随身还带着一只橘子——也许是希望：即使肉身一分为二，橘子还能完好无损③。他的遗言"我的死与任何人无关"，表达了他最后的意愿：不要将他的行为上升到政治的高度。"后朦胧派"的诗友们将之解读为一种类似屈原和朱湘的"南国式"的转世方式，内含道家的精神维度——将生与死、生命与艺术的整体关联美学化了。诚如钟鸣所言，"理想主义者在功利主义的时代必死无疑"④。

"后朦胧派"所凸显的一种根植于南方的诗歌身份表明了自己的文化优越感——无论是在"革命诗人"还是先驱者"朦胧派"面前。二者均以北京为中心，代表着北方。前者是"政治正确"的象征；后者则正好相反。虽然这两代诗人在政治观念上彼此对立，按照周伦佑的说法，却都属于"红色写作"⑤。或者在于坚的笔下，他们不同于南方日常的语言游戏，把"汉语的某一部分变硬了"⑥。在后起之秀

---

① 海子：《亚洲铜》，万夏、潇潇主编：《后朦胧诗全集·上卷》，四川教育出版社1993年版，第160页。
② 海子：《思念前生》，万夏、潇潇主编：《后朦胧诗全集·上卷》，四川教育出版社1993年版，第163—164页。
③ 译者注：钟鸣说，"没人去注意，他（海子）最后带在身边的那个橘子，是不是也按等距离的规则玩了一场死亡游戏，干净的两半，没有流血和狼藉"。参见钟鸣《关城堡，中间地带》，《秋天的戏剧》，学林出版社2002年版，第90页。
④ 译者注：参见钟鸣《诗的肖像》，《秋天的戏剧》，学林出版社2002年版，第27页。
⑤ 参见周伦佑《红色写作》，《非非》1992年9月复刊号。
⑥ 于坚：《诗歌之舌的硬与软：关于当代诗歌的两类语言向度》，《诗探索》1998年第1期。

们看来,他们都属于"意识形态的诗人",对语言艺术的深入探究并不感兴趣,而是致力于实用主义的功能。"后朦胧派"认为,纯粹的诗歌自律,只能通过语言而非内容来实现;不在于意识形态的批判性,而在于语言的批判性;"不仅仅在于诗人表述什么,而主要还在于现代汉语的表现力达到了何种程度"①。

与文化精英意识始终如影随形的是一种格格不入的边缘感。越是精心磨砺诗艺,便越是遭受排挤;越是苦于不被理解,便越是孤傲不驯。因此并不奇怪,他们常常以"外省"诗人自居——尽管上海、南京和成都作为"后朦胧派"的大本营,从地理和文化意义上来说绝非偏安之所。这其实已然表明了"后朦胧诗人"的语言策略:利用"南方"的吴侬软语来克制他们的强有力的对手——时至今日,"北方"的官话依然垄断着文学的殿堂。欧阳江河这样写道:

> 陈东东最近在上海创办的《南方诗志》,以及钟鸣、肖开愚等人拟于年内在成都创办的《外省评论》,都显示出偏离中心、消解中心这样一种写作趋向。他们认为,南方或外省历来就意味着经济、民俗、风景、旅行、私生活,而且大多数外省方言尚未卷入标准化、官样化这一潮流中去。所有这一切,都有可能为写作提供丰富的、真实的、层出不穷的材料,从中我们完全可以"像蚜虫汲取树叶那样"汲取主题和灵感。②

"蚜虫汲取树叶"是一个无声的、缓慢的过程,却也正是消解的艺术。欧阳江河将之归为坚守"南方"身份的诗人职能。不过,在他

---

① 译者注:钟鸣《诗的肖像》,《秋天的戏剧》,学林出版社2002年版,第39页。
② 欧阳江河:《89后国内诗歌写作:本土气质、中年特征与知识分子身份》,《今天》1993年第3期。

看来，与其说这种坚守旨在争权夺利，不如说是有计划地弃权让利，自我放逐到语言的流亡之中。"我们是一群词语造成的亡灵。亡灵是无法命名的集体现象"，欧阳江河声称，"亡灵没有国籍和电话号码"①。这种姿态不禁让人想起里尔克，他不梦想成功，只是坚持工作："有何胜利可言？挺住就是一切。"②《南方诗志》曾经引用这句诗的汉译，将之印在杂志的封面上。

从最初的自说自话的狂乱——某种程度上沦为轻率随意地拉帮结派③，"后朦胧诗"逐渐尘埃落定，形成两个主要的分支，自1980年代中期至今，有了稳定而又极具代表性的发展。其中的一支追求"纯诗"，放眼世界，胸怀传统，他们理想的诗歌写作纯粹、优雅，同时又富有实验风格。这一类的诗人强调内向性和心智，博采众长，以此来作为诗歌创作的基石。代表性人物包括"四川五君子"：钟鸣、翟永明、张枣、柏桦和欧阳江河，此外还有陆忆敏、西川、万夏和宋琳。他们也被批评家称为"知识分子诗人"。而另一支的主要构成是南京的"他们"：韩东、小君、丁当、于坚和吕德安；成都的"非非"：杨黎、何小竹、周伦佑和小安。他们通常被称为"生活诗人"或"口语诗人"。日常经验在他们看来才是创作的源泉。他们不采用精心构建的纯净的文学语言，而是被诗性的敏感择拣过的不洁的日常口语，来重塑独立的主体性和自由的灵魂。由于他们主要关注日常，兴趣也不在于表现时代和社会，而是探讨一种新的可能性，拓展表达的疆域，以更丰富也更放肆的辞令来展现他们的语言批判性。

与风格上的差异相比，这两大分支之间的基本共识表现得更为明

---

① 欧阳江河：《89后国内诗歌写作：本土气质、中年特征与知识分子身份》，《今天》1993年第3期。
② 译者注：里尔克的《祭沃尔夫·卡尔克罗伊德伯爵》（Rilke, "Requiem für Wolf Graf von Kalckreuth"）全诗的末句，最早由魏育青在《里尔克》（生活·读书·新知三联书店1988年版，第103页）一书中译为"有何胜利可言？挺住意味着一切"，随后广为流传。
③ 1987至1988年间，超过60家诗社在《深圳青年报》宣布成立。

显。从公开发表的诗学言论来看,无论是"生活诗人"还是"知识分子诗人",都将创作视为与语言发生本体追问关系。毫无例外,写作也理应是语言自律的审美行为——首先是语言在发生作用,抗拒被工具化。"诗是能指对所指的独立宣言"①(杨黎);"诗到语言为止"②(韩东);"在所有应当沉默的地方,坚持一片喧嚣"③(蓝马);"诗就是那把自由和沉默还给人类的东西"④(海子);"每首诗都是诗人建立的语言的新秩序"⑤(胡冬);"与诗歌本质最接近的仍然是黄金"⑥(万夏)……这样的一个对语言有着极高要求的世界显然并不等同于"朦胧诗人"在其起步阶段想要建立的那个世界——用反词进行意识形态的反抗,就像北岛所说的:"一个真诚而独特的世界,正直的世界,正义和人性的世界。"⑦

第二节 日常的太阳:诗人间的一场批判性的互文对话

一开始,"后朦胧派"对身份的强调是为了与有着强大而稳固的社会影响力的早期"朦胧诗"分庭抗争。他们不想和前人写的一样,而是自立门户,另起炉灶,这种强烈的意愿在年轻诗人那里常常构成了一种决定性的、创造性的内驱力,并导致他们与"朦胧诗人"之间不可避免地产生了一种批判性的、互文性的对话。一位写者愈是具有

---

① 译者注:转引自柏桦《非非主义的终结》,《左边:毛泽东时代的抒情诗人》,江苏文艺出版社2009年版,第155页。
② 韩东:《作者的话》,唐晓渡、王家新编选:《中国当代实验诗选》,春风文艺出版社1987年版,第203页。
③ 蓝马:《非非主义第二号宣言》,《非非年鉴·1988·理论》,第15页。
④ 海子:《作者的话》,唐晓渡、王家新编选:《中国当代实验诗选》,春风文艺出版社1987年版,第27页。
⑤ 胡冬:《诗人同语言的斗争》,徐敬亚、孟浪、曹长青、吕贵品编:《中国现代主义诗群大观1986—1988》,同济大学出版社1988年版,第219页。
⑥ 万夏:《中国现代诗编年史·序》,万夏、潇潇主编:《后朦胧诗全集·上卷》,四川教育出版社1993年版,第1页。
⑦ 这句广被援引的诗学宣言是北岛为《上海文学》的"百家诗会"所写,参见北岛《谈诗》,老木编:《青年诗人谈诗》,北京大学五四文学社刊物,1985年,第2页。

隐喻意识，就愈是要影射家喻户晓的"朦胧诗"名作，以示刻意与之拉开距离。这一进程在大多数诗中表现为一种解构性的"怀柔"，与同时代的诗歌论争相比，往往显得悄无声息而又细致入微。他们绝少通过"反词"来表示对抗——就像"朦胧诗"对"文革"时期的革命话语发起的挑战那样。不过，他们意欲克服"影响的焦虑"的意图，以及对前辈"弱点"的超越——从语言上远离意识形态的权力场域，这在1980年代表现得尤其明显。这种意图直接构成了创作的对象，并带来了被贴上"后朦胧"标签的杰作。因此不妨宣称，"后朦胧诗"并非源自一种变化了的现实，而是文本的产物，或曰，是与"朦胧诗"辩论的结果。例如：通过在语言层面上反思"朦胧诗"诗学核心的太阳象征，"后朦胧诗"的代表作也应运而生。韩东的《下午》写于1988年，其中，他以一种简明的语调让"朦胧诗"意象重返日常，从而将"太阳""西""东""向日葵"等语素去象征化了，并成为这一类尝试中最著名的范例之一：

下午

下午，是太阳西去的时间
我们也一同西去
地球上的一张桌子也转动
向西，影子向东
一面墙上，最不起眼的钉子
也有了影子
一些地方更亮一些
一些地方更长
黄色，格外耀眼
而红和蓝，已经减弱

在黄的边缘

动手了结一些事情

或者不动，坐着

因为已没有足够的时间

万物都有了感应，向西

向日葵也扭转了它的脖子

根也走出了泥土

向西，将渡过滔滔海面

一次次，我们被迫

留在原地①

此处的"太阳"不再是象征。既不是光芒万丈的领袖或政党，也不是前"朦胧诗"所反抗的"暴君"，更没有"伤痕文学"中放大一百万倍的"我"的崇高。这里的太阳就是简简单单的日常生活里的太阳，即事实和"常识"（common sense）的太阳，本身已威力强大：万物都与之休戚相关，因为"在永恒的视角之下"（sub specie aeternitatis），它为绕其公转的地球在每日运行的轨道上提供了最重要的参照。夕阳西下，事物都改变了外在的形态，看上去更美、更加多彩、更不真实——事实却恰是如此。其实就我们的日常经验而言，一切稍纵即逝，如梦幻泡影，却有内在规律可循。陌生化而又魔幻般的时刻也同样真实，但也仅只是事实层面的真实而已。好比"向日葵"追随着西去的太阳直至最后的一缕微光，它的"脸"永远地朝向太阳，这丝毫也不违背自然，本性使然。

我们也在地球围绕太阳的旋转中被裹挟进了向西或者向东的运

---

① 韩东：《下午》，万夏、潇潇主编：《后朦胧诗全集·下卷》，四川教育出版社 1993 年版，第 258—259 页。

动,这是事实,也是幻景。常识告诉我们,地球的转动对于我们的生活境遇来说其实并无重大的或可以推理的影响。我们在人生问题上也无问西东,涉及实际生活的决策,眼前的现实才是我们唯一考量的对象。同样,我们也不会向"西"或者向"东"超度生活的幸或者不幸,在这个意义上,韩东说,"我们被迫/留在原地"。

出于对这种内蕴魔幻时刻的事实的执迷,韩东有了写诗的冲动。韩东认为:"写诗似乎不单单是技巧和心智的活动,它和诗人的整个生命有关,因此,'诗到语言为止'中的'语言'不是指某种与诗人无关的语法、单词和行文特点。真正好的诗歌就是那种内心世界与语言的高度合一。"[①] 就像此处的黄昏唤醒了某个时刻,韩东也实现了一个对他行之有效的诗学观念——并非直截了当,而是以一种元诗的方式。这里上演的是一场对话,对话的伙伴是芒克——"向日葵也扭转了它的脖子"透露了这一点。这句诗与芒克《阳光中的向日葵》里的名句建立了互文关系。众所周知,芒克的"向日葵"是反抗的象征[②],"它把头转了过去/就好像是为了一口咬断/那套在它脖子上的/那牵在太阳手中的绳索"[③]。它的根是反抗的中心,它为了自己的自由意志而反抗,它的血染红并渗透了"它脚下的泥土"。芒克的象征演示了反叛的主体性,这种演示必须变成语言。符号的简洁有力来自事物与象征之间的令人惊骇的偏差,借此,诗人对原有的价值判断进行了颠覆式的重估。而韩东悄悄地更正了这种偏差,在他的笔下,向日葵的"根也走出了泥土/向西,将渡过滔滔海面"。

韩东并不怀疑芒克象征诗学的道德立场。相反,他公开表示过感谢:"如果没有《今天》以及团结在它周围的诗人,没有他们不懈的

---

① 万夏、潇潇主编:《后朦胧诗全集·下卷》,四川教育出版社1993年版,第239页。
② 参见本书第六章中的相关论述。
③ 芒克:《阳光中的向日葵》,载唐晓渡编《在黎明的铜镜中》,北京师范大学1993年版,第183—184页。

努力和创作实绩,当时的中国文学只能是一片空白或毫无意义的混乱。"① 他的疑问在于:真正的美学自律能否通过政治话语去争取?对此,他不开口辩论,只是清空芒克"向日葵"的象征性内涵,按照万物有其内在联系不必多加解释的逻辑抽空以往的政治寓意,而将之放置在一种日常语境之中。去象征化的"太阳"在韩东的诗里成为结构性的中心,其余的与"太阳"有着密切关联,且因意识形态的渗透而变得面目模糊的词语,如:方位概念(神圣的"东方"),或色彩名称("红色")也同样被去政治化了。它们在此全被重新归位为日常用语。韩东的这一举措如此成功,以至于这首诗可以被解读为一首"后朦胧"的"去政治化"的纲领性作品。此后,韩东再也没有针对"太阳象征"发动过更集中、更显而易见的攻击,其他的诗人似乎也完全停止再做这一主题的文章。"太阳"意象虽然还是令人惊讶地时常出现在韩东等人的诗中,却绝非政治隐喻或意识形态的符号。它像每天的太阳一样升起,驻留在字里行间。读者在阅读文本时理所当然地感受到它的存在,与现实生活毫无二致。由此,韩东展示出"太阳"在"后朦胧诗人"的意识里所扮演的新角色,正如这首《写作》:

写作

晴朗的日子

我的窗外

有一个人爬到电线杆上

他一边干活

一边向房间里张望

---

① 韩东:《论民间(代序)》,何小竹主编:《1999 中国诗年选》,陕西师范大学出版社 1999 年版,第 3 页。

我用微笑回答他
然后埋下头去继续工作

这中间有两次我抬起头来
伸手去书架上摸索香烟
中午以前,他一直在那儿
像只停在空中的小鸟
已经忘记了飞翔

等我终于写完最后一页
这只鸟儿已不知去向
原来的位置上甚至没有白云
一切空虚又甜美①

晴朗的日子,诗人开始一天的工作,太阳却不是写作的对象,甚至不会激发灵感或指明方向。它只是悬在那里,让工作日显得愉快。诗的开始,虽然"我"注意到了它的存在,进入创作状态之后却渐渐把它给忘了。直到终于全部写完,才猛然发现"原来的位置上甚至没有白云/一切空虚又甜美"。唯有此刻,它才变成了隐喻,并不是发生在写作过程之中的,而是大功告成之后的那种"空虚又甜美"的愉悦感。韩东在此以一种元诗的方式传达出他的诗学观念:太阳自身并非抒情对象,而是发生在日光之下、由新颖又丰盈的诗意的敏感所感受到的日常生活。成诗的是写作本身,更确切地说,是诗人所观察到的创作行为的过程。这里出现了一个"我"的镜像——紧邻窗外正在干

---

① 韩东:《写作》,万夏、潇潇主编:《后朦胧诗全集·下卷》,四川教育出版社1993年版,第246—247页。

活的一个电工,他的在场构成了这首诗的诗性的内核。他工作的姿态"像只停在空中的小鸟/已经忘记了飞翔",略显自嘲地暗示出埋头写作的诗人自己的样子——忘我地潜入一个闭关自守的语词世界里。更多的关于写作事件的诗学反思被省略掉了,对于诗人来说,捕捉并展示日常生活里的一个诗意的情境就已足够。

相较于日常审美的无足轻重,韩东保持了他的精挑细选的高敏感度,将经验层面的生活的瞬间写成了诗,与一种空洞的高蹈诗学形成了紧张对峙的关系,以此让真实或事实不再只是一个单向度的概念。不过,韩东的日常诗学在很多文本中也往往流于平庸乏味的同义反复,使得去崇高化的进程突然转化为自恋式的顾影自怜,失去了对自我认知的恰切把握,从而陷入一种因偶然印象而引发的忧郁伤感的无病呻吟,例如下面的这首诗:

日常生活

我坐着
看着尘土的玻璃窗
心境如外面的天空
阴郁
或者阴和

没有第一个愿望
也没有其他的愿望

某个女朋友
她要出嫁
另外一个

我很想念她

就这样
我的表情
一会很满足
一会很空虚
像窗外的天空①

去崇高化的"天空"变成了任意的镜面,映射出家常琐事;抒情的言说也降格为肤浅无聊的喋喋不休。这源于对独具一格的审美的放弃。这首诗是一个反例,表明抒情的主体性并未因直面日常现实而拓展或深化其语言的自我指涉性。由于很多类似的诗文——正如上面的这首出自女性之手,在一些人看来——其中也包括被归为"知识分子诗人"的翟永明,真正的"女性意识"不是通过缩小与生活的距离来实现,而在于"通过作品显示女性的能力和感受,并试图接近艺术中最为深刻和广泛的问题——人类普遍的命运及人生的价值"②。翟永明批评说,外表繁荣的"女性诗歌"现象和大量女诗人作品的昙花一现是因为"缺乏对艺术的真诚和敬畏,缺乏对人类灵魂的深刻理解,缺乏对艺术中必然会有的孤独和寂寞的认识,更缺乏对艺术放纵和节制的分寸感"③。翟本人在建构她自己的艺术世界时则展示出感性的睿智和情绪的克制,正如在《女人》组诗里,她将自己的女性身份融入一种神秘而自足的写者姿态之中,对于日常口语和日常经验则以极

---

① 小君:《日常生活》,万夏、潇潇主编:《后朦胧诗全集·上卷》,四川教育出版社1993年版,第904页。
② 翟永明:《"女性诗歌"与诗歌中的女性意识》,《纸上建筑》,东方出版中心1997年版,第233页。
③ 翟永明:《"女性诗歌"与诗歌中的女性意识》,《纸上建筑》,东方出版中心1997年版,第232页。

大的自制力保持着严格的距离感,例如下面的这一首诗:

憧憬

我在何处显现?水里认不出
自己的脸,人们一个接一个走过去
夏天此起彼伏地坠落
仿照这无声无响的恐怖
我的爱人　我像露水般扩大我的感觉
所有的天空在冷笑
没有任何女人能逃脱
我已习惯在夜里学习月亮的微笑方式
在此地或者彼地,因为我是
受梦魇憧憬的土壤
我在何处形成?夕阳落下
敲打黑暗,我仍是痛苦的中心
影子在阳光下竖立起各种姿态
没有杀人者,也没有幸免者
这片天空把最初的肋骨
排列成星星的距离
我的爱人,难道我眼中的暴风雨
不能使你为我而流的血返回自身
创造奇迹?
我是这样小,这样依赖于你
但在某一天,我的尺度

将与天上的阴影重合，使你惊讶不已①

"我"在痛苦中体会到自我的分裂（"我仍是痛苦的中心"），因为世界一分为二，被割裂成阳性—冷静和狂热—阴性。翟永明试图与宇宙之中的阴柔之力联合起来："我已习惯在夜里学习月亮的微笑方式"。然而，以太阳为象征的狂热位居强势，越来越威胁到弱势的生存："夕阳落下/敲打黑暗"；"影子在阳光下竖立起各种姿态"；"所有的天空在冷笑/没有任何女人能逃脱"。尽管如此，消极的认知并未使她倾向于放弃对自我同一性的追求，反而强化了自我反思，不断地发出存在的设问："我在何处显现？""我在何处形成？""难道我眼中的暴风雨/不能〔……〕/创造奇迹？"这些设问同时也是元诗意义上的思考，可以理解为：我该怎么写，才能重建自我？对于奇迹的憧憬——正如这首诗所显示的，首先是化作一种独特的诗歌语言：在全诗的最末六句，通过一系列阴阳意象组合的运用，如："我（阴）眼中的暴风雨（阳）"、"天上（阳）的阴影（阴）"，狂热的反方完全被收归，"这样小"的"我"与天比高，"使你惊讶不已"，二元对立的隐喻变成了非二元对立的抒情。凭着精湛的语言艺术，抒情的主体为自己制造了一个身份：在独立王国里，元诗意义上的"我"作为独一无二的语言和感受的创造者否认那个经验的、受压迫的"我"的合法性。

翟永明以其高超的艺术性的语言，从审美的角度使"我"得以在一个微妙、复杂、意象丰富的世界里施展其主体性，从风格上来讲是与"生活诗人"截然相反的。不过，后者的理论代言人，同时也是成都"非非"代表性成员之一的杨黎却将翟的写作看作是对他本人的极端反传统诗学的肯定。"诗不关心这个世界上的一切事情。当一个人

---

① 翟永明：《憧憬》，《女人》，漓江出版社1988年版，第15—16页。

开始写诗的时候,或者说当诗开始的时候,语言消失了,一个人所拥有的一切也就该消失了。"① 杨黎试图在元语言基础上建立一个庞大的能指系统,"推翻所指的长期'暴政',让能指脱颖而出,恣意漫游"②。由此,语言回到一种没有意义的"零状态",导向纯粹的"原发现,原写作,原表达",主体性却恰恰获得了最大可能的发展空间,因为词语如获新生,诗人也像被重新追认或重新发明一般。下面是这种写作的一个范例:

妙

我翻开一本书
绿色封面的书
内容是进攻与防守
读完后
我几乎一点都记不住
就感觉到妙③

鉴于消解主体性的诗学纲领,"我"在这里被有意简化为一个经验和印象的接收者及陈述人。不过,杨黎为"非非"辩护说,这种"有意"的简化可以让完整和全面意义上的"我"从现有的语言能力"还原"到一个更为超拔的,仅通过暗示所能企及的层面——因其认知能力作为主体性的标志已被"有意"删减到了"在日常生活中的前

---

① 杨黎:《杨黎说:诗》,何小竹主编:《1999中国诗年选》,陕西师范大学出版社1999年版,第457页。
② 参见柏桦《非非主义的终结》,《左边:毛泽东时代的抒情诗人》,牛津大学出版社1999年版,第161—176页。
③ 译者注:吉木狼格《妙》,《静悄悄的左轮》,河北教育出版社2002年版,第62页。

语言的真实零状态"。① 上述言论遭到了主要来自"知识分子诗人"阵营的质疑，他们反问道，如果"我"只是倾向于非抒情，"非非"诗人又何必要以日常口语为原料，去精心建构一种诗意的语言？其中，钟鸣指出，这一类诗学的主要问题在于对抒情"我"和经验"我"不加区分，将艺术与现实、优秀诗作与自动写作混为一谈，而它们之间的差异绝非诵念几句"有意"的咒语就能抹杀掉的②。"非非"理论家则辩驳说，只有当主体性在文本中自动发声，主体性才能得以体现。

"非非"理论包罗万象，大部分令人费解且自相矛盾，其意义所在令人联想起达达主义的诗学，对此，"非非"诗人矢口否认。但毋庸置疑，他们在诗歌方面是认真的，影响力也不容小觑，20世纪80年代末全国范围内爆发的一场诗歌运动实际上就是起源于此。他们用口语来做实验，从日常生活情境发掘新的革命自然性，这给当代中国诗歌带来了急需的必要的活力，也是"知识分子诗人"所欠缺的。③不过，值得注意的是，最优秀的"非非"诗人，如杨黎、何小竹的成功之作显然要归功于它们在相当程度上背离了"非非"原则，这种分裂引发内部的重组，并最终导致"非非"1993年的解体。尽管如此，他们依然激烈抗拒诗歌言说的被工具化，也始终对主体性在一种现成的文化语言中的可建构性持怀疑态度——而这无疑被视为文学现代性的前提，是标志性的，并带来文学观念的创新。"非非"的代表性诗作践行的是自己的那一套学说，以一种通顺流畅、貌似简单的诗歌语言来表明"我"是不可能被建构的。例如，杨黎的《高处》便是以这种不可能性为主题："我"不可能介于A和B之间，或者在"我"和

---

① 杨黎：《非非之我见》，《非非》1988年第2期。译者注：保留原注释，但无据可查。
② 参见钟鸣《失去的好世界》，《南方诗志》1994年第3期。译者注：钟鸣表示，曾寄《象罔》和《南方诗志》给张枣，但该文已经无据可查。
③ 参见陈超《非非作为群众运动》《声音》1998年第3期。译者注：保留原注释，但无据可查。

"你"之间自我定位和自我定义。全诗共由七对"A 或是 B"组成,此处援引其中的一对:

高处

[……]
A
或是 B 望随我而来
随我而去
随我坐下
最后随我的手指
于同一地点
同一时刻
翻开诗
看那些陌生人
举着红旗
冲向前
B
或 A
看阳光
照着大地
照着大地上的森林
河水,或是楼房
照着人
走的,或者站着
也照着你

你坐在河边

阳光

美美的

照着我的身子

我抬起头

看向前面

前面也正被太阳照着①

"我"从个人视角出发，称自己为"我"或"A"，别人是"B"或"你"——以示区分。可是，"我"也会变成"你"——当其他的"你"自称"我"时，就事论事的日常生活已难以说清，更何况含混、假定的语法规则和文化守成更令其讳莫若深。这一节诗连同其他诗句的主题，都反复围绕着"我"作为"我"、"你"作为"你"的不可被定义性。出于这样的质疑，所有的自然现象无不是"怪事情"，就连"常识"都显得可疑："小人，为什么要长大/大人，为什么要变老/老人，为什么要死"②，万物有成理，却不可能得以澄清，因为身处这样的一种文化语境，一切只能用"太 A 了/或者太 B 了"一笔带过。相应地，这个世界"多么黑/什么也看不见/什么也没有/什么也不曾发生"③。

无论"非非"成员如何严肃地想要表达他们对这个世界非语言所能表达的感受，都未能引起"知识分子"阵营的重视。不过，他们直面现实的勇气，却启发了一些诗人从潜力无限的日常生活发掘诗意之

---

① 杨黎：《高处》，万夏、潇潇主编：《后朦胧诗全集·下卷》，四川教育出版社 1993 年版，第 417—418 页。
② 杨黎：《高处》，万夏、潇潇主编：《后朦胧诗全集·下卷》，四川教育出版社 1993 年版，第 418 页。
③ 杨黎：《高处》，万夏、潇潇主编：《后朦胧诗全集·下卷》，四川教育出版社 1993 年版，第 419 页。

源。譬如，欧阳江河就将他感兴趣的一些小物件，如钥匙、茶杯、纸牌、车票、牙刷等作为创作的主题，并称"比利时画家马格里特（Rene Magritte）在表达自己激进的艺术思想时，所采用的都是写实的技法"①。实际上，艺术中的革命性、实验性和现代意识，"可以在各种不同的绘画风格中（甚至那些看似守旧的绘画风格中）得到透彻的表达"②。欧阳江河认为，艺术家可以通过寻求新的表现手法，寻找新的视点，力求从传统的审美情趣中解脱出来，发现"瞬间的秘密"，以形成"一套独立的符号系统"③。但他并不想用他迄今为止的隐讳的艺术语言去置换非隐喻性的日常口语——正如韩东及其同人对抒情诗语的要求。相对于引经据典和陈词滥调，欧阳江河更多的是希望在一定程度上"稀释"前文化背景，为今天的诗歌找到一种新的、独特的隐喻方式。④"诗眼下还是要集中关注自身"，相对而言，欧阳江河更关心和个人有关的具体生活的影响："有人要把日常生活弄成诗歌，轰轰烈烈，成为生活方式；但我认为，生活方式和日常生活不一样。后者不具有表演性。我赞成后者。"⑤也就是说，要将知识分子的精神维度和生活中的偶然性结合起来。至于如何去做，《星期日的钥匙》就是一个例子。此诗中的"阳光"背景也值得关注：

星期日的钥匙

钥匙在星期日的阳光中晃动，

---

① 欧阳江河：《技法即思想》，《站在虚构这边》，生活•读书•新知三联书店2001年版，第384页。
② 欧阳江河：《技法即思想》，《站在虚构这边》，生活•读书•新知三联书店2001年版，第384页。
③ 译者注：参见欧阳江河《谈何多苓写意油画作品的风格与技法》，何多苓《忧伤的诗歌》，四川美术出版社2006年版，第229页。
④ 参见欧阳江河《与唐晓渡对话》，《汉诗》1993年第4期。
⑤ 译者注：唐晓渡《中国式的"后现代"理论及其他——1994年秋与陈超、欧阳江河的对话》，《与沉默对刺——当代诗歌对话访谈录》，北京大学出版社2012年版，第180页。

深夜归来的人回不了自己的家。
钥匙进入锁孔的声音,不像敲门声
那么遥远,梦中的地址更为可靠。

当我横穿郊外的公路,所有的车灯
突然熄灭。在我头上的无限星空里
有人捏住了自行车的刹把。倾斜,
一秒钟的倾斜。我听到钥匙掉在地上。

许多年前的一串钥匙在阳光中晃动。
我拾起了它,但不知它的主人
居住在何方。星期六之前的所有日子
都上了锁,我不知道该打开哪一把。

现在是星期日。所有房间
全部神秘地敞开。我扔掉了钥匙。
走进任何一间房屋都用不着敲门。
世界是拥挤的,屋子里却空无一人。①

  这首诗的第一个动词"晃动"已经透露出日常用品"钥匙"的二重维度。诚然,具象化的"钥匙"晃不出眼前的世界,但从第三节起,"钥匙"作为从许多年前重返这个星期日的回忆的意象已经丧失其实体性。同时它也并不只是那些被忆起的往事,被"我"当成可以把握的实体攥在手里。只要"我"拾起了它,并在第四节中又"扔掉

---

  ① 欧阳江河:《星期日的钥匙》,万夏、潇潇主编:《后朦胧诗全集·下卷》,四川教育出版社1993年版,第137—138页。

了",它就是既真实又虚拟的,可以进入现实的锁孔,声音却是"那么遥远",不像敲门声。它守卫着一个业已逝去的诗人朋友住所的入口(由"星空"的意象可以推测出这一身份——正如北岛的《回答》——在"朦胧诗"中象征着死去的英灵之所在)。"在我头上的无限星空里/有人捏住了自行车的刹把",这是朋友留下的诗的遗产,"我"接收到了:"一秒钟的倾斜。我听到钥匙掉在地上","我拾起了它"。它可以给一个可靠的"梦中的地址"开锁,既是一件特别定制的私人物品,也是一个普适性的观念的存在:"所有房间/全部神秘地敞开"。这串钥匙打开的那扇门不仅仅通往一个房间,更是一个内在的空间,珍藏着存在的秘密,只对被选中的少数人开放:"世界是拥挤的,屋子里却空无一人"。如同日常生活的其他小物件,欧阳江河眼中的钥匙有着并不违和的二重性:工具与灵魂、过去与现在、自我与超我、物与词、可以言说的与不能言说的。它代表着诗歌语词的客观性和独立创作的"我"的主观视角,以及诗人独特的世界认知:相信可以赋予这个毫无章法的乱世一种审美的形态,同时也承认写诗对于恶的遏制确是无能为力。上面援引的这首诗是献给一位死去的诗人朋友的哀歌,也献给同样写诗的作者自己,以及未卜先知却注定曲高和寡的诗歌本身。

该诗采取了元诗的艺术技巧——通过从方法上与前文本——诸如"朦胧诗"展开对话。这场对话的互文指涉对象正是"朦胧诗"的经典之作,以彰显二者在言说的诗学意义上的不同。正如前一个例子所描述的,韩东解构了芒克的"太阳象征",欧阳江河也暗自在与"伤痕文学"时期被归入"朦胧诗人"之列的梁小斌的一首名作较劲儿,这首诗便是《中国,我的钥匙丢了》:

中国,我的钥匙丢了

中国,我的钥匙丢了。
那是十多年前,
我沿着红色大街疯狂地奔跑,
我跑到了郊外的荒野上欢叫,
后来,
我的钥匙丢了。

心灵,苦难的心灵
不愿再流浪了,
我想回家
打开抽屉、翻一翻我儿童时代的画片,
还看一看那夹在书页里的
翠绿的三叶草。

而且,
我还想打开书橱,
取出一本《海涅歌谣》,
我要去约会,
我要向她举起这本书,
作为我向蓝天发出的
爱情的信号。

这一切,
这美好的一切都无法办到,
中国,我的钥匙丢了。

天,又开始下雨,
我的钥匙啊,
你躺在哪里?

我想风雨腐蚀了你,
你已经锈迹斑斑了;
不,我不那样认为,
我要顽强地寻找,
希望能把你重新找到。

太阳啊,
你看见了我的钥匙了吗?
愿你的光芒
为它热烈地照耀。

我在这广大的田野上行走,
我沿着心灵的足迹寻找,
那一切丢失了的,
我都在认真思考。[①]

这首诗写于1979年,改革开放伊始。此处的"我"并不是作为个人化的主体发声,而是整个青年一代的集体的传声筒。如第一节的描述,这群盲目追随大众热潮的红卫兵失去了他们的青春、教育、个

---

① 梁小斌:《中国,我的钥匙丢了》,谢冕、唐晓渡主编:《在黎明的铜镜中——"朦胧诗"卷》,北京师范大学出版社1993年版,第285—286页。

人生活、爱情以及自我同一性。这一代人也因此而被称为"The Lost Generation"①。这些年轻人在"文革"中所丢失的东西在此以一把"钥匙"来作象征,更在第二节和第三节中有了详细的图解说明。"迷途的一代"寻找着光明、真理和自我的重建,恰如顾城《一代人》中的名句:"黑夜给了我黑色的眼睛/我却用它来寻找光明",梁小斌在最后一节中也有明确的反思。

毫无疑问,这首诗沿用了早期地下文学阶段的"朦胧诗"的语言,其间,"朦胧诗"已经成为新的崛起,与受到主流欢迎的"伤痕文学"平起平坐。一些象征性的语词,如:"太阳""光芒""蓝天""红色""(外国)书籍""寻找",曾在早期"朦胧诗"中与官方话语发生激烈的言辞对抗,标志着自我极端主体性的建立(参见第七节),此处却是模棱两可、歧义丛生,而到了改革开放的年代,更是毫不费劲地擢升为确凿的"正面"用语,至少像"新时期"新政策一样"正面"。一些已被打碎了的去崇高化的符号,如"太阳",在这里以及同时期的其他文本中又被崇高化了,代表着"启蒙了的人民精神"。这首诗作为"新朦胧诗"的代表作收获了无数的荣誉和嘉奖。即使有人假设说,在作者意图与接受效果之间存在着巨大的反差,面对权力的渗透而未能保持足够的批判意识,依然要对文学沦为政治的工具负责。

这样的一个被建构的"我"并不代表个人的"我",而是为了一个集体的利益发声,推动改革以争取共同的进步,因此"并非内容和

---

① 译者注:北岛的英文译者杜博妮(Bonni S. McDougall)称之为"迷途的一代",并认为北岛笔下的主要角色,"尤其是那些女性,多有尖酸刻薄和前路茫茫之感",但"爱情、友谊、勇气、创造力等品质,在他的人物身上并没有泯灭。他们的存在痛楚把他们划到中国大陆上的正统之外,使他们活得寂寞,也让他们与众不同"。参见杜博妮《以赵振开为例谈当代中国小说中的爱情、真理与沟通》,收入赵振开:《波动》,香港中文大学出版社1991年版,第v页。

目的,而是喉舌;为了多数人的具体权益而做出声明的调解员"[1]。这与"后朦胧诗"作者的孤独、独特的"我"形成了鲜明的对照。例如:欧阳江河从元诗的反思角度展现其主体性的独一无二——通过在《星期日的钥匙》一诗中与文学前辈进行一场批判性的互文对话,并以此构成他部分意义上的创作动机。又或者,诸如陈东东的一首诗,从根本上就质疑"太阳"的在场,并将他的世界理解为黑夜和隔绝,只有写诗的"我"用"灯一样的语言"唤醒人们对存在的意义的认知:

点灯

把灯点到石头里去,让他们看看

海的姿态,让他们看看

古代的鱼

也应该让他们看看亮光

一盏高举在山上的灯

灯也该点到江水里去,让他们看看

活着的鱼,让他们看看

无声的海

也应该让他们看看落日

一只火鸟从树林里腾起

点灯。当我用手去阻挡北风

---

[1] Gnüg, Hiltrud, *Entstehung und Krise Lyrischer Subjektivität: Vom Klassischen lyrischen Ich zur modernen Erfahrungswirklichkeit*, Stuttgart: Metzler, 1983, S. 272.

当我站到了峡谷之间

我想他们会向我围拢

会来看我灯一样的

语言①

第三节　朝向语言风景的危险旅行②

"后朦胧诗"写作的重要特征是对语言本体的沉浸，也就是在成诗过程中让语言的物质存在获得自身的空间实体，并作为诗意的质量来确立。由此，出现了一种新的自我所指和抒情主体性的形式，不仅完全背离了革命诗歌的先决条件，且与早期的"朦胧诗"分道扬镳。这一类的诗坚持艺术自治，避免在内容上涉及社会和政治主题。与此同时，也从语言上对抗权力——通过加密的符码抗拒任何形式的工具化。因此并不奇怪，抒情的"我"对于自身姿态的反思要敏于以往任何一个时期。对写作本身的觉悟，导向将抒情行为作为诗歌主题，这再明确不过地证实了作品的诗意性或反诗意性是完全独立的，并遥遥相对于散文领域，建立了一个自己的世界。抒情的"我"通常以一个写者的形象凸显元诗意义上的"我"，呈现出一种寻找的姿态，恰如策兰笔下的诗人："曾经的一个过客，一个名字"③，寻找的其实是一种言说，用它来打破萦绕人类的宇宙沉寂。《表达》写于1981年，一直被视为"后朦胧诗"最早最重要的诗学宣言之一，收录在几乎所有相关的诗集选本里。柏桦写道：

---

① 陈东东:《点灯》,《明净的部分》,湖南文艺出版社1997年版,第11页。
② 译者注：本节内容参见张枣《朝向语言风景的危险旅行——中国当代诗歌的元诗结构和写者姿态》的第二部分,《张枣随笔选》,人民文学出版社2012年版,第174—187页。
③ 译者注：这句诗摘自策兰《这个只能结结巴巴跟随的世界》,是策兰遗著《雪之部》中的一首,很大程度上是策兰一直强调的诗观的诗意表达。参见凌越《策兰：以自己的方式穿越黑暗时代》,《书城》2011年第6期。

我要表达一种情绪

一种白色的情绪

这情绪不会说话

你也不能感到它的存在

但它存在

来自另一星球

只为了今天这个夜晚

才来到这个陌生的世界

它凄凉而美丽

拖着一条长长的影子

可就是找不到另一个可以交谈的影子①

  此处,以"情绪"为表征的诗的主体性被放逐到人的认知能力之外,并获得了某种客体性。它的源头是宇宙,"来自另一星球",而在我们这个世界的存在是"凄凉而美丽"且沉默着的,因为"找不到另一个可以交谈的影子"。这原本发自人世的"情绪"不仅在人类看来显得奇怪,更使人与物并存的世界陌生化了。我们世界的本质是沉寂,正是透过它,诗意的发声才尽力去发生。从诗学上来看,唯一能使"情绪"获得表达的可能性是"正确"的言说,即以精确的命名去呼唤那试图言说,从沉寂变成语言的事物。柏桦继续写道:

你如果说它像一块石头

冰冷而沉默

---

  ① 柏桦:《表达》,万夏、潇潇主编:《后朦胧诗全集·上卷》,四川教育出版社 1993 年版,第 7—8 页。

> 我就告诉你它是一朵花
> 这花的气味在夜空下潜行①

诗意的发声是自律而排他的,甚至极端到也排斥其他任何类型的艺术形式。写作只基于语言本身的实体性,因此写作的困难只能在写作内部得以克服。对此,柏桦声称:

> 音乐无法呈现这种情绪
> 舞蹈也不能抒发它的形体②

"言说的困难"这一主题继而又被引入对宇宙的本源、人生基本价值如爱、生与死等一系列的本体追问之中:

> 我知道这种情绪很难表达
> 比如夜,为什么在这时降临?
> 我和她为什么在这时相爱?
> 你为什么在这时死去?③

诗人对此不作回答,转而展示他从世界观察所得的一幅幅清晰的图像,将一个发问的诗人姿态美学化了:

> 我知道鲜血的流淌是无声的

---

① 柏桦:《表达》,万夏、潇潇主编:《后朦胧诗全集·上卷》,四川教育出版社1993年版,第8页。
② 柏桦:《表达》,万夏、潇潇主编:《后朦胧诗全集·上卷》,四川教育出版社1993年版,第8页。
③ 柏桦:《表达》,万夏、潇潇主编:《后朦胧诗全集·上卷》,四川教育出版社1993年版,第9页。

> 虽然悲壮
> 也无法溶化这铺满钢铁的大地
>
> 水流动发出一种声音
> 树断裂发出一种声音
> 蛇缠住青蛙发出一种声音
> 这声音预示着什么？
> 是准备传达一种情绪呢？
> 还是表达一种内含的哲理？①

这一连串的具有能指功能的追问排列，可以解读为设立了观察的人与物之间的本体区别，或者说，是一场对自律（Autonomie）与投射（Projektion）的追问。诗人或诗歌本身要将"情绪"付诸表达的努力，是英勇的也是命定和悲剧的，因为人绝无可能参与独立存在的物或者它所谓的"自律的自在"。物作为现实之一种，被拟人化地纳入人世，呈现出我们所见和所说的样子。人与环伺四周的万物之间的理解的鸿沟绝非交流所能逾越，柏桦将他的这一观点也移用到人与自身的世界，即历史和神话之上：

> 还是那些哭声
> 那些不可言喻的哭声
> 中国的儿女在古城下哭泣过
> 基督忠实的儿女在耶路撒冷哭泣过
> 千千万万的人在广岛死去了

---

① 柏桦：《表达》，万夏、潇潇主编：《后朦胧诗全集·上卷》，四川教育出版社1993年版，第9页。

> 日本人曾哭泣过
>
> 那些殉难者，那些怯懦者也哭泣过
>
> 可这一切都很难被理解①

对万物自律的想象，以及将人客体化为"他者"的诗学手法导致主体性的消解，并让语言自动写作。创作的语言指向自身，它必须学会用"物之语"说话，也就是说，它必须从自身如此发声，就好比"蛇缠住青蛙发出一种声音"，或者"中国的儿女在古城下哭泣"。柏桦用上述画面直观化地呈现了"表达"的言说之难，与其说是发布了一个世界观的声明——通过问号和否定，声明又被削弱甚至收回，不如说是完成了一个纯粹诗学上的认知批判的过程。这一过程的元诗使命显而易见：首先，诗人展现了工作中的写者姿态，即通过罗列观察所得的细致入微的画面，将之变成富有说服力的诗意的隐喻。柏桦也由他的震撼人心的图片组合而展示了精湛的命名手艺，以此来对抗被客体化了的"他者"，以及沉默的空虚。《或别的东西》写于1984年，表现出一个诗人如何去为一个夜半惊魂的声响寻找命名：

或别的东西

> 钉子在漆黑的边缘突破
>
> 欲飞的瞳孔及门
>
> 暗示一次方向的冲动
>
> 可以是一个巨大的毛孔
>
> 一束倒立的头发

---

① 柏桦：《表达》，万夏、潇潇主编：《后朦胧诗全集·上卷》，四川教育出版社1993年版，第9—10页。

一块典雅的皮肤

　　或温暖的打字机的声音

　　也可以是一柄镶边小刀

　　一片精致的烈火

　　一枝勃起的茶花

　　或危险的初夏的堕落①

这种语言上的寻寻觅觅并没有发展成为一个诗歌外部的事件，而是戛然而止——一旦它抵达想象力的终点，诗人的恐惧也随之消散：

　　此刻你用肃穆切开子夜

　　用膝盖粉碎回忆

　　你所有热烈的信心与胆怯

　　化为烟雾

　　　　水波

　　　　　季节

　　　　或老虎②

这里的老虎——完全从字面上理解，俨然成了名副其实的纸老虎，在文本中发挥着审美的功能，就好比达利笔下的猛虎，只在画梦里扑向睡美人儿。事实上，柏桦早期的诗歌一再幻化出一种超现实主义、鬼故事般的氛围，以此来制造一场穿越可怖的沉寂和形而上的空白的写作历险。不过，他沿途所遭遇的危险只是语言上的，或者换句

---

　　① 柏桦：《或别的东西》，万夏、潇潇主编：《后朦胧诗全集·上卷》，四川教育出版社1993年版，第10—11页。

　　② 柏桦：《或别的东西》，万夏、潇潇主编：《后朦胧诗全集·上卷》，四川教育出版社1993年版，第11—12页。

话说,又将通过语言得以消除和解决,就像《震颤》向我们保证的那样:"一切都不会发生"①。此处全文援引《悬崖》一诗,以说明写作如何等同于一场语言的危险旅行:

悬崖

一个城市有一个人
两个城市有一个向度
寂寞的外套无声地等待

陌生的旅行
羞怯而无端端地前进
去报答一种气候
克制正杀害时间

夜里别上阁楼
一个地址有一次死亡
那依稀的白颈项
正转过头来

此时你制造一首诗
就等于制造一艘沉船
一棵黑树
或一片雨天的堤岸

---

① 译者注:柏桦《震颤》,《往事》,河北教育出版社2002年版,第9页。

> 忍耐变得莫测
>
> 过度的谜语
>
> 无法解开的貂蝉的耳朵
>
> 意志无缘无故地离开
>
> 器官突然枯萎
>
> 李贺痛哭
>
> 唐代的手再不回来①

几近无人的城市变成了一种写作的"无地",诗人作为一名旅行者正穿越一片静寂无言。事实上,沉默的升级直至鬼魂显现才开始逆转:"那依稀的白颈项/正转过头来",这让诗人惊骇得想要开口说话。此处暗含的诗学见解是显而易见的:无言只能从无言的内部去克服,正如荷尔德林在《帕特默斯》(Patmos)中的先知先觉:"哪儿有危险/哪儿就来了营救"②。从这个意义上,柏桦尝试像史蒂文斯在诗中对物与词关系的语言处理那样③,将元诗的命名自律绝对化——通过发挥动宾结构的及物功能将命名的词直接变成实际的物,如"一棵黑树/或一片雨天的堤岸",并将想象中的伴随着这趟身体旅行的历史人物化为一片语言的风景、一个现实——仅在语言中存在,经旅行者或诗人的命名过程次第展开。

而对于唐代天才诗人李贺的缅怀,又让诗中飘荡着一股怀旧气

---

① 柏桦:《悬崖》,万夏、潇潇主编:《后朦胧诗全集·上卷》,四川教育出版社1993年版,第2—3页。
② 参见 Hölderlin, "Patmos", in: Hölderlin: *Gedichte*, hrsg. Von Jochen Schmidt, Frankfurt: Insel Verlag, 1984, S. 176.
③ 译者注:例如史蒂文斯在《一首诗,取代了一座大山》中将词转变成物:"这就是它,逐字逐句地/这首诗取代了一座大山"。参见[美]华莱士·史蒂文斯著,张枣译:《一首诗,取代了一座大山》,《最高虚构笔记:史蒂文斯诗文集》,华东师范大学出版社2009年版,第221页。

息:追忆那一段失去的盛世传统,渴望重返诗歌的伟大时代。很多诗人思考如何在现代性的追求中传承中国悠久而璀璨的古典诗艺,许多技巧和手法,如:以意象构图营造客体性,以期达到自我的消融,以及语义双关、抒情"我"的隐藏、空白和碎片式的加密、内心和情感的物化,上述手艺对于现代诗歌并非障碍,相反,恰恰正是现代性的征兆。众所周知,庞德借鉴了这些技法并创立"意象派",到了20世纪80年代,庞德通过意译中国古诗所获取的现代性又被译介回了中国。这令"后朦胧诗人"不禁反思,如何自己主动来做这件事情。在上面援引的诗中,柏桦以意象组合呈现文本内容,被隐藏的抒情的"我"表现出植入传统技法的意图。而在下面的这首诗中,陆忆敏探寻着以"我"为"他者"的诗学纲领,其标志是以一种无我的口吻排斥自我,传达一幅以马为主题的中国传统水墨画所带来的观赏体验:

墨马

心如止水
在鬃须飘飘的墨马之前

碎蹄偶句
叩阶之声徐徐风扬
携书者幽然翩来
微带茶楼酒肆的躁郁
为什么
为什么古代如此优越
荒凉的合色
使山水迹近隐隐

也清氛宜人①

宛如唐诗,"我"是隐身不见的。只是在最后一小节中,透过疑问句式和名词化的动词,才能隐隐感到一双"观察"的眼睛。观察者消失于被观察的画面的客观性之中,以及同样被视为客观真实的"我"的虚构身份内部:"携书者幽然翩来"。之所以为虚构,是因为传统绘画并无"携书者"主题,若是作为"马"的副题更无从谈起。从语法本身很难看出其性别——这让身为"他者"的"我"显得扑朔迷离,但用作状语的"幽然翩来"又分明再现了一位女子的优雅步态。自创的四个音节的字词组合(前后共出现了九次)搭建了全诗的骨架,令文本显得古意盎然,而清脆婉转的发音又暗示出主体为阴性。对外部世界或艺术作品的凝视导向自我的形神两忘,这一点也与古典佳作的境界颇为契合,正如诗人以问句形式发出的礼赞:"为什么古代如此优越"。

与之相应的是柳宗元的名句:"千山鸟飞绝,万径人踪灭。孤舟蓑笠翁,独钓寒江雪。"②观察者的"无我"形式,以及他如何通过客观描摹而与被观察的对象浑然一体(以一个独钓者的道家隐士身份融入雪景),都被陆所借鉴。不过,陆并没有忘记以主体性为标志的现代性,因此也呈现出与古诗的区别:她以"躁郁"二字写出了虚构之"我"的另一种状态,而观画之时"心如止水"的"我"犹在眼前。此外,最后一节也以画外景观指明主体又重返现实。当下的"我"试着用想象之中的"优越"来寻找和定义另一个"我"。

除了这种朝向文化记忆、想象的、内在的心旅,还有一种文本诞生于真实的旅行之中,出现在眼前的也是真实的风景,但由于作者本

---

① 陆忆敏:《墨马》,万夏、潇潇主编:《后朦胧诗全集·上卷》,四川教育出版社1993年版,第683页。
② 柳宗元:《江雪》,《柳宗元诗选》,人民文学出版社1954年版,第126页。

人的元诗兴趣,也变成了一片语言的风景,例如下面的这首来自西川的短诗:

起风

起风以前树林一片寂静
起风以前阳光和云影
容易被忽略仿佛她们没有
存在的必要
起风以前穿过树林的人
是没有记忆的人
一个遁世者
起风以前说不准
是冬天的风刮得更凶
还是夏天的风刮得更凶

我有三年未到过那片树林
我走到那里在起风以后①

这首诗也是一次风景的旅行,或可被解读为语言的风景。"风"代表着诗歌灵感,上可追溯至中国最古老的诗集《诗经》。"阳光""云影"和"树林"显然常见于诗词雅赋。全诗是通过一系列互为对照的意象组合来缔造一种反题结构:被期待的起风的喧响与沉寂、光与影、冬与夏、主体与客体、我与他者、行动与不为,由此来表现在

---

① 西川:《起风》,万夏、潇潇主编:《后朦胧诗全集·上卷》,四川教育出版社1993年版,第202页。

一片别样而自在的外界风景面前，诗人主观观看的片面与无助。人所希冀的与风景的诗学幽会被现实击得粉碎，正如里克尔所说，人在风景中，"像些客人，说着一些不同的语言"。因此，起风之时最具灵感的诗意瞬间根本无从把握，自然的戏剧在人类之外上演。风来了，改变了风景，重建了事物的秩序，然后又重返宇宙沉寂。事物自己写诗，人却未能参与其创作的过程。

西川、柏桦和陆忆敏都属于所谓的"知识分子诗人"，擅长引经据典和互文对话，通过对内心的智力强化来消解现实；与之相对的是"生活诗人"，直面日常的"非诗意"，扩充语汇来指向现实。不过，归根结底，他们建构文本的动力与"知识分子诗人"并无区别：探求语言的自律，把诗写成不容欺骗的词的事实。他们也写了很多"游诗"，既可以理解为真实的游玩，也是语言风景里的元诗之旅。下面的这首诗来自"非非诗人"何小竹，正是以这样的一次旅行为主题：

在一艘货轮上阅读罗伯-格里耶的《橡皮》

那是一艘贵州货轮
在乌江上航行的那种货轮
船长为我在驾驶窗的旁边
安排了一间客房
我带了一部海鸥牌相机
准备拍摄沿岸的风光
另外就是一本罗伯-格里耶的小说

那是1983年的冬天
我记得从彭水的港口上船
一直往上游航行了三天

在思南县靠岸
但是我没有上岸
而是在港口的水上旅馆住了一晚

就是那天晚上
我读完了《橡皮》的最后一章
第二天搭乘另一艘货轮
返回下游
在船上
我又重读《橡皮》
这一次的阅读
只用了一天的时间①

这里展示了一位"生活诗人"在语言之旅的形塑方面与"知识分子诗人"有着怎样的不同。关于此次旅行的描述表现出异常大胆的纪实性和细节化:地点周全、行程详尽,近乎知无不言——贵州货轮、海鸥牌相机、水上旅馆,还有一本罗伯-格里耶的小说,1981年由上海译文出版社出版的《橡皮》——在1983年的冬天与中国四川的一个偏僻县城有了关联。如此贴近经验,几乎就要让诗沦为无聊乏味的日常流水了。但格里耶的这本书的嵌入却让这趟旅程的内容和意义有了事实上的改变。航行已经偏离了它实际的航线,"我"没有上岸,没有领略水上风光,没有记录沿途印象。漫无目的、孤身一人,旅行深入到语言内部,成为一次创作的开端。众所周知,许多"非非诗人"都受到法国"新小说"的影响,特别是罗伯-格里耶的作品。何

---

① 译者注:何小竹《在一艘货轮上阅读罗伯-格里耶的〈橡皮〉》,《6个动词,或苹果》,河北教育出版社2002年版,第135—136页。

小竹说:"1981年,正在写诗的杨黎接触到了罗布-格里耶,先是《窥视者》《嫉妒》,然后才是《橡皮》。这年他19岁。……与罗布-格里耶的'相遇',促成杨黎写出了他的《怪客》《冷风景》(《小镇》《街景》等诗歌的总命名)以及《撒哈拉沙漠上的三张纸牌》等成名作。如同罗布-格里耶的小说颠覆了'小说'一样,杨黎的这些诗歌也彻底颠覆了'诗歌'。"[1]

格里耶小说里的语言实验正是"非非诗人"在诗歌中所寻求的,就好比是建一座文字的迷宫,却没有出口。若干年后,杨黎在一篇回忆文章中写道:"我打开它(《窥视者》)的一瞬,也不知道它会对我产生那么深的作用。到现在,我还记得我初次的感觉:我刚刚读了两页之后,合上书,抬起头,眼睛看向很远的地方;比天空还远,比阳光还远……"[2] 格里耶是如何做到这一点的,不是我们这里要讨论的问题;但一首纲领性的作品理应示范性地呈现新的诗性——"在那个新的空间中无限地延伸"[3],而且绝非是通过去除传统文化——如"非非理论"所声称的那样。恰恰相反,日常和文化、现实和虚构在何小竹的这首诗里毫不违和地交织在一起。不仅仅存在着与格里耶的《橡皮》的互文,更重要的潜文本似乎是李白的《早发白帝城》:"朝辞白帝彩云间,千里江陵一日还。两岸猿声啼不住,轻舟已过万重山。"[4] 据史料记载,李白因永王李璘案,流放夜郎,取道四川赶赴被贬谪的地方。行至白帝城之时,忽然收到赦免的消息,惊喜交加,随即乘舟东下江陵。此诗即回舟抵江陵时所作。何小竹诗中的航线恰好也是长江三峡的那一段水域;"在那个新的空间中无限地延伸",也

---

[1] 译者注:原注不详,参见何小竹《罗布-格里耶的中国意义》,《我的相关生活》,四川人民出版社2017年版,第187—188页。
[2] 转引自何小竹《罗布-格里耶的中国意义》,《我的相关生活》,四川人民出版社2017年版,第187—188页。
[3] 何小竹:《我与"非非"》,《我的相关生活》,四川人民出版社2017年版,第228页。
[4] 李白:《早发白帝城》,《李白诗选》,人民文学出版社1954年版,第106页。

与李白诗中快意流畅的感觉暗合。所有的这些元素都被何小竹纳入作品，和谐共存，变成了日常生活里的魔幻时刻。而这绝非不经主体性过滤就能任意写成的，唯有如此，才能克服存在的乏味。

与何小竹一样，孟浪也属于"生活诗人"，这首《冬天》幻化的也是一次旅行，一次诗的旅行，勇敢地由内心走向外界：

冬天

诗指向诗本身
我披起外衣
穿过空地
在这座城市消失，铜像
我无法插足
诗指向内心
四壁雪白
这间空房子里可以住人

相反，我们还是一起穿过
这片空地穿过
这座城市穿过
诗本身

在那里我们也可以住下
生火，脱掉外衣
甚至内衣
露出我们本身，面对诗

或背离诗①

尽管这座城市被暗示成一片空地，类似于上面援引的柏桦《悬崖》中写作的"无地"，对诗来说这里比起柏桦笔下的死亡的沉寂还要更具敌意，因为此处的现实秩序是被一尊铜像所控制——象征着普罗意识形态的文化。不过，恰恰是这样的一个城市，这样的一种现实，成为深陷其中的诗人的艺术幻景的起点。于是，穿越城市的散步就等同于穿越诗歌本身的散步。诗中呈现的一些事物，如："铜像""空地"内蕴的非诗甚至反诗的含义（因其政治关联，也是"知识分子诗人"想要去除的），获得了一层新的诗意维度，失去了它们的消极性，增添了某种奇异的、悖谬的自律。由此，孟浪的诗学声明可以理解为：只有直面赤裸裸的现实，诗歌才能抵达自律和纯粹。这一声明在辩证法上近似于柏桦的思考：诗意的发声只有通过最大化的无言的升级才能发生。只是，不同于柏桦诗中羞怯、敏感、逃避现实的"我"的形象，孟浪在此塑造的抒情"我"是一个后青春期的破坏狂，以富有挑衅性的自我意识一心想要摧毁官方话语的现实秩序。

今日社会的现代化就是权力贪欲与时髦技术之间的联姻，这导致生活的日益庸俗化。诗人的孤独感和屈辱感在当今时代已经达到了极限。欧阳江河写道：

> 我们大不可能像中国古代文人那样在历史话语的中心位置确立自己的独特声音，那个叫作权力、制度、时代和群众的庞然大物会读我们的诗歌吗？以为诗歌可以在精神上立法、可以改天换地是天真的。事实上，我们流亡也好，进监

---

① 孟浪：《冬天》，万夏、潇潇主编：《后朦胧诗全集·下卷》，四川教育出版社1993年版，第72—73页。

狱也好,甚至死亡也好,这一切要么仅仅是凡人琐事,要么被当作地区性例行公务加以草草处理。这就是中国诗人的普遍命运。①

这样的普遍命运宣告了写作神话在中国的终结,也预示着生活和社会的转型。诗人的角色由一个社会的精神领袖变成了被放逐者,因此他不得不尽力做出弥补,在语言中幻化出一个帝国,"一个庞大的诗歌帝国",如海子所梦想的,"东起尼罗河,西达太平洋,北至蒙古高原,南抵印度次大陆"②。一个帝国,在那里,人类得以诗意地栖居。《秋》中,海子满怀激情地创作了一个"王"的形象,他以写作来统治他的国土,那片土地上充满了对真正的生活的求索:

秋

秋天深了,神的家中鹰在集合

神的故乡鹰在言语

秋天深了,王在写诗

在这个世界上秋天深了

该得到的尚未得到

该丧失的早已丧失。③

---

① 欧阳江河:《89后国内诗歌写作:本土气质、中年特征与知识分子身份》,《今天》1993年第3期。
② 奚密:《海子〈亚洲铜〉探析》,《今天》1993年第2期;译者注:另参见奚密《海子〈亚洲铜〉探析》,《现当代诗文录》,联合文学出版社1998年版,第292页。
③ 海子:《秋》,万夏、潇潇主编:《后朦胧诗全集·上卷》,四川教育出版社1993年版,第188页。

第四节 "来敞开领域，朋友"

我们这里用来点评的示范性诗作主要出自 1981 年至 1989 年，也正是"后朦胧诗"自萌芽开始不断发展壮大，并很快独霸中国诗坛的时期。从"朦胧诗"到"后朦胧诗"，诗歌创作经历了一个由内容反叛到语言反叛的变化过程。自此，与官方话语针锋相对的辩论就被有意导向一种自给自足的诗歌行为，避免陷入任何形式的前美学纠纷。而前辈对于文学独立地位的争取首先被视为主体打破沉默、不畏强权的勇气。从主题上来看，作家提出了政治和道德上的要求，例如呼吁自由、个性、人的尊严和社会新秩序。这也使得"后朦胧诗"更为成熟的自律成为可能，将时代的词超度到一个与人、创造、世界和宇宙沉寂发生本体追问关系的层面。

普遍存在的元诗语素、对语言的自我反思，以及语言反思作为文本内容，被提升到一种不容欺骗的现实应对机制的重大意义之所在——所有的这些都标志着一种审美的意愿，要让语言在政治观念的渗透面前保持纯粹，而这唯有通过严格意义上的元诗手法才能实现。"后朦胧诗"的主要特征也体现在许多"朦胧"诗人那里，如：北岛、多多、杨炼和顾城 1980 年代中期以后，特别是始自 1989 年的流亡时期的作品。他们纷纷转向一种新型创作，主题包含了一些自我反思的元素，并将成诗过程写出。除了个人风格的不同，这种写作与"后朦胧诗"文本并不构成实质上的区别。北岛修订了他的早期诗学，将人的流亡定义为"词的流亡"[①]；多多认为："至少词要从现实中挣脱出来。要从被现实的有限性所禁锢的内部出来。其实'出来'就是言

---

① 北岛：《无题》（他睁开第三只眼睛），in: Bei Dao: *Old Snow*, London: Anvil Press Poetry, 1992, pp. 24—25.

说。诗人的任务就是把它'言说出来'。"① 而顾城通过破坏语言将缄默的认同推向极致，他最后的创作要比早期作品有趣得多②。之所以会有这样共同的语言转向，一方面是因为"伤痕文学"的退场更加确证，长期的美学自律不是通过意识形态的批判来维护的，而是要在语言结构的内部寻求发生本体论的改变。

"朦胧诗"和"后朦胧诗"作为当代文学史上的两个概念，用以标记两种影响深远的诗歌思潮，只有在指明这两大流派的相同和不同的时候才有效。一旦所言诗歌跨越了 80 年代末，上述概念便失去了任何意义。因为无论是"朦胧诗"还是"后朦胧诗"，截至 80 年代末都并没有停步不前。而它们的后续发展表明二者之间再无本质区别，合流为一股诗潮。相应地，几位重要的诗评家也就将 80 年代以降的这种诗歌统称为"先锋诗"或"实验诗"。③

论及近几年现代汉诗的发展趋势，欧阳江河用了"词的扩张"或"词的缩削"来取代"朦胧"与"后朦胧"的分类。④ 大多数诗人认为，话越说越多，诗越写越长是一种合理的反应，以实现语言和主题的不断扩张，来应对物质极大丰富的弥散性生活。从这个意义上，他们发现以往所追求的言简意赅的"抒情的纯粹"已经有些不合时宜。他们想要有意去写一些"不纯的诗"，却比以往更需直面现实的勇气。相反，惜言如金成了保持纯粹抒情的唯一方式。语言反思的主体性从经验的现实抽身而出，用一种简洁而加密的符码般的语言来保存个人感受，表达的意愿几乎濒于只可意会不可言传的极限。唯有通过"词的

---

① 译者注：多多、凌越《变迁是我的故乡》，《名作欣赏》2011 年第 13 期。
② 参见 Peter Hoffmann（Hrsg. / Ubers.）*Quecksiber und andere Gedichte*，Bochum: Brockmeyer，1990.
③ 译者注：例如唐晓渡称朦胧诗是实验诗的"开先河者"；陈超认为先锋诗是对朦胧诗的超越（包括"朦胧诗人"后期创作的自我超越）。参见唐晓渡《实验诗：生长着的可能性》，《唐晓渡诗学论集》，中国社会科学出版社 2001 年版，第 43—48 页；陈超：《中国先锋诗歌论》，人民文学出版社 2007 年版。
④ 参见欧阳江河《词的现身：翟永明的土拨鼠》，《站在虚构这边》，生活•读书•新知三联书店 2001 年版，第 147 页。

缩削"，才能让寻找命名的"我"抵达最充分的语言反思的抒情时刻，例如下面的这首北岛的诗：

删节

蟋蟀在荒草歌唱

蟋蟀让人想到
死路驾驭着生者

荒草在歌唱

荒草让人想到
对风的全民投票

歌唱

歌唱让人想到
寻找风格的叫喊①

缩削在此是一种美学的选择，正如标题《删节》所呈现的那样。现实如一片"荒草"——自艾略特《荒原》之后，这一意象早已不再陌生。"寻找风格的叫喊"再现了一只歌唱的蟋蟀的言说意愿。除此之外，北岛还从中看到了一位极简主义的大师：歌唱之时用尽全力，

---

① 北岛：《删节》，《开锁——北岛一九九六—一九九八》，九歌出版社1999年版，第109—110页。

仿佛命悬于此；沉默之时"删节"一切，为下一次的歌唱积蓄力量。缩削与集中让蟋蟀在需要声音的时候发出生命之声（"死路驾驭着生者"、"全民投票"），最后荒草也在"歌唱"。

发声的愿望如此迫切，"词的缩削"实为一种心甘情愿的策略性的言说能力的设限，为了能够通过自我隔绝让语言保持纯粹，可是难免又有单调和枯燥之嫌。即使是在一片沉寂的背景衬托之下，这种歌唱也因其同义反复而不再具震撼性。主体性的"我"拒绝任何经验意义上的身份，因为"我"完全是以元诗的姿态缔造一种单向度的矫饰的崇高——至少像他的对手一样单向度，而后者不做自我反思，仅执迷于日常经验。例如柏桦写于1990年末的《现实》，也是他"缩削时期"为数不多的几首诗之一。35岁的柏桦此后陷入了沉默。这首诗是一位身处创作危机的诗人的自画像：

现实

这是温和，不是温和的修辞学
这是厌烦，厌烦本身

呵，前途、阅读、转身
一切都是慢的

长夜里，收割并非出自必要
长夜里，速度应该省掉

而冬天也可能正是春天

而鲁迅也可能正是林语堂①

在现实的沉重打击之下,"我"不愿再假装诗性的"温和",变得厌烦、自暴自弃和软弱无能——只要一想到现实如高悬的达摩克利斯之剑。以一种无我的口吻娓娓道来的主体性只有在现实的反面(温和,缓慢,没有速度)作为愿望被表达的时候才能清楚显现,并对生活中实际的两极分化(冬天与春天),以及"左翼"作家鲁迅和"右派"文人林语堂之间的意识形态差异佯装视而不见。抒情被削减到了碎片式的简洁,并毫无修辞可言,与他早期的诗,如《表达》或《悬崖》相比,缺少一种相对复杂的自我认知或对世界和存在持怀疑态度的批判。认识现实是困难的,除了这点内容表述之外,审美意愿被削弱了,抒情也未得以展开。在这个例子里,"词的缩削"看上去并非精心构建,而是不得已而为。

"缩削"真的是条死胡同吗?在它最好的一瞬,因为太纯太美,而在这个绝对丑陋的时代无法兑现?或许还是要以反抗的名义退避三舍?这些问题使得很多诗人转向了"扩张诗学",希望借此能在这个转型时期找到"活力"。欧阳江河认为,"活力的两个主要来源是扩大了的词汇(扩大到非诗性质的词汇)及生活(我指的是世俗生活,诗意的反面)"②。这种活力是一种语言的冒险,"在很大程度上是由变化带来的阶段性活力,它包含了对变化和意外因素的深思熟虑的汲取,并且有意避开了已成陈迹、很难与陈词滥调区分开来的终极价值判断"③。这是欧阳江河作为"扩张诗学"最重要的理论家和实践者

---

① 柏桦:《现实》,万夏、潇潇主编:《后朦胧诗全集·上卷》,四川教育出版社1993年版,第40—41页。
② 欧阳江河:《89后国内诗歌写作:本土气质、中年特征与知识分子身份》,《今天》1993年第3期。
③ 欧阳江河:《89后国内诗歌写作:本土气质、中年特征与知识分子身份》,《今天》1993年第3期。

在他的纲领性论文《89后国内诗歌写作：本土气质、中年特征与知识分子身份》中所提出的，并将柏桦等少数人的诗歌写作限制为"具体的、个人的、本土的"[①]。而在更年轻一些的诗人肖开愚看来，"中年时期的作品中包含的太多的动机相应处于两个方向上，一个向着早期的斑烂（疑为斑斓之误——引者注）、含混，一个向着晚年的冷峻、单调。也就是说，中年的复杂不是'少'所产生的质的复杂放射，而是思想、内容、形式、信仰的一切方面的犹豫和困难，是两个向度上的恋恋不舍和畏惧"[②]。相应地，中年的活力产生于语言的猎奇，这与"缩削诗学"精心维护的"无菌真空"完全是互为抵制的。下面的这一段诗文摘自欧阳江河1993年的长诗（"扩张诗学"的典型形式）《关于市场经济的虚构笔记》，向我们展示了另一类诗的样子：

1

　　从任何变得比它自身更小的窗户
　　都能看到这个国家，车站后面还是车站。
　　你的眼睛后面隐藏着一双快速移动的
　　摄影机的眼睛，喉咙里有一个带旋钮的
　　通向高压电流的喉咙：录下来的声音，
　　像剪刀下的卡通动作临时凑在一起，
　　构成了我们这个时代的视觉特征。
　　一列蒸汽火车驶离装饰过的现实，一个口号
　　使庞大的重工业变得轻浮。在口号反面的
　　广告节目里，政治家走向沿街叫卖的
　　银行家的封面肖像，手中的望远镜

---

　　① 欧阳江河：《89后国内诗歌写作：本土气质、中年特征与知识分子身份》，《今天》1993年第3期。
　　② 肖开愚：《抑制、减速、放弃的中年时期》，《大河》1990年第1期。

颠倒过来。他看到的是更为遥远的公众。①

叙述的言说方式为我们描绘了一幅今日中国无处不在的城市街景。余华说："作家要表达与之朝夕相处的现实，常常感到不知所措，因为生活中的现实往往支离破碎，而且真假杂乱和鱼目混珠。对于作家来说，生活中的现实总是不真实的，因为作家就像是看不清自己的脸一样，太近了也看不到周围现实的真实。"②余华关于小说艺术的这一段言论也适用于诗歌，欧阳江河同样也是这样做的。"现实"抑或"超现实"主要取决于对待"公共话题"的态度，其范围之广，可谓现代生活无所不包，都被"扩张诗学"写成了诗。后威权时代的社会风俗，与并无功利的诗性潜能之间构成了词的张力，而这些词此前从未入诗，现在却要生成新的诗意，至少是临时的诗意。欧阳江河表示："我无意在此作出价值评判，我只是想指出，在当今中国，写作与权力已经脱节了。"③

"临时的诗意"听上去仿佛是一时兴起，其雄心远略却让人不容小觑。"扩张的诗学"希望超越时代，不仅勇于对现象发言，更要从内心出发，以陌生化或自我陌生化的态度审视"粉饰的现实"之表象——现代文学的经典命题："你的眼睛后面隐藏着一双快速移动的/摄影机的眼睛，喉咙里有一个带旋钮的/通向高压电流的喉咙"。现实充斥着现代化的政治陷阱、金钱与权力的腐败，以及新的消极性，这决定了新的语言策略和言说方式，正如组诗的结尾以一种前后呼应的

---

① 欧阳江河：《关于市场经济的虚构笔记》，《谁去谁留》，湖南文艺出版社1997年版，第209页。
② 余华：《作家与现实》，李延青主编：《文学立场：当代作家海外、港台演讲录》，河北教育出版社2003年版，第179页。（译者注：原文系余华1996年6月在斯德哥尔摩瑞典乌拉夫·帕尔梅国际中心主办的"沟通：面对世界的中国文学"研讨会上的演讲。张枣原注释有误，并非余华1996年接受《中华读书报》采访时的一段讲话。）
③ 欧阳江河：《89后国内诗歌写作：本土气质、中年特征与知识分子身份》，《今天》1993年第3期。

方式总结道:"眼睛充满安静的泪水,与怒火保持恰当的/比例。河流总是在远方。大地上的列车/按照正确的时间法则行驶,不带抒情成分。/你知道自己不是新一代人。'忘记我在这里。'"① 此处,欧阳江河像对抗浮华的主体一样令人钦敬地重返现实——即使是以一种非诗意但绝非反诗意的姿势。

扩张之光照亮的诗所存在的最好地带是中间地带,"写作者的心情在累累果实与迟暮秋风之间、在已逝之物与将逝之物之间、在深信和质疑之间、在关于责任的关系神话和关于自由的个人神话之间、在词与物的广泛联系和精微考究的幽独行文之间转换不已"②。从理论上来说,"扩张诗学"应为自己开辟一片新天地,可是,单凭写作本身却并不总能兑现,欧阳江河也无能为力。咖啡馆、服装店或市场之类的"公共主题"所带来的蜂拥而至的语词充塞了内心世界,而内向性被欧阳江河视为诗歌无论如何都要保有的最重要的前提。因此,他放飞内心,以一种越来越玄的独家编导的思想杂技来平衡负荷过重的语词,却导致文本的意义无法自圆其说。尽管如此,他的实验依然功不可没,因为他的扩张并非造成诗的转折而更多的是一种发展,简洁对他而言已不再是最重要的——如早期作品《玻璃工厂》,而是要有"形而上的智慧"(metaphysical wit),这让一些乍看之下平铺直叙的句子读来令人震撼,例如:"一个口号/使庞大的重工业变得轻浮"。不过,那些追随"扩张诗学"话语领袖而来的诗人往往并不掌握如此高超的隐喻技巧,他们常常把诗写成分行的散文,内容的铺展也完全受制于叙事结构。

散文化的趋向使得1990年代的很多新诗都平面化为日常的一帧摄影。那种想要让诗赶得上当今中国变化莫测的现实生活的雄心壮志

---

① 欧阳江河:《关于市场经济的虚构笔记》,《谁去谁留》,湖南文艺出版社1997年版,第214页。
② 欧阳江河:《89后国内诗歌写作:本土气质、中年特征与知识分子身份》,《今天》1993年第3期。

将古老的诗学信条抛到了脑后:诗不再是生命中富有魔力和激情的瞬间,语言的本分在于将现实记录成诗。毫无疑问,无论扩张还是缩削都无法让诗满足时代的需要。扩张或者缩削?方法论的差异令人焦虑,迫使抒情诗除了保存词的艺术之外又向着敞开而无可能的方向冒险前行,为的是——以一种自相矛盾的方式——借助不由分说的含混其词的阐释,来克服因含混其词的言说所引发的危机。这种克服在一个如此渴望艺术与生活、词与物再度携手的时代,一再被从鲁迅、闻一多,到北岛、多多、欧阳江河和海子等现代汉语诗人喻为"远方"。这个"远方",从1980年代汉语诗歌界对荷尔德林的顶礼膜拜开始——与海德格尔的解读联系在一起,即荷尔德林所言的"敞开领域"(Das Offene),成为当代中国新诗的基本立场。从这个意义上,鉴于新诗的危机,同时也是存在的危机,女诗人王小妮在《今天,我看到很远》中幻化了一个敞开的远方,这也正是诗歌要去的地方,不仅为了认知真实的现实,也为了让自己"不害怕"面对写作:

今天,我看到很远

8月18号,我一直看到了西伯利亚
它的头顶就要白了。

秋天正在拔刀。
森林们跑来跑去
试穿最后一件鲜艳的衣裳。

早晨,所有树的叶子
都被我给看落。
大地的上身立刻感到了暖和。

城市里的钟楼们向后扑倒
我看到了更远更远。
太阳低垂着熟了的金穗
天空的牙齿全都掉了
为什么连远处都没有危险。

我的视线专门沿着天边跑
在绝壁上寻找对手。
跑了那么远去会见寒冷
为什么不害怕?[①]

[①] 译者注:王小妮《今天,我看到很远》,《致另一个世界:王小妮诗选》,台北秀威出版社2013年版,第154页。

参考文献

一、20世纪90年代主要诗歌民刊

《阿波利奈尔》，蔡天新等创办，杭州。
《大骚动》，王强、农夫等创办，北京。
《北回归线》，王建新、梁晓明等主编，杭州。
《北门杂志》，庞培等主编，南京。
《存在》，刘泽球等主编，四川德阳。
《东北亚》，杨勇、杨拓等主编，黑龙江绥芬河。
《发现》，臧棣、西渡、戈麦等主编，北京。
《反对》，肖开愚、孙文波等主编，成都。
《锋刃》，吕叶等主编，长沙。
《今天》，北岛等主编，美国。
《九十年代》，肖开愚、张曙光、孙文波等主编，成都。
《葵》，徐江、萧沉等主编，天津。
《面影》，江城等主编，广州。
《南方诗志》，陈东东等主编，上海。
《偏移》，冷霜、姜涛等主编，北京。
《朋友们》，沈浩波等主编，北京。
《倾向》，陈东东、贝岭等主编，美国。
《声音》，黄灿然等主编，深圳。
《诗》，道辉等主编，福建。
《说说唱唱》，丁丽英、鲁西西等主编，上海。
《诗文本》，符马活等主编，广州。
《他们》，韩东等主编，南京。
《下半身》，沈浩波、朵渔等主编，北京。
《象罔》，钟鸣等主编，成都。
《小杂志》，林木等主编，北京。
《新诗人》，凌越、廖伟棠等主编，广州。

《翼》，周瓒、翟永明等主编，北京。
《自行车》，非亚、杨克、麦子等主编，南宁。

二、中文诗集及作品选集
张枣原著参考文献
白宗义、乐齐编．现代百家诗 1919—1949．北京：宝文堂书店，1984．
北岛．开锁——北岛一九九六—一九九八．台北：九歌出版社，1999．
北岛．北岛诗选．广州：新世纪出版社，1986．
贝岭、孟浪编．当代中国诗歌七十五首．自印，1985．
卞之琳．雕虫纪历（增订版）．香港：三联书店，1982．
英国诗选，卞之琳译．长沙：湖南人民出版社，1983．
卞之琳．沧桑集．南京：江苏人民出版社，1982．
陈敬容．盈盈集．上海：文化生活出版社，1948．
陈绍伟编．中国新诗集序跋选（一九一八—一九四九）．长沙：湖南文艺出版社，1986．
陈子昂．陈子昂文集．北京：人民文学出版社，1954．
戴望舒．戴望舒诗全编．杭州：浙江文艺出版社，1989．
杜甫．杜甫诗选，冯江五选注．香港：万里书店，1980．
冯文炳（废名）．冯文炳选集．北京：人民文学出版社，1984．
冯至．冯至选集．成都：四川文艺出版社，1985．
海子．海子的诗．北京：人民文学出版社，1995．
何其芳．预言．上海：上海文艺出版社，1982．
何其芳、卞之琳、李广田．汉园集．香港：大学生活社，1978．
黄遵宪．黄遵宪诗选注，刘世南选注．上海：上海古籍出版社，1986．
康白情．草儿在前集．上海：亚东图书馆，1929．
姜金城编．八十年代诗选．上海：上海文艺出版社，1990．
老木编选．新诗潮诗集（上、下）．北京：北京大学五四文学社，1985．
李白．李白诗选．北京：人民文学出版社，1956．
李贺．三家评注李长吉歌诗．北京：中华书局，1959．
李金发．李金发全集．成都：四川文艺出版社，1987．
梁宗岱．晚祷．长沙：湖南文艺出版社，1986．
梁宗岱．梁宗岱译诗集．长沙：湖南人民出版社，1983．
鲁迅．鲁迅全集．北京：人民文学出版社，1981．
穆旦．穆旦诗选．北京：人民文学出版社，1986．
穆旦．旗．上海：文化生活出版社，1948．
孙玉石．象征派诗选．北京：人民文学出版社，1986．

唐晓渡编选. 在黎明的铜镜中：朦胧诗卷. 北京：北京师范大学出版社，1993.
唐晓渡选编. 灯芯绒幸福的舞蹈：后朦胧诗选萃. 北京：北京师范大学出版社，1992.
万夏、潇潇主编. 后朦胧诗全集·上、下卷. 成都：四川教育出版社，1993.
王独清. 独清诗选. 上海：新宇宙书店，1931.
闻一多. 闻一多全集. 北京：生活·读书·新知三联书店，1982.
闻一多. 闻一多论新诗. 武汉：武汉大学出版社，1985.
小海、杨克编. 他们：《他们》十年诗歌选. 桂林：漓江出版社，1998.
谢冕. 中国新诗萃. 北京：人民文学出版社，1985.
谢冕主编. 中国当代青年诗选. 广州：花城出版社，1986.
谢冕、唐晓渡主编. 以梦为马：新生代诗卷. 北京：北京师范大学，1993.
辛笛等. 九叶集. 南京：江苏人民出版社，1981.
徐玉诺. 将来之花园. 北京：商务印书馆，1922.
徐志摩. 徐志摩全集（第三卷）. 香港：商务印书馆，1983.
徐敬亚、孟浪、曹长青、吕贵品编. 中国现代主义诗群大观：1986—1988. 上海：同济大学出版社，1988.
阎月君等编选. 朦胧诗选. 沈阳：春风文艺出版社，1985.
杨牧、郑树森编选. 现代中国诗选. 台北：洪范书店，1989.
余冠英选注. 汉魏六朝诗选. 北京：人民文学出版社，1962.
张曼仪、黄俊东等编著. 现代中国诗选：1917—1949. 香港：香港大学出版社，1974.
朱湘. 朱湘诗集. 成都：四川文艺出版社，1987。
朱自清. 中国新文学大系·诗集. 上海：良友图书印刷公司，1935.

译者所用参考文献

［英］T. S. 艾略特. 情歌·荒原·四重奏，汤永宽译. 上海：上海译文出版社，1994.
［英］W. H. 奥登. 奥登诗选：1927—1947，马鸣谦、蔡海燕译，王家新校. 上海：上海译文出版社，2014.
柏桦. 往事. 石家庄：河北教育出版社，2002.
北岛. 北岛诗选. 广州：新世纪出版社，1986.
北岛. 开锁——北岛一九九六—一九九八. 台北：九歌出版社，1999.
北岛. 蓝房子. 台北：九歌出版社，1998.

北岛. 零度以上的风景——北岛一九九三——一九九六. 台北：九歌出版社，1996.
北岛. 失败之书. 汕头：汕头大学出版社，2004.
北岛. 时间的玫瑰. 香港：牛津大学出版社，2005.
北岛. 守夜——诗歌自选集1972—2008. 香港：牛津大学出版社，2009.
北岛. 午夜歌手——北岛诗选一九七二——一九九四. 台北：九歌出版社，1995.
卞之琳. 沧桑集. 南京：江苏人民出版社，1982.
卞之琳. 雕虫纪历（增订版）. 香港：三联书店，1982.
英国诗选，卞之琳译. 长沙：湖南人民出版社，1983.
陈东东. 明净的部分. 长沙：湖南文艺出版社，1997.
陈鼓应. 庄子今注今译. 北京：中华书局，1983.
陈绍伟编. 中国新诗集序跋选（一九一八——一九四九）. 长沙：湖南文艺出版社，1986.
陈子昂. 陈子昂文集. 北京：人民文学出版社，1954.
程光炜编. 海子作品精选. 武汉：长江文艺出版社，2009.
戴望舒. 戴望舒诗全编. 杭州：浙江文艺出版社，1989.
杜甫. 杜甫诗选，冯江五选注. 香港：万里书店，1980.
杜甫. 杜甫诗选（汉英对照），李惟建译. 成都：四川人民出版社，1985.
杜牧. 杜牧诗选. 香港：三联书店，1983.
多多. 多多诗选. 广州：花城出版社，2005.
多多. 多多四十年诗选. 南京：江苏文艺出版社，2013.
范仲淹. 范文正公文集. 北京：中华书局，1985.
废名. 废名选集. 北京：人民文学出版社，2007.
冯至. 冯至诗选. 成都：四川人民出版社，1980.
冯至. 冯至选集. 成都：四川文艺出版社，1985.
顾工编. 顾城诗全编. 上海：上海三联书店，1995.
郭沫若、周扬. 红旗歌谣. 北京：红旗杂志社，1959.
海子. 海子的诗. 北京：人民文学出版社，1995.
何其芳. 何其芳文集（第一卷）. 北京：人民文学出版社，1982.
何小竹. 6个动词，或苹果. 石家庄：河北教育出版社，2002.
何小竹主编. 1999中国诗年选. 西安：陕西师范大学出版社，1999.
吉木狼格. 静悄悄的左轮. 石家庄：河北教育出版社，2002.
蓝棣之. 现代派诗选. 北京：人民文学出版社，1986.
老木编选. 新诗潮诗集（上、下）. 北京：北京大学五四文学社，1985.

乐齐、孙玉蓉编. 俞平伯诗全编. 杭州：浙江文艺出版社，1992.
李方编. 穆旦诗全集. 香港：中国文学出版社，1996.
李白. 李白诗选. 北京：人民文学出版社，1956.
李白、杜甫. 李白杜甫诗全集. 北京：北京燕山出版社，1995.
李金发. 李金发全集. 成都：四川文艺出版社，1987.
李金发. 为幸福而歌. 北京：商务印书馆，1926.
李润霞编选. 被放逐的诗神. 武汉：武汉出版社，2006.
李少君、吴投文主编. 朦胧诗新选. 北京：现代出版社，2017.
梁实秋. 梁实秋文集（第二卷）. 厦门：鹭江出版社，2002.
梁宗岱. 梁宗岱译诗集. 长沙：湖南人民出版社，1983.
梁宗岱. 晚祷. 长沙：湖南文艺出版社，1986.
鲁迅. 集外集拾遗. 上海：上海复社，1938.
鲁迅. 鲁迅全集. 北京：人民文学出版社，1981.
［俄］奥西普·曼德尔施塔姆. 我的世纪，我的野兽：曼德尔施塔姆诗选，王家新译. 广州：花城出版社，2016.
穆旦. 穆旦精选集. 北京：北京燕山出版社，2006.
穆木天. 穆木天诗文集. 长春：时代文艺出版社，1985.
欧阳江河. 谁去谁留. 长沙：湖南文艺出版社，1997.
［美］华莱士·史蒂文斯. 最高虚构笔记：史蒂文斯诗文集，陈东飚、张枣译. 上海：华东师范大学出版社，2009.
施蛰存. 施蛰存序跋. 南京：东南大学出版社，2003.
舒兰编. 五四时代的新诗作家和作品. 台北：成文出版社，1980.
舒婷、顾城. 舒婷、顾城抒情诗选（一九七一年——一九八一年）. 福州：福建人民出版社，1982.
孙玉石. 象征派诗选. 北京：人民文学出版社，1986.
唐晓渡编选. 在黎明的铜镜中：朦胧诗卷. 北京：北京师范大学出版社，1993.
陶潜. 法译陶潜诗选，梁宗岱译. 北京：外语教学与研究出版社，2003.
［瑞典］托马斯·特朗斯特罗姆. 特朗斯特罗姆诗全集，李笠译. 海口：南海出版公司，2001.
万夏、潇潇主编. 后朦胧诗全集·上、下卷. 成都：四川教育出版社，1993.
王国维. 人间词话. 南宁：广西人民出版社，2017.
王夫之评选. 明诗评选，陈新校点. 北京：文化艺术出版社，1997.
王小妮. 致另一个世界：王小妮诗选. 台北：秀威出版社，2013.
闻一多. 闻一多全集. 北京：生活·读书·新知三联书店，1982.

西川、海子. 海子诗全编. 上海：上海三联书店，1997.
谢冕. 中国新诗萃. 北京：人民文学出版社，1985.
辛笛等. 九叶集. 北京：作家出版社，2000.
徐玉诺. 将来之花园. 北京：商务印书馆，1922.
徐志摩. 徐志摩全集（第三卷）. 香港：商务印书馆，1983.
杨伯峻. 论语译注. 香港：中华书局香港分局，1984.
英国现代诗选，查良铮译. 长沙：湖南人民出版社，1985.
翟永明. 女人. 桂林：漓江出版社，1988.
张枣. 张枣的诗. 北京：人民文学出版社，2010.
张枣. 张枣随笔选. 北京：人民文学出版社，2012.
赵振开. 波动. 香港：香港中文大学出版社，1991.
朱湘. 朱湘诗集. 成都：四川文艺出版社，1987.
朱自清. 中国新文学大系·诗集. 上海：上海良友图书印刷公司，1935.

三、中文诗论及批评文集
张枣原著参考文献

［英］T. S. 艾略特. 传统与个人的才能，卞之琳译. 学文，1934 (5).
艾青. 诗论. 上海：新文艺出版社，1953.
柏桦. 左边：毛泽东时代的抒情诗人. 香港：牛津大学出版社，2001.
北明. 诗人黄翔. 思想的境界，1998 (2).
璧华、杨零编. 崛起的诗群——中国当代朦胧诗与诗论选集. 香港：当代文学研究社，1984.
卞之琳. 人与诗：忆旧说新. 北京：生活·读书·新知三联书店，1984.
陈东东. 词的变奏. 北京：东方出版中心，1997.
陈敬之. "新月"及其重要作家. 台北：成文出版社，1980.
陈明远. 忘年交：我与郭沫若、田汉的交往. 上海：学林出版社，1999.
陈思和. 鲁迅的骂人. 思想的境界，1999.
陈思和主编. 中国当代文学史教程. 上海：复旦大学出版社，1999.
邓辉麟. 新诗故事——诗集·诗论·诗人轶事. 广州：广东高等教育出版社，1986.
丁瑞根. 陆志韦《渡河》与新诗形式运动. 中国现代文学研究丛刊，1988 (1).
多多. 被埋葬的中国诗人 (1972—1978). 今天，1991 (3).
冯文炳（废名）. 谈新诗. 北京：人民文学出版社，1984.
冯至. 杜甫传. 北京：人民文学出版社，1952.

郭绍虞. 中国文学批评史. 上海：上海古籍出版社，1979.
何其芳. 关于写诗和读诗. 北京：作家出版社，1956.
洪子诚、刘登翰. 中国当代新诗史. 北京：人民文学出版社，1993.
老木编. 青年诗人谈诗. 北京：北京大学五四文学社，1985.
李广田. 诗的艺术. 上海：开明书店，1947.
李何林等. 中国新文学史研究. 北京：新建设杂志出版社，1951.
李怡. 中国现代新诗与古典诗歌传统. 重庆：西南师范大学出版社，1994.
李泽厚. 美的历程. 北京：文物出版社，1981.
李振声. 季节轮换. 上海：学林出版社，1996.
梁实秋. 浪漫的与古典的. 上海：新月书店，1927.
梁宗岱. 诗与真·诗与真二集. 北京：外国文学出版社，1984.
林明德、李丰楙、吕正惠等编. 中国新诗赏析（全三册）. 台北：长安出版社，1981.
林明德主编. 台湾现代诗经纬. 台北：联合出版社，2001.
林以亮. 林以亮诗话. 台北：洪范书店，1976.
刘烜. 闻一多评传. 北京：北京大学出版社，1983.
刘西渭（李健吾）. 咀华集. 广州：花城出版社，1984.
刘再复. 论文学的主体性. 文学评论，1986（1）.
郭念申. 大陆文革研究. 台北：中研研究院，1995.
骆寒超. 中国现代诗歌论. 南京：江苏人民出版社，1984.
罗青. 从徐志摩到余光中. 台北：尔雅出版社，1978.
洛夫、张默、痖弦主编. 中国现代诗论选. 高雄：大业书店，1969.
罗振亚. 中国现代主义诗歌流派史. 哈尔滨：北方文艺出版社，1993.
毛泽东. 毛泽东论文艺. 北京：人民文学出版社，1992.
欧阳江河. 站在虚构这边. 北京：生活·读书·新知三联书店，2001.
钱基博. 现代中国文学史. 长沙：岳麓书社，1986.
钱锺书. 谈艺录. 北京：中华书局，1984.
钱锺书. 管锥编（全五册）. 北京：中华书局，1991.
钱锺书. 旧文四篇. 上海：上海古籍出版社，1979.
钱锺书. 诗可以怨. 文学评论，1981（1）.
沈太慧、陈全荣、杨志杰编. 文艺论争集1979－1983. 郑州：黄河文艺出版社，1985.
施蛰存. 唐诗百话. 上海：华东师范大学出版社，1996.
司空图. 诗品，蔡其矫今译. 石家庄：河北人民出版社，1979.

城市里的钟楼们向后扑倒
我看到了更远更远。
太阳低垂着熟了的金穗
天空的牙齿全都掉了
为什么连远处都没有危险。

我的视线专门沿着天边跑
在绝壁上寻找对手。
跑了那么远去会见寒冷
为什么不害怕?[1]

---

[1] 译者注:王小妮《今天,我看到很远》,《致另一个世界:王小妮诗选》,台北秀威出版社2013年版,第154页。

参考文献

一、20世纪90年代主要诗歌民刊

《阿波利奈尔》,蔡天新等创办,杭州。
《大骚动》,王强、农夫等创办,北京。
《北回归线》,王建新、梁晓明等主编,杭州。
《北门杂志》,庞培等主编,南京。
《存在》,刘泽球等主编,四川德阳。
《东北亚》,杨勇、杨拓等主编,黑龙江绥芬河。
《发现》,臧棣、西渡、戈麦等主编,北京。
《反对》,肖开愚、孙文波等主编,成都。
《锋刃》,吕叶等主编,长沙。
《今天》,北岛等主编,美国。
《九十年代》,肖开愚、张曙光、孙文波等主编,成都。
《葵》,徐江、萧沉等主编,天津。
《面影》,江城等主编,广州。
《南方诗志》,陈东东等主编,上海。
《偏移》,冷霜、姜涛等主编,北京。
《朋友们》,沈浩波等主编,北京。
《倾向》,陈东东、贝岭等主编,美国。
《声音》,黄灿然等主编,深圳。
《诗》,道辉等主编,福建。
《说说唱唱》,丁丽英、鲁西西等主编,上海。
《诗文本》,符马活等主编,广州。
《他们》,韩东等主编,南京。
《下半身》,沈浩波、朵渔等主编,北京。
《象罔》,钟鸣等主编,成都。
《小杂志》,林木等主编,北京。
《新诗人》,凌越、廖伟棠等主编,广州。

《翼》,周瓒、翟永明等主编,北京。
《自行车》,非亚、杨克、麦子等主编,南宁。

二、中文诗集及作品选集
张枣原著参考文献
白宗义、乐齐编. 现代百家诗1919—1949. 北京:宝文堂书店,1984.
北岛. 开锁——北岛一九九六——一九九八. 台北:九歌出版社,1999.
北岛. 北岛诗选. 广州:新世纪出版社,1986.
贝岭、孟浪编. 当代中国诗歌七十五首. 自印,1985.
卞之琳. 雕虫纪历(增订版). 香港:三联书店,1982.
英国诗选,卞之琳译. 长沙:湖南人民出版社,1983.
卞之琳. 沧桑集. 南京:江苏人民出版社,1982.
陈敬容. 盈盈集. 上海:文化生活出版社,1948.
陈绍伟编. 中国新诗集序跋选(一九一八——一九四九). 长沙:湖南文艺出版社,1986.
陈子昂. 陈子昂文集. 北京:人民文学出版社,1954.
戴望舒. 戴望舒诗全编. 杭州:浙江文艺出版社,1989.
杜甫. 杜甫诗选,冯江五选注. 香港:万里书店,1980.
冯文炳(废名). 冯文炳选集. 北京:人民文学出版社,1984.
冯至. 冯至选集. 成都:四川文艺出版社,1985.
海子. 海子的诗. 北京:人民文学出版社,1995.
何其芳. 预言. 上海:上海文艺出版社,1982.
何其芳、卞之琳、李广田. 汉园集. 香港:大学生活社,1978.
黄遵宪. 黄遵宪诗选注,刘世南选注. 上海:上海古籍出版社,1986.
康白情. 草儿在前集. 上海:亚东图书馆,1929.
姜金城编. 八十年代诗选. 上海:上海文艺出版社,1990.
老木编选. 新诗潮诗集(上、下). 北京:北京大学五四文学社,1985.
李白. 李白诗选. 北京:人民文学出版社,1956.
李贺. 三家评注李长吉歌诗. 北京:中华书局,1959.
李金发. 李金发全集. 成都:四川文艺出版社,1987.
梁宗岱. 晚祷. 长沙:湖南文艺出版社,1986.
梁宗岱. 梁宗岱译诗集. 长沙:湖南人民出版社,1983.
鲁迅. 鲁迅全集. 北京:人民文学出版社,1981.
穆旦. 穆旦诗选. 北京:人民文学出版社,1986.
穆旦. 旗. 上海:文化生活出版社,1948.
孙玉石. 象征派诗选. 北京:人民文学出版社,1986.

唐晓渡编选. 在黎明的铜镜中：朦胧诗卷. 北京：北京师范大学出版社，1993.
唐晓渡选编. 灯芯绒幸福的舞蹈：后朦胧诗选萃. 北京：北京师范大学出版社，1992.
万夏、潇潇主编. 后朦胧诗全集·上、下卷. 成都：四川教育出版社，1993.
王独清. 独清诗选. 上海：新宇宙书店，1931.
闻一多. 闻一多全集. 北京：生活·读书·新知三联书店，1982.
闻一多. 闻一多论新诗. 武汉：武汉大学出版社，1985.
小海、杨克编. 他们：《他们》十年诗歌选. 桂林：漓江出版社，1998.
谢冕. 中国新诗萃. 北京：人民文学出版社，1985.
谢冕主编. 中国当代青年诗选. 广州：花城出版社，1986.
谢冕、唐晓渡主编. 以梦为马：新生代诗卷. 北京：北京师范大学，1993.
辛笛等. 九叶集. 南京：江苏人民出版社，1981.
徐玉诺. 将来之花园. 北京：商务印书馆，1922.
徐志摩. 徐志摩全集（第三卷）. 香港：商务印书馆，1983.
徐敬亚、孟浪、曹长青、吕贵品编. 中国现代主义诗群大观：1986—1988. 上海：同济大学出版社，1988.
阎月君等编选. 朦胧诗选. 沈阳：春风文艺出版社，1985.
杨牧、郑树森编选. 现代中国诗选. 台北：洪范书店，1989.
余冠英选注. 汉魏六朝诗选. 北京：人民文学出版社，1962.
张曼仪、黄俊东等编著. 现代中国诗选：1917—1949. 香港：香港大学出版社，1974.
朱湘. 朱湘诗集. 成都：四川文艺出版社，1987。
朱自清. 中国新文学大系·诗集. 上海：良友图书印刷公司，1935.

译者所用参考文献

［英］T. S. 艾略特. 情歌·荒原·四重奏，汤永宽译. 上海：上海译文出版社，1994.
［英］W. H. 奥登. 奥登诗选：1927—1947，马鸣谦、蔡海燕译，王家新校. 上海：上海译文出版社，2014.
柏桦. 往事. 石家庄：河北教育出版社，2002.
北岛. 北岛诗选. 广州：新世纪出版社，1986.
北岛. 开锁——北岛一九九六—一九九八. 台北：九歌出版社，1999.
北岛. 蓝房子. 台北：九歌出版社，1998.

北岛．零度以上的风景——北岛一九九三—一九九六．台北：九歌出版社，1996．
北岛．失败之书．汕头：汕头大学出版社，2004．
北岛．时间的玫瑰．香港：牛津大学出版社，2005．
北岛．守夜——诗歌自选集1972—2008．香港：牛津大学出版社，2009．
北岛．午夜歌手——北岛诗选一九七二—一九九四．台北：九歌出版社，1995．
卞之琳．沧桑集．南京：江苏人民出版社，1982．
卞之琳．雕虫纪历（增订版）．香港：三联书店，1982．
英国诗选，卞之琳译．长沙：湖南人民出版社，1983．
陈东东．明净的部分．长沙：湖南文艺出版社，1997．
陈鼓应．庄子今注今译．北京：中华书局，1983．
陈绍伟编．中国新诗集序跋选（一九一八—一九四九）．长沙：湖南文艺出版社，1986．
陈子昂．陈子昂文集．北京：人民文学出版社，1954．
程光炜编．海子作品精选．武汉：长江文艺出版社，2009．
戴望舒．戴望舒诗全编．杭州：浙江文艺出版社，1989．
杜甫．杜甫诗选，冯江五选注．香港：万里书店，1980．
杜甫．杜甫诗选（汉英对照），李惟建译．成都：四川人民出版社，1985．
杜牧．杜牧诗选．香港：三联书店，1983．
多多．多多诗选．广州：花城出版社，2005．
多多．多多四十年诗选．南京：江苏文艺出版社，2013．
范仲淹．范文正公文集．北京：中华书局，1985．
废名．废名选集．北京：人民文学出版社，2007．
冯至．冯至诗选．成都：四川人民出版社，1980．
冯至．冯至选集．成都：四川文艺出版社，1985．
顾工编．顾城诗全编．上海：上海三联书店，1995．
郭沫若、周扬．红旗歌谣．北京：红旗杂志社，1959．
海子．海子的诗．北京：人民文学出版社，1995．
何其芳．何其芳文集（第一卷）．北京：人民文学出版社，1982．
何小竹．6个动词，或苹果．石家庄：河北教育出版社，2002．
何小竹主编．1999中国诗年选．西安：陕西师范大学出版社，1999．
吉木狼格．静悄悄的左轮．石家庄：河北教育出版社，2002．
蓝棣之．现代派诗选．北京：人民文学出版社，1986．
老木编选．新诗潮诗集（上、下）．北京：北京大学五四文学社，1985．

乐齐、孙玉蓉编. 俞平伯诗全编. 杭州：浙江文艺出版社，1992.
李方编. 穆旦诗全集. 香港：中国文学出版社，1996.
李白. 李白诗选. 北京：人民文学出版社，1956.
李白、杜甫. 李白杜甫诗全集. 北京：北京燕山出版社，1995.
李金发. 李金发全集. 成都：四川文艺出版社，1987.
李金发. 为幸福而歌. 北京：商务印书馆，1926.
李润霞编选. 被放逐的诗神. 武汉：武汉出版社，2006.
李少君、吴投文主编. 朦胧诗新选. 北京：现代出版社，2017.
梁实秋. 梁实秋文集（第二卷）. 厦门：鹭江出版社，2002.
梁宗岱. 梁宗岱译诗集. 长沙：湖南人民出版社，1983.
梁宗岱. 晚祷. 长沙：湖南文艺出版社，1986.
鲁迅. 集外集拾遗. 上海：上海复社，1938.
鲁迅. 鲁迅全集. 北京：人民文学出版社，1981.
［俄］奥西普·曼德尔施塔姆. 我的世纪，我的野兽：曼德尔施塔姆诗选，王家新译. 广州：花城出版社，2016.
穆旦. 穆旦精选集. 北京：北京燕山出版社，2006.
穆木天. 穆木天诗文集. 长春：时代文艺出版社，1985.
欧阳江河. 谁去谁留. 长沙：湖南文艺出版社，1997.
［美］华莱士·史蒂文斯. 最高虚构笔记：史蒂文斯诗文集，陈东飚、张枣译. 上海：华东师范大学出版社，2009.
施蛰存. 施蛰存序跋. 南京：东南大学出版社，2003.
舒兰编. 五四时代的新诗作家和作品. 台北：成文出版社，1980.
舒婷、顾城. 舒婷、顾城抒情诗选（一九七一年—一九八一年）. 福州：福建人民出版社，1982.
孙玉石. 象征派诗选. 北京：人民文学出版社，1986.
唐晓渡编选. 在黎明的铜镜中：朦胧诗卷. 北京：北京师范大学出版社，1993.
陶潜. 法译陶潜诗选，梁宗岱译. 北京：外语教学与研究出版社，2003.
［瑞典］托马斯·特朗斯特罗姆. 特朗斯特罗姆诗全集，李笠译. 海口：南海出版公司，2001.
万夏、潇潇主编. 后朦胧诗全集·上、下卷. 成都：四川教育出版社，1993.
王国维. 人间词话. 南宁：广西人民出版社，2017.
王夫之评选. 明诗评选，陈新校点. 北京：文化艺术出版社，1997.
王小妮. 致另一个世界：王小妮诗选. 台北：秀威出版社，2013.
闻一多. 闻一多全集. 北京：生活·读书·新知三联书店，1982.

西川、海子. 海子诗全编. 上海：上海三联书店，1997.
谢冕. 中国新诗萃. 北京：人民文学出版社，1985.
辛笛等. 九叶集. 北京：作家出版社，2000.
徐玉诺. 将来之花园. 北京：商务印书馆，1922.
徐志摩. 徐志摩全集（第三卷）. 香港：商务印书馆，1983.
杨伯峻. 论语译注. 香港：中华书局香港分局，1984.
英国现代诗选，查良铮译. 长沙：湖南人民出版社，1985.
翟永明. 女人. 桂林：漓江出版社，1988.
张枣. 张枣的诗. 北京：人民文学出版社，2010.
张枣. 张枣随笔选. 北京：人民文学出版社，2012.
赵振开. 波动. 香港：香港中文大学出版社，1991.
朱湘. 朱湘诗集. 成都：四川文艺出版社，1987.
朱自清. 中国新文学大系·诗集. 上海：上海良友图书印刷公司，1935.

三、中文诗论及批评文集

张枣原著参考文献

[英] T. S. 艾略特. 传统与个人的才能，卞之琳译. 学文，1934（5）.
艾青. 诗论. 上海：新文艺出版社，1953.
柏桦. 左边：毛泽东时代的抒情诗人. 香港：牛津大学出版社，2001.
北明. 诗人黄翔. 思想的境界，1998（2）.
璧华、杨零编. 崛起的诗群——中国当代朦胧诗与诗论选集. 香港：当代文学研究社，1984.
卞之琳. 人与诗：忆旧说新. 北京：生活·读书·新知三联书店，1984.
陈东东. 词的变奏. 北京：东方出版中心，1997.
陈敬之. "新月"及其重要作家. 台北：成文出版社，1980.
陈明远. 忘年交：我与郭沫若、田汉的交往. 上海：学林出版社，1999.
陈思和. 鲁迅的骂人. 思想的境界，1999.
陈思和主编. 中国当代文学史教程. 上海：复旦大学出版社，1999.
邓辉麟. 新诗故事——诗集·诗论·诗人轶事. 广州：广东高等教育出版社，1986.
丁瑞根. 陆志韦《渡河》与新诗形式运动. 中国现代文学研究丛刊，1988（1）.
多多. 被埋葬的中国诗人（1972—1978）. 今天，1991（3）.
冯文炳（废名）. 谈新诗. 北京：人民文学出版社，1984.
冯至. 杜甫传. 北京：人民文学出版社，1952.

郭绍虞. 中国文学批评史. 上海：上海古籍出版社，1979.
何其芳. 关于写诗和读诗. 北京：作家出版社，1956.
洪子诚、刘登翰. 中国当代新诗史. 北京：人民文学出版社，1993.
老木编. 青年诗人谈诗. 北京：北京大学五四文学社，1985.
李广田. 诗的艺术. 上海：开明书店，1947.
李何林等. 中国新文学史研究. 北京：新建设杂志出版社，1951.
李怡. 中国现代新诗与古典诗歌传统. 重庆：西南师范大学出版社，1994.
李泽厚. 美的历程. 北京：文物出版社，1981.
李振声. 季节轮换. 上海：学林出版社，1996.
梁实秋. 浪漫的与古典的. 上海：新月书店，1927.
梁宗岱. 诗与真·诗与真二集. 北京：外国文学出版社，1984.
林明德、李丰楙、吕正惠等编. 中国新诗赏析（全三册）. 台北：长安出版社，1981.
林明德主编. 台湾现代诗经纬. 台北：联合出版社，2001.
林以亮. 林以亮诗话. 台北：洪范书店，1976.
刘烜. 闻一多评传. 北京：北京大学出版社，1983.
刘西渭（李健吾）. 咀华集. 广州：花城出版社，1984.
刘再复. 论文学的主体性. 文学评论，1986（1）.
郭念申. 大陆文革研究. 台北：中研研究院，1995.
骆寒超. 中国现代诗歌论. 南京：江苏人民出版社，1984.
罗青. 从徐志摩到余光中. 台北：尔雅出版社，1978.
洛夫、张默、痖弦主编. 中国现代诗论选. 高雄：大业书店，1969.
罗振亚. 中国现代主义诗歌流派史. 哈尔滨：北方文艺出版社，1993.
毛泽东. 毛泽东论文艺. 北京：人民文学出版社，1992.
欧阳江河. 站在虚构这边. 北京：生活·读书·新知三联书店，2001.
钱基博. 现代中国文学史. 长沙：岳麓书社，1986.
钱锺书. 谈艺录. 北京：中华书局，1984.
钱锺书. 管锥编（全五册）. 北京：中华书局，1991.
钱锺书. 旧文四篇. 上海：上海古籍出版社，1979.
钱锺书. 诗可以怨. 文学评论，1981（1）.
沈太慧、陈全荣、杨志杰编. 文艺论争集1979—1983. 郑州：黄河文艺出版社，1985.
施蛰存. 唐诗百话. 上海：华东师范大学出版社，1996.
司空图. 诗品，蔡其矫今译. 石家庄：河北人民出版社，1979.

司马长风. 中国新文学史（上下卷）. 香港：昭明出版社，1980.
舒兰编. 五四时代的新诗作家和作品. 台北：成文出版社，1980.
孙昌武. 禅思与诗情. 北京：中华书局，1997.
孙玉石.《野草》研究. 北京：北京大学出版社，1982.
孙玉石. 中国初期象征派诗歌研究. 北京：北京大学出版社，1983.
孙玉石. 中国现代主义诗潮史论. 北京：北京大学出版社，1999.
唐湜. 九叶诗人：中国新诗的中兴. 上海：上海教育出版社，2003.
唐晓渡. 中外现代诗名篇细读. 重庆：重庆出版社，1998.
王康. 闻一多传. 武汉：湖北人民出版社，1979.
王晓明. 无法直面的人生——鲁迅传. 上海：上海文艺出版社，1993.
王泽龙. 中国现代主义诗潮论. 武汉：华中师范大学出版社，1995.
吴奔星. 试论新月诗派. 文学评论，1980（2）.
吴晓东. 象征主义与中国现代文学. 合肥：安徽教育出版社，2000.
西川. 让蒙面人说话. 北京：东方出版中心，1997.
痖弦. 中国新诗研究. 台北：洪范书店，1981.
杨国荣. 心学之思：王阳明哲学的阐释. 北京：生活·读书·新知三联书店，1997.
杨鸿烈. 中国诗学大纲. 北京：商务印书馆，1928.
杨克主编. 中国新诗年鉴1999. 广州：广州出版社，2000.
杨匡汉、刘福春编. 中国现代诗论（上、下册）. 广州：花城出版社，1986.
杨允达. 李金发评传. 台北：幼狮文化事业公司，1986.
叶维廉. 中国诗学. 北京：生活·读书·新知三联书店，1992.
奚密. 现当代诗文录. 台北：联合文学出版社，1998.
游友基. 九叶诗派研究. 福州：福建教育出版社，1997.
余虹. 思与诗的对话：海德格尔诗学引论. 北京：中国社会科学出版社，1991.
于坚. 棕皮手记. 北京：东方出版中心，1997.
袁可嘉. 论新诗现代化. 北京：生活·读书·新知三联书店，1988.
臧克家、杜运燮、巫宁坤主编. 卞之琳与诗艺术. 石家庄：河北教育出版社，1990.
臧克家. 五四以来新诗发展的一个轮廓. 文艺学习，1955（2）.
曾小逸主编. 走向世界文学——中国现代作家与外国文学. 长沙：湖南人民出版社，1985.
翟永明. 纸上建筑. 北京：东方出版中心，1997.
张岱年. 宇宙与人生. 上海：上海文艺出版社，1999.

张宽. 试论冯至诗作的外来影响和民族传统. 文学评论, 1984 (4).
张曼仪. 卞之琳著译研究. 香港: 香港中文大学出版社, 1989.
赵景深. 诗艺管窥: 中国古典诗歌中的蒙太奇. 福州: 福建人民出版社, 1983.
赵毅衡. 村里的郭沫若: 读《红旗歌谣》. 今天, 1992 (2).
钟鸣. 徒步者随录. 北京: 东方出版中心, 1997.
周伯乃. 早期新诗的批评. 台北: 成文出版社, 1980.
周振甫. 诗词例话. 北京: 中国青年出版社, 1979.
朱光潜. 诗论新编. 台北: 洪范书店, 1982.
祝实明. 新诗的理论基础. 北京: 商务印书馆, 1947.
朱自清. 新诗杂话. 香港: 太平书局, 1965.

译者所用参考文献

[英] T.S. 艾略特. 传统与个人的才能, 卞之琳译. 学文, 1934 (5).
艾青. 艾青论创作. 上海: 上海文艺出版社, 1985.
柏桦. 左边: 毛泽东时代的抒情诗人. 香港: 牛津大学出版社, 2001.
北明. 诗人黄翔. 思想的境界, 1998 (2).
陈超. 非非作为群众运动. 声音, 1998 (3).
陈超. "X小组"和"太阳纵队": 三位前驱诗人郭世英、张鹤慈、张郎郎其人其诗. 当代作家评论, 2007 (6).
陈超. 贫乏中的自我再剥夺——先锋"流行诗"的反文化、反道德问题. 诗探索, 2005 (3).
陈超. 中国先锋诗歌论. 北京: 人民文学出版社, 2007.
陈村. 声音的战争——鲁迅的论争. 西北风, 1998 (8).
陈敬之. "新月"及其重要作家. 台北: 成文出版社, 1980.
陈明远. 忘年交: 我与郭沫若、田汉的交往. 上海: 学林出版社, 1999.
陈思和. 鲁迅的骂人. 思想的境界, 1999.
陈思和主编. 中国当代文学史教程. 上海: 复旦大学出版社, 1999.
陈子一. 波特莱尔的通感说. 象罔, 1994 (4).
[法] 程抱一. 美的五次沉思, 朱静译. 北京: 人民文学出版社, 2012.
戴望舒. 望舒诗论. 现代, 1932.
戴望舒.《西茉纳集》译者记. 现代, 1932 (9).
丁瑞根. 陆志韦《渡河》与新诗形式运动. 中国现代文学研究丛刊, 1988 (1).
冯文炳 (废名). 谈新诗. 北京: 人民文学出版社, 1984.
[德] 胡戈·弗里德里希. 现代诗歌的结构, 李双志译. 上海: 译林出版

社，2010.

龚国基．毛泽东与诗．北京：中国文联出版公司，1998.

［德］顾彬．预言家的终结：二十世纪的中国思想和中国诗，成川译．今天，1993（2）.

郭念申．大陆文革研究．台北：中研研究院，1995.

郭小川．诗歌向何处去?．处女地，1958（7）.

［德］海德格尔．海德格尔诗学文集，成穷、余虹、作虹译，唐有伯校．武汉：华中师范大学出版社，1992.

何多苓．忧伤的诗歌．成都：四川美术出版社，2006.

何小竹．我的相关生活．成都：四川人民出版社，2017.

蓝棣之．论卞之琳诗的脉络与潜在趋向．文学评论，1990（1）.

蓝马．非非主义第二号宣言．非非，1988（1）.

李金发、杜格灵．诗问答．文艺画报，1935（2）.

李金发．序林英强的《凄凉之街》．橄榄月刊，1933（8）.

［美］李欧梵．铁屋中的呐喊——鲁迅研究，尹慧珉译．长沙：岳麓书社，1999.

梁宗岱．诗与真·诗与真二集．北京：外国文学出版社，1984.

凌越．策兰：以自己的方式穿越黑暗时代．书城，2011（6）.

刘禾编．持灯的使者．桂林：广西师范大学出版社，2009.

刘钦伟．闻一多早期唯美主义述评．中国现代文学研究丛刊，1983（2）.

刘西渭（李健吾）．咀华集．广州：花城出版社，1984.

郭念申．大陆文革研究．台北：中研研究院，1995.

骆一禾．南方的氛围．象罔，1993（2）.

毛泽东．毛泽东论文艺．北京：人民文学出版社，1992.

穆木天．谭诗——寄沫若的一封信．创造月刊，1926（3）.

牟钟秀编．获奖短篇小说创作谈1978－1980．北京：文化艺术出版社，1982.

欧阳江河．89后国内诗歌写作：本土气质、中年特征与知识分子身份．今天，1993（3）.

欧阳江河．站在虚构这边．北京：生活·读书·新知三联书店，2001.

钱起．钱起诗文录．杭州：浙江教育出版社，1987.

施蛰存．又关于本刊中的诗．现代，1933.

司马长风．中国新文学史（上下卷）．香港：昭明出版社，1980.

宋琳．同人于野．今天，2013.

孙玉石．《野草》研究．北京：北京大学出版社，1982.

孙玉石. 中国初期象征派诗歌研究. 北京：北京大学出版社，1983.
孙作云. 论"现代派"诗. 清华周刊，1935（5）.
唐晓渡. 唐晓渡诗学论集. 北京：中国社会科学出版社，2001.
唐晓渡. 与沉默对刺——当代诗歌对话访谈录. 北京：北京大学出版社，2012.
王家平. "文革"时期主流诗歌理论体系的建构. 文学前沿，2008（2）.
王晓明. 无法直面的人生——鲁迅传. 上海：上海文艺出版社，1993.
韦素园. 晚道上——访俄诗人特列捷阔夫以后. 语丝，1925（2）.
魏育青. 里尔克. 北京：生活•读书•新知三联书店，1988.
闻一多. 闻一多论新诗. 武汉：武汉大学出版社，1985.
奚密. 现当代诗文录. 台北：联合文学出版社，1998.
肖开愚. 抑制、减速、放弃的中年时期. 大河，1990（1）.
熊佛西. 悼闻一多先生——诗人•学者•民主的鼓手. 文艺复兴，1946（1）.
许芥昱. 新诗的开路人——闻一多，卓以玉译. 香港：波文书局，1982.
徐敬亚、孟浪、曹长青、吕贵品编. 中国现代主义诗群大观1986—1988. 上海：同济大学出版社，1988.
徐友渔编. 1966：我们那一代的回忆. 北京：中国文联出版社，1998.
杨黎. 非非之我见. 非非，1988（2）.
于坚. 诗歌之舌的硬与软：关于当代诗歌的两类语言向度. 诗探索，1998（1）.
袁可嘉. 新诗戏剧化. 诗创造，1948（6）.
臧克家. 五四以来新诗发展的一个轮廓. 文艺学习，1955（2）.
翟永明. 纸上建筑. 北京：东方出版中心，1997.
张岱年. 宇宙与人生. 上海：上海文艺出版社，1999.
章明. 令人气闷的"朦胧". 诗刊，1980（8）.
赵毅衡. 村里的郭沫若：读《红旗歌谣》. 今天，1992（2）.
钟鸣. 秋天的戏剧. 上海：学林出版社，2002.
钟鸣. 失去的好世界. 南方诗志，1994（3）.
周无. 法兰西近世文学的趋势. 少年中国，1922（4）.
周伦佑. 红色写作. 非非，1992（9）.

四、西文诗集及作品选集

Acton, Herold and Ch'en Shih-hisang: *Modern Chinese Poetry*, New York: Gorden Press, 1975.
Auden, W. H., *Collected Poems*, New York: Random House, 1979.

Auden, W. H., *Selected Poems*, London: Faber and Faber, 1963.
Baudelaire, Charles (Übers. von Carl Fischer [zweisprachig]), *Fleur du Mal* (*Die Blumen des Bösen*), München: Winkler Verlag, 1979.
Baudelaire, Charles (Hrsg.: Fiedhelm Kemp und Claude Pichois), *Charles Baudelaier: Sämtliche Werke / Briefe* (in acht Bänden), München: Carl Hanser Verlag, 1986.
Bei Dao (Übers. von W. Kubin), *Bei Dao: Notizen vom Sonnenstaat, Gedichte*, München: Hanser, 1991.
Bei Dao (trans. by Bonnie Mcdougall and ChenMaiping), *Old Snow*, London: Anvil Press Poetry, 1992.
Bei Dao (Übers. von W. Kubin), *Bei Dao, Post Bellum*, München: Carl Hanser Verlag, 2001.
Birch, Cyril (Hrsg.), *Anthology of Chinese Literature*. Vol. 2, From Fourteenth Century to the Present Day, New York: Grove, 1972.
Duke, Michael S. (Hrsg. u. Übers.), *Contemporary Chinese Literature: An Anthology of Post-Mao Fiction and Poetry*. Armonk, N. Y., and London: M. E. Sharpe, 1985.
Duo Duo (Hrsg. von Peter Hoffmann), *Wegstrecken*, Dortmund: Projekt Verlag, 1994.
Duo Duo (Hrsg. und Übers. von Gregory Lee and John Cayley), *Looking Out from Death: From the Cultural Revolution to Tiananmen Square*, London: Blommbury, 1989.
Eichendorf, Joseph, *Joseph Freiherr von Eichendorf, Ausgewählte Werke*, Köln, 1984.
Eliot, T. S., *The Complete Poems and Plays 1909—1950*, New York: Harcourt, Brace, 1952.
Feng Zhi (Übers. mit Vorwort von W. Kubin), *Die Sonette des Feng Zhi*, Bonn: Inter Nationes, 1987.
Göller, Karl Heinz (Hrsg.), *Die englische Lyrik*, Bd. 2, Düsseldorf: August Bagel Verlag, 1968.
Gu Cheng (Hrsg. und Übers. von Peter Hoffmann), *Quecksiber und andere Gedichte*, Bochum: Brockmeyer, 1990.
Gu Cheng (Hrsg. von Sean Golden und Chu Chiyu), *Selected Poems*, Hong Kong: Chinese University of Hong Kong Press, 1990.
Hawkes, David (Übers.) *The Song of South: An Anthology of Ancient Chinese Poems by Qu Yuan and Other Poets*, New York: Penguin, 1985.
Hieatt / Park (Hrsg.): *The College Anthology of British and American Po-*

etry, Boston: Allyn and Bacon, 1972.

Hölderlin, Friedrich (Hrsg. u. Komm. von Jochen Schmidt), *Gedichte*, Frankfurt: Insel Verlag, 1984.

Hsu, Kai-Yu, in: *Twentieth Century Chinese Poetry: An Anthology*, Ithaca: Cornell University Press, 1970.

Ing. Nancy (Hrsg. und Übers.), *New Voices: Stories and Poems by Young Chinese Writers*, San Franciso: Chinese Materials Center, 1980.

Keats, John (Hrsg. von Gerald Bullett), *Poems*, London: Everyman's Library, 1974.

Link, Perry (Hrsg.), *Stubben Weeds: Popuar and Controversial Chinese Literature after the Cultural Revolution*, Bloomington: Indiana University Press, 1983.

Liu, Wu-chi, and Irving Yucheng Lo (Hrsg.), *Sunflower Splendor: Three Thousand Years of Chinese Poetry*, Garden City, N. Y.: Anchor, 1975.

Lu Xun (Hrsg. von Wolfgang Kubin), *Lu Xun, Werke in sechs Bänden*, Zürich: Unionsverlag, 1994.

Mallarmé, Stéphane (Übers. von Carl Fischer), *Sämtliche Gedichte*, Heidelberg: Lambert Schneider, 1974.

Mandelstam, Ossip (Hrsg. von Fritz Mierau), *Ossip Mandelstam, Gedichte*, Leipzig: Reclam, 1993.

McDougall, Bonnie S. (Übers.), *Bei Dao: The August Sleepwalker*, London: Anvil Press, 1989.

McDougall, Bonnie S. (Übers.), *Paths in Dreams: Selected Prose and Poetry of Ho Ch'i-fang*, St. Lucia, Queenland: University of Queenland Press, 1976.

Nieh Hualing (Hrsg.), *Literature of the Hundred Flowers*, Vol. 2, Poetry and Fiction, New York: Colombia University Press, 1981.

Payne, Robert (Hrsg.), *Contemporary Chinese Poetry*, London: Routledge, 1947.

Rilke, R. M., *Die Aufzeichnungen des Malte Laurids Brigge*, Frankfurt: Insel Taschenbuch, 1982.

Rilke, R. M, *Die Gedichte*, Frankfurt: Insel Verlag, 1957.

Rilke, R. M., *Duineser Elegien und die Sonette an Orpheus*, Frankfurt: Suhrkamp, 1974.

Siu, Helen F. und Zelda Stern (Hrsg.), *Mao's Harvest: Voices from China's New Generation*, New York and Oxford: Oxford University

Press, 1983.
Soong, Stephen C. , John Minford (Hrsg.), *Trees on the Mountain: An Anthology of New Chinese Writing*, Hong Kong: Chinese University of Hong Kong Press, 1984.
Tranströmer, Tomas, *Sämtliche Gedichte*, München: Hansa, 1997.
Valéry, Paul (Hrsg. von Whiting, G. Charles), *Paul Valéry, Charmes ou Poèmes*, London: University of London / The Althlone Press, 1973.
Valéry, Paul (Hrsg. von Jürgen Schmidt-Radefeldt), *Paul Valéry: Werke*.
WenYiduo (Hrsg. und Übers. von Peter Hoffmann), *Wen Yiduos "Totes Wasser". Eine literarische Übersetzung*, Bochum: Brockmeyer, 1992 (China Themen, Bd. 67).
WenYiduo (Übers. von Peter Hoffmann und dem Tübinger Arbeitskreis Chinesische Literatur), *Das Herz, es ist ein Hunger*, Bochum: Projekt Verlag, 2000.
WenYiduo (Übers. von Peter Hoffmann und dem Tübinger Arbeitskreis Chinesische Literatur), *Tanz in Fesseln-Essays, Reden, Briefe*, Bochum: Projekt Verlag, 2000.
Wolfgang Kubin (Übers. / Hrsg.), *Nachrichten aus der Hauptstadt der Sonne: Moderne Chinesische Lyrik 1919—1984*, Frankfurt: Suhrkamp, 1985.
Yip, Wai-lim (Hrsg. u. Übers.), *Chinese Poetry: Major Modes and Genres*, New York: Grossman, 1972.
Yu Kwang-chung (Hrsg. u. Übers.), *New Chinese Poetry*, Taipei: Hertage, 1960.
Zhang Zao (Übers. von W. Kubin), *Briefe aus der Zeit*, Chinesisch und Deutsch, Eisingen: Heiderhoff Verlag, 1999.

五、西文诗论及批评文集

Abrams, M. H. (Hrsg.), *English Romantic Poets: Modern Essays in Criticism*, New York and Oxford: Oxford University Press, 1975.
Adorno, Th. W. , "Rede über Lyrik und Gesellschaft", in: *Gesammelte Schriften*, Bd. 11, Frankfurt / M, 1974. S. 49—68.
Anderson, David (Hrsg.), *Symbolism. A Bibliography of Symbolism as an International and Multi-Disciplinary Movement*, New York: New York University Press, 1975.
Allemann, Beda (Hrsg.), *Ars Poetica. Texte von Dichtern des* 20.

Jahrhunderts zur Poetik, Darmstadt, 1966.

Arendt, Hannah, *Walter Benjamin / Bertolt Brecht: Zwei Essays*, München: Hansa, 1971.

Bachelard, Gaston, *La Psychanalyse du feu*, Paris: Garllimard, 1938; L'Air et les Songes, Paris: Corti, 1943.

Baumartner, Thomas, "Sehnsucht nach dem früheren Leben. Gedichte von Hai Zi", in: *Orientierung* 1/95, S. 40—44.

Balakian, Anna, *The Symbolist Movement: A Critical Appraisal*, New York 1967.

Benjamin, Walter: *Charles Baudelaire, Ein Lyriker im Zeitalter des Hochkapitalismus*, Frankfurt 1974.

Benn, Gottfried, "Problem der Lyrik", in: *Gesammelte Werke*, (4 Bde.), Bd. 1, Wiesbaden, 1965, S. 494—532.

Bian Zhilin, "The Development of China's 'New Poetry' and the influence from the West", in: CLEAR (Chinese Literature Essays Articles Reviews), Vol. 4, No. 1. Jan. 1982, S. 152—157.

Birch, Cyril, "Hsü Chih-mo's Debt to Thomas Hardy." in: *Tamkang Review 8*, No. 1 (April 1977), S. 1—24.

Bonner, Joey, *Wang Guo-wei: An Intellectual Biography*, Cambridge: Harvard University Press, 1986.

Borchmeyer, Dieter (Hrsg.), *Poetik und Gesellschaft*, Tübingen: Max Niemeyer, 1989.

Bowra, C. M., *The Romantic Inspiration*, Oxford University Press, 1963.

Bradbury, Malcolm (Hrsg.), *Modernism 1890—1930*, New York: Penguin, 1976.

Brittnacher, Hans Richard, Porombka, Stephan und Störmer, Fabian (Hrsg.), *Poetk der Krise, Rilkes Rettung der Dinge in den 'Weltinnenraum'*, Würzburg: Königshausen & Neumann, 2000.

Buchner, Carl H. und Köhn, Eckhardt, *Herausforderung der Moderne-Annäherungen an Paul Valéry*, Frankfurt: Fischer 1991.

Brooks, Cleanth, *The Well-Wrought Urn: Studies in the Structure of Poetry*, New York: Harcourt Brace, 1947.

Cassirer, Ernst, *Philosophie der symbolischen Formen. Erster Teil: Die Sprache*, Darmstadt, 1964.

Cavanagh, Clear, *Osip Mandelstam and the Modernist Creation of Tradition*, Princeton: Princeton University Press, 1994.

Caws, Mary Ann, *René Char*, Boston, Twayne Publishers, 1977.

Chaves, Jonathan, "The Expression of Self in the Kung-an School: Non-Romantic Individualism", in: *Expressions of Self in Chinese Literature*, (Hrsg. von Robert E. Hegel and Richard C. Hessney, New York: Colombia University Press, 1985, S. 123—150.

Chen Shih-hsiang, "Metaphor and Conscious in Chinese Poetry under Communism", in: Cyril Birch (Hrsg.): *Chinese Communist Literature*, New York and London: Frederik A. Praeger, 1963, S. 39—59.

Cheung, Dominic, *Feng Chih*, Boston: Twayne, 1979.

Chou Shan, "Allusion and Perophrasis als Modes of Poetry in Tu Fu's 'Eight Laments' ", in: *Harvard Journal of Asiatic Studies* 45, No. 1 (1985), S. 77—128.

Chow Tse-tong, *The May Fourth Movement: Intellectual Revolution in Modern China*, Cambridge: Harvard University Press, 1960.

Davis, A. R., "China's Entry into World Literature", in: *Journal of the Oriental Studies of Australia* (December 1967), S. 43—50.

Deborn, Günter, *Chinese Dichtung: Geschichte, Struktur, Theorie*, Leiden: E. J. Brill, 1989.

Deborn, Günter / Hsia, Adrian (Hrsg.): *China und Goethe-Goethe und China*, Berichte des Heidelberger Symposiums, Bern, Frankfurt: Peter Lang, 1985.

Deeney, John J.: *Chinese Western Comparative Literature. Theory and Strategy*, Hongkong: The Chinese University Press.

Doherty, Justin, *The Acmeist Movement in Russian Poetry-Culture and the Word*, Oxford: Clarendon Press, 1995.

Duke, Michael S., *Blooming and Contending: Chinese Literature in the Post-Mao Era*, Bloomington: Indiana University Press, 1985.

Eliot, T. S., *On Poetry and Poets*, London: Faber and Faber, 1979.

Eliot, T. S., *Collected Essays*, London: Faber and Faber, 1969.

Ellman, Maud, *The Poetics of Impersonality: T. S. Eliot and Ezra Pound*, Cambridge: Harvard University Press, 1987.

Faure, Bernard, *Chan Insights and Oversights: An Epistemological Critique of the Chan Tradition*, Princeton: Princeton University

Press, 1993.
Frank, Robert (Hrsg.), *The Line in Postmodern Poetry*, Urbana and Chicago: University of Illinois Press, 1988.
Friedrich, Hugo, *Die Struktur der modernen Lyrik*, Reibek b. Hamburg: Rowohlt, 1970.
Galik, Marian (Übers. von Peter Tkac), *The Genesis of Modern Chinese Literary Criticism 1917—1930*, London: Curzon Press, 1980.
Galik, Marian, *Milestones in Sino-Western Literary Confrontation (1898—1979)*, Wiesbaden: Otto Harras-sowitz, 1986.
Gnüg, Hiltrud, *Entstehung und Krise Lyrischer Subjektivität: Vom Klassischen lyrischen Ich zur modernen Erfahrungswirklichkeit*, Stuttgart: Metzler, 1983.
Goldman, Merle, *Literary Dissent in Communist China*, New York: Atheneum, 1971.
Goth, Maja, *Rilke und Valéry-Aspekte ihrer Poetik*, Bern und München: Francke Verlag, 1981.
Grimm, Reinhold (Hrsg.), *Zur Lyrik-Diskussion*, Darmstadt, 1966.
Gunn, Edward M., *Unwelcome Muse: Chinese Literature in Shanghai and Peking 1937—1945*, New York: Colombia University Press, 1980.
Haft, Lloyd, Pian Chih-Lin, *A Study in Modern Chinese Poetry*, Dordrecht-Holland / Cinnaminson-U. S. A., 1983, S. 41—42.
Haft, Lloyd (Hrsg.), *A Selective Guide to Chinese Literature 1900—1949: Vol 3: The Poem*, Leiden: E. J. Brill, 1989.
Hamburger, Käte (Hrsg.), *Rilke in neuer Sicht*, Stuttgart 1971.
Hamburger, Michael, *Die Dialektik der Modernen Lyrik*. München: Paul List Verlag, 1972.
Hamburger, Michael, *The Truth of Poetry: tension in modern poetry from Baudelaire to the 1960*, London: Methuen, 1982.
Harold Bloom, *The Anxiety of Influence: A Theory of Poetry*, New York: Oxford University Press, 1997.
Heetfeld, Ulrike, *Das "Moi pur" in den Cahiers Paul Valérys: Untersuchungen zu einem philosophischen Experiment*, Frankfurt: Haag und Herchen, 1986.
Hempel, Hans-Peter, *Heidegger und Zen*, Frankfurt: Athenäum, 1987.

Hessenberger, Ernst, *Metapoesie und Metasprache in der Lyrik von W. B. Yeats und T. S. Eliot*, Passau: Andreas-Haller-Verlag, 1986.

Hinck, Walter, " 'Wörter mein Fallschirm' -Zum Selbstverständnis der Lyriker in poetologischen Gedichten unseres Jahrhunderts", in: Borchmeyer, Dieter (Hrsg.), *Poetik und Gesellschaft*, Tübingen: Max Niemeyer, 1989.

Hoffmann, Paul, *Symbolismus*, München: Wilhelm Fink Verlag, 1897.

Hoffmann, Peter (Übers.), *Was hat uns das Exil gebracht? Ein Gespräch zwischen Gao Xingjian und Yang Lian über chinesische Literatur*, DAAD Berliner Künstprogramm, 2001.

Holden, Jonathan, *Style and Authenticity in Postmodern Poetry*, Colombia: University of Missouri Press, 1986.

Hisa Tsi-an, *The Gate of Darkness: Studies on the Leftist Literary Movement in China*, Seattle: University of Waschington Press, 1968.

Hsu Kai-Yu, *Wen I-To*, Boston: Twayne Publishers, 1980.

Ives, Chiristopher (Hrsg.), *Divine Emptiness and Historical Fullness-A Buddhist-Jewish-Christian Conversation with Masao Abe*, Valley Forge, Pennsylvania: Trinity Press International, 1995.

Kaplan, Harry Allen (Dissertation), *The Symbolist Movement in Modern Chinese Poetry*, Harvard University, 1983.

Kemp, Friedhelm, *Dichtung als Sprache: Wandlungen der modernen Poesie*, München 1965.

Kubin, Wolfgang, "Werther und das Ende der Innerlichkeit", in: Günter Debon / Adrian Hsia (Hrsg.): *China und Goethe-Goethe und China, Berichte des Heidelberger Symposiums*, Bern, Frankfurt: Peter Lang, 1985.

Larson, Wendy / Wedell-Wedellsborg, Anne (Hrsg.): *Inside Out, Modernism and Postmodernism in Chinese Literary Culture*, Aarhus University Press, 1993.

Lee, Gregory, *Dai Wangshu: The Life and Poetry of a Chinese Modernist*, Hong Kong: Chinese university of Hong Kong Press, 1989.

Lee, Leo Ou-fan, *Voices from the Iron House*, Bloomington: Indiana University Press, 1987.

Lee, Leo Ou-fan, *The Romantic Generation of Chinese Writers*, Cambridge: Harvard University Press, 1974.

Lee, Leo Ou-fan, "Literary Trends I.: The Quest for Modernity, 1895—1927", in: The Cambridge History of China (Hrsg. von John K. Fairbank), Vol. 12, Cambridge, 1983.

Lee, Leo Ou-fan, "Modernism in Modern Chinese Literature: A Study (somewhat comparative) in Literary History", in: Tamkang Review 10. No. 3, 4, S. 281—307.

Lermen, Brigit H., Matthias Loewen, Lyrik aus der DDR, UTB (1470), Paderborn; München; Wien; Zürich: Schöningh, 1987.

Lin, Julia, Modern Chinese Poetry: An Introduction, Seattle and London: University of Washington Press, 1972.

Lin, Julia, Essays on Contemporary Chinese Poetry, Athens, Ohio: Ohio University Press, 1985.

Liu, David Jason, "Chinese 'Symbolist' Verse in the 1920: Li Jin-fa and Mu Mu-tian", in: Tamkang Review 12, No. 1 (Fall 1981), S. 27—54.

Liu, James, Chinese Theories of Literature, Chicago, 1975.

Liu, James, Language-Paradox-Poetics: A Chinese Perspective, Princeton: Princeton University Press, 1988.

Liu, James, The Art of Chinese Poetry, Chicago: University of Chicago Press, 1962.

Loi, Michelle, Roseaux sur le mur: les poétes occidentalistes chinois, 1919—1949, Paris: Gallimard, 1971.

Loi, Michelle, Poétes Chinois d'écoles francaises: Dai Wangshu, Li Jinfa, Wang Duqing, Mu Mutian, Ai Qing, Luo Dagang, Paris 1980.

Mayer, Hans, "Sprechen und Verstummen der Dichter", in: Die Deutsche Sprache im 20. Jahrhundert. Mit Beiträgen von G. Patzig u. a., Göttingen 1966.

McDougall, Bonnie S., "Bei Dao's Poetry: Revelation and Communication", in: Modern Chinese Literature 1, No. 2 (Spring 1985), S. 225—249.

Meister, Ulrich, Sprache und lyrisches Ich: zur Phänomenologie des Dichterischen bei Gottfried Benn, Berlin: E. Schmidt, 1983.

Motekat, Helmut, Experiment und Tradition: Vom Wesen der Dichtung in 20. Jahrhundert, Frankfurt / Bonn 1962.

Motsch, Monika, *Mit Bambusrohr und Ahle-von Qian Zhongshus Guanzhuibian zu einer neuen Betrachtung Du Fus*, Frankfurt: Peter Lang, 1992.

Oppert, Kurt, "Das Dinggedicht. Eine Kunstform bei Mörik, Meyer und Rilke", in: *DVLG*, IV (1926), S. 747—783.

Owen, Stephen, *The Great Age of Chinese Poetry: The High Tang*, New Haven: Yale University Press, 1981.

Owen, Stephan, *Remembrances: The Expression of the Past in Classical Chinese Literature*, Cambridge: Harvard University Press, 1986.

Pabst, Walter, *Französische Lyrik des 20. Jahrhunderts: Theorie und Dichtung der Avantgarden*, Berlin: E. Schmidt, 1983.

Pallard, David E., *A Chinese Look on Literature: The Literary Values of Chou Tso-jen in Relation to the Tradition*, Berkeley and Los Angeles: University of California Press, 1981.

Patridge, A., *The language of Modern Poetry. Yeats, Eliot, Auden*, London: Andre Deutsch, 1976.

Payne, Michael, *Reading Theory-An Introduction to Lacan, Derrida and Kristeva*, Oxford: Blackwell, 1993.

Pestalozzi, K., *Die Entstehung des lyrischen Ich: Studien zum Motiv der Erhebung in der Lyrik*, Berlin, 1970.

Przybylski, Ryszard (Übers. von Madeline G. Levine), *An Essay on the Poetry of Osip Mandelstam: God's Grateful Guest*, Ann Arbor: Ardis, 1987.

Prusek, Jaroslav, *The Lyrical and the Epic: Studies of Modern Chinese Literature*, Bloomington: Indiana University Press, 1980.

Prusek, Jaroslav (Hrsg.), *Studies in Modern Chinese Literature*, Berlin: Akademie Verlag, 1964.

Rinner, Fridrun, *Modelbildungen im Symbolismus*, Heidelberg: Carl Winter Universitätsverlag, 1989.

Rosenkranz, Karl, *Ästhetik des Häßlichen*, Stuttgart: Friedrich Frommann, 1968.

Rylance, Rick (Hrsg.), *Debatting Texts-A Reader in Twentieth-Century Literary and Method*, Buckingham: Open University Press, 1992.

Schwarz, Ernst, Konfuzius, *Gespräche des Meister Kung*, München:

dtv, 1985.

Schwarz, Vera, *The Chinese Enlightment: Intellectuals and the Legacy of the May Fourth Movement of 1919*, Berkeley: University of California Press, 1986.

Sorg, Bernhard, *Das Lyrische Ich: Untersuchungen zu deutschen Gedichten von Gryphius bis Benn*, Tübingen: 1984.

Stamelman, Richard, *Lost beyond Telling-Representations of Death and Absence in Modern French Poetry*, Ithaca and London: Cornell University Press, 1990.

Stevens, Adrian; Wagner, Fred (Hrsg.), *Rilke und die Moderne: Londoner Symposium*, München: Ludicium, 2000.

Suzuki, D. T., *Essays in Zen Buddhism* (First Series), London: Rider and Company, 1970.

Tauman, A. Jane, *A Life through Poetry: Marina Tsvetaeva's Lyric Diary*, Columbus: Slavica Publishers: Inc., 1989.

Vigee, Claude, "Metamorphoses of Modern Poetry", in: *Comparative Literature* 5 (Spring) /1955, S. 97—99.

Voswinckel, Klaus, *Paul Celan: Verweigerte Poetisierung der Welt*, Heidelberg: Lothar Stiehm, 1974.

Waley, Arthur D., *The Poetry and Career of Li Po*, London: George Allen and Unwin, 1979.

Wang, Ching-hsien, *From Ritual to Allegory: Seven Essays in Chinese Poetry*, Hong Kong: University of Hong Kong Press, 1988.

Weber, Gerhard, *Novalis und Valery, Ver-Dichtung des Ich 1800 / 1900*, Bonn: Bouvier, 1992.

Yang, Vincent, "From French Symbolism to Chinese Symbolism: A Literary Influence", in: *Tamkang Review 17*, No. 3 (Spring 1987), S. 221—244.

Yeh, Michelle, "Metaphor and Bi: Western and Chinese Poetics", in: *Comparative Literature*, University of Oregon, Eugene, Vol. 36, 1987, S. 237—254.

Yeh, Michelle, *Modern Chinese Poetry: Theory and Practice since 1917*, New Haven: Yale University Press, 1991.

Yip, Wai-lim, "Crisis Poetry: An Introduction to Yang Lian, Jiang He, and Misty Poetry", in: *Renditions* (Spring 1985), S. 120—130.

Yip, Wai-lim, "The Pai-hua and Modern Chinese Poetry", in: *Tamkang Review* No. 1 (April 1970).

Yip, Wai-lim, *Ezra Pound's Cathy*, Princeton: Princeton University Press, 1969.

Yu, Pauline, "Alienation Effects: Comparative Literature and the Chinese Tradition", in: *Comparative Literature* 2/1979.

Yu, Pauline, "Chinese and Symbolist Poetic Theories", in: *Comparative Literature* 4/1987, S. 34.

Yu, Pauline, "The Poetry of Discontinuity: East-West Correspondences in Lyric Poetry", in: *PMLA* 94, No. 2 (March 1979), S. 261—274.

Yu, Pauline, *The Poetry of Wang Wie: New Translations and Commentary*, Bloomington: Indiana University Press, 1980.

Yu, Pauline, *The Reading of Imagery in the Chinese Poetic Tradition*, Princeton, N. J.: Princeton University Press, 1987.

Zhang Longxi, *The Tao and the Logos-Literary Hermeneutics, East and West*, Durham and London: Duke University Press, 1992.

〈译后记〉

以"元诗"意义上的"抒情我"为中心的张枣诗学

亚思明

长期以来,张枣的诗名掩盖了他的学者身份,以至于人们几乎忘记了隐藏在这个"新的帝国汉语"① 发明者背后的建构理论和重写文学史的野心。但创作与批评在张枣作品中从来都是不拘形式地如影随形:他的诗歌写作就是在同语言发生本体追问关系,正如他的学术论著也是自身审美艺术的再现。他一生都在同时借助感官和思考追求诗意,所钟情的评论文章也是价值判断与文学趣味兼具。因此并不奇怪,他对文学史上一直颇受冷遇的梁宗岱评价甚高。从某种意义上来说,张枣正是梁宗岱"作者诗学"的追随者。所谓"作者诗学",是与"作品诗学""读者诗学"相比,更为强调文学的不确定性本质,重视创造,呼唤情感想象、直觉感悟等与科学原理相对的人性精神的诗学②。具体到梁宗岱,张枣写道:

> 从一开始,梁就不把诗学文章当作严格意义上的理论著述来写,更不会是罗马语言文学的研究成果。这些论文其实

---

① 张枣自称,从开始写作起,他就"梦想发明一种自己的汉语,一个语言的梦想,一个新的帝国汉语",而"这种发明不一定要依赖一个地方性,因为母语不在过去,不在现在,而是在未来。所以它必须包含一种冒险,知道汉语真正的边界在哪里"。参见张枣、颜炼军《"甜"——与诗人张枣一席谈》,见宋琳、柏桦编《亲爱的张枣》,江苏文艺出版社2010年版,第208页。

② 参见张文初《作者诗学的崛起:必然与应然》,《理论与创作》2006年第6期。

更像是一位诗歌写者的文学评论。这是一种"作者诗学",正如瓦雷里在阐述他人作品的时候,其主要的兴趣点倒不在于学理判定,而是以此来反观自己的创作,做出自我反省。梁的具体目标,就是通过辨析欧洲现代派的最新进展来启迪他自己和诗友们的思考,为诗歌写作探索新的道路和前景。重要的是,他是站在瓦雷里的诗学地平线上,考察象征主义的"我"与世界、形式和内容之间的关系,阐明"纯诗"、宇宙的崇高、灵光与思想,而在此之前,首先要做的是探究实验与传统的相互作用,这关乎中国新诗的未来发展格局,可惜迄今并未受到应有的重视。①

在此,张枣指明"作者诗学"是一种凸显个人才能,透过他人作品之镜来审视自身创作问题的诗学,其中,读者和作者的身份是相互转化的。张枣认为:"文学史是个人才能缔造的,中国1917年以来在诗领域呈现的个人才能,都是美学和生存意义上现代主义写作的实践者,也是从这个趣味来判断。"②

一、不同历史时期的"抒情我"的形象

正是沿着现代主义写作这条线索,张枣取消派别分类,按照时间顺序,将"新文化运动"以来,直至1949年前的四代白话诗人视为新诗现代性的共同探索者,"他们目标一致地探寻着合适的方式,来表达一种变化了的、前所未知的主体性"③。这种新的主体性以其消极性、反叛精神和强烈的毁灭激情有别于中国文学的古典性传统,在很大程度上落入西方现代派的诗学范畴。按照胡戈·弗里德里希

---

① 参见本书第四章。
② 张枣:《文学史……现代性……秋夜》,见颜炼军编选《张枣随笔选》,人民文学出版社2012年版,第198页。
③ 参见本书第一章。

(Hugo Friedrich)《现代诗歌的结构》①，以及米歇尔·汉伯格（Michael Hamburger）《诗的真相》②里的说法，这些范畴包括：虚无主义、不谐和音、反常性、空性超越、丑陋的美学、语言魔术、自我同一性的缺失、梦境结构，等等。中国关于现代主义写作范式的有效尝试在1920年代中期达到了高潮，以鲁迅《野草》和李金发的诗集为代表。在他们笔下，生命是一种诅咒、一个陷阱，个体因生存或毁灭的双向要求被拖来拽去。作者似乎是以一种波德莱尔的矛盾修辞法来展现"抒情我"的消极主体性，如："废弛的地狱边沿的惨白色小花"③，或"生命便是/死神唇边/的笑"④。也是从这个意义上，张枣对《野草》进行了全新的解读，认为它是第一代白话诗人追寻现代性的代表性例证，其中存在的语言反思和批判立场使得鲁迅不仅仅是现代中国的小说艺术之父，同时还可被称作新诗现代性的真正的奠基人⑤。

反思性和批判性是审美现代性的基本属性，对此，阿多诺有一个经典的悖论表述：艺术要成为社会的，就必须站在社会的对立面⑥。根据弗雷东·林纳（Fridrun Rinner）建模分析的结果，现代诗人就行为模式而言，一个共同的特征就是"纯局外人"。他们整体上与社会格格不入，不同的只是细微的程度差别："波希米亚人、花花公子、'零余人'、'现代恶魔诗人'，或者以贵族自居，扮演的是一个预言家

---

① Hugo Friedrich, *Die Struktur der modernen Lyrik*, Reibek b. Hamburg: Rowohlt, 1970. 汉译参见［德］胡戈·弗里德里希《现代诗歌的结构》，李双志译，译林出版社2010年版。
② Michael Hamburger, *The Truth of Poetry: tension in modern poetry from Baudelaire to the 1960*, London: Methuen, 1982.
③ 鲁迅：《〈野草〉英文译本序》，《鲁迅全集》（第四卷），香港文学研究社1973年版，第281页。
④ 李金发：《有感》，《为幸福而歌》，商务印书馆1926年版，第107页。
⑤ 参见本书第二章。
⑥ T. W. Adorno, *Aesthetic Theory*, London: Rouledge&Kegan Paul, 1984, p. 321.

或者通灵者的角色。"① 这种格格不入主要是内心的叛逆和孤傲，通常也体现在艺术家独具一格和惊世骇俗的外表。这在被胡适称为"不可教训的个人主义者"的"新月派"诗人那里表现得极为明显——例如其理论代言人闻一多。不同于以往的研究，张枣注意到闻一多在"民主斗士"和"爱国主义诗人"称号之下鲜为人知的"现代恶魔诗人"（Poète Maudit）的一面，将之作为第二代白话诗人的典型范例，充分挖掘了这种悖论，认为他最好的诗在主题上包含了高度自觉的精神困境以及语言克服的努力。价值观的二重性对于闻一多而言是不可调和的矛盾，却成为他创作的源泉。生活和写作对他来说是既对立又统一的一个整体，恰恰是这一点造就了闻一多的"抒情我"的独特魅力，构成了他独一无二的诗的现代性②。

第三代诗人，即在20世纪30年代及抗日战争时期写诗的一代，将中国新诗的现代主义推向了一个黄金时代。他们尝试着在个性化与社会化之间达成一种微妙的妥协。在这一方面，不难发现他们的作品有一个突出的特点：通过面具的使用来完成主体性的位移和物化。上述技法常见于艾略特、里尔克和瓦雷里的作品，而对于中国诗人来说更多的是出于审美的需要。当内心的天平在艺术追求与社会参与的取舍之间相持不下，他们用这种方法来摆平道德冲突，获得心理慰藉。张枣以下之琳作品为例，剖析诗中的"抒情我"为何极少以同样的身份重新登场，而是被分配给无足轻重的不同角色，或是戴着形形色色的面具出现，如：游客、裁缝，或者路边的商贩。有时，诸如在短诗《断章》中，"我"是隐身的，就像唐诗中那样，但闻其声，不见其身，由此而获得了一种置身事外的立场。此外，第三代诗人与他们的自身传统之间已经发展出了一种新型的创造性的关系，他们的写作实

---

① Fridrun Rinner, *Modellbildungen im Symbolismus*, Heidelberg: Carl Winter Universitätsverlag, 1989, S. 239—240.
② 参见本书第三章。

践总是围绕着一个设问：如何在一种非个人化、以客观性来凸显现代性的诗中，不是仅仅蹈袭西方，而是能够葆有其"中国性"①？

同样的，对传统价值理念的重新发现也为第四代诗人所发扬和延续，并试图建立一种新型的现代主义。他们越来越反感西方象征主义者的消极、虚无和宿命论，开始偏离自波德莱尔以来的"纯粹"或"绝对"之诗的信仰，从20世纪现代主义的个人主义前提中抽身出来。在他们看来，走过了风云变幻却不乏希望的40年代，社会责任和历史意识已经深植心中，而诗学内部自成一体的象征系统和韵律结构应该与之相得益彰。由此，他们扭转了过去几十年里中国现代主义的狭隘的唯美主义，而导向一种新式的、开放的世界观，走"现实、象征与玄思"相结合的道路，就像袁可嘉在《新诗戏剧化》中所指出的那样②。"抒情我"显得更为精练和纯化，并最终相信现代白话汉语是演绎现代中国主体性的适宜的媒介。

然而，这种前途远大的对于新的主体性的真实表达的探寻在1949年后突然中断。由于缺乏像马拉美或曼德尔施塔姆那样，将语言本体视为终极现实，甘于自居社会边缘的专业创作态度，也不认为文本能够完全无涉于真实世界而独立存在，留守中国大陆的诗人们似乎是在很大程度上主动放弃了现代性的追寻。因为他们看上去真的相信，社会现实已经出现了符合知识分子道德良心的主观愿望的变化，现实超越了隐喻，写作的虚构超度力量再无必要，理应弃之。文字与权力合谋，这是中国现代主义者最大的死穴之一。由此，诗歌不再塑造真情实感的"抒情我"，创作过程也不再是主体的真实反思和发声尝试。作为"革命诗歌"的标配，一个意识形态化的"大我"被激情幻化而出，代表着集体、阶级或者正确的党性。语言也被普遍去隐喻

---

① 参见本书第五章。
② 参见袁可嘉《新诗戏剧化》，《诗创造》1948年6月第12期。

化,通俗易懂,消解自我,以符合一个可靠、可控的"集体我"的标准①。

在这一历史背景之下,"假大空"诗学开始盛行。这种诗学的贯彻施行使得高度政治化,同时又极端幼稚化的业余文学玩家粉墨登场,现代诗歌江河日下。直至20世纪60年代初期,一些主要出身于高知或者高干家庭的年轻人组建了地下文化沙龙和诗人社团,开始发展以美学精英主义为基础的另类诗学。60年代末、70年代初,"白洋淀诗歌群落"中的杰出代表构成"朦胧诗人"的前身,在他们的诗中,"抒情我"的力量被大大地提升到了一个完胜的、神奇的高度,以超越那个压制他们的时代。其语言系统内部已经发生了语义的转换,这也给80年代以前的地下诗坛带来了生机与活力。诗人们通过对一些语词的正话反说,不断推陈出新,但与此同时,那些在二律背反中保留下来的二元论思想却成为他们诗艺继续发展的桎梏②。

相形之下,自20世纪80年代中期开始逐渐尘埃落定的"后朦胧诗"绝少通过"反词"来表示对抗——就像"朦胧诗"对革命话语发起的挑战那样。新一代诗人写作的重要特征是对语言本体的沉浸,由此,出现了一种新的自我所指和抒情主体性的形式,不仅完全背离了革命诗歌的先决条件,且与早期的"朦胧诗"分道扬镳。此类新诗坚持艺术自治,避免在内容上涉及社会和政治主题。与此同时,也从语言上对抗权力——通过加密的符码抗拒任何形式的工具化。因此并不奇怪,"抒情我"对于自身姿态的反思要敏于以往任何一个时期。对写作本身的觉悟,导向将抒情行为作为诗歌主题,这一特征也体现在许多"朦胧诗人"那里,如:北岛、多多、杨炼和顾城80年代中期以后,特别是始自1989年的流亡时期的作品。他们纷纷转向一种新

---

① 参见本书前言部分。
② 参见本书第六章。

型创作，主题包含了一些自我反思的元素，并将成诗过程写出。除了个人风格的不同，这种写作与"后朦胧诗"文本并不构成实质上的区别。"朦胧诗"与"后朦胧诗"到了90年代事实上合流为一股诗潮，取而代之的是"扩张"或"缩削"的诗学分类，并向着"敞开领域"继续冒险前行①。

二、"元诗"的理论建构

综上所述，以"抒情我"为中心，张枣重写了1919年以来的中国新诗史。这个"抒情我"通常是以一个写者的形象出现，呈现出一种寻找的姿态，恰如策兰笔下的诗人："曾经的一个过客，一个名字"②，寻找的其实是一种言说，用它来打破萦绕人类的宇宙沉寂。这个写者正是"元诗"③意义上的"我"，张枣用这个术语——即"关于诗的诗"，或者说"诗的形而上学"，来指向写者在文本中所刻意表现的语言意识和创作反思，以及他赋予这种意识和反思的语言本体主义的价值取向，"在绝对的情况下，写者将对世界形形色色的主题的处理等同于对诗本身的处理"④。

"元诗"也就成为张枣构筑新诗纪念碑的理论基石，在文学史已经沦落为"整体性消失后的碎片"的今天，发掘这种整体性并予以关注，对于中国新诗的本质的阐释可谓意义重大。诚如洪子诚所言，"我们对自己现代的文学经验，包括新诗已经形成的传统，有时会缺乏一种体谅和敬重。革新、超越、断裂，与接续、继承之间的关系，

---

① 参见本书第八章。
② 这句诗摘自策兰《这个只能结结巴巴跟随的世界》，是策兰遗著《雪之部》中的一首，很大程度上是策兰一直强调的诗观的诗意表达。参见凌越《策兰：以自己的方式穿越黑暗时代》，《书城》2011年第6期。
③ 张枣认为，"作家把写作本身写出来的手法，也正是现代写作的一大特点，即：对自身写作姿态的反思和再现。这种写作手法被称为'元叙述'（Metawriting），写出来的作品被称为'元诗'（Metapoetry）或'元小说'（Metanovel）"。参见张枣《秋夜，恶鸟发声》，《青年文学》2011年第3期。
④ 张枣：《当天上掉下来一个锁匠……》，见北岛《开锁——北岛一九九六—一九九八》，九歌出版社1999年版，第11页。

在持续动荡的时代里,总会更侧重前者而忽略后者"①。但在张枣的叙述中,"新文化运动"以来,个人和集体开始踏上追寻现代性的征程,以找到一种真实的表达新诗主体性的可能性。这种追寻是前赴后继、渐进发展的。所谓的渐进发展不一定意味着线性的进步,后一代写者也不一定超越前辈,甚至今不如昔也有可能。渐进发展更应理解为"一种展开、反反复复的寻觅,探求新的可能性,将传统与实验、中文与外语、艺术自律与社会参与、主观性与超越个人的'我'之间的诗的不谐和音言说出来"②。德国学者胡戈·弗里德里希确证,现代诗歌最显著的特征之一就是"不谐和音的张力",从形式和内容上均体现为:彼此相反的特质互为映衬③。成为现代作家的先决条件也许千奇百怪,不过有一个诗学构想却是相同的,简而言之便是:在大相异趣中获取诗意。言说生命的两难困境,并用语言去克服困境,这大约是诗的现代性的一个重要特征。据此,张枣指出,生存与语言的内在关联在中国新文学史上"第一次引发了一部诗集作品的诞生,以一种高度的语言敏感性,从元诗的角度将生活之难等同于写作和言说之难,将创作过程作为创作对象"④,这便是鲁迅的《野草》,也是中国首部真正意义上的现代诗集。

类似的"不谐和音的张力"也出现在闻一多的诗里。张枣注意到,《死水》如何从"元诗"的层面,从不相容性中去营造诗意。"抒情我"的内心极度分裂,通常而言,一个对立的"我"也或隐或显地被唤醒,来定义互为背反的"我",并形成文本内蕴的张力。闻一多正是以这个"我"及其心理纠结为言说对象,通常采用不太明显的"元诗"和对话结构。涉及时政批判的内容,则辅以考究的语言和严

---

① 洪子诚:《文学的焦虑症》,《文学报》2010年1月21日。
② 参见本书前言部分。
③ 参见 Hugo Friedrich, *Struktur der modernen Lyrik*, Reibek b. Hamburg: Rowohlt, 1970, S. 16.
④ 参见本书第二章。

密的形式，以期达到纯诗的艺术水准，而不违背他的诗学信条。由此，他成功地将诗的现代性建构在纯粹美学意义上——或者如他所说，游戏①意义上的——形式主义的完美强迫症与"先天下之忧而忧"的儒家传统之间。他试着一方面保留"极端唯美主义者"的身份，另一方面又作为知识分子努力维护传统道德观念②。

除了闻一多，在张枣看来，"卞之琳和冯至也称得上是新诗史上极为看重诗歌形式和技巧的诗人，这常常表现为他们诗中所映射的元诗结构"③。二人都以客观化的手法隐藏个人存在的两难，这在卞之琳的作品中体现为：通过强化文本的非个人化的声音，采用独白、对话和反讽等戏剧技巧，他的诗显得张弛有度、含蓄内敛，"化欧化古"。而冯至自20世纪20年代以浪漫主义和象征主义风格闪亮登场之后，于1930年底暂别文坛，他在40年代进入了人生第二个极富创造性的阶段，也是通过客观化的手法获得诗艺上的成熟。与卞之琳不同的是，冯至诗中没有明显的引经据典的痕迹，取而代之的是一种结构上的借鉴，其源头首先追溯到里尔克或者歌德，但进一步分析，又指向庄子、孔子或者《易经》。此外，卞之琳和冯至都表现出"抒情我"与"水"的密切关联④。"水"因其投影能力而象征着自然内在的认知力，指涉主体的自我反思。不过，冯至的"元诗"表述与卞之琳的有着微妙的不同："冯侧重于强调行动，而卞更信任诗人的天赋，单凭自省就能反观外界和宇宙的投影。卞的诗像是原始状态的水，恰

---

① 参见闻一多《诗的格律》，《闻一多全集》（第三册），生活・读书・新知三联书店1982年版，第411页。
② 参见本书第三章。
③ 参见本书第五章。
④ 通过研究抒情主体与宇宙基本元素——如：水、火、气、金——之间的紧密联系来解读神秘诗学是加斯东・巴什拉（Gaston Bachelard）建议的一种方法，参见 Gaston Bachelard, *La Psychanalyse du feu*, Paris: Garllimard, 1938; *L'Air et les Songes*, Paris: Corti, 1943. 而当代的一个令人印象深刻的尝试是玛丽・安・考斯（Mary Ann Caws）用基本元素来阐释勒内・夏尔（René Char）的诗。参见 Mary Ann Caws, *René Char*, Boston: Twayne Publishers, 1977, S. 74—136.

恰是这份本真令其映照一切。冯则更多的是将写诗视为形式化、审美的行为。"①

由鲁迅开启的现代主义写作的传统到了1949年以后逐渐没落，但官方话语之外，地下文学仍在重续先前的现代性追求。譬如穆旦的元诗《停电之后》，称燃尽的蜡烛为"可敬的小小坟场"②，与《野草》中"野草""死火"等意象构成了回响，将自焚式的写作理解为自觉自愿的自我消解，好比史蒂文斯的诗句："庄严的书页没有字迹，只有/焚烧的星星的痕迹/密布在霜天里。"③

与穆旦精致、深沉而微妙的"去崇高化"和解放自我的写作相比，几乎同一时期，年轻一代的"朦胧诗人"也在完成同样的工作，却更单刀直入、扣人心弦，隐喻也更新鲜，富有朝气。例如北岛著名的纲领性作品《回答》宣告了一个坚不可摧的信仰：诗人拥有精英和先知的能力，以及高高在上的道德优越感，他们写诗就像在写"高尚者的墓志铭"④。这种写作是英雄主义的。不过，到了《迷途》阶段，"那深不可测的眼睛"⑤已不再是《回答》里预言式的"象形文字"，或者"未来人们凝视的眼睛"⑥，而是单个个体的眼睛，是"你"的眼睛，是"倒影"，即语言的密码。在这种新的诗性的产生之中，北岛将诗歌语言定义为"元语言"，虽然源自"世界的语言"，自我反思的能力却高于后者；经验的主体，同时也是"元诗"意义上以语言为本的主体，总是尝试着将无法言说的存在状态转化为可以言说的诗的状态⑦。

---

① 参见本书第五章。
② 穆旦：《停电之后》，见李方编《穆旦诗全集》，中国文学出版社1996年版，第342页。
③ 张枣译：《张枣译诗》，人民文学出版社2015年版，第147页。
④ 北岛：《回答》，《北岛诗选》，新世纪出版社1986年版，第25页。
⑤ 北岛：《迷途》，《北岛诗选》，新世纪出版社1986年版，第82页。
⑥ 北岛：《回答》，《北岛诗选》，新世纪出版社1986年版，第26页。
⑦ 参见本书第七章。

1989年前后，北岛从语言批判的角度称"流亡"为"词的流亡"①，就意图而言是要从根本上推动抒情诗的发展，不仅仅对他个人有效，也包括80年代中期以来的摆脱意识形态二元对立的"朦胧诗"，并拒绝与"平庸的恶"去做言语上的争论。"词的流亡"首先应被置于文学内在的连续性的语境下来理解，更多的是一种自愿选择的自我放逐，可以解释为是对自我陌生化的执迷，自20世纪80年代中期以来，逐渐发展为中国当代文学最重要的主题之一。例如北岛海外诗歌的绝大多数主题聚焦于作为旅行者和探寻者的"元诗"意义上的"我"，而这一趋向已在80年代的《迷途》或者《边界》中得以预示。张枣认为，"流亡"在本质上是一种自动的语言批判性的艺术行为，一种陌生化的方式，对诗的现代性的持续不断的追寻。尤其从"元诗"的层面上来看，是将孤独、边缘化的"抒情我"及其写作姿态，记录、思考和诗化为"自我的异端邪说"。那些选择异国流亡的诗人与留守国内的诗人所经历的内心流亡也并不构成对立，而是源自同样的冲动。②

流亡也因此而成为一种契机，令"朦胧诗"与"后朦胧诗"的艺术分野在20世纪90年代几近消弭，其共同的文本特征在于："普遍存在的元诗语素、对语言的自我反思，以及语言反思作为文本内容，被提升到一种不容欺骗的现实应对机制的重大意义之所在——所有的这些都标志着一种审美的意愿，要让语言在政治观念的渗透面前保持纯粹，而这唯有通过严格意义上的元诗手法才能实现。"③

---

① 北岛：《无题》(他睁开第三只眼睛)，《午夜歌手——北岛诗选一九七二——一九九四》，九歌出版社1995年版，第127页。
② 参见本书第七章。
③ 参见本书第八章。

三、"元诗"与"纯诗"的异同

以上便是张枣透过"元诗"的理论视野对中国新诗发展所做的整体性叙述的概况。就诗学理念而言,张枣的"元诗"与象征主义的"纯诗"有着异曲同工之妙,二者都是从语言本体主义的立场出发,强调对现代诗歌而言,语言不再是诗人的工具,相反,诗人倒是语言延续其存在的手段①。语言的世界是一个自足的世界,"在词中,在言语中,有某种神圣的东西",而"巧妙地运用一种语言,这是施行某种富有启发性的巫术"②。作为法国象征主义诗学的一个重要命题,"纯诗"(Pure Poetry)也被称作"绝对的诗"或"诗中之诗",它是由爱伦·坡首创,为波德莱尔接受继承,经过魏尔伦、马拉美、兰波等人的理论倡导及作品充实,直至瓦雷里正式提出概念,已经走过了象征主义前后期两个发展阶段,在19世纪末至20世纪初,其影响波及欧洲大部。"这一首诗就是一首诗,此外再没有什么别的了——这一首诗完全是为诗而写的。"③ 爱伦·坡最初是出于对19世纪美国文学严重的道德说教倾向的抵触而提出了一个回归文学本体的艺术构想:单纯地为诗而写诗。爱伦·坡认为,诗歌绝不是对外部世界的模仿,它至多是"在灵魂的面纱之下将感官对于自然的见闻再造出来",因而诗歌是不依傍社会的,"任何社会、政治、道德、自然的条件都是对诗兴的压抑"④。波德莱尔发扬了坡的艺术自足观,指出:"艺术愈是想在哲学上清晰,就愈是倒退,倒退到幼稚的象形阶段;相反,

---

① 参见 [美] 布罗茨基《诺贝尔奖受奖演说》,见《文明的孩子——布罗茨基论诗和诗人》,刘文飞、唐烈英译,中央编译出版社1999年版,第43页。
② 参见 [法] 波德莱尔《1846年的沙龙——波德莱尔美学论文选》,郭宏安译,广西师范大学出版社2002年版,第66页。
③ [美] 爱伦·坡:《诗的原理》,杨烈译,见潞潞主编《准则与尺度——外国著名诗人文论》,北京出版社2003年版,第18页。
④ 参见 [美] 雷纳·韦勒克《近代文学批评史》第3卷,杨自伍译,上海译文出版社1997年版,第189—193页。

艺术愈是远离教诲，就愈是朝着纯粹的、无所为的美上升。"① 象征主义诗学的纯艺术目标，在它的前期法国代表波德莱尔、马拉美、魏尔伦、兰波等诗人那里，多体现为通过感官直觉去探求"自我"的"最高真实"，但到了后期象征主义者那里，由于第一次世界大战之后的西方世界正在经历普遍而深刻的精神危机，其主要代表人物叶芝（爱尔兰）、艾略特（美国）、瓦雷里（法国）、耶麦（法国）和里尔克（奥地利）等，都不约而同地增加了反思和智性的内容，认为诗应该走出"自我"承担社会使命。例如瓦雷里将"仅仅对一个人有价值的东西是没有价值的"视为"文学的铁的规律"，而要实现这个目标，语言的作用就显得十分重要②。

"纯诗"的概念本身就蕴含着一些元文学的思考。瓦雷里称自己之所以"试图创造和提出诗歌问题的一个纯粹观念"，是因为至少"有这样一个问题的最纯粹的观念存在着"，而"纯粹意义上的诗，本质上却纯属语言方式的使用"③。瓦雷里的诗学语言意识显然有着一种师承关系——其师马拉美正是因为对现代诗歌的元状态的开启而深受后世敬仰④，他笔下频频出现的"纯粹"（rein）和"纯粹性"（Reinheit）也透露了他对"纯诗"的设想。德国语言学家胡戈·弗里德里希指出："诗歌纯粹性的前提是去实物化。现代抒情诗的其他所有特征也都汇合在了这个概念中，依照它被马拉美使用并传于后世的方式：摒弃日常的经验材料、含有教化或其他目的的内容、实践性真

---

① ［法］波德莱尔：《波德莱尔全集》第二卷，伽利马出版社七星版1975年版，第599页。
② 参见［法］瓦雷里《诗与抽象思维》，见伍蠡甫主编《现代西方文论选》，上海译文出版社1983年版，第37—38页。
③ 参见［法］瓦雷里：《论纯诗——一次演讲的札记》，见潞潞主编《准则与尺度——外国著名诗人文论》，北京出版社2003年版，第6—7页。
④ 罗兰·巴特在《文学与元语言》一文中认为，最早的元文学是19世纪下半叶由马拉美开始的，"马拉美的雄心壮志是把文学与关于文学的思想融合在同一文字实体中"。另参见［德］胡戈·弗里德里希《现代诗歌的结构——19世纪中期至20世纪中期的抒情诗》，李双志译，译林出版社2010年版，第126页。

理、普通人的情感、心灵的沉醉。诗歌在脱离了这样一些元素之后就获得了自由，任语言魔术发挥作用。"① 也就是说，在"纯诗"之中，思与诗同步，诗与言发生本体追问关系——即"元诗"结构的涌现。"纯诗"与"元诗"是从不同角度而论的两个诗学术语，其极致境界有着极大的亲似性，反倒让人纠缠不清。好比同样是金刚钻石，"纯诗"强调的是不含杂质的碳元素单质（化学成分）；"元诗"突出的则是碳元素的原子晶体构成（物理结构）。需要指出的是，"纯粹"意义上的"纯诗"正如瓦雷里所言，仅仅是"感觉性领域的一种探索"，是一个"难以企及的目标"，诗，"永远是企图向着这一纯理想状态接近的努力"②。因此，"纯诗"写作注定是一项孤绝而失败的事业，它存在于"天地交合的边际间"，永远只能无限逼近却又无法抵达，其"纯美"境界"恰如我们平安地把手在火焰中横过一样。在火焰的本身中是不能逗留的"③。

但张枣之所以弃"纯诗"的既有框架不用，另起炉灶建构"元诗"理论，是因为他想接续20世纪40年代的中国现代主义者的探索，从改变语言结构入手应对现实生活，既要避免陷入绝对之诗的虚无主义困境，又要在权力的渗透面前保持纯粹。在他看来，"真正的诗人必须活下去。他荷载独往，举步维艰，是一个结结巴巴的追问者，颠覆者，是'黑暗中的演讲者'（北岛语）；他必须越过空白，走出零度，寻找母语，寻找那母语中的母语，在那里'人类诗篇般栖居大地'（荷尔德林语）"④。他90年代之后的尝试就是既关心政治又写纯诗。关于这个问题，1992年在荷兰鹿特丹，他曾用俄语采访楚瓦

---

① ［德］胡戈·弗里德里希：《现代诗歌的结构——19世纪中期至20世纪中期的抒情诗》，李双志译，译林出版社2010年版，第123页。
② 参见［法］瓦雷里《论纯诗——一次演讲的札记》，见潞潞主编《准则与尺度——外国著名诗人文论》，北京出版社2003年版，第6页。
③ 参见［法］梵乐希（瓦雷里）《前言》，见曹葆华编译《现代诗论》，商务印书馆1937年版，第233页。
④ 张枣：《诗人与母语》，《张枣随笔选》，人民文学出版社2012，第58页。

什诗人艾基（Gennady Aygi），对此，艾基的回答是："其实政治与纯诗，两者互不妨碍。……政治渗透每个人的生活，但无论如何，经历各种日常困境的灵魂都高于政治，它必须以人类的名义，以美好、自由的名义来讲话。"①

艾基的这句建言也应验在张枣其后的创作之中。例如1993年写于特里尔的元诗《猫的终结》②，获得了德国当代著名诗人、出版者及翻译家尤阿希姆·萨托琉斯（Joachim Satorius）在《世界报》上的高度评价。按照萨托琉斯的解读，这首诗"传达的是一种将自己从语言危机中解救出来的策略。当真情实景重新展开，就像诗中描写的那样，当猫——毕竟只是虎的仿拟——退出历史舞台，从而揭开了新一轮的投胎转世的序幕，原初意义上的虎重新登台，诗人试图创作一首关于创作的告别的歌，而他所使用语言的方式令他不再软弱无能"③。

《猫的终结》体现了张枣元诗写作的一贯策略：如策兰一般追求由"绝对的暗喻"精密罗织而成的诗体，与马拉美的"纯诗"观十分相似，但相同而稳定的意象之间又脉脉互指，成为解码一首诗的关键。例如此处的"虎"也不断出现在张枣的其他作品之中，并与其他诗人艺术家的"虎"形成互文：也许是博尔赫斯"象征与阴影的老虎，/一系列文学的比喻和/一连串百科全书的记忆"④；又或可参照张枣本人对柏桦《或别的东西》的诠释，"诗中的老虎现在成了名副其实的纸老虎，在文本中只具备某种美学功能，就像达利的那些猛虎

---

① 张枣：《俄国诗人G. Aygi采访录》，《今天》1992年第3期。
② 张枣：《猫的终结》，《张枣的诗》，人民文学出版社2012，第212页。
③ Joachim Sartorius. "Das Ende einer Katze: Das neue Gedicht von Zhang Zao". *Die Welt* (24. 06. 2000). （http：//www. welt. de/print-welt/article519704/Das-Ende-einer-Katze. html）这则诗评的汉译参见亚思明《张枣的"元诗"理论及其诗学实践》，《当代作家评论》2015年第5期。
④ [阿根廷]博尔赫斯：《另一只老虎》，《博尔赫斯诗选》，陈东飚译，河北教育出版社2003年版，第108页。

一样，只在构图的梦中才扑向卧着的美人儿"①。因此，诗人们"要寻找第三只老虎"，成为梦幻的"一个形式，人类词语的一种组合"②。这也符合张枣元诗中的探险者的形象。

恰如欧阳江河在评论张枣1997年的作品《悠悠》时所说，"张枣身上有着当代知识分子特有的怀疑气质，同时又是一个天性敏感的诗人。他从怀疑与敏感的综合发展出一种分寸感，一种对诗歌写作至关重要的分离技巧。这表面上限制了诗作的长度和风格上的广阔性"，但正是这种限制，"使张枣得以在一首诗的具体写作过程中含蓄地形成自己的诗学"，"它既属于诗，又属于理论"③。这正是作者诗学的特点：知其所用，用其所学，学以致用。题名"悠悠"二字最确切不过地体现了汉语的复杂多义，既可指涉主体的悠闲和忧思（《邶风·终风》："悠悠我思"）；又包含着时间的久远和空间的广大（陈子昂《登幽州台歌》："念天地之悠悠，独怆然而涕下"）。时空维度在此是融为一体的，也使得这个词有了一种幻景的美，充满了宇宙气象——因为"悠悠"与"宇宙"之间原本就有词源学上的关联。"宇是空间，宙是时间"④，"宇"是指"上下四方"，"宙"意为"古往今来"。

这首诗是对陶渊明《饮酒·其五》的现代仿写，通过精巧的语言设计，将貌似简单、自然的句法结构与歧义丛生的日常用语相联，从形式到内容都透露着人与宇宙的和谐。《饮酒》一诗中，"采菊东篱下，悠然见南山"，观察者忘记了观察，主体与客体早已浑然一体，恰如此诗末句所写："此中有真意，欲辨已忘言。"而在《悠悠》一诗中，"每个人都沉浸在倾听中"，倾听者忘记了倾听，"全不察觉"⑤。

---

① 张枣：《朝向语言风景的危险旅行——中国当代诗歌的元诗结构和写者姿态》，《张枣随笔选》，人民文学出版社2012年版，第179—180页。
② [阿根廷]博尔赫斯：《另一只老虎》，《博尔赫斯诗选》，陈东飚译，河北教育出版社2003年版，第109页。
③ 欧阳江河：《站在虚构这边》，《读书》1999年第5期。
④ 参见张岱年：《宇宙与人生》，上海文艺出版社1999年版，第188页。
⑤ 张枣：《悠悠》，《张枣的诗》，人民文学出版社2012年版，第259—260页。

但《悠悠》的结构还要远为复杂：所倾听的客体——《好的故事》源自《野草》集，这是鲁迅精心营造的一片虚无缥缈、如梦似幻的语言的乌托邦。这样的一个纯诗的语言魔术又经过"语音室"的超声音的演绎，好比梦中之梦，而"怀孕的女老师"这个角色又增加了一个局外人的维度；"几个天外客"更是局外之局外。所谓天外有天、诗中有诗、梦中有梦、人外有人，这样一种层层环绕、环环相套的元诗结构的呈现让我们发现：我们所感知的现实有时是一种虚构的现实，而虚构的程度取决于我们所处的现实的层次。

诗人宋琳认为，"张枣的'元诗写作'与欧美现当代诗人如马拉美、史蒂文斯、策兰的写作之间存在着呼应，即叩问语言与存在之谜，诗歌行为的精神性高度是元诗写作的目标，而成诗过程本身受到比确定主题的揭示更多的关注"[①]。这种写作本身就折射出理论的深度，为中国的现代主义诗歌道路探索新的方向，这关乎中国新诗的未来发展格局，而相关研究才刚刚开始。

2019 年 11 月 18 日

---

① 宋琳：《精灵的名字——论张枣》，见宋琳、柏桦编《亲爱的张枣》，江苏文艺出版社 2010 年版，第 152 页。